Le bébé menacé

L'inconnue de Brighton

JULIE ANNE LINDSEY

Le bébé menacé

Traduction française de
FLORENCE BERTRAND

BLACK *ROSE*

HARLEQUIN

Collection : BLACK ROSE

Titre original :
MARKED BY THE MARSHAL

HARPERCOLLINS FRANCE
83-85, boulevard Vincent-Auriol, 75646 PARIS CEDEX 13
Service Lectrices — Tél. : 01 45 82 47 47

www.harlequin.fr

ISBN 978-2-2804-1540-8 — ISSN 1950-2753

1

Kara détourna la tête, aveuglée par le soleil brûlant de juillet. La petite ville de Shadow Point, dans le Kentucky, connaissait l'été le plus chaud et le plus sec de son histoire, et seul le jet d'eau de la fontaine de Memorial Park apportait un peu de fraîcheur dans l'air.

Contrairement à elle, sa petite fille, Casey, ne semblait pas le mois du monde incommodée par la canicule. Casey était ainsi. Toujours contente, toujours satisfaite. Elle avait commencé à faire ses nuits au bout de huit semaines et, maintenant, âgée de quatre mois, elle était plus charmante et plus adorable que jamais.

Kara passa une main moite sur son front. Un an plus tôt, elle faisait cinq kilomètres en courant avant l'aube. Maintenant, elle avait de la chance si elle pouvait en faire la moitié en marchant avant l'heure du déjeuner, et la chaleur ne lui facilitait pas la tâche.

Elle arrêta la poussette à l'ombre d'un chêne centenaire et jeta un coup d'œil à son podomètre. Déjà dix heures, et encore mille pas à faire pour atteindre son objectif. Elle devrait les faire à l'intérieur. La température grimpait, et Casey n'allait pas tarder à crier famine.

Autour d'elle, les parterres fleuris embaumaient. Elle s'adossa au rebord en marbre de la fontaine pour reprendre son souffle et porta sa bouteille d'eau presque vide à ses lèvres. Fermant les yeux, elle sirota les dernières gouttes tièdes.

— Journée splendide, non ?

Une voix masculine lui fit rouvrir les yeux. Le nouveau venu portait une casquette de base-ball sombre qui dissimulait son front et projetait des ombres sur ses yeux larges, enfoncés dans leurs orbites. Son jean et sa chemise, sombres aussi, collaient à sa silhouette massive, sans doute plaqués à sa peau par une fine pellicule de sueur. Les mains nouées derrière le dos, il se pencha vers le bébé.

— Vous avez une jolie petite fille.

— Merci.

Kara posa une main protectrice sur le côté de la poussette. Elle se concentra sur le visage paisible de Casey endormie, évitant le regard de l'homme dans l'espoir qu'il comprenne le message. Elle n'avait nullement envie d'engager la conversation. Elle avait besoin de rentrer chez elle et de prendre une douche. D'enfiler des vêtements propres.

— Elle vous ressemble, s'extasia-t-il. Son papa travaille ? Elle doit beaucoup lui manquer.

L'estomac noué, Kara songea au père de Casey. Un homme qu'elle avait cru bon et honnête, un homme qui avait prétendu l'aimer jusqu'au jour où elle avait découvert sa grossesse. Tout à coup, il n'avait plus été prêt à vivre avec elle. En tout cas, pas prêt à être père. Il s'était dit désolé, mais voilà, il ne pouvait pas le faire, et d'ailleurs, avait-il ajouté, comment cela avait-il pu arriver ?

Kara se força à ravaler la boule d'émotion qui obstruait sa gorge. C'était arrivé parce qu'elle s'était laissé duper par lui, alors même qu'elle savait pertinemment qu'un seul homme au monde lui était destiné et que lui n'aurait pas inventé d'excuses pour justifier son incapacité à s'engager.

— Non, rétorqua-t-elle, plus vivement qu'elle n'en avait eu l'intention.

Pour autant qu'elle le sache, le père de Casey ne

travaillait pas et Casey ne lui manquait pas le moins du monde, mais c'était tant pis pour lui et tant mieux pour elle. Casey était un don. Kara le savait désormais. La naissance de sa fille avait bouleversé son univers et, pour la première fois depuis que l'homme qu'elle aimait vraiment l'avait quittée, elle se sentait en paix.

La seule ombre au tableau était ce type qui s'évertuait à poursuivre la conversation, en dépit du fait qu'elle lui avait à peine accordé un regard.

— Je suis désolée, dit-elle en faisant mine de consulter sa montre. Il faut que je m'en aille. C'est l'heure du biberon. Et je ne veux pas qu'elle reste trop longtemps dehors par cette chaleur.

Elle se leva, les jambes flageolantes, mit une main ferme sur la poignée et tenta d'avancer, mais la poussette ne bougea pas.

L'homme avait agrippé le côté opposé et la maintenait en place de ses doigts charnus.

— Faut-il vraiment que vous partiez si vite ? protesta-t-il, esquissant un sourire sinistre.

— Oui.

Un éclair sombre traversa son visage.

— Je peux la tenir d'abord ? Juste une minute ?

— Non.

Le mot avait jailli des lèvres de Kara, sec et sans appel. L'adrénaline bouillonnait dans ses veines, raidissant sa posture et lui rendant ses forces.

— Retirez votre main, s'il vous plaît, ordonna-t-elle, furieuse.

Instinctivement, elle avait bandé ses muscles, prête à se battre. C'était une sensation nouvelle et un peu effrayante, mais à cet instant, elle était sûre de pouvoir écraser cet homme s'il le fallait. S'il tentait de toucher à sa fille.

Il la fixa sans bouger.

Puis, lentement, il détacha ses doigts de la poussette.

Il remit la main coupable dans sa poche, l'autre pendait mollement sur son côté. Son sourire onctueux s'était mué en un rictus de déception ou de dégoût. Un briquet couleur métal apparut au creux de sa paume. Il l'alluma et regarda la flamme vacillante, avant de le refermer avec un claquement sec et de reporter son attention sur Kara.

— Faites attention, avertit-il. Ça va être une vraie fournaise.

Sur quoi il s'en alla, se frayant rapidement un chemin parmi les parents et bambins rassemblés au bord du bassin tout proche. Le son musical des rires enfantins provoqua un frisson le long de l'échine de Kara. Leur insouciance contrastait avec la peur qu'elle venait de ressentir. Elle suivit l'homme des yeux jusqu'à ce qu'il disparaisse, juste pour s'assurer qu'il n'essayait pas de s'approcher des enfants qui s'éclaboussaient.

Kara emplit ses poumons d'air.

— Allons-y, mon chou.

Casey remua légèrement au son de sa voix. Une petite plainte s'échappa de ses lèvres en bouton de rose. Les yeux encore fermés, elle agita les bras avant de s'apaiser de nouveau. Elle commençait à avoir faim.

Kara s'éloigna de la fontaine, soulagée d'avoir garé sa voiture dans la direction opposée à celle que l'homme avait prise. Elle avait encore la chair de poule et n'allait pas remettre les pieds à Memorial Park de sitôt. À vrai dire, la crainte que cet inconnu harcèle quelqu'un d'autre la taraudait. Dès qu'elles seraient à l'abri dans la voiture verrouillée, elle appellerait le shérif.

Le marshal fédéral Ryder Garrett écouta avec une fureur croissante son frère West, shérif de Cade County, lui résumer la déposition faite par Kara Noble concernant un individu étrange à Memorial Park. Que cet homme ait effrayé son ex-fiancée le fit bouillir de colère. Que la description du personnage en question corresponde à celle de Timothy Sand le persuada de faire ses bagages et de retourner à Shadow Point sur-le-champ. Il n'y était pas allé depuis trois ans, mais il savait déjà qu'il allait enfreindre toutes les limites de vitesse en route pour y arriver.

— Tu es sûr qu'elle a dit ça ? demanda-t-il pour la troisième fois, en fourrant au hasard des vêtements dans un sac de voyage. Que l'homme a dit que ça allait être une fournaise ?

— Oui, confirma West. Cela m'a rappelé quelque chose que tu m'avais raconté quand tu vivais encore ici. Que ton type en cavale avait l'habitude de dire ça. Il n'aurait pas été remis en liberté ?

Ryder sentit le poids familier de l'échec peser sur ses épaules.

— Si.

Le mot était un coup de poignard en pleine poitrine. Sand n'avait jamais été emprisonné pour ses crimes, et à présent, Kara était en danger.

— Je ne lui en ai pas parlé, reprit West. Je ne voulais pas l'inquiéter davantage, mais j'ai pensé qu'il valait mieux que je te téléphone pour avoir ton avis.

— Mon avis ? s'étrangla Ryder. Mon avis, c'est que ce salaud a menacé ma…

Il s'interrompit net. Sa quoi ? Elle n'était plus rien pour lui désormais, et par sa faute.

— Kara, acheva-t-il.

— OK. Et que s'est-il passé concernant Sand ? Je croyais qu'il avait été arrêté.

— Oui. Un collègue s'est occupé de mes dossiers pendant que je mettais une famille dans le système de protection des témoins. Il a interpellé Sand sur un coup de chance, après un appel, mais il manquait d'expérience. Il n'avait pas réuni assez de preuves pour le faire condamner, et l'avocat de Sand s'est débrouillé pour obtenir une liberté conditionnelle.

De retour en ville, Ryder avait été malade de rage en apprenant ce fiasco. Il en avait perdu l'appétit et le sommeil. À l'époque, il avait préparé un dossier à charge contre Sand pour le meurtre de sa première femme. Le crime qui avait tout déclenché. Il avait presque assez d'éléments pour le faire condamner à la prison à perpétuité quand la peine de Sand avait pris fin. Son bracelet électronique lui avait été retiré, et il s'était volatilisé. Jusqu'à maintenant.

— Cette fois-ci, je ne le laisserai pas filer, promit Ryder.

— Espérons-le. En attendant, je ne peux pas ignorer la possibilité qu'un assassin doublé d'un incendiaire rôde dans mon comté. J'ai demandé à Cole de patrouiller le quartier de Kara, et j'ai posté un agent dans Memorial Park. Et toi, que comptes-tu faire ?

Ryder laissa échapper un juron et se massa le front. Kara l'avait sans équivoque exclu de sa vie. Elle avait rassemblé ses affaires et les avait déposées à l'entrée, avec un message lui demandant de s'en aller. Elle n'avait plus la force de le regarder se détruire, rongé par le désir de traquer un meurtrier. À ses yeux, avait-elle dit, cela n'en valait pas la peine. Cela en valait-il la peine pour lui ?

Malheureusement, la réponse était oui. À l'époque. Mettre Sands derrière les barreaux était devenu le symbole de la compétence de Ryder en tant que marshal fédéral, de sa capacité à protéger sa famille, sa fiancée et le public en général. Il avait lié son estime de soi à l'arrestation de cet individu et avait échoué à l'appréhender.

Ryder tira d'un coup sec sur la fermeture de son sac et le jeta sur son épaule. Il devait retourner à Shadow Point et protéger Kara du danger où il l'avait placée à son insu. West voulait connaître ses intentions ? Il n'y avait qu'une seule réponse possible.

— Je rentre à la maison, mon vieux.

— C'est bien, commenta West. Pour ce que ça vaut, et au risque de donner l'impression que je parle comme notre mère, je crois qu'il est grand temps que Kara et toi ayez une conversation. C'est dommage que ce soit Sand qui la provoque, mais je m'en félicite quand même. Et je crois que Kara s'en réjouira aussi.

Ryder eut un rire sans joie. Ben voyons. Kara serait ravie de le voir. Pendant qu'il pansait ses plaies, elle avait trouvé l'amour avec quelqu'un d'autre, apparemment.

— Tu as dit qu'elle avait un bébé ?

West garda le silence. Ils savaient tous les deux que c'était exactement ce qu'il avait dit.

Ryder allait-il devoir protéger le nouvel homme dans sa vie aussi ? Il eut l'estomac noué à cette pensée.

— Quel âge a l'enfant ?

— Seulement quelques mois. C'est une petite fille.

Un instant figé par le regret, Ryder ferma les yeux.

— Elle est donc mariée ?

— Non. À ce qu'on dit, le type l'a quittée quand il a su qu'elle était enceinte. C'était voilà un peu plus d'un an. C'est le seul homme qu'elle ait fréquenté après votre rupture, je crois, à supposer que le moulin à commérages fonctionne toujours aussi bien.

Ryder serra les dents.

— Je suis sûr que ça n'a pas changé.

Maintenant, il y avait deux types à Shadow Point avec qui il brûlait d'en découdre.

— Quel genre d'homme faut-il être pour faire ça à une femme ? À son propre enfant ?

— Le genre d'homme dont il vaut mieux se passer, rétorqua West. Elle sera plus heureuse sans lui.

Les gens avaient sûrement dit la même chose quand elle avait mis Ryder à la porte. Et ils n'auraient pas eu tort.

Il attrapa sa clé, sa plaque et son arme, puis sortit

dans le soleil couchant. Il aurait tout le loisir de ruminer la manière dont il avait gâché sa vie durant le trajet de trois heures jusqu'à Shadow Point. Dans l'immédiat, il devait se mettre en route.

Il était dix heures passées quand Kara décida de refaire du café. Douze heures s'étaient écoulées depuis son départ précipité de Memorial Park, et elle était encore à cran.

Casey, en revanche, dormait à poings fermés dans sa chambre. Kara s'en réjouissait, mais, de son côté, elle ne pouvait se défaire de la sensation qu'on l'observait.

Elle avait verrouillé portes et fenêtres à l'instant où elles étaient rentrées. Elle avait même tiré les rideaux dans l'espoir que cela l'aiderait à se détendre. Rien n'y avait fait. Si ç'avait été n'importe quel autre soir, elle se serait servi un verre de thé sucré et se serait installée sur la balancelle de la terrasse en bois pour oublier ses soucis. Ce soir, cependant, elle était prisonnière dans sa propre maison. Et de la chaleur qui y régnait.

La climatisation était réglée sur vingt-cinq degrés, son salaire de professeur ne lui permettant pas de la baisser davantage, et elle était habillée en conséquence : un short en coton usagé et un débardeur qui datait d'avant sa grossesse. Le pyjama idéal pour les nuits comme celles-ci.

Kara se versa un café et se laissa tomber sur une chaise de cuisine. Sa vie aurait dû être différente. Si les choses s'étaient déroulées comme elle l'avait prévu, elle ne serait pas en train de se ronger les sangs à cause d'un inconnu croisé dans le parc. Elle partagerait un dîner tardif avec Ryder Garrett, qui lui expliquerait toutes les manières dont il pourrait empêcher cet homme de jamais porter un autre regard sur elle. Et il ne plaisanterait pas. Kara sourit contre le bord de sa tasse. Elle n'avait jamais eu peur de rien lorsque Ryder était dans sa vie.

Lâche prise, se morigéna-t-elle. À quoi bon le regretter ?

Ryder lui avait préféré l'obsession, le danger et la folie. De ce fait, elle ne pouvait plus l'aimer, et pourtant il ne s'écoulait pas de journée sans qu'elle pense à lui. C'était ridicule. D'autant plus qu'il avait quitté la ville et qu'il n'était jamais revenu.

Le claquement d'une portière la fit tressaillir. Vaguement soulagée de pouvoir penser à autre chose, fût-ce à la possibilité d'une visite inopportune, Kara traversa le salon pieds nus et jeta un coup d'œil entre les rideaux. La rue et son allée étaient désertes. La personne qui avait fermé la portière était déjà repartie et le silence opaque de la nuit étouffante était retombé sur les environs. Par précaution, elle vérifia portes et fenêtres de nouveau, inspectant méthodiquement celles du rez-de-chaussée, puis du premier étage.

Ce n'était rien. Seulement un voisin qui arrivait ou qui sortait. Aucune raison de se monter la tête.

La fatigue la gagnait peu à peu. Elle se frictionna les bras, chassant les frissons qui l'avaient envahie. Elle avait rapporté le bref échange au shérif, West Garrett, l'homme qui aurait dû devenir son beau-frère. Que pouvait-elle faire de plus ? Par chance, il ne l'avait pas accusée d'être paranoïaque. Au contraire, il avait promis de mener une enquête et d'envoyer une voiture de patrouille dans son quartier le soir. Compte tenu du fait qu'il ne s'était rien passé, elle ne pouvait pas exiger davantage. Comme la plupart des femmes sans doute, Kara avait été harcelée par des hommes, mais c'était la première fois que cela lui arrivait en présence de son bébé. Peut-être était-ce cela qui l'avait bouleversée à ce point : l'idée que sa fille était là. Que cet homme avait voulu la toucher. *Son papa est au travail ?* Avait-ce été une manière de lui demander s'il y avait un homme dans sa vie ?

Kara entra dans la chambre de Casey. Elle avait besoin de contempler le doux visage de sa fille pour oublier la vision gravée dans son esprit. L'homme avait eu une drôle d'expression qui lui avait rappelé celle de Ryder durant les semaines où il avait perdu le sommeil, obsédé par un fugitif nommé Timothy Sand. Durant cette époque-là, il avait été distant, presque muet. Comme un drogué ou un homme qui était en train de sombrer dans la folie. Dans l'une ou l'autre de ces situations, elle aurait pu lui procurer de l'aide, lui fournir un abri pendant la tempête, mais les problèmes de Ryder ne venaient que de lui-même, et nul n'aurait pu le conduire sur un autre chemin, pas même elle.

Kara leva la main et arrêta le mobile qui tournoyait encore au-dessus de sa fille endormie. Un filet de salive avait coulé à la commissure de ses lèvres, annonçant peut-être l'apparition d'une première dent. Le bras de l'enfant était posé sur Rosie, le doudou affublé d'un ciré jaune qui avait autrefois appartenu à Kara et qu'elle avait précieusement conservé. Elle sourit et regagna le couloir, refermant presque la porte derrière elle.

De retour au rez-de-chaussée, elle éteignit les lampes et la cafetière, puis remplit un verre d'eau. Ce soir, elle irait dormir dans la chambre de Casey. Ainsi, elles seraient ensemble et en sécurité. Demain serait un autre jour, et ses angoisses lui paraîtraient ridicules.

Elle vérifia la serrure une fois de plus et jeta un ultime coup d'œil par la fenêtre. Son cœur manqua un battement, le verre d'eau vacilla dans sa main tremblante : elle avait saisi un infime mouvement dans la rue.

Elle ferma les yeux et murmura :

— Ce n'est rien, il n'y a rien là-bas. Tout va bien.

Elle rouvrit les yeux et darda un autre regard prudent sur l'obscurité.

Lentement, la silhouette d'un homme se détacha de l'ombre d'un gros chêne, venant dans sa direction.

2

Le pouls de Kara bourdonnait à ses tempes. Elle porta une main à sa poitrine comprimée par un étau et tenta de réfléchir. L'individu qui l'avait importunée devait peser au moins vingt-cinq kilos de plus qu'elle, et elle n'était pas en bonne condition physique. Au parc, il y avait eu une foule de témoins, mais là, s'il parvenait à s'introduire chez elle, personne ne verrait rien.

Aucune technique d'autodéfense ne lui revenait à l'esprit. Une seule pensée l'accaparait tout entière : comment s'échapper, comment protéger Casey et s'enfuir si cet homme essayait d'entrer.

Des pas lourds résonnèrent sur les marches, et jusqu'au tréfonds de son âme. Où était la voiture de patrouille promise par West ? *West !* Kara sortit son téléphone de sa poche et composa le numéro personnel qu'il lui avait donné plus tôt, priant pour qu'il réponde.

On toqua à la porte.

Réponds. Réponds.

Les coups furent légers tout d'abord, presque hésitants, puis devinrent plus insistants. Les lampes extérieures étaient éteintes. Celui qui était là allait-il en conclure qu'elle n'était pas chez elle ? Finirait-il par s'en aller ?

Un doute l'effleura soudain. Elle n'avait pas bien vu l'homme qui avait traversé la rue. Il pouvait s'agir de n'importe qui. Peut-être dramatisait-elle. Cela dit, qui pouvait donc lui rendre visite à une heure aussi tardive, sinon l'individu rencontré au parc ou un autre que lui, mais tout aussi mal intentionné ?

Enfin, on décrocha à l'autre bout du fil. Les larmes aux yeux, Kara poussa un soupir de soulagement.

— Garrett, répondit West, un rire dans la voix.

On entendait un air de country et des voix animées en arrière-fond.

— West ? chuchota-t-elle. Il y a quelqu'un à ma porte et je suis terrifiée.

Les bruits de fond cessèrent.

— Kara ?

La voix de West avait changé et Kara saisit le déclic d'une porte qu'on refermait.

— Que se passe-t-il ?

Elle ravala un gémissement d'angoisse.

— Quelqu'un veut entrer chez moi, expliqua-t-elle d'une voix tremblante.

Adossée au battant, elle regarda l'escalier. En vingt secondes, elle pourrait être au premier étage. En trente de plus, elle pourrait attraper Casey et se faufiler jusqu'à la porte du jardin. L'homme pourrait-il enfoncer la porte en moins de temps ? Et s'il anticipait sa réaction et qu'il l'attendait derrière ?

— Ne bouge pas, conseilla West avec l'assurance tranquille des Garrett. Je t'envoie quelqu'un. Donne-moi cinq minutes pour le rediriger.

— OK.

Son regard s'arrêta sur l'âtre.

— Je vais peut-être l'assommer avec le tisonnier.

— Écoute. Si quelqu'un pénètre chez toi sans y être invité, tu as ma permission de lui faire ce que tu veux. Il ne répond pas, grogna-t-il.

— Qui ? Ton adjoint ?

L'homme à la porte l'avait-il éliminé ?

On cessa de tambouriner, et une peur nouvelle s'empara

de Kara. Au moins, tant qu'il toquait, elle savait où il était. Une ombre se dessina devant la fenêtre, la silhouette d'un homme apparut.

— Kara ?

La voix d'un fantôme transperça la vitre, noua les entrailles de Kara et lui comprima les poumons. Un bruit étranglé se fraya un chemin à travers ses lèvres.

— Oh ! Mon Dieu.

Les yeux écarquillés, la bouche sèche, elle fit lentement un pas en avant.

— Qu'y a-t-il ? aboya West.

— Kara ? Ouvre ! reprit la voix, plus suppliante qu'autoritaire.

Elle tira le verrou et obéit.

— Kara ! cria West dans le téléphone oublié.

— C'est toi, murmura-t-elle.

Ryder Garrett, le spectre de son amour perdu, se tenait devant elle dans le faisceau de lumière projeté par la lampe de l'entrée. Son chapeau à la main, il la salua d'un hochement de tête.

— Bonsoir, Kara.

Ryder prit le téléphone et échangea brièvement quelques acronymes et grognements avec son frère.

Bouche bée, Kara le dévisagea en battant des cils avant de l'inviter à pénétrer dans la maison qu'ils avaient partagée. Il franchit le seuil, s'efforçant de ne pas s'interroger sur le sens de son expression.

Elle referma la bouche, mais continua à le fixer.

Il tenta de ne pas lui rendre la pareille, ce qui n'était pas facile. Kara était splendide. Aussi belle que dans ses souvenirs. Le genre de femme qui pouvait provoquer un carambolage rien qu'en marchant sur le trottoir. Ses yeux d'un bleu délavé étaient ourlés d'épais cils recourbés. Ses joues et ses lèvres étaient naturellement roses, encore qu'un tantinet pâlottes à cet instant précis, sans doute à cause du choc. Il mourait d'envie d'embrasser la ligne de taches de rousseur qui descendait sur son nez. Celle qu'elle essayait désespérément de dissimuler sous du maquillage lorsqu'ils sortaient. Il dut serrer les poings pour s'empêcher de la toucher. Il n'en avait plus le droit. C'était un privilège qu'il avait perdu bien longtemps auparavant.

— Que fais-tu ici ? demanda-t-elle, reprenant brusquement vie.

Elle remit le verrou, tourna la clé dans la serrure et jeta un coup d'œil par la fenêtre.

Pensait-elle vraiment que ce soit nécessaire à présent qu'il était là ?

Il parcourut le salon des yeux. Contrairement à Kara, l'endroit avait changé. Une énorme glace occupait le mur de la cheminée, à la place où trônait autrefois sa truite empaillée. Leurs photos de fiançailles avaient été remplacées par des selfies de Kara avec un bébé. Il secoua la tête, envahi par un sentiment d'irréalité. C'était sa maison, et ça ne l'était pas. Kara était à lui, et ne l'était pas. Quant au bébé… Trois heures plus tôt, il ignorait tout de son existence.

Kara s'éclaircit la voix.

— Eh bien ?

Ryder s'obligea à esquisser un sourire rassurant.

— J'ai appris que tu avais eu une expérience déplaisante au parc aujourd'hui.

Et s'il te plaît, excuse-moi de débarquer à cette heure-ci sans prévenir. Dix fois au moins il avait composé son numéro en route, mais il n'avait jamais pu se résoudre à presser la touche d'appel. Qu'aurait-il pu dire ? Et qu'aurait-il fait si elle lui avait dit de ne pas venir ?

Elle fronça les sourcils.

— West t'en a parlé ? Pourquoi ?

— Il s'inquiétait. Il a pensé que ça m'inquiéterait aussi.

— Pourquoi ? répéta-t-elle, tandis qu'une émotion soudaine traversait son visage.

— Si tu m'en disais un peu plus sur ce qui s'est passé ? On pourrait s'asseoir.

— D'accord.

Elle passa devant lui, alluma les lampes et désigna la cafetière.

— Un café ?

— Avec plaisir, merci.

Kara lui tourna le dos et sortit des tasses. En la voyant qui secouait imperceptiblement la tête, il se félicita de ne pas pouvoir déchiffrer ses pensées.

Et il n'était pas mécontent de pouvoir la contempler de dos. Se retrouver dans cette maison provoquait en lui des émotions plus fortes qu'il ne l'avait escompté. La vue des objets familiers d'autrefois, le tic-tac sonore de la vieille horloge qui avait appartenu à la grand-mère de Kara, le parfum des bougies épicées qu'elle affectionnait… Un sourire se forma sur ses lèvres. Durant toutes les années qu'ils avaient passées ensemble, Kara avait toujours eu quelques-unes de ces bougies en réserve. Une fois, à Noël, il lui en avait offert tout un carton pour plaisanter, mais elle avait été ravie, et ils avaient fait l'amour sur-le-champ, sous le sapin de Noël. Le regard de Ryder s'arrêta sur l'endroit exact, et son cœur se serra.

La cafetière se mit à crachoter, l'arrachant à ses rêveries. Il prit une profonde inspiration et se focalisa sur Kara, mais cela ne lui éclaircit pas les idées pour autant. D'autant moins, en fait, qu'elle portait un short et un débardeur qui épousaient ses nouvelles… courbes.

Elle pivota brusquement vers lui, un pli sur le front.

Il se hâta de reporter son regard sur son visage. Bon sang. Surpris en flagrant délit. Pas très élégant.

— Oui ?

Elle secoua la tête de nouveau.

— West t'a dit qu'un type m'avait harcelée ce matin et tu es venu droit ici ? De je-ne-sais-où tu vis maintenant ?

Il acquiesça lentement.

— De Cincinnati.

Ses paroles résumaient plus ou moins la situation. Il y avait aussi le fait qu'il croyait que le type en question était un psychopathe, mais il ne voyait aucune raison de l'avouer avant d'avoir la certitude qu'il s'agissait de lui. Dans l'immédiat, Ryder prenait plaisir à ce voyage étrange dans son passé. C'était bon d'être là avec elle.

Malheureusement, lorsque Kara saurait que c'était sans doute à cause de lui que son bébé et elle étaient en danger, il était fort probable qu'elle tente de l'assommer avec la cafetière.

Elle se dirigea vers la table, deux tasses fumantes entre les mains. Un léger parfum de cannelle flotta vers lui, mêlé à l'amertume du café. Il avait oublié qu'elle en ajoutait toujours un peu aux grains avant de les moudre.

— Merci, dit-il alors qu'ils s'asseyaient. Peux-tu me répéter tout ce que tu as dit à West au sujet de cet homme, et si tu t'es souvenue d'autres détails après ?

— Oui, bien sûr, mais c'est probablement sans importance. J'ai seulement téléphoné parce qu'il y avait foule au parc. Si ce type avait essayé d'enlever un enfant, je ne me le serais jamais pardonné.

Ryder se détendit imperceptiblement.

— Tu penses que ce sont les enfants qui l'intéressent ?

Timothy Sand était un triste individu, mais pas un pédophile. Peut-être Ryder s'était-il trompé.

— Je ne sais pas. Il m'a fixée avec beaucoup d'insistance, dit-elle, visiblement écœurée.

— Qu'est-ce qui t'a donné l'impression qu'il allait peut-être essayer d'enlever un enfant ? Il a essayé de prendre ta fille ?

— Non.

Elle but une gorgée de café avant de poursuivre.

— Il m'a demandé s'il pouvait la tenir, mais j'ai refusé. Je lui avais déjà dit qu'il fallait qu'on s'en aille. C'était vraiment bizarre. Il a mis une main sur la poussette pendant un instant pour m'empêcher de partir, et puis il l'a retirée. À aucun moment il ne m'a menacée. C'est juste un sentiment que j'ai eu.

Elle porta une main à son ventre.

— C'était viscéral, tu comprends ?

Il comprenait, en effet. Son instinct lui avait soufflé que cet homme était dangereux, et sans doute était-ce le cas.

— Commence par le début.

Kara posa sa tasse et la dévisagea. Lentement, ses paupières s'abaissèrent et elle commença à lui donner un récit détaillé de l'incident. L'homme portait une casquette qui dissimulait en partie ses yeux, mais elle était sûre qu'ils étaient foncés. Il était rasé de près, et elle avait remarqué de vieilles cicatrices d'acné sur ses joues. Il arborait un tatouage au poignet gauche. Un cœur noir.

— Tu es très observatrice, commenta Ryder, fier d'elle.

Lorsqu'ils vivaient ensemble, ils jouaient à tester leur mémoire. Kara gagnait plus souvent que lui, bien que ce fût lui le policier. Elle affirmait qu'en tant qu'institutrice de maternelle, elle devait prêter attention aux moindres détails autour d'elle.

Enfin, elle rouvrit les yeux et planta son regard dans le sien.

— Je suis contente que tu sois là, Ryder. Tu as bonne mine, et cela me fait plaisir de te revoir ainsi.

Il n'avait pas besoin de lui demander ce qu'elle voulait dire par là. Il savait. *En bonne santé. Reposé.* La dernière fois qu'elle l'avait vu, il n'était que l'ombre de lui-même, obsédé par cet homme qui lui avait échappé. Il ne mangeait ni ne dormait, tant il était obsédé par Timothy Sand et la meilleure manière de l'arrêter.

Il leva sa tasse et souffla sur le nuage de vapeur.

— Merci. J'ai suivi ton conseil. J'ai vu un psy.

Il y avait été contraint par le FBI, mais quand même. Peu après l'interpellation malavisée de Sand, dans un moment de frustration, Ryder avait perdu la maîtrise de lui-même et frappé l'agent responsable de cette débâcle. Après cela, il avait été un temps privé de son badge, écarté du service. Ç'avait été le point le plus bas de sa carrière. Le point le plus bas de sa vie avait eu lieu deux mois plus tôt, quand Kara lui avait donné un ultimatum : se ressaisir ou s'en aller.

Lorsqu'il avait été suspendu de ses fonctions, il avait enfin ouvert les yeux et compris qu'il avait besoin d'aide. Les séances obligatoires de thérapie l'avaient aidé à remettre sa vie sur les rails. À ce moment-là, bien sûr, il était trop tard pour retourner vers Kara. Désormais lucide, il se rendait compte à quel point il l'avait fait souffrir. Elle méritait mieux.

— As-tu fini par arrêter ce type ? demanda-t-elle soudain. Comment s'appelait-il, déjà ? Timothy Rand ?

— Sand, corrigea Ryder. Timothy Sand. Non. Je n'y suis pas arrivé.

Un sourire triste se forma sur les lèvres de Kara. Comme pour dire : *Alors, tout cela pour rien*. Des fiançailles rompues. Deux cœurs brisés.

Ryder se racla la gorge.

— Et toi ? Tu es toujours aussi ravissante. La maternité t'a encore embellie, je vois.

— Merci.

Elle détourna les yeux, rougissant légèrement. Quand son regard revint à lui, elle souriait.

— Casey est peut-être la meilleure chose qui me soit arrivée. Je n'avais jamais pensé que j'élèverais un enfant toute seule, mais elle en vaut la peine, et je sais que nous allons nous en sortir.

Kara était forte, il le savait. Sa douceur apparente d'institutrice ne l'avait jamais trompé. Elle aurait pu commander une armée s'il l'avait fallu.

— Et le père ? s'obligea-t-il à demander, les dents serrées.

Un homme capable d'abandonner sa femme et son enfant ne méritait pas ce titre. Mais quel autre lui donner ?

— Envolé.

Elle prit une longue inspiration et relâcha son souffle calmement. Son visage n'exprimait ni regret ni colère. Elle était une meilleure personne que lui, songea Ryder. Il aurait donné cher pour pouvoir envoyer son poing dans la figure de ce salaud.

— Il vient vous voir de temps en temps ou… ?

— Non, coupa-t-elle. Comme je te le disais, il n'est plus là.

— Je suis désolé.

Et c'était vrai. Parce que si ce type avait été dans le coin, il l'aurait passé à tabac.

— Merci.

West avait raison. Kara serait plus heureuse sans un homme qui l'avait traitée de la sorte. Ryder se cala sur sa chaise, étirant ses longues jambes sous la table. Ils étaient à peu près arrivés au bout de la conversation qu'ils pouvaient avoir avant qu'il lâche la bombe qu'il avait dans sa poche.

Il posa son téléphone sur la table et fit rapidement défiler les photos qu'il avait téléchargées après l'appel de West.

— J'ai une photo que je voudrais te montrer.

Kara se raidit. Il la vit pâlir, vit la lumière se faire dans son esprit.

— Tu penses que l'homme qui m'a parlé est recherché par le FBI ?

— Ce n'est peut-être pas le cas.

Il se força à sourire.

— Ce type n'était peut-être qu'un cinglé quelconque.

Elle le toisa d'un air sarcastique, puis tendit la main vers l'appareil.

— Eh bien, voyons ce qu'il en est.

Ryder tourna l'écran vers elle.

— Tu le reconnais ?

Le cliché datait de deux ans auparavant, mais c'était le plus récent dont ils disposaient. À l'époque, Sand avait les cheveux longs et une barbe touffue. Bref, il ne ressemblait en rien à la description qu'elle venait de faire.

— C'est lui.

Ryder tressaillit et la fixa. Son cœur cognait contre ses côtes.

— Tu en es sûre ? C'est bien l'homme qui t'a harcelée aujourd'hui ? Tu as dit qu'il était rasé de près et qu'il portait un chapeau.

Kara posa un ongle rose pâle sur l'image granuleuse.

— Là.

Ryder retourna l'écran pour mieux voir.

Sur la photo, Timothy Sand traversait le parking d'une station-service tout en rangeant une liasse de billets dans son portefeuille. Un de ses poignets était bien en vue.

Kara planta son regard dans le sien.

— Je suis prête à parier que, si tu grossis cette image, tu verras un tatouage noir en forme de cœur.

Abasourdi, Ryder fixa le cliché. À sa connaissance, Sand n'avait pas de tatouage. S'il en possédait un maintenant, il l'avait fait faire depuis leur dernière rencontre. Et Ryder n'avait jusqu'alors prêté aucune attention à ce point noir qui ressemblait à un défaut de l'image.

Son sang se glaça dans ses veines. Timothy Sand était à Shadow Point, et il savait précisément qui était Kara.

— Tu veux m'expliquer qui est cet homme ?

demanda-t-elle, croisant les bras sur la table. Et pourquoi un fugitif que tu recherches a choisi de me harceler dans un parc bondé ?

Ryder prit une profonde inspiration.

— Je ne peux qu'essayer de deviner la réponse à cette dernière question.

— Et la première ?

Il laissa tomber l'appareil entre eux.

— Cet homme est Timothy Sand.

3

Kara écarquilla les yeux.

— Non, balbutia-t-elle, la gorge nouée. Non, ce n'est pas possible.

Le désespoir dans le regard, Ryder passa une main sur la barbe naissante de ses joues.

— Kara…

Elle secoua la tête et ne lui laissa pas le temps de continuer.

— Si tu ne vas pas me dire que c'est une mauvaise plaisanterie, ça ne m'intéresse pas, coupa-t-elle, au bord des larmes.

La journée avait été assez pénible comme ça. Trop de menaces pesaient sur la vie tranquille, prévisible, presque parfaite qu'elle adorait. Casey et elle étaient censées être en sécurité à Shadow Point. Au sein de leur communauté. Entourées par un réseau solide de femmes qu'elle avait rencontrées au cours de sa grossesse. Tout allait si bien et maintenant… Son regard s'arrêta sur les traits dévastés de Ryder.

— Tu ne peux pas refaire irruption dans ma vie après des années passées je ne sais où et tout gâcher. Je ne te le permettrai pas !

Il parut sidéré, le bleu vif de ses yeux assombri par l'incrédulité.

— Que veux-tu dire par ce je-ne-sais-où ? Qu'est-ce que tu t'imagines ?

Elle croisa les bras dans une pose de défi, mais la peur la submergeait déjà.

— Je ne peux pas… Toi et ton obsession pour Sand, je vous ai mis à la porte. Tu ne peux pas revenir comme si de rien n'était. Mon cœur n'est pas assez solide, avoua-t-elle, sa prétendue assurance évanouie.

Elle s'entoura la taille de ses bras, s'efforçant en vain de se ressaisir alors qu'un tumulte d'émotions faisait rage en elle. C'était stupide de sa part d'être aussi bouleversée. La vue de Ryder Garrett n'aurait pas dû la mettre dans un état pareil. Ce n'était pas juste.

Elle se mordit la lèvre et essaya d'être rationnelle. Ryder n'était pas revenu pour elle. Il était ici à cause de Sand. Il avait débarqué chez elle avec les bagages qu'il avait emportés en partant. Sauf que, cette fois, c'était pire. Le criminel était en ville. Et elle avait un bébé à protéger.

Kara fixa Ryder, réfléchissant à ce qu'elle allait lui dire. Elle n'aurait jamais dû se laisser abuser par son air sensé, ses paroles raisonnables. Il n'avait pas changé. Ryder était toujours accro, et même si la drogue qu'il avait choisie n'avait rien d'illégal, elle était tout aussi fatale qu'une autre.

Impuissant, Ryder regarda les grands yeux de Kara s'emplir de larmes. Toujours aussi réticente à montrer ses émotions, elle se leva et lui tourna le dos, mais il la suivit.

— Kara.

Ce qui arrivait était entièrement sa faute. D'une manière ou d'une autre, il avait permis au monstre qu'il traquait depuis si longtemps de la trouver. Que Sand soit venu chez elle ou pas, il l'avait abordée au parc, ce qui signifiait qu'il connaissait sa routine. Sans doute l'espionnait-il depuis le jour où il avait été libéré.

— Je suis tellement désolé.

Elle s'immobilisa et pivota vers lui. Une larme solitaire

roula sur sa joue, mais elle ne chercha pas à l'essuyer. Au contraire, elle redressa le menton.

— Pourquoi ? demanda-t-elle sur un ton sec.

— Pourquoi, quoi ?

Ryder se figea intérieurement.

— Pourquoi Sand est-il ici ? Pourquoi te harcèle-t-il ? Je l'ignore, mais je te promets que, cette fois, je vais l'arrêter.

Elle poussa un long soupir qui souleva les cheveux de sa frange.

— Pourquoi es-tu désolé ? demanda-t-elle en étirant chacun des mots de sa question.

Une montagne de regret se logea dans la poitrine de Ryder, lui comprimant les poumons au point de lui couper le souffle. Il enfonça les doigts dans les poches de son jean. Quand il l'avait suivie dans le salon, il avait eu l'intention de la prendre dans ses bras, de la réconforter, mais l'expression de son visage lui disait qu'il n'avait pas intérêt à essayer, et qu'il ferait mieux de parler s'il ne voulait pas se retrouver à la porte, fugitif ou pas.

— Je suis désolé pour tout, murmura-t-il, embarrassé par sa réponse.

Il savait que ce n'était pas celle qu'elle attendait, mais c'était la vérité.

— Continue.

— Très bien.

Autant commencer par la raison la plus évidente et la plus pertinente.

— Je suis désolé que mon poste de marshal fédéral ait bouleversé ta vie et vous ait exposées au danger, ta fille et toi.

Elle arqua les sourcils d'un air sarcastique avant de se mettre à faire les cent pas dans la pièce.

— C'est tout ? demanda-t-elle en brutalisant un coussin.

— Non, mais je crois que ce n'est pas le bon moment pour en parler.

Autrement dit, il ne savait pas par où commencer et il préférait ne pas le faire. Un millier de fois, il avait songé à la contacter, il avait même répété ce qu'il allait lui dire, sous la douche et, pire, devant sa thérapeute. Au début de ces séances, il avait eu la ferme intention de ne pas mentionner Kara du tout, mais c'était arrivé quand même.

Celle-ci se redressa en jetant le coussin sur le canapé.

— Pas le bon moment pour toi, c'est ça ?

Elle hocha la tête.

— Eh bien, ce sera pour plus tard, alors.

Passant à côté de la petite table, elle ajusta la pile de magazines.

— Je me demande quand, reprit-elle en se tapotant le menton d'un air songeur. Dans deux ou trois ans, peut-être, un jour que tu seras de retour à l'improviste ? Cela te conviendra mieux ?

Elle eut un sourire tendu.

— J'ai du mal à imaginer pour quelle raison ce sera. Peut-être qu'un criminel en cavale se fera passer pour un instituteur à l'école maternelle de ma fille.

Ryder réprima un sourire. En colère, Kara lui avait toujours paru irrésistible. Elle mesurait à peine plus d'un mètre soixante et, avec ses longs cheveux blonds ondulants et ses grands yeux de princesse, elle avait l'air d'un petit lapin furieux. Quand il la voyait ainsi, leurs disputes ne duraient jamais longtemps. Il se mettait à rire, s'excusait et la prenait dans ses bras, car quel goujat aurait pu vouloir contrarier un adorable petit lapin ?

Le sourire forcé de Kara s'effaça. Elle le toisa, les mains sur les hanches, sans s'apercevoir que ce geste soulignait la rondeur de ses seins sous son débardeur moulant.

— J'ai dit quelque chose de drôle ?

— Pardon ?

— Pourquoi cet homme que tu recherchais voilà trois ans me harcèle-t-il maintenant ? Pour te faire du mal ? Cela semble idiot. S'il pense que nous sommes toujours un couple, il a des progrès à faire en tant que détective.

— J'imagine qu'il est en train de s'y appliquer. Je crois que tu as raison. Il cherche à me faire souffrir et maintenant il est libre.

Les jambes flageolantes, Kara se laissa tomber sur leur vieux canapé avec un soupir et porta une main à ses lèvres.

— Il m'a interrogée à propos du papa.

— Comment ?

Un mince espoir se forma dans la poitrine de Ryder.

— Tu lui as dit son nom ? Il sait que ce n'est pas mon bébé ?

Peut-être Kara et son enfant étaient-ils plus en sécurité qu'il ne l'avait pensé. Sand laisserait Kara en paix s'il apprenait qu'elle n'était plus dans la vie de Ryder. Il serait obligé d'aller de l'avant. De trouver un autre angle d'attaque.

Kara écarquilla les yeux.

— Je ne lui ai rien dit. Il a demandé si son papa était au travail et il a ajouté qu'elle devait lui manquer. J'ai répondu non, c'est tout. Je ne lui ai donné aucun détail personnel. Au contraire, je lui ai clairement fait comprendre que je ne souhaitais pas avoir une conversation avec lui, et je suis partie.

Ryder lâcha un juron. Les lèvres pincées, il passa une main lasse dans ses cheveux. Kara avait fait exactement ce qu'il aurait fallu faire dans toute autre situation, mais dans le cas présent, elle avait sûrement attisé l'intérêt de Sand au lieu de le décourager. Sand savait qu'ils étaient fiancés à l'époque où Ryder avait commencé à le traquer.

Il n'avait aucune raison de penser qu'ils n'étaient pas mariés à présent.

— Donc, balbutia Kara, ce type va continuer à me prendre pour cible parce qu'il croit que nous sommes mariés et que nous avons eu un bébé.

Ryder s'assit à côté d'elle et enroula un bras autour de ses épaules comme il l'avait fait des centaines de fois par le passé.

— Viens là.

Elle se laissa aller contre lui. Il inspira son odeur délicate et familière et savoura la chaleur de son corps, rêvant de redevenir son héros. Celui dont elle était tombée amoureuse lorsqu'il avait récupéré son cerf-volant accroché dans un arbre. Sans cet incident, ils ne se seraient sans doute jamais rencontrés. Au lieu de quoi, leurs chemins s'étaient croisés et ils avaient été heureux.

Ryder souffrait de ne plus être là pour elle. De ne plus lui ouvrir les pots de confiture, de ne plus porter les sacs trop lourds pour ses bras minces. Il regrettait l'époque où elle chantait pour lui seul dans la voiture. Plus que tout, elle lui manquait désespérément.

Cependant, elle avait un bébé désormais. Et une vie dont il ne faisait plus partie.

Il devait rester à Shadow Point et la protéger. Réparer les dégâts qu'il avait causés sans le vouloir.

— Hé, murmura-t-il en lui caressant le dos doucement, je sais que tu n'as aucune raison de me croire, mais je ne suis plus l'homme que j'étais autrefois. Je suis lucide. Je sais qui je suis, et où sont mes priorités. Cette fois-ci, je peux arrêter Sand et j'ai assez de preuves pour le faire condamner.

Elle tourna lentement la tête vers lui. Ses cils étaient mouillés de larmes.

— C'est vrai ?

— Oui.

Il enroula une mèche blonde autour de son doigt et la remit en place derrière l'oreille de Kara sans détacher son regard du sien, la suppliant silencieusement de le croire. Il était capable de la protéger et il le ferait, coûte que coûte.

Elle acquiesça.

— D'accord.

— Bien, souffla-t-il, la gorge nouée.

Quand il lui ouvrit les bras, elle se pelotonna contre lui sans résister. Elle le croyait. En dépit de tout ce qu'ils avaient traversé, elle lui faisait confiance pour les protéger, son bébé et elle. C'était important. Le cœur de Ryder se gonfla de bonheur et d'espoir tandis qu'il osait entrevoir un avenir différent.

— Je ne laisserai pas Timothy Sand te faire du mal, dit-il en lissant ses cheveux qui sentaient bon la vanille. Je te le promets.

Un hurlement de pneus déchira le silence confortable. Kara se raidit, lâchant un petit cri alors que Ryder l'écartait. Il fut debout avant même que le bruit ait cessé.

— Qu'est-ce que c'est ?

Elle se leva une fraction de seconde après lui, mais déjà Ryder avait ouvert la porte et courait dans la rue. Une paire de feux arrière s'éloignait dans le noir, à peine visible.

Kara referma le battant et donna un tour de clé, puis se posta à la fenêtre de façon à pouvoir observer la scène. Devait-elle alerter West ? Ou aller chercher Casey dans sa chambre ?

Au-dehors, Ryder patrouillait l'obscurité, un pistolet dans une main et son téléphone dans l'autre.

Peut-être allait-il appeler West.

Parvenu à hauteur d'un gros 4×4 garé à la va-vite non loin de chez elle, il rengaina son arme et décrivit un cercle autour du véhicule avant de s'emparer d'un objet calé sur le pare-brise par le balai essuie-glace.

Kara plissa les yeux en vain pour voir de quoi il s'agissait.

Ryder passa un appel rapide et revint vers la maison, à pas lents d'abord, puis en courant. La lampe de sécurité s'alluma quand il pénétra dans l'allée, illuminant l'objet mystérieux.

C'était une boîte d'allumettes calcinée.

4

Lorsque Kara ouvrit la porte, Ryder s'engouffra à l'intérieur avant d'y avoir été invité. Une métaphore appropriée à leur relation, songea-t-elle. Il lui avait suffi d'apparaître pour qu'elle le laisse rentrer dans sa vie.

Il déposa un sac en toile noir sur le sol, comme s'il avait l'intention de rester un certain temps. Elle secoua la tête, se morigénant intérieurement pour la pointe d'excitation qu'elle éprouvait. Ryder Garrett lui avait peut-être offert sa protection, mais il était dangereux pour son cœur. En sa présence, son pouls battait plus vite, et le bien-être qu'elle avait éprouvé dans ses bras ce soir avait éveillé en elle une nostalgie plus qu'inopportune.

Aussi agréable fût-il d'imaginer que les choses auraient pu se passer autrement, elle ne devait pas laisser l'apparition de Ryder mettre son univers sens dessus dessous. Et encore moins perdre de vue la raison pour laquelle il était venu.

— Eh bien ? demanda-t-elle, frissonnante, les yeux rivés sur la boîte d'allumettes noircie dans sa paume.

Il s'essuya le front d'un revers de manche.

— Je peux emprunter un sachet en plastique ?

Kara le fusilla du regard avant de se diriger vers la cuisine.

Ryder lui emboîta le pas, pianotant d'un pouce sur le clavier de son portable tout en portant avec précaution l'objet brûlé dans l'autre. La fureur qu'elle lisait sur ses traits retourna l'estomac de Kara.

— C'était lui ? demanda-t-elle, comme si ce n'était pas une évidence.

— Je le crois, oui.

Elle ouvrit le placard, luttant contre une bouffée de nausée. Elle avait eu peur de beaucoup de choses dans sa vie, mais jamais elle n'avait craint pour sa vie. Et certainement pas pour la vie de sa fille. Ses entrailles se nouèrent davantage à cette pensée.

— Tiens, dit-elle en lui tendant un sac congélation. Ça ira ?

— Très bien.

Ryder y glissa la boîte d'allumettes et fit glisser la fermeture.

— Je suis désolé, murmura-t-il. Je n'arrive pas à croire ce qui arrive.

Et moi donc, songea Kara. Ce matin-là, son plus grand souci avait été de pouvoir remettre sa garde-robe d'avant grossesse à la rentrée, le mois suivant. Elle redoutait d'avoir à racheter des vêtements alors que son budget était serré, tout comme elle redoutait de laisser son bébé aux soins de quelqu'un d'autre pour la première fois depuis qu'elle avait posé les yeux sur son adorable minois.

Et maintenant, à cause d'un affreux tour du destin, Casey et elle étaient menacées par un dément dont la véritable cible était l'homme qui se trouvait dans sa cuisine.

Décidément, le sort était cruel. Il lui avait arraché Ryder et le lui rendait seulement parce que le criminel qui l'obsédait s'était présenté à Shadow Point. Pire encore, Ryder allait séjourner chez elle, dans la maison qu'ils avaient partagée autrefois. Kara porta une main à son cœur, incapable d'apaiser la douleur qu'elle ressentait.

— Ryder.

Elle mit la main sur son épaule, mais il ne parut pas

l'entendre. Il avait déballé un kit servant à relever les empreintes et était en train de l'installer sur le plan de travail. Il ajusta la lampe. Ses gestes étaient rapides, efficaces, à la fois familiers et troublants. À l'expression tendue et concentrée de son visage, Kara comprit qu'il était entré en « mode marshal », comme elle disait autrefois avec réticence. Un frisson descendit le long de son échine, ramenant à la surface une foule de souvenirs déplaisants.

— Ryder, répéta-t-elle plus fermement, de sa voix d'institutrice.

Il tressaillit et tourna la tête vers elle, les sourcils froncés et l'air surpris. Avait-il déjà oublié qu'elle était là ?

— Oui ? demanda-t-il, apparemment revenu au présent.

Son regard était clair, et un bourgeon d'espoir se forma dans le cœur de Kara. Peut-être avait-il dit vrai. Peut-être avait-il changé. Pour autant qu'elle veuille le croire, elle devait songer à l'intérêt de Casey avant tout.

Elle fit un pas vers lui.

— Arrête.

Il laissa retomber ses bras le long de son corps et se tourna complètement vers elle, son travail relégué au second plan. L'espace d'un instant, il parut effrayé, comme si ce qu'elle s'apprêtait à dire avait le pouvoir de le briser.

Quelque part au fond d'elle, Kara songea que c'était peut-être le cas. Après tout, Ryder l'avait aimée autrefois. Simplement, il ne l'avait pas aimée assez pour oublier sa fixation sur un homme qui ignorait jusqu'à son existence.

Kara refoula son amertume à cette pensée. Ce qui était arrivé entre eux appartenait au passé désormais. À présent, ce qui importait, c'était qu'elle sache pourquoi Timothy Sand l'avait abordée et comment garder Casey en sécurité.

Dans l'immédiat, elle avait besoin d'un partenaire.

Elle regarda Ryder. Il serait réticent à répondre à ses questions, elle le savait, mais il le fallait. Dès lors que son travail avait mis Casey en danger, Kara avait obtenu le droit de savoir précisément à quoi elle avait affaire.

Elle redressa le menton et les épaules.

— J'ai besoin que tu me dises tout ce que tu sais au sujet de Timothy Sand.

Ryder réprima l'envie de protester. Il était urgent qu'il relève les empreintes restées sur la boîte d'allumettes, mais Kara avait raison. Il devait aussi l'aider à comprendre les choses qu'il lui avait tues autrefois. Quand ils étaient amoureux, il avait fait de son mieux pour la protéger de son travail. Elle était douce et gentille, le genre de femme que tout le monde adore au premier coup d'œil. Ç'aurait été cruel de détruire son innocence en lui racontant des histoires abominables. Elle n'avait pas besoin de connaître toutes les raisons épouvantables qui forçaient les gens à se réfugier dans le programme de protection des témoins, ni pourquoi sa tâche de marshal fédéral n'était pas aussi simple que le suggéraient les séries télé.

Il lui avait à dessein dissimulé les détails des crimes commis par Timothy Sand parce que Kara ne méritait pas de les entendre. Elle était bonne et sincère. Sand était le mal incarné.

Ryder remplit leurs tasses de café et s'approcha de la table où Kara l'attendait. Il l'avait protégée par le passé, mais la situation avait changé.

Il s'installa en face d'elle, détestant les paroles qu'il devait prononcer presque autant que l'homme qu'elles concernaient. Sand ne lui avait pas laissé d'autre choix que de révéler la série d'événements qui l'avaient amené, lui, Ryder, au bord du gouffre.

— Dis-le, c'est tout, balbutia Kara. Je suis assez forte pour l'entendre. Mais il faut que je sache. Plus de secrets entre nous, sinon tu t'en vas.

Ryder tapota la table d'une main lasse. Il resterait que cela lui plaise ou non. Peut-être passerait-il la nuit dans un sac de couchage sur la terrasse, mais il ne s'en irait pas. Pas avant de pouvoir l'emmener, ce qui, avec un peu de chance, serait possible le lendemain.

— Timothy Sand est un pyromane, commença-t-il.

Kara savait cela, bien sûr. Elle inclina la tête de côté, l'air de dire : « Sans blague ? »

— Il a incendié le domicile de ses beaux-parents parce que sa femme s'était réfugiée chez eux, reprit-il.

Elle se cala contre le dossier de sa chaise, absorbant visiblement le poids de ses mots. Ses lèvres se durcirent en un trait mince. Elle abhorrait la violence conjugale plus que tout au monde. Au lycée, un petit ami l'avait giflée parce que, selon lui, elle ne s'était pas « bien conduite ». Elle n'en avait que rarement parlé à Ryder, mais ce jour-là, elle s'était promis de toujours dénoncer les hommes dans son genre, de les exposer pour ce qu'ils étaient : des brutes.

Ryder avait veillé à lui faire comprendre qu'il n'avait rien de commun avec ce type d'individu. Il aurait été prêt à se jeter sous un train pour lui sauver la vie. Cela n'avait pas changé.

— Et ? l'encouragea-t-elle après un bref silence.

— Il avait été inculpé de violences conjugales à plusieurs reprises au fil des ans. En fin de compte, sa femme en a eu assez et l'a quitté.

Ryder entoura de ses mains le mug de café qu'il avait presque oublié.

— Il l'a suivie chez ses parents. Là, il l'a tuée, ainsi que ses parents et ses frères et sœurs plus jeunes à l'aide d'un couteau de chasse.

Horrifiée, Kara porta une main à sa bouche.

Ryder sentit le dégoût l'envahir. Il avait échoué à capturer

Sand quand il en avait eu la possibilité, et maintenant, ce monstre voulait s'en prendre à Kara.

Face au visage décomposé de Kara, il envisagea de s'en tenir là dans ses révélations. Savoir qu'il était responsable de son désarroi lui était insupportable.

Cependant, il lui devait la vérité.

— Timothy Sand a incendié la maison pour détruire les preuves, mais les enquêteurs sont parvenus à identifier les victimes. Il y a toujours certaines choses qu'on ne peut pas cacher.

— Le soleil, la lune et la vérité, murmura-t-elle.

Ryder fut tout près de sourire. Il était touché qu'elle se souvienne du dicton favori de sa famille. Quatre frères et un père, tous représentants de l'ordre. Tous épris de justice et désireux de la servir de leur mieux.

— Sand a fini par être appréhendé. Il n'a manifesté aucun signe de remords. Il blâmait sans doute sa femme pour s'être enfuie et sa belle-famille pour lui avoir donné refuge. Il est toujours recherché pour ces crimes, et plusieurs autres commis lors de sa fuite.

Kara écoutait avec intensité.

— Plusieurs autres, répéta-t-elle. Tu veux dire qu'il a tué de nouveau, pendant que tu le recherchais ?

Ryder hocha la tête.

— Et c'est à ce moment-là que tu es devenu accro à l'idée de l'arrêter.

— Oui.

Accro.

Elle avait utilisé ce mot-là auparavant, comme si Ryder avait été sous l'emprise de la drogue. Avec le recul, il se rendait compte que l'analogie n'était pas si absurde. Il avait bel et bien été en proie à une addiction, à une sorte de maladie.

— Ce n'était que le début, admit-il. J'avais réussi à suivre sa trace jusqu'à une petite ville de l'Ohio.

Kara croisa les jambes et se pencha vers lui.

— Tu as été absent deux semaines, je m'en souviens.

— Je le tenais.

Presque. Ryder déglutit avec peine, forçant son regard honteux à rencontrer celui, sincère, de Kara. Il avait roulé toute la nuit pour aller là-bas, puis suivi la piste de Sand pour remonter jusqu'à lui. En quarante-huit heures, il avait réuni assez d'éléments pour le faire appréhender.

— J'ai sillonné la ville. J'ai parlé aux habitants et découvert la seule erreur qu'il avait commise. Il avait révélé son véritable nom à une employée de magasin, Jennifer Sayers.

Les paupières de Ryder se fermèrent. Quand il les rouvrit, il se focalisa sur les éléments de son ancienne cuisine plutôt que sur la beauté assise en face de lui.

— Jennifer était jeune, gaie et assez jolie pour qu'il se laisse aller et oublie son alias. C'était tout ce qu'il me fallait pour mettre la main sur lui.

Et pourtant, cela ne s'était pas produit.

Ryder était resté dans l'ombre, accumulant méthodiquement des preuves et attendant le moment propice pour procéder à l'arrestation.

— Trois jours après que j'avais commencé à le suivre, on m'a informé qu'un individu correspondant à sa description travaillait sur les docks. Je m'y suis rendu et j'ai attendu qu'il rentre de sa pause déjeuner. Il y avait quantité de témoins, et il n'avait aucun moyen d'évasion à moins de se jeter à l'eau. Ç'aurait dû être un jeu d'enfant de l'arrêter, sauf qu'il ne s'est jamais présenté. Au lieu de ça, il est allé en ville et il a mis le feu à la maison de Jennifer Sayers.

Kara étouffa un cri.

— D'une manière ou d'une autre, il avait su que j'étais là, reprit Ryder. Et qu'elle m'avait parlé de lui. Par conséquent, il a voulu la punir.

Il pressa ses doigts crispés sur ses tempes.

— Elle avait un bébé et trois jeunes enfants avec elle.

Le choc se lut sur le visage de Kara, suivi d'un mélange de pitié et d'horreur.

Ryder comprenait. Il avait éprouvé ces émotions lui-même, encore et encore, jusqu'au moment où il était devenu insensible. De fait, les événements de ce jour fatidique avaient bien failli le tuer. Par chance, le coup de poing qu'il avait flanqué à un collègue six mois plus tard lui avait valu un soutien psychologique. Toutes ces séances de thérapie, loin d'être la perte de temps qu'il s'était imaginé, l'avaient ramené à la vie.

— C'est à ce moment-là que j'ai commencé à perdre les pédales, avoua-t-il, s'obligeant à affronter de nouveau le regard de Kara. Pour moi, ç'a été le début de la fin.

Elle tendit la main et referma les doigts sur les siens. La chaleur se répandit en lui.

— Ryder…

— Je suis tellement désolé, souffla-t-il.

Elle hocha la tête.

— Je regrette de ne pas avoir su tout cela.

— Je ne pouvais pas te le dire, murmura-t-il. Quand je suis revenu à ma vie, à mon bonheur avec toi… aux préparatifs de notre mariage…

Il ravala sa salive.

— Je ne pouvais pas m'empêcher de penser à tout ce que Jennifer avait perdu à cause de moi, parce que je n'avais pas agi assez vite…

Les doigts de Kara se raffermirent autour de sa paume.

— S'il est à Shadow Point, je sais que tu le trouveras. Cette fois, tu l'arrêteras.

Ryder ravala une boule d'émotion.

— Oui.

— Bien.

Elle jeta un coup d'œil vers son sac.

— Dois-je comprendre que tu vas séjourner ici pendant que tu es en ville ?

Ryder désigna le canapé.

— Si tu n'y vois pas d'inconvénient, je préfère ne pas te laisser seule. Demain, je trouverai une meilleure cachette pour ton bébé et pour toi en attendant que Sand soit capturé.

La panique jaillit dans les yeux de Kara.

— Tu crois que je suis en danger ici ? Tu penses que ce type pourrait mettre le feu à la maison ?

Elle se leva, au comble de l'agitation.

En un instant, Ryder fut près d'elle et l'entoura de ses bras. La terreur qui se lisait sur ses traits achevait de lui briser le cœur et il n'avait qu'une pensée en tête : être là pour elle. Par miracle, elle ne protesta pas.

— Je vous protégerai, Kara. Ton bébé et toi. Demain, je vous emmènerai en lieu sûr, mais en attendant, j'ai du travail à faire.

Kara se dégagea et s'essuya les yeux, évitant son regard.

— Bon. Je vais préparer mes bagages et ceux de Casey.

Déjà de retour à l'îlot de cuisine, prêt à examiner la boîte d'allumettes, Ryder hocha la tête.

— Je vais passer quelques coups de fil pour organiser tout ça.

Soudain, le sachet contenant la boîte d'allumettes lui échappa, et il pivota vers Kara qui se hâtait en direction de l'escalier.

— Comment s'appelle ta fille ? demanda-t-il distinctement.

Elle devint cramoisie. Son pas hésita sur les marches.

— Casey, répéta-t-elle, une douleur dans le regard, avant de disparaître.

Le souffle coupé, Ryder Casey Garrett prit une profonde inspiration.

Il était parti depuis trop longtemps pour être le père de l'enfant, mais peut-être Kara ne l'avait-elle pas complètement oublié.

Peut-être y avait-il encore de l'espoir.

5

La vibration de son téléphone le ramena à la tâche pressante qui l'attendait. West lui rappelait qu'il avait libre accès au laboratoire du comté et à tout l'appui dont il aurait besoin dans ses efforts pour localiser Sand.

Ryder n'eut pas à se démener pour obtenir des empreintes. C'était comme si on avait délibérément pris la boîte entre le pouce et l'index pour y laisser des marques claires, évidentes. À l'évidence, Sand était en ville. Kara l'avait confirmé en reconnaissant sa photo, mais avoir une preuve tangible de sa présence était un avantage. Son emploi du temps était trop chargé pour qu'il puisse s'absenter sans raison valable : les clichés de ces empreintes équivalaient à une autorisation officielle de prolonger son séjour. Sans eux, il se serait retrouvé au chômage, car il aurait préféré quitter l'agence fédérale plutôt que laisser Kara et Casey seules dans une ville qui abritait un assassin.

Son estomac se noua de plus belle.

Sand savait qui était Kara et il savait où elle habitait.

Ryder serra les dents. Ce salopard avait franchi une ligne de non retour, et il le regretterait.

— Tout va bien ?

Kara était là, vêtue d'un T-shirt ample et d'un short de pyjama. Elle déposa plusieurs sacs près de la porte. Il en reconnut certains, qu'elle avait utilisés autrefois lors de voyages effectués ensemble. D'autres étaient neufs, plus petits et couverts de pois roses.

Il ne put s'empêcher de se demander si elle s'était changée parce qu'elle avait surpris plus d'une fois son regard sur elle en dépit des circonstances. Bon sang, il aurait aimé la contempler plus longuement encore, mémoriser chacune des courbes de son corps, chaque tache de rousseur sur son joli nez, mais le moment était mal choisi pour céder à ses envies. Il devait se concentrer sur les besoins de Kara, autrement dit son évacuation en lieu sûr avec son bébé.

Il se massa la nuque et s'obligea à adopter un ton dégagé.

— Oui.

Il jeta un nouveau coup d'œil aux sacs à pois roses. Les sacs de *Casey*. Il s'efforça de réconcilier ce fait avec le rêve puéril qu'il avait entretenu de revoir Kara un jour. Dans ce rêve-là, les choses s'arrangeaient entre eux : leur vie d'avant n'avait été qu'interrompue, et non détruite à jamais. Cependant, comment nier la réalité ? Ryder avait mis trois ans à se reconstruire, et Kara avait continué à vivre, sans lui.

Comme il était normal qu'elle le fasse.

Il détacha non sans mal son attention des minuscules bagages.

— Tout est prêt ?

Elle l'observait, comprenant sans doute combien il avait du mal à assimiler la situation.

— J'ai pris trop de choses ?

Ryder émit un léger soupir.

— Tu es maman.

— Chaque jour.

L'estomac de Ryder se noua. Kara était censée avoir des enfants de lui. Être sa femme. Ses premières fois étaient censées être les siennes aussi.

Il avait tout gâché. Il aurait tout donné pour avoir une

nouvelle chance avec elle et faire les choses correctement cette fois, mais pas au détriment de son bonheur, et, à en juger par les photos de Kara rayonnante avec son adorable petite fille, elle était heureuse.

Un mélange d'émotions se lut sur le visage de celle-ci avant qu'elle tourne les talons. Elle ouvrit un placard et en sortit biberons et boîtes de céréales qu'elle mit dans un sac.

Sa tâche terminée, elle leva les yeux et croisa les bras.

— Je vais supposer que ce froncement de sourcils n'est pas une réaction au fait que je suis maman.

Ryder porta la main à son front, lissant les plis coléreux qui s'y étaient formés.

— Pas du tout. Tu n'en es que plus belle.

— Bien sûr, ironisa-t-elle. J'ai trois ans et dix kilos de plus que la dernière fois que tu m'as vue. Voilà quatre mois que je n'ai pas dormi et que je me promène en survêtement usé. Tandis que toi…

Elle eut un geste vague, puis laissa retomber sa main avec un soupir accablé.

Incapable de s'en empêcher, Ryder s'approcha.

— Je ne plaisantais pas et je ne parlais pas non plus par politesse. Tu es vraiment superbe.

Elle se tourna vers lui et son regard se souda au sien. Lui lança un défi.

Il effleura le bout des mèches blondes qui ondulaient sur les coudes de Kara.

— Tes cheveux sont plus longs que dans mon souvenir, plus épais. Tu es plus hâlée. Tu parais heureuse.

Il s'étrangla à demi sur ces derniers mots. Elle était plus heureuse après trois ans sans lui, même après avoir été abandonnée par un salaud, qu'elle ne l'avait été avec lui.

Il baissa les yeux et recula, le souffle coupé par cette pensée. De quel droit se tenait-il si près d'elle ? De quel droit osait-il introduire ses propres désirs dans l'existence paisible qu'elle menait ? Il s'était bien débrouillé pour tout gâcher entre eux trois ans plus tôt. À présent, il devait se concentrer sur sa sécurité et faire en sorte d'arrêter Timothy Sand avant que celui-ci l'approche de nouveau.

— J'ai expédié les empreintes à West. Je suis sûr que ce sont celles de Sand.

L'air déçu, Kara se détourna et tira sur la fermeture du sac.

— J'ai pris assez d'affaires pour une semaine. Cela suffira ?

Cette fois, Ryder ne put résister.

— Tu l'as appelée Casey, dit-il, encore mystifié. Pourquoi ?

— C'est un beau prénom.

— C'est mon deuxième prénom.

Kara plongea de nouveau son regard dans le sien, et le silence s'étira entre eux.

— Je sais, dit-elle enfin.

Bon sang. Comment pourrait-il se focaliser sur son travail alors qu'il ne songeait qu'à Kara et à sa vie désormais ? Que lui était-il arrivé pendant les trois années qu'il avait manquées ? Avait-elle pensé à lui ? Était-ce pour cela qu'elle avait prénommé sa fille Casey ?

Il fit un pas vers elle.

— Kara.

Elle leva vers lui ses grands yeux bleus.

— Je devrais aller dormir un peu.

Ryder se pencha vers elle.

— Attends, s'il te plaît.

Elle resta immobile.

Il se pencha davantage, mettant à l'épreuve l'invisible frontière qui les séparait pour inspirer son parfum délicat. Elle paraissait tout à fait à l'aise dans son pyjama, debout près de lui dans leur ancienne maison. Ce moment était si parfaitement normal qu'il faillit l'embrasser.

Sauf qu'il n'était plus libre de l'embrasser, et que leurs soudaines retrouvailles n'avaient rien de normal.

Elle se détourna. Le cœur serré, il lui saisit la main et la pressa brièvement. Elle avait trouvé le bonheur sans lui et il devait respecter cela.

Il allait traquer Sand et l'arrêter. C'était pour cela qu'il était venu, non pour bouleverser la vie de Kara plus qu'il ne l'avait déjà fait.

— Bonne nuit, Kara.

Kara gravit lentement les marches, s'obligeant à ne pas courir ni regarder en arrière. L'emprise que Ryder Garrett avait sur son cœur, avait toujours eu sur son cœur, était injuste, et, bon sang, elle était furieuse contre lui d'avoir débarqué ainsi et amené un tueur à sa porte.

Cependant, elle ne pouvait oublier la manière dont il la regardait. Comme s'il ne voyait pas à quel point le temps l'avait changée, ou qu'il ne s'en souciait pas.

Elle se glissa sous les couvertures et laissa les souvenirs l'envahir. De bons souvenirs, cette fois. La douce caresse de sa bouche sur la sienne. Le goût de ses lèvres. De sa peau. Des journées passées à contempler les yeux bleus de Ryder, des nuits passées au creux de ses bras.

Le sommeil l'emporta rapidement en dépit du danger qui rôdait au-dehors, et ce furent les pleurs de Casey qui la réveillèrent à six heures pile. Elle se redressa en sursaut, le pyjama plaqué sur sa peau moite. Elle s'était endormie en songeant au corps de Ryder sur le sien. Elle tira sur son T-shirt en coton et détacha les mèches de cheveux collées à son cou et à ses épaules avec un soupir. Elle devait être affreuse. *Peu importe*, se morigéna-t-elle. *Il n'est là que pour arrêter ce criminel. Il n'est pas venu pour toi.*

Casey cria de nouveau. Kara repoussa le drap, pénétra dans la nursery et prit l'enfant dans ses bras. Aussitôt, la petite s'apaisa. Kara s'assit dans le rocking-chair et y resta quelques minutes, puis emmena le bébé dans sa chambre afin de se rafraîchir avant de descendre au rez-de-chaussée.

Elle enfila une robe bain-de-soleil bleu et, ses cheveux dénoués flottant librement sur ses épaules, elle appliqua un peu de mascara et de brillant à lèvres. Elle aurait préféré prendre une douche, mais Casey avait faim, et les besoins de sa fille passaient avant les siens.

Ryder eut un haut-le-corps en la voyant entrer. Assis en tailleur sur le sol, vêtu de son vieux short de basket et d'un T-shirt portant le logo de l'équipe de football locale, il paraissait dix ans de moins que son âge.

— Bonjour.

Kara sourit.

— On dirait que tu révises pour des examens. Qu'est-ce que c'est que tous ces papiers ?

Il se leva et se dirigea vers elles.

— J'aimerais bien être encore à l'école. Je ferais beaucoup de choses différemment.

— Ah bon ?

Elle espéra qu'il faisait allusion à elle. Qu'il voulait dire qu'il l'aurait préférée à Timothy Sand.

Il s'immobilisa à quelques centimètres d'elle et tendit la main pour caresser la joue de Casey.

— Bonjour.

Sa proximité semblait avoir chassé tout l'air des poumons de Kara. Elle s'éclaircit la gorge.

— Ryder, voici Casey. Casey, je te présente Ryder, dit-elle en pivotant légèrement, offrant à ce dernier une vue parfaite de l'adorable visage de sa fille.

— Elle est superbe.

— Oui.

Ryder leva vers Kara un regard empreint de douleur.

— Elle est tout ton portrait.

— Merci, murmura Kara, luttant en vain pour ne pas rougir. Tu veux la tenir ?

— Non.

Il pâlit et recula un peu, l'air paniqué.

— Je ne peux pas. Je n'ai jamais… Je ne devrais pas.

Kara fit un pas en avant, poussant Casey vers lui.

— Vas-y.

— Hum.

Il inclina la tête, son regard allant de Kara à Casey et revenant sur Kara.

Elle sourit, fascinée par les émotions qui se lisaient sur ses traits décidés.

— Vas-y. Elle ne va pas te mordre.

Ryder reporta son attention sur elle.

— Tu me nargues.

— Oui.

Un sourire s'esquissa sur ses lèvres.

— Si je la fais tomber, ce sera ta faute.

Kara transféra sa petite princesse dans les bras puissants de Ryder. La minuscule couverture rose de Casey se drapa sur son épaule et ses grands yeux bleus se fixèrent sur les siens.

Ryder resta bouche bée. Ses épaules s'affaissèrent.

Il était conquis.

— Tu ne vas pas la faire tomber, répondit Kara, le cœur gonflé d'amour pour ce petit être qu'elle avait mis au monde, qu'elle élevait seule, et qui était tout à elle.

L'espace d'un instant, elle se demanda quel effet cela lui ferait de la partager. Elle leva les yeux vers Ryder, se souvint de l'homme merveilleux, drôle, protecteur et affectueux qu'il avait été autrefois, et une bouffée de nostalgie déferla en elle, lui coupant le souffle.

— Comment le sais-tu ? demanda-t-il.

Kara revint au présent. Elle déposa un baiser sur les

boucles blondes de Casey, après quoi elle effleura du bout des doigts la joue rugueuse de Ryder.

— Parce que tu es un protecteur-né.

La poitrine de Ryder se gonfla de fierté et de plaisir. Les paroles de Kara, sa caresse, lui donnaient soudain l'impression d'être un géant, un homme invincible, et pourtant il se sentait étrangement faible avec le bébé dans ses bras. Comme si son cœur avait été mis à nu, et qu'il était brusquement menacé.

Était-ce ce que Kara éprouvait désormais ? Aimer un enfant avait-il cet effet sur chacun ?

Il contempla Kara avec une admiration et un respect accrus, ce qu'il n'aurait pas cru possible. Puis il plongea de nouveau son regard dans celui du petit ange dans ses bras et se sentit fondre.

— Casey, murmura-t-il.

Kara s'était éclipsée. Elle revint presque aussitôt, apportant un biberon et une minuscule poupée de chiffon qui portait un ciré jaune. Elle reprit le bébé et posa la poupée sur le ventre de Casey avant de placer habilement le biberon devant la bouche impatiente de sa fille.

— Qu'y a-t-il ? demanda-t-elle.

— Pourquoi l'as-tu appelée Casey ? Ne me dis pas que c'est seulement parce que c'est un joli prénom. C'est le mien. Pourquoi ?

Kara regardait l'enfant qui tétait goulûment dans ses bras.

Ryder déglutit.

— J'ai besoin de savoir.

— Ce n'était pas facile d'être seule et enceinte, avoua Kara tout bas. Tu es la personne la plus forte que je connaisse et tu me…

La sonnette de la porte d'entrée tinta, lui coupant la parole. Elle se tut, les joues en feu.

Ryder attrapa son arme et lui décocha un regard perçant.

— Je reviens. Reste à l'arrière.

Kara se hâta vers la cuisine tandis qu'il gagnait la fenêtre.

— C'est West.

Il ouvrit la porte en grand et étreignit son jeune frère avec chaleur.

— Salut, Ry. Ça faisait longtemps, dit West en le serrant contre lui.

— C'est vrai.

Les deux hommes se séparèrent et se regardèrent avec émotion.

West se frotta le menton.

— Je suis content de te voir, mais j'aurais préféré que ce soit dans d'autres circonstances.

— C'est pareil pour nous trois, répondit Ryder, indiquant d'un regard la pièce où Kara s'était réfugiée.

— Comment se sont passées vos retrouvailles ? demanda West d'une voix sourde.

— Mieux que je m'y attendais, admit Ryder. Sa fille est en danger à cause de moi et elle m'a laissé la vie sauve.

— Soit elle est la grâce incarnée, soit elle projette de te remettre aux mains de Sand.

— La grâce incarnée, hein ?

Kara venait d'apparaître. Elle pressa le pas, enroula un bras autour de la taille de West et l'embrassa sur la joue.

— Tu m'as tellement manqué ! s'écria-t-elle. Comment vas-tu ?

— Bien, répondit West en souriant. Très bien.

Kara lui rendit son sourire.

— J'ai lu dans le journal que tu t'étais marié. Il y avait des photos prises par une photographe locale.

— Marissa, précisa West. La femme de Blake.

Ryder avait trois frères. Trois irréductibles play-boys, qui venaient pourtant tous de convoler en justes noces. Si heureux qu'il fût pour eux, Ryder n'avait pas oublié qu'il avait été le premier des quatre à se fiancer. Pour sa part, il n'avait jamais été du genre à papillonner. Il n'avait eu d'yeux que pour une seule femme, qui se tenait devant lui à cet instant même, et qui était complètement hors d'atteinte.

Par sa faute.

Le regard de West s'arrêta sur le petit colis enveloppé de rose dans les bras de Kara.

— Hé, bonjour, toi, roucoula-t-il. Comment t'appelles-tu ?

— Voici ma fille, Casey.

West arqua les sourcils.

— Casey ?

Kara acquiesça, rougissante.

— C'est ça.

Elle maintint son regard sur Casey tandis que West lançait à Ryder un sourire satisfait.

— Je peux ? demanda-t-il en désignant l'enfant.

— Bien sûr.

Instinctivement, Ryder se rapprocha de Kara et glissa une main au creux de son dos. Elle se laissa tranquillement aller contre lui alors que West prenait l'enfant dans ses bras.

— Quand pouvons-nous partir ? lança Ryder.

Les choses étaient trop calmes depuis trop longtemps, et quelque chose lui disait que cela n'allait pas durer.

Kara mit une main sur le ventre de Ryder et se blottit contre lui, visiblement terrifiée. La chaleur de son contact transperça le cœur meurtri de Ryder. Ce n'était pas un geste d'amitié. C'était plus fort, plus intime. Il tourna la tête vers elle et baissa les yeux au moment où elle levait les siens. Pendant une fraction de seconde, une indéniable émotion brilla dans son regard. L'instant d'après, elle avait reporté son attention sur West et sur Casey, et laissé retomber sa main.

Le timbre perçant de la sonnette les fit tressaillir

en même temps. La terrasse était déserte et pourtant, quelqu'un pressait le bouton avec insistance.

Kara se précipita vers West et reprit Casey dans ses bras.

— La porte de derrière !

Ryder était déjà à mi-chemin, l'arme au poing, et faisait signe à West de le suivre. Ce ne pouvait être que Sand. Qui d'autre aurait appuyé sur la sonnette comme un dément ? Qui d'autre aurait osé s'approcher de la porte du jardin alors que deux adjoints montaient la garde devant et que le shérif était à l'intérieur ?

Les mains de Ryder étaient douloureuses à force d'être crispées sur son pistolet, mais ce n'était rien en comparaison de l'étau qui lui comprimait la poitrine. Comment ce type pouvait-il avoir l'audace de venir sonner chez Kara ? De se présenter sur le seuil de la maison où Ryder avait autrefois demandé la main de Kara ? Où elle avait dit oui ?

Les frères se mirent en position contre le mur.

West fit un bref signe de tête, puis ouvrit la porte à la volée. Ryder se rua au-dehors. La terrasse, le jardin et la petite allée où Kara rangeait ses poubelles étaient déserts.

— Ry ?

La voix tremblante de Kara le ramena à elle.

Debout sur le seuil de la cuisine, Casey calée sur un bras, elle tenait de l'autre une feuille de papier.

West rejoignit Ryder sur les marches, repoussa Kara à l'intérieur et verrouilla la porte derrière eux.

Ryder enroula un bras autour de ses épaules et tendit la main vers la feuille.

— Qu'est-ce que c'est ?

— Nous, chuchota-t-elle.

Deux photos avaient été imprimées sur papier. Sur la première, Kara tenait Casey sur une hanche. Sur la seconde, elle était nichée contre la poitrine de Ryder, dont le visage était à la fois hanté et protecteur. Sous les clichés, on avait griffonné ces lignes :

> *Quelle charmante petite famille vous avez, marshal ! Ce serait dommage de voir tout cela s'évanouir en fumée…*

6

Terrifiée, Kara sentit ses cheveux se dresser sur sa nuque alors que Ryder démarrait, son 4×4 rempli de leurs bagages. Il l'avait pratiquement jetée sur la banquette arrière avec Casey à l'instant où il avait vu les photos et la note qui les accompagnait.

Elle claquait des dents en dépit de la chaleur moite qui régnait.

Un tueur était venu sonner à sa porte.

Il les avait espionnés, il avait pris des photos.

Assis sur le siège passager, West jeta un coup d'œil à son frère.

— Le labo cherche une photo récente de Sand à transmettre aux médias. Et les techniciens pensent pouvoir déterminer la marque de l'imprimante qui a servi pour ces clichés.

— Est-ce qu'on se soucie de savoir ça ? intervint Kara, encore choquée par l'audace de Timothy Sand.

N'y avait-il pas des questions plus importantes à poser ? Telles que celle de savoir ce que Sand avait mijoté d'autre sous leur nez ?

Ryder la regarda dans le rétroviseur.

— Nous pourrons utiliser cette information pour remonter jusqu'à lui. C'est une bonne chose.

Kara l'espérait. Elle n'était pas sûre que son cœur pût supporter beaucoup plus d'anxiété. Timothy Sand devait être mis hors d'état de nuire. Tout de suite.

Une main sur le siège bébé, elle se tourna vers le soleil matinal, s'efforçant de ne pas songer au danger qu'elle courait, ni à tout ce qu'elle avait abandonné derrière elle. Le rocking-chair d'occasion où elle avait bercé Casey durant les trois premiers mois. La courtepointe au crochet confectionnée par sa grand-mère. La balancelle où Ryder l'avait demandée en mariage. Elle n'avait pu tout emporter, et tout ce qu'elle avait laissé risquait d'être brûlé par Sand, cet homme obsédé par le désir de se venger de Ryder.

Kara observait le paysage qui défilait derrière les vitres, à l'affût de signes de danger, mais au contraire, elle ne voyait que beauté partout où se posait son regard. Des champs de blé et de tournesols en fleur s'étendaient autour de granges peintes en rouge et de petites maisons blanches. Au loin, des pics couverts de sapins se dressaient à l'horizon.

Malheureusement, toute cette beauté ne pouvait lui faire oublier qu'un incendiaire dément était à ses trousses.

À côté d'elle, Casey jouait tranquillement avec les anneaux en plastique accrochés à son siège. Pour elle, ce trajet n'était qu'une sortie ordinaire. Un court trajet qui serait suivi d'affection et de câlins.

Pendant ce temps, Kara vivait un cauchemar.

West saisit son regard dans le rétroviseur alors que Ryder tournait à gauche pour traverser le centre-ville.

— Ça va ?

Tout bien considéré ?

— Non.

Cole, le benjamin des frères Garrett, adjoint du shérif, roulait derrière eux dans un pick-up rouge délavé, s'efforçant de ne pas se faire remarquer. Cependant, trois voitures qui se suivaient de près dans Shadow Point à cette heure matinale ne pouvaient passer inaperçues. Il était sept heures tout juste, et les magasins étaient encore fermés. Voitures de patrouille ou non, leur petite caravane attirait l'attention des rares habitants déjà dehors pour promener leur chien ou ramasser leur courrier.

Kara tenta de sourire au reflet de West, sans y parvenir tout à fait. Ses muscles étaient noués par l'angoisse.

— Où allons-nous ?

Il ne lui était pas venu à l'esprit de poser la question avant, mais tout à coup, la destination lui paraissait cruciale. Seraient-ils en sécurité ? Y aurait-il des voisins ? Des témoins ? Seraient-ils en danger également si Sand venait à les retrouver ?

Un frisson la parcourut à cette pensée, et elle se frictionna les bras pour chasser la chair de poule. Chacun des Garrett était une force de la nature. S'ils estimaient qu'ils devaient être trois pour assurer sa sécurité… Timothy Sand devait être un véritable monstre.

Les doigts de Kara se crispèrent sur le siège bébé. Sand avait été assez proche d'elle pour faire ce même geste la veille. Il avait agrippé la poussette et l'avait toisée comme si elle l'avait mis en colère et non l'inverse. Cela lui avait paru bizarre sur le moment, mais à présent, elle comprenait. Il était furieux. Sans doute avait-il espéré trouver Ryder avec elle au jardin public.

West pivota vers elle.

— Au chalet de notre grand-père. Tu le connais ?

Une vague de chaleur déferla sur sa peau, en même temps qu'une bouffée de nostalgie la submergeait. Le regard de Kara bondit vers le rétroviseur, où il rencontra les yeux bleu acier de Ryder.

— Oui, répondit-elle, sur un ton aussi neutre que possible.

Comment aurait-elle pu oublier l'endroit où elle avait perdu sa virginité ?

West hocha la tête et se retourna, reportant son attention sur la route.

— J'ai toujours aimé ce lieu, mais voilà des années que je n'y suis pas retourné.

Ryder suivit l'adjoint sur le parking réservé au bureau du shérif et choisit une place à l'arrière.

— Je veux parler à l'équipe du labo avant de quitter la ville. J'aimerais que tu donnes ton avis sur le portrait-robot que nous allons diffuser aux médias, ajouta-t-il, quêtant du regard l'approbation de Kara.

— Entendu, dit-elle, soulagée.

Ici, au moins, Casey serait en sécurité.

Elle sortit le siège bébé du véhicule et suivit West à l'intérieur. Ryder entra le dernier, restant tout près. Toujours vigilant. Toujours protecteur.

Le bureau fourmillait d'activité. La sonnerie des téléphones et le brouhaha des conversations contrastaient de manière frappante avec le quasi-silence qui avait régné dans la voiture. De sa place près de la porte, Kara dénombra six adjoints, auxquels s'ajoutaient plusieurs personnes vêtues de gilets haute visibilité.

West et Ryder s'avancèrent et furent aussitôt entourés de leurs collègues. Seuls quelques-uns, encore au téléphone, restèrent en retrait.

— Kara ?

La voix de Ryder résonna par-dessus le bourdonnement. Il agitait la main, lui faisait signe d'approcher.

— Que penses-tu de ce portrait-robot ? demanda-t-il en tournant une photo vers elle. Il est basé sur les clichés les plus récents dont nous disposons, modifiés à l'aide d'un logiciel de simulation de vieillissement.

Le cœur de Kara manqua un battement, puis s'emballa à la vue de l'homme. Elle reconnut immédiatement son menton étroit, ses pommettes hautes. Elle se remémora le timbre de sa voix, sa main sur la poussette. Incapable d'articuler un son, elle hocha la tête pour que Ryder comprenne. Même sans discerner clairement les yeux de Sand, elle savait qu'elle le reconnaîtrait n'importe où. Jamais elle ne l'oublierait, car elle savait désormais qu'il voulait la dépouiller de tout ce qu'elle avait, et cela, dans le but de faire souffrir Ryder, un homme qui ne l'aimait plus. Peut-être qu'au lieu de diffuser le portrait-robot de Sand, il aurait mieux valu tenir une conférence de presse annonçant que Ryder et elle avaient rompu trois ans auparavant. Kara n'était pas l'épouse de Ryder. Casey n'était pas sa fille. Ils ne formaient pas une famille. Sand pourrait retourner à Cincinnati et s'en prendre à quiconque partageait la vie de Ryder à présent.

Ryder fronça les sourcils et lâcha un sifflement assez sonore pour ameuter les chevaux du comté voisin.

— Écoutez, lança-t-il à la salle attentive. Cet homme est Timothy Sand. Nous voulons que son visage apparaisse sur toutes les chaînes de télévision, sur tous les sites d'actualités, dans tous les journaux. Offrez une récompense à qui pourra nous donner des informations. Prenez chaque appel au sérieux. Si quelque chose vous paraît intéressant, appelez West ou appelez-moi immédiatement. Je veux que toute la ville le recherche, et de préférence tout le comté de Cade.

Aussitôt, ce fut l'effervescence. Chacun regagna son poste et se mit à pianoter sur le clavier de son ordinateur ou de son téléphone.

Pour sa part, Kara se focalisa sur sa respiration, refoulant la panique qui menaçait de la faire fondre en larmes. Les mots du tueur s'étaient gravés dans son esprit.

> *Quelle charmante famille vous avez là, marshal ! Ce serait dommage de voir tout cela s'évanouir en fumée.*

Il avait glissé la photo contre sa vitre avec soin, comme s'il s'agissait d'une publicité pour un nouveau restaurant, et non d'une menace de mort à l'encontre de son bébé.

Kara compta ses inspirations, respira plus profondément.

Elle tenta de déglutir, mais c'était comme si sa langue avait doublé de volume. Elle avait la bouche sèche. Les yeux humides. Les lèvres tremblantes. *Ressaisis-toi*, s'ordonna-t-elle intérieurement.

Casey s'agita sur son siège, peut-être sensible à la tension qui l'environnait.

Kara détacha le harnais et souleva la petite fille dans ses bras.

— Coucou, ma chérie, murmura-t-elle en la serrant contre son visage. J'aimerais bien pouvoir t'envoyer quelque part jusqu'à ce que ce cauchemar soit terminé. Dans un endroit sûr. Avec quelqu'un en qui j'ai confiance.

Cependant, la vérité, c'était qu'en matière de sécurité et de protection, personne ne pouvait dépasser les Garrett, et tous se trouvaient à Shadow Point. Elle cala avec précaution Casey contre son épaule, puis se balança doucement dans l'espoir de la distraire ou de l'inciter à se rendormir.

Tout en berçant le bébé, elle se mit à faire un circuit autour de la salle. Chacun s'activait, absorbé par sa tâche.

Lorsqu'elle se hasardait à chercher Ryder des yeux, il lui rendait toujours son regard, comme si son attention était tout entière focalisée sur elle. Kara se remémora sa vulnérabilité de la veille au soir, au moment où il lui avait parlé de Timothy Sand. Son cœur se serra pour les vies que ce criminel avait prises. Pour les familles qu'il avait détruites à jamais. Pour ceux qu'il avait tués et ceux qui restaient.

En dépit des efforts de Kara pour apaiser Casey, le bébé continuait à s'agiter. Sans doute était-elle perturbée par cette grande salle pleine de bruits, mais que faire ? Kara ne pouvait pas partir. Elle se contenta de déposer des baisers dans les cheveux de sa fille et de chantonner tout bas à son oreille.

Elles passèrent à côté de Ryder qui s'entretenait avec

West. Les yeux de Ryder étaient pleins d'espoir, et ses lèvres esquissaient un sourire. Il était encore plus séduisant que dans ses souvenirs.

À cet instant, il tapa sur l'épaule de West, et Kara sentit son cœur s'arrêter de battre.

Le claquement résonna dans les murs de son esprit, la confrontant brutalement au souvenir précis de ces mains fortes et compétentes sur son corps. Ces mains l'avaient emmenée dans des lieux qu'elle n'avait jamais connus avant ni depuis, et où elle rêvait de retourner.

— Kara ?

Ryder se tenait devant elle.

Elle se raidit d'humiliation, surprise à revivre des moments aussi intimes en cet endroit si public. Et dans des circonstances si affreuses. Que lui arrivait-il donc ?

— Ça va ? s'inquiéta-t-il, penché vers son visage cramoisi. Tu veux un verre d'eau ?

— Oui, s'il te plaît. De l'eau.

Elle changea Casey de place sur sa hanche, luttant désespérément pour se reprendre.

Une seconde plus tard, il était de retour, un gobelet en carton à la main.

— Je n'ai pas trouvé de verre, excuse-moi.

— Merci.

Kara avala d'un trait le liquide glacé et regretta de ne pas en avoir davantage. Ce dont elle avait besoin, c'était une douche froide et des billets d'avion pour l'emmener loin de Timothy Sand.

Casey geignit de nouveau. Cette fois, Ryder tendit la main vers elle.

— Je peux ?

— Oh ! Je…

— J'ai l'impression que tu as besoin de quelques minutes à toi, dit-il. Il s'est passé beaucoup de choses, et j'ai réussi à ne pas la faire tomber tout à l'heure, alors…

— D'accord.

— Si tu veux aller te rafraîchir ou grignoter un peu dans la salle de repos, tu as le temps. J'aimerais attendre que les bulletins d'informations diffusent le portrait-robot de Sand avant de quitter la civilisation.

L'alarme dut se lire sur ses traits, car Ryder sourit.

— Nous aurons tout ce qu'il nous faut. Ne t'inquiète pas. J'ai l'habitude de ce genre de situation.

Son front se plissa brusquement, et son sourire s'effaça.

Il n'était pas difficile de deviner à quoi il pensait. Il avait connu ce genre de situation par le passé, en effet. Trois ans auparavant, sans en avoir l'intention, il avait placé Jennifer Sayers et sa famille sur le chemin de Timothy Sand.

Et aucun n'avait survécu.

Kara lui tendit Casey.

— Merci. Je reviens dans une minute.

Ryder souleva la fillette dans les airs. Celle-ci se tut, bouche bée, les yeux rivés sur sa mère.

— Fais attention, murmura Kara en se pressant contre lui pour regarder son bébé.

Il fit redescendre l'enfant et la cala sur sa hanche opposée. Son expression espiègle avait cédé la place à un regard sombre et farouche.

— Tout ira bien, promit-il. Pour vous deux.

La conviction qui perçait dans sa voix suffit à faire chanceler Kara. Elle l'avait entendu prendre le même ton pour lui professer son amour autrefois. Les larmes aux yeux, elle sentit qu'elle tremblait des pieds à la tête. Son bébé et elle étaient au poste du shérif, prêtes à fuir la ville pour éviter d'être tuées par un psychopathe. Seul rai de lumière dans toute cette histoire, Ryder était là et il allait bien. Mais qu'adviendrait-il d'elle lorsqu'il repartirait ? Pourquoi souffrait-elle autant, trois ans après leur rupture, de savoir que sa présence ne durerait pas ? Au comble de l'émotion, elle ne put réprimer un gémissement éperdu.

Aussi calme et résolu que jamais, Ryder l'entoura de son bras libre.

— Viens là.

Il la blottit contre sa poitrine, Casey toujours calée sur sa hanche.

— Je sais que tu as peur, reprit-il. Ce qui arrive est insensé, mais cela ne va pas durer. J'ai les meilleurs hommes du comté sur l'affaire. Tout ira bien, répéta-t-il, et je vais arrêter Sand.

Kara leva le menton pour mieux voir l'homme qui prononçait précisément les paroles qu'elle avait besoin d'entendre. Les lèvres de Ryder étaient beaucoup plus proches qu'elle ne l'avait escompté et, instinctivement, elle entrouvrit les siennes. La salle sembla s'évanouir autour d'eux alors que leurs regards se soudaient. Elle aurait pu l'embrasser. Il me laisserait faire, songea-t-elle. L'expression de son regard le disait clairement, mais que cela signifierait-il ? Ce serait un coup de couteau supplémentaire dans le cœur quand tout serait terminé. Un instant de réconfort aujourd'hui ne valait pas les torrents de larmes qu'elle verserait inévitablement par la suite.

Elle se dégagea, fixa le sol et ravala les sanglots qui lui montaient à la gorge.

— Je reviens, répéta-t-elle en faisant un geste en direction des toilettes.

Ryder hocha brièvement la tête. Le bras dont il avait entouré Kara revint se poser sur Casey. Puis il se tourna vers le centre de la salle et les adjoints qui s'affairaient.

Kara se dirigeait vers les toilettes quand la vue du siège bébé délaissé lui donna une idée. Peut-être que Rosie ramènerait le sourire sur les lèvres de Casey.

La poupée n'était pas dans le siège. Perplexe, Kara inspecta rapidement le gros sac en toile qu'elle portait en bandoulière. Pas de Rosie. Elle ne l'avait tout de même pas oubliée, si ?

Kara s'approcha de la fenêtre et regarda le parking, s'efforçant de mettre de l'ordre dans ses pensées. Elle avait été si bouleversée en faisant les bagages, si soucieuse d'emporter autant de souvenirs que possible au cas où Timothy Sand mettrait le feu à la maison, qu'elle avait laissé Rosie sur le canapé.

Elle la revoyait à présent.

Malgré elle, ses épaules se tassèrent. Elle était épuisée. Mentalement. Physiquement. Émotionnellement. Avec un peu de chance, Rosie serait toujours là à leur retour. Avec un peu de chance, sa maison serait encore debout.

Tête baissée, elle pivota et retourna vers les toilettes. Là, au moins, elle pourrait pleurer tout son soûl, évacuer toutes les frustrations de la journée.

Deux pas plus tard, une explosion assourdissante la projeta à terre.

Le bâtiment trembla, les vitres éclatèrent.

Des cris s'élevèrent, et les gens se mirent à courir dans tous les sens alors qu'une épaisse fumée se répandait dans la salle.

Quelque part dans le noir, Ryder cria son nom, et Casey émit un hurlement déchirant qui galvanisa Kara. Non sans mal, elle se releva et partit dans la direction d'où venait le son.

Ses poumons s'emplirent de poussière à mesure qu'elle traversait à l'aveuglette le bâtiment dévasté.

— Casey ! toussa-t-elle, plissant les yeux pour essayer de repérer sa fille. Casey !

Ses oreilles bourdonnaient, étouffant les sons de la panique ambiante. Elle se hâta vers l'endroit où elle avait vu Ryder pour la dernière fois. Casey ne pleurait plus. Elle n'entendait plus la voix de Ryder.

Où étaient-ils ? Que s'était-il passé ?

Assaillie par des visions épouvantables, elle batailla pour se frayer un chemin dans le monde quasi invisible qui l'entourait. Alors qu'elle progressait tant bien que mal vers la sortie, elle heurta d'autres personnes qui, comme elle, trébuchaient sur des objets renversés, glissaient sur des éclats de verre.

Dehors, de nouvelles déflagrations se firent entendre, résonnant de toutes parts.

Que diable arrivait-il ?

La douleur lui vrillait les tempes, le sang affluait à ses oreilles.

— Casey ! hurla-t-elle du plus profond d'elle.

Où Ryder et son bébé étaient-ils ? Gisaient-ils quelque part sur le sol ? Avait-elle trébuché sur eux sans les voir ? Kara se tourna dans chaque direction, les cherchant désespérément des yeux, mais il n'y avait que débris, poussière et fumée.

Quand elle releva les yeux, tous les autres fuyards avaient disparu. Elle était seule dans le bâtiment saccagé. Une bouffée d'espoir l'envahit.

— Casey ! Ryder !

Pourvu qu'ils ne soient pas là. Qu'ils ne soient pas blessés. Ou pire.

Son regard se posa sur le pan de clarté à quelques mètres d'elle. Le soleil brillait au-dehors. C'était par là que tout le monde s'était échappé. Elle devait sortir à son tour, trouver Ryder et son bébé ou obtenir de l'aide pour revenir les chercher à l'intérieur.

Le gémissement sourd du métal qui ploie la fit tressaillir et s'immobiliser. Elle leva les yeux. Une série de craquements menaçants retentit au-dessus d'elle, et soudain, dans un vacarme terrifiant, une partie du plafond s'écroula.

Le cri s'étrangla dans sa gorge alors qu'elle s'effondrait, terrassée par un énorme poids. Kara eut tout juste le temps de prier une dernière fois pour que Casey soit vivante. Que Ryder ait, d'une manière ou d'une autre, sauvé son bébé.

Puis ce fut le noir.

7

Des mains puissantes entourèrent les bras de Kara, la relevèrent.

— Tu peux marcher ? demanda la voix de Ryder à travers le sifflement qui lui transperçait les oreilles. Sinon, je te porte.

Encore étourdie, elle secoua la tête et le suivit tandis qu'il se frayait un chemin parmi des tas de plâtre et de plaques d'isolant.

— Que s'est-il passé ? murmura-t-elle, la bouche sèche, le crâne transpercé par la douleur.

Le bâtiment était dans un triste état. Les fenêtres de la façade avaient été fracassées et le sol était jonché de verre brisé. Le gros nuage de poussière qui flottait dans l'air, moins dense à présent, ranima des souvenirs de l'explosion. Elle regardait par la fenêtre, à côté du siège-auto de Casey. Rosie manquait à l'appel. Et puis, elle s'était tournée vers les toilettes…

— Casey !

Sa fille était dans les bras de Ryder quand la déflagration avait eu lieu, mais où était-elle à présent ? Pourquoi ne la cherchait-il pas ?

— Elle va bien, assura Ryder en la prenant par le bras. Elle est avec West. Il l'a emmenée dehors.

— Où ?

Elle plissa les yeux vers le groupe compact qui s'était réfugié sur le parking.

— Où ? répéta-t-elle, s'obligeant à raffermir sa voix tremblante.

Il tendit le bras pour lui indiquer l'endroit.

— Là-bas.

Kara cilla, éblouie par le soleil alors qu'ils s'avançaient vers le parking.

— Je ne la vois pas.

— Cole ! cria Ryder. Par ici !

Il leva la main. Son frère répondit d'un signe de tête. Après avoir fait des études de médecine, Cole avait décidé d'entrer dans les forces de l'ordre. Kara avait encore du mal à comprendre pourquoi. Ryder, pour sa part, s'était contenté de dire que les Garrett avaient cette passion-là dans le sang.

Ryder mit les mains sur le visage de Kara et l'obligea doucement à le regarder.

— Cherche le chapeau de West. Il remet un peu d'ordre. Casey est avec lui. Et tu dois rester ici pendant que Cole t'ausculte.

Il l'enveloppa d'un regard bouleversé.

— Casey va bien, répéta-t-il d'une voix grave. Nous n'étions pas à côté des explosions. Hoche la tête si tu as compris.

Kara s'exécuta, tandis que des larmes de soulagement lui montaient aux yeux. Ryder la lâcha et pointa de nouveau le doigt vers le groupe.

Cette fois, Kara chercha du regard le chapeau à larges bords du shérif, aisément reconnaissable dans la foule. Au même instant, plusieurs personnes changèrent de place, et elle aperçut Casey, calée sur la hanche de West. Il distribuait des ordres aux adjoints, tenant le bébé en place d'une main tout en gesticulant de l'autre, comme s'il était tout à fait normal de diriger les opérations avec un enfant dans les bras.

Le pouls de Kara s'apaisa.

— Bon.

Elle hocha la tête et ressentit aussitôt un éclair de douleur.

— Je crois que le plafond est tombé sur moi.

— Une partie de l'isolation, expliqua Ryder avec émotion. L'impact a secoué tout le bâtiment et la section la plus ancienne du plafond a cédé.

Il se massa le front avec force.

— J'ai cru que tu étais morte.

Kara porta des doigts hésitants à sa nuque et sentit du sang tiède.

— Je ne suis pas morte.

Elle s'éloigna d'un pas, mais Ryder la rattrapa. Cette fois, elle lui lança un regard d'avertissement.

— Il faut que je la voie, Ryder. Allons-y.

— Cole ! cria Ryder de nouveau avec autorité.

Kara fit un pas de plus, mais il raffermit sa prise.

— Elle va bien. Pas toi. Il faut que tu laisses Cole t'examiner. Tu es couverte de sang et de poussière, ton visage est tout égratigné. Prends au moins le temps de te ressaisir un peu, sinon tu vas t'évanouir !

Kara baissa les yeux. Ryder ne mentait pas. Elle était en piteux état. Son attention se reporta sur Casey. Elle voulait la tenir dans ses bras, l'embrasser, lui dire que tout allait bien.

— Cinq minutes, plaida Ryder.

Elle se focalisa sur lui.

— Que s'est-il passé ?

Le remords se peignit sur le visage de Ryder. À l'évidence, il s'accablait de reproches pour l'incident.

Pourquoi ?

— Tu étais près de la fenêtre, murmura-t-il, les dents serrées.

Il regarda par-dessus son épaule. Cole accourait, une trousse de premiers secours à la main. Derrière lui, et tout autour du bâtiment, les poubelles étaient la proie des flammes.

Un sanglot se forma dans la gorge de Kara. Instinctivement, elle se blottit contre Ryder. Il referma les bras autour d'elle et la serra étroitement contre lui.

Kara avait beau s'exhorter à tenir bon, elle se sentait vaciller dans son étreinte. Elle s'était endurcie après le départ de Ryder, mais sa force atteignait ses limites. Les bras de Ryder avaient été son refuge autrefois. Un endroit où elle pouvait être vulnérable. Où le mal ne pouvait la trouver. Et elle en avait plus que jamais besoin.

La plainte d'une ambulance se fit entendre, la ramenant au présent. Elle tressaillit.

— Il y a des blessés ?

— Toi, répondit Cole en braquant le faisceau d'une lampe dans ses yeux. Tous les autres étaient à l'arrière du bâtiment, occupés à préparer le bulletin télévisé.

— C'était Sand ? demanda-t-elle d'une voix rauque.

Ryder déglutit lentement sans répondre. L'expression de son visage était suffisante. C'était Sand, en effet.

Ryder garda l'œil sur Kara alors qu'une série d'ambulances superflues se rangeait le long du trottoir. En dépit des dégâts considérables, elle était la seule personne à avoir besoin de soins médicaux. Et elle trépignait d'impatience pendant que Cole inspectait sa blessure à la tête.

Les camions de pompiers arrivèrent à leur tour et déversèrent des hommes en tenue jaune sur les lieux.

L'oncle Henry fut le premier ambulancier à s'approcher.

— Tout le monde est indemne, assura Cole. À part Kara.

Il appliqua une compresse de désinfectant sur sa plaie et lui arracha une grimace.

— Il va falloir des points de suture.

Kara lui décocha un regard menaçant.

— Je veux voir ma fille.

— Du calme, rétorqua Cole, son expression grave devenant un soupçon espiègle. Je vais t'envoyer notre grand frère. À toi de jouer, oncle Henry. Mets-lui un masque à oxygène, d'accord ?

Ryder se hérissa et dut réprimer l'envie de réprimander son jeune frère. Kara et lui avaient toujours plaisanté ensemble, mais ce n'était pas le moment, et, de plus, il en voulait à Cole d'avoir pu reprendre le ton de leurs anciennes conversations comme si de rien n'était. Malgré tout, Ryder se contenta de le fusiller du regard alors qu'il s'éloignait.

Après avoir chaleureusement salué Kara, Henry se mit au travail. Au grand dam de celle-ci, il suivit le conseil de Cole et lui appliqua un masque à oxygène sur-le-champ.

— Ça va t'aider à respirer. Tu as sans doute inhalé beaucoup de fumée. As-tu perdu conscience ?

— Oui, admit Kara, en inhalant profondément, soudain reconnaissante pour l'encombrant masque.

Henry ouvrit sa trousse.

— Pendant combien de temps a-t-elle été sans connaissance, Ryder ?

— Deux minutes. Peut-être moins. Je l'ai vue s'effondrer, j'ai donné le bébé à West et je les ai poussés dehors. Il m'a fallu trente secondes pour la dégager. Elle était inconsciente quand je l'ai relevée.

Deux minutes. Cela paraissait insignifiant, mais pour lui, elles avaient semblé durer une éternité. Luttant pour écarter les plaques d'isolant tombées sur elle, il avait envisagé le pire. S'était imaginé la découvrir en sang, à l'agonie.

Le seul fait d'y repenser lui comprimait la poitrine.

Henry nettoya la plaie avec soin. En fin de compte, l'entaille n'était pas aussi profonde qu'elle l'avait craint. Quelques points de suture suffirent à la refermer.

Cela fait, Kara tenta de se relever, mais Henry la maintint en place.

— J'ai presque fini, dit-il pour la énième fois, avant de reporter son attention sur toutes les coupures et contusions qu'il pouvait trouver.

Plusieurs minutes s'écoulèrent avant qu'il se redresse.

— Je crois que c'est bon. Viens me voir si tu as des nausées ou des étourdissements.

Il lui tendit une boîte de comprimés analgésiques et une petite bouteille d'eau. Puis, satisfait, il se tourna vers Ryder.

— Qu'est-ce qui s'est passé ici, bon sang ?

— Un incendie criminel.

Incendie criminel. Le terme lui parut soudain absurde pour décrire le chaos et la confusion provoqués. Le local des forces de l'ordre temporairement hors d'usage. Des pompiers partout. Le shérif et ses adjoints évacués sur un parking, entourés d'habitants sous le choc, qui se demandaient ce qui diable arrivait à leur paisible petite ville.

Profitant de leur inattention, Kara retira le masque à oxygène.

— Merci, dit-elle en le rendant à Henry. Je vais voir Casey.

D'un signe de la main, Ryder prit congé de son oncle et lui emboîta le pas. Ses frères pouvaient satisfaire la curiosité de Henry. Pour sa part, il ne voulait plus quitter Kara des yeux.

Elle accéléra l'allure en s'approchant de West et de son bébé. Une larme roula sur sa joue et scintilla au soleil.

— Casey, roucoula-t-elle. Viens là, mon chou.

Elle prit l'enfant et la serra contre elle tandis que West faisait signe à Ryder de venir. Un pompier se tenait devant lui, un bloc-notes à la main.

— Le brigadier me faisait justement un rapport préliminaire. Tu veux l'écouter ?

Kara vint se placer à côté de Ryder, comme si la question lui avait été adressée.

Ryder réprima un sourire.

— Oui, bien sûr. Qu'avez-vous découvert ?

Le chef baissa les yeux sur ses notes.

— Les feux dans les poubelles ont été causés par des cocktails Molotov. Et les deux poubelles les plus proches de l'entrée contenaient aussi des explosifs.

— Toutes les poubelles ont été incendiées ? se récria Kara. Un individu seul aurait-il pu faire cela ?

Bonne question, songea Ryder en regardant le brigadier, l'estomac noué à l'idée que Sand puisse avoir un complice.

— Si l'opération a été bien planifiée, oui. Mais il a fallu qu'il soit parfaitement organisé.

Ryder lâcha un soupir. Le perfectionnisme était une des caractéristiques les plus exaspérantes de Sand. Il était presque impossible d'anticiper face à un criminel qui préparait chacune de ses actions avec soin, en envisageant toutes les éventualités.

Quels autres pièges Sand avait-il déjà mis en place dans les endroits où il pensait que Ryder pourrait emmener Kara ?

— Il faut qu'on soit très vigilants. Il n'a pas eu le temps de préparer tout cela pendant qu'on était dans le bâtiment. Il a dû le faire avant et attendre qu'on soit à portée. Il pourrait y avoir d'autres explosifs disséminés à travers la ville.

West et le brigadier acquiescèrent. Ryder savait qu'il pouvait compter sur eux pour envoyer des équipes de recherche dans toute la localité.

Il parcourut les environs du regard à la recherche de son ennemi juré. Il avait besoin d'un plan imparable pour emmener Kara et sa fille en lieu sûr sans que Sand s'en aperçoive. Ce ne serait pas facile. Ryder sentait pratiquement les yeux menaçants de Sand sur eux. Il se plaça derrière Kara et posa une main protectrice sur son épaule. Il devait l'emmener avant qu'il y ait une nouvelle explosion.

La chance ne serait peut-être pas de leur côté la prochaine fois.

8

Mettant à profit la confusion qui régnait encore, Ryder fit grimper Kara à l'arrière d'une camionnette de l'Identité judiciaire. Par mesure de précaution, Cole se joignit à eux.

Ils patientèrent là, invisibles, pendant près d'une heure, jusqu'à ce que la camionnette parte avec plusieurs autres véhicules. Si Sand les surveillait et qu'il avait remarqué leur disparition, il aurait du mal à deviner où ils étaient passés. De plus, il ne pouvait pas filer chaque voiture qui s'en allait.

Ryder veilla à bien montrer qu'il s'en allait seul, imité par West dans sa voiture de patrouille. Ils étaient tombés d'accord sur la nécessité d'inspecter le périmètre du domicile de Kara. Ils savaient que Sand s'y était rendu ce matin-là, assez longtemps pour prendre la photo qu'il avait calée contre la vitre de la cuisine. Peut-être avait-il laissé quelques empreintes. Un indice quelconque. Du moins, c'était ce que Ryder espérait en retraversant la ville.

Il jeta un coup d'œil sur l'horloge du tableau de bord, déjà impatient d'être de nouveau avec Kara et son bébé.

Si tout se déroulait comme prévu, elles seraient chez les parents de Ryder à temps pour dîner. Cela signifiait que la journée serait longue pour elles deux, mais au moins elles seraient en sécurité. Il avait fait en sorte qu'elles puissent rester dans les locaux de l'Identité judiciaire jusqu'à ce qu'un membre de l'équipe les dépose chez les

Garrett en rentrant chez lui. Personne n'y verrait que du feu, d'autant moins que ses parents habitaient sur une étroite route de campagne où il était impossible de suivre quelqu'un sans être vu. D'ailleurs, si le conducteur avait le moindre soupçon, il avait pour consigne de rouler droit jusqu'à la prison de Cade County, où une cellule serait tenue prête pour héberger Kara et Casey en attendant que Ryder puisse arriver en renfort. Si Sand était assez audacieux pour tenter une embuscade, il se retrouverait nez à nez avec le canon d'un Glock.

Quelques minutes plus tard, West se garait dans l'allée de Kara, Ryder sur ses talons. Après avoir lancé un long regard à la maison, il rejoignit son frère qui se dirigeait vers l'unique fenêtre d'où la photo pouvait avoir été prise. Des parterres avaient été aménagés le long de l'allée, et des rosiers plantés devant la terrasse en bois. Un petit panneau peint à la main était accroché entre deux fauteuils à bascule, portant l'inscription : La vie est plus belle sur la terrasse, dans l'écriture arrondie de Kara. Sur un autre panneau long et étroit, placé à côté des marches, on lisait Bienvenue en grosses lettres.

Ryder serra les poings en s'avançant vers la fenêtre d'où Sand les avait espionnés. Des arbres et une cascade de roses rouges dissimulaient l'endroit de la route. Sand avait été juste là, séparé de Ryder par une mince paroi en verre, et ce dernier n'avait rien soupçonné.

West s'accroupit et scruta le sol à la recherche d'indices.

— Ne fais pas cette tête, mon vieux.

Pour toute réponse, Ryder émit un grognement dédaigneux et laissa son regard s'attarder sur les pavés et le parterre fleuri.

— Je ne sais pas trop quelle autre tête faire en ce moment.

West se redressa et lui donna une tape dans le dos.

— Ce n'est pas terminé.

— Ça, c'est sûr.

Il secoua la tête, envahi par le dégoût.

— Ce ne sera pas terminé avant que Sand soit derrière les barreaux et qu'il ne puisse plus jamais faire de mal à quiconque.

West étrécit les yeux et sourit.

— Nous savons tous les deux que ce n'est pas de ça que je parlais.

L'estomac de Ryder se noua et il se détourna. Un avenir avec Kara Noble et son adorable bébé était impossible pour lui. Le mieux qu'il puisse espérer maintenant était d'arrêter Sand. Et s'il avait vraiment de la chance, peut-être qu'un jour, Kara le pardonnerait pour tous les problèmes qu'il lui avait causés.

Kara serrait étroitement Casey dans ses bras quand le 4×4 s'arrêta dans un sursaut devant la propriété des Garrett.

L'arme au poing, M. Garrett salua le conducteur de la voiture. Comme ses fils, le shérif à la retraite était un protecteur-né, et le cœur de Kara battit plus vite à sa vue. Connaître M. Garrett revenait à comprendre ses fils, leur amour profond et instinctif de la justice.

Cole descendit et échangea quelques mots avec son père pendant que Kara ouvrait sa portière et contemplait la beauté qui l'entourait. Le parfum enivrant de l'herbe coupée se mêlait à l'odeur du foin sec et des chevaux. La ferme des Garrett était magnifique, entretenue avec soin et fréquentée par toute la famille. Des souvenirs de barbecues, de fêtes d'anniversaires et de journées passées autour de la cheminée assaillirent Kara. Si rompre avec Ryder avait été la chose la plus difficile qu'elle ait jamais faite, couper les ponts avec sa famille avait été presque aussi douloureux.

La porte de la cuisine s'ouvrit et Mme Garrett se rua au-dehors. Ses cheveux grisonnants étaient rassemblés dans un chignon d'où s'échappaient quelques mèches vagabondes. Elle courut vers Kara et lui ouvrit les bras.

— Ma chérie ! s'écria-t-elle en la serrant contre elle.

Une profonde sensation de sécurité déferla en Kara. Comme si le monde était redevenu ce qu'il devait être, que Ryder était à l'intérieur, et qu'ils allaient passer la soirée à se tenir la main et à s'embrasser au clair de lune.

Mme Garrett l'embrassa et caressa les boucles de Casey.

— Je suis si contente que tu sois à la maison.

La gorge nouée par l'émotion, Kara dut se faire violence pour contenir ses larmes.

— Merci de m'accueillir chez vous, murmura-t-elle dans un souffle.

Mme Garrett la lâcha. Aussitôt, la réalité s'imposa à Kara avec la violence d'une gifle. Un frisson la parcourut en dépit de la chaleur torride.

Si elle avait épousé Ryder, son existence aurait-elle été aussi mouvementée ? Hormis le pistolet qu'il tenait, M. Garrett paraissait totalement à l'aise, comme si cette journée était normale. Sa femme s'était-elle rongé les sangs pendant les vingt ans qu'il avait passés au poste de shérif ? Et les épouses des frères de Ryder ? Vivaient-elles ainsi, dans la crainte qu'il ne leur arrive malheur ? Comment y parvenaient-elles ?

Casey s'agita dans ses bras et geignit. Elle était fatiguée, elle avait sans doute faim et sa couche avait besoin d'être changée.

— Tout va bien, roucoula Kara.

Casey cilla, s'apaisa et lui décocha un sourire radieux.

Pour Kara, ce fut comme une révélation. Les femmes des Garrett faisaient face aux difficultés imposées par la carrière de leurs maris parce qu'elles les aimaient. Kara aurait fait n'importe quoi pour Casey, y compris donner sa vie pour la protéger. C'était le genre d'amour que les Garrett avaient trouvé et, si insensé que cela fût pour

Kara de le penser, elle était sûre que Ryder aurait donné sa vie pour elle. Même malgré l'échec de leur relation et tout le temps qu'ils avaient perdu.

— Par ici.

Mme Garrett la prit par les épaules et l'entraîna vers la maison.

— Rentrons et bavardons un peu. J'ai déjà préparé un rôti et des légumes. Et il y a du thé sucré qui t'attend.

— Vous n'auriez pas dû vous donner tout ce mal, répondit Kara en réglant son allure sur la sienne.

— Ne dis pas de bêtises. Il y a bien trop longtemps que nous ne nous sommes pas vues et tu as quelqu'un à me présenter.

Elle tira la porte et sourit au bébé qui commençait à s'assoupir dans les bras de Kara.

— Comment s'appelle-t-elle ?

— Casey.

Kara parvint à soutenir le regard de Mme Garrett en dépit du désespoir que trahissait son choix. N'était-il pas pathétique d'avoir donné à son enfant le nom de l'ex qu'elle n'avait jamais cessé d'aimer ?

Mme Garrett l'enveloppa d'un sourire complice.

— On dirait que nous avons plus de choses à nous dire que je ne le croyais.

Le crissement du gravier au-dehors éveilla leur attention. Un véhicule roulait sur la longue allée, et Kara se raidit, attendant qu'il soit en vue.

Avant qu'elle puisse l'identifier, M. Garrett leva la main et sourit.

Les épaules de Kara se détendirent. M. Garrett connaissait le visiteur. Il n'y avait pas de danger.

L'instant d'après, le pick-up de Ryder s'arrêtait devant la maison. Tout excitée, Mme Garrett se précipita à sa rencontre.

Le conducteur de Kara prit congé de M. Garrett, puis

remonta dans son véhicule, imité par Cole. Kara agita la main en guise d'au revoir, se reprochant d'avoir oublié de les remercier de l'avoir amenée ici saine et sauve.

Puis Ryder et ses parents la rejoignirent sur la terrasse et tous entrèrent dans la maison.

Des odeurs appétissantes de café et de tarte aux pommes embaumaient la cuisine. À sa grande surprise, Kara s'aperçut qu'elle mourait de faim. Hormis un jus d'orange, elle n'avait rien avalé de la journée tant elle était tendue.

Ryder lui servit un café et s'assit à côté d'elle. Il avait les cheveux en bataille, comme s'il y avait enfoui la main trop souvent, et la lassitude se lisait dans son regard. Quelque chose ne s'était pas passé comme prévu chez elle, devina Kara. Elle ne pouvait qu'espérer que sa maison soit encore debout, mais elle n'avait pas le courage de lui poser la question.

— Merci.

— Ça va ? demanda-t-il en les observant avec attention, Casey et elle.

— Oui.

Mme Garrett approcha une chaise haute de l'îlot et prit Casey dans les bras de Kara.

— Je vais m'occuper de celle-ci, dit-elle en souriant au bébé. Coucou, Casey !

Elle déposa un baiser sonore les joues de l'enfant et l'installa sur son siège.

— Tu vas voir, j'ai toute une collection de jouets pour bébé.

Elle farfouilla dans un sac accroché à la chaise et aligna une série d'animaux en caoutchouc sur le plateau en chantonnant une comptine.

— Mamie Garrett avait une ferme… tralalalala !

— Elle déteste être grand-mère, commenta son mari, pince-sans-rire.

Kara sourit, le cœur gonflé d'émotion.

— C'est ce que je vois.

Les parents de Kara n'avaient pas vu Casey depuis son accouchement, et bien qu'elle ait compté leur rendre visite dans l'Oregon pour les vacances, tout cela était encore loin. Savoir que Casey pourrait avoir une grand-mère tout près, comme ç'avait été le cas pour elle, lui réchauffa le cœur.

Elle souffla doucement sur son café brûlant et rassembla son courage avant de se forcer à poser la question qui la taraudait.

— Comment ça s'est passé chez moi ? demanda-t-elle, redoutant la réponse.

Ryder secoua la tête avec vigueur.

— Rien à signaler.

M. Garrett cala ses coudes sur l'îlot.

— Tu veux m'expliquer de quoi il retourne ? Tes frères m'ont donné une brève explication et je sais qui est Sand. Mais je ne vois pas ce qu'il est venu faire ici.

Ryder tira son portefeuille de sa poche et en sortit un article de journal.

— Chaque année, je me rends dans l'Ohio, à une veillée organisée en mémoire de Jennifer Sayers. Sa famille invite tout le monde à se rassembler sur la place principale. Les gens qui la connaissaient ou qui connaissaient ses enfants échangent des anecdotes à leur sujet. D'autres abordent des thèmes comme la violence conjugale, ou les troubles mentaux.

Il fit glisser la feuille vers son père. Un cercle rouge était tracé sur une partie de la photo.

— Cette année, j'ai cru voir Sand là-bas.

Kara alla se tenir derrière M. Garrett et scruta l'image granuleuse.

— Je ne pourrais pas affirmer que c'est lui.

— C'est lui, assura Ryder. Si je n'en étais pas certain

sur le moment, je le sais maintenant. La photo a été prise d'assez loin, et l'image n'est pas claire, mais j'étais sur place.

Il tapota un endroit à côté du cliché.

— J'ai eu beau essayer de le trouver dans la foule, il s'est comme volatilisé. J'ai pensé que mon imagination m'avait joué un tour. Jusqu'au moment où West m'a téléphoné hier pour me raconter ce qui t'était arrivé. Ça n'avait pas de sens que Sand prenne le risque d'assister à une veillée pour Jennifer Sayers…

M. Garrett eut un sourire triste.

— Il n'était pas là pour elle, Ry. Il était là pour toi.

Les paroles de son père hantèrent Ryder toute la soirée, tandis qu'il sillonnait la ville avec West et deux agents venus en renfort afin d'essayer de localiser Sand. Cependant, leurs efforts furent vains et Ryder retourna bredouille chez ses parents.

Seul point positif de cette éprouvante journée, le bâtiment qui abritait les locaux du shérif avait déjà été remis partiellement en état. Les fenêtres avaient été remplacées et, après inspection des lieux, un électricien avait affirmé que l'installation n'avait pas été endommagée. Le plafond ne pourrait être réparé avant le lundi suivant, mais peu importait. Chacun était de retour à son poste et s'activait pour trouver Sand avant qu'il inflige plus de dégâts à la ville.

Le cœur de Ryder se serra lorsqu'il aperçut Kara et sa mère assises sur la balancelle de la terrasse. Casey dormait à poings fermés dans les bras de Kara.

Il gravit les marches d'un pas lent, contemplant le spectacle.

— Bonsoir, mesdames.

Il embrassa sa mère et caressa les boucles de Casey.

— Vous tenez le coup ?

Sa mère se leva.

— Nous, ça va, mais tu as l'air d'avoir besoin de repos.

Elle se tourna vers Kara.

— Si je faisais un thé et que j'emmenais la petite pendant que vous discutez tous les deux ?

Le regard de Kara alla de Ryder à sa mère.

— Oh ! Non, ne vous dérangez pas. Elle va se réveiller et s'agiter. Vous en avez déjà tant fait !

— Mais non, répondit Mme Garrett en se penchant pour prendre le bébé. Elle peut dormir dans la nursery, comme tous mes petits-enfants quand ils viennent.

Kara rougit.

Sa mère dut saisir son émotion car elle se pencha et murmura :

— Tu feras toujours partie de cette famille. Et ton bébé aussi.

Sur quoi, elle disparut à l'intérieur avec Casey, laissant Kara et Ryder seuls sur la terrasse obscure.

Il prit place sur la balancelle à côté d'elle.

— Elle a raison, tu sais ? Tu fais toujours partie de la famille. Ils t'ont adoptée dès l'instant où tu es venue dîner ici avec moi, voilà cinq ans.

— Ils m'ont manqué, avoua-t-elle.

Ryder pesa sa réponse. Il pouvait soit rester focalisé sur l'enquête, soit faire comprendre à Kara qu'elle était sa priorité absolue, comme il aurait dû le faire auparavant.

— Toi, tu m'as manqué, dit-il enfin.

Elle détourna la tête.

Trois ans de retard, songea-t-il en la regardant s'entourer la taille de ses bras. Oui, il était trop tard, mais au moins il le lui avait dit.

Elle jeta un coup d'œil timide vers lui.

— Tu m'as manqué aussi, admit-elle. Chaque jour.

Ryder en resta bouche bée.

— Quoi ?

Il souda son regard à ses yeux bleus, voulant qu'elle répète ses paroles.

— Chaque jour.

Alors il l'entoura de ses bras et l'attira à lui, enfouissant le visage dans ses cheveux, inspirant son parfum délicat. Sentir son cœur battre contre le sien le bouleversa, et au moment où il pensait ne pas pouvoir supporter plus d'émotion, Kara lui rendit son étreinte.

Mieux. Elle fondit contre lui.

— J'ai peur, Ryder.

— Je sais, murmura-t-il, mais il ne faut pas avoir peur.

Il écarta délicatement une mèche de cheveux qui retombait sur l'épaule de Kara. Il aurait aimé pouvoir prolonger cet instant, et que celui-ci ne soit pas souillé par la mention de Sand.

Elle nicha la tête contre son torse et leva les yeux vers lui dans le noir.

— Mettons-nous ta famille en danger par notre présence ?

— Non.

Ryder s'éclaircit la gorge.

— Tant que tu seras ici, mon père sera de garde. Tous les Garrett sont sur l'affaire, même Blake.

Son frère aîné, Blake, vivait en ville aussi, et était agent fédéral. Il ne demandait pas mieux que de capturer des types comme Sand.

— Deux autres marshals sont arrivés en renfort, reprit-il. Ils avaient remonté la piste de Sand jusqu'à un motel minable à la sortie de la ville, mais il a réussi à filer. Il sera trop occupé à leur échapper ce soir pour essayer de te retrouver.

Kara changea de position sur la balancelle, glissant les jambes sous elle avant de se laisser aller contre Ryder, le regard fixé sur l'horizon.

Ryder planta ses pieds sur le sol et fit osciller la

balancelle doucement, savourant le présent, l'air parfumé de lilas, le chœur des grenouilles et le spectacle des lucioles. Puis il reprit la parole, réticent à manquer une autre occasion de lui confier les choses qui lui pesaient depuis si longtemps.

— Tu sais, j'ai eu tort de me laisser absorber par mon travail comme je l'ai fait. J'étais trop jeune et trop inexpérimenté pour comprendre qu'il accaparerait toute ma vie si je ne faisais rien pour l'en empêcher. Tu ne méritais pas ça.

— Je peux te demander quelque chose ?

La voix de Kara était empreinte d'une timidité nouvelle.

— Tout ce que tu voudras.

Il attendit, les nerfs à fleur de peau. Voudrait-elle savoir pourquoi il avait préféré traquer Sand plutôt qu'être son mari ? Pourquoi il avait renoncé à un avenir avec elle pour suivre un psychopathe ? Aucune réponse ne serait jamais satisfaisante. Il ne fallait pas chercher à comprendre une absurdité.

— Je t'ai déçu ?

— Quoi ?

Il inclina la tête pour plonger son regard dans le sien, mais elle continuait à fixer le champ au loin.

— Pourquoi le serais-je ?

— Oh ! je ne sais pas, soupira-t-elle. Peut-être parce que j'ai fait entrer dans ma vie un homme dont je savais qu'il n'était pas celui que mon cœur désirait. Ça va paraître idiot, mais en un sens, j'ai l'impression de t'avoir trahi. J'essayais égoïstement de combler le vide que tu avais laissé, et j'aurais dû savoir que personne ne pourrait y arriver.

Ryder se hérissa.

— Tu ne pourrais jamais me décevoir, rétorqua-t-il, tandis que la colère le submergeait de nouveau à la pensée du salaud qui l'avait abandonnée avec sa fille.

Qu'étais-tu censée faire ? Ton fiancé avait perdu l'esprit et était parti traquer un tueur. Ton mariage avait été annulé. Ton univers avait irrémédiablement changé par ma faute. Je ne te blâmerais jamais pour la manière dont tu as essayé de traverser cette épreuve.

Malgré tout, une pensée laide s'immisça dans son esprit et les mots jaillirent sur ses lèvres avant qu'il puisse les retenir :

— Mais je suis jaloux. Je n'ai aucun droit de l'être, et pourtant je le suis.

Elle fronça les sourcils, l'air perplexe.

— De quoi ?

— De savoir que tu as trouvé l'amour ailleurs, avoua-t-il. Que tu as accueilli un autre homme dans ton cœur…

Dans ton lit.

— Je pensais que tu t'étais mariée, que tu avais eu un bébé et que tu avais fait tout ce que nous projetions de faire ensemble, avec un autre…

Un salaud qui l'avait laissée tomber. Il fit une grimace, sentit la rigidité de sa mâchoire.

— Tu en avais parfaitement le droit et ça ne me regarde pas, mais je hais ce type.

Kara émit un petit rire, et son expression changea, devint plus paisible et plus sereine.

Ryder la dévisagea, intrigué. Il s'était attendu à ce qu'elle lui dise ses quatre vérités.

— Moi aussi, je le hais, en un sens. Mais la vérité, c'est que rien ne va plus depuis que tu es parti.

Une larme roula sur sa joue, que Ryder s'empressa de sécher.

— Il fallait que je rompe avec toi parce que tu avais choisi ta carrière au lieu de moi. De nous.

Ses paroles firent à Ryder l'effet d'un coup de poing dans le ventre, mais il songea qu'il les méritait.

— J'ai l'impression que les pires journées de ma vie

recommencent, ajouta-t-elle, sauf que, cette fois, tout est pire. Cette fois, mon bébé et moi sommes en danger pendant que tu cherches ce dément.

— Ce n'est pas pareil, protesta Ryder en capturant sa main. Je ne suis plus l'homme que j'étais alors, et je ne serais même pas à la recherche de Sand s'il n'était pas venu s'en prendre à toi.

Une grosse larme roula sur la joue de Kara.

— Pourquoi l'as-tu fait autrefois ?

Ryder baissa la tête, sentant le poids de la question sur ses épaules. Il n'y avait pas de bonne réponse, pas de justification à la douleur qu'il lui avait causée. À part l'ignorance de la jeunesse.

— Je pensais qu'arrêter Sand prouverait quelque chose. Ferait de moi un homme meilleur. Un vrai protecteur. Une sorte de héros.

Il eut un rire sourd, sans joie.

— La première année sans toi, j'ai touché le fond, et il m'a fallu du temps, mais j'ai fini par suivre une thérapie et je me suis rétabli. J'ai fait de Sand une affaire comme une autre, au lieu de mon but dans la vie. J'ai même transmis son dossier à un collègue pendant que je m'absentais pour accompagner une famille qui entrait dans le programme de protection des témoins. Durant mon absence, Sand a incendié une autre maison. Mon collègue a présenté un dossier mal ficelé, si bien que Sand s'en est tiré avec une tape sur les doigts et une liberté surveillée. Maintenant, il est libre de nouveau, et voilà.

— Alors, ton père a raison, commenta-t-elle. Il est venu pour toi.

Ryder esquissa un sourire sombre.

— Oui.

Du bout des doigts, il caressa le menton de Kara.

— Je te jure qu'il ne m'était jamais venu à l'idée qu'il

puisse s'en prendre à toi. J'ignorais qu'il était au courant de ton existence.

— Je sais.

— Cela n'a pas de sens qu'il harcèle la femme qui m'a chassé de sa vie. Il doit bien être au courant à l'heure qu'il est. Il semble tout savoir.

— Peut-être voulait-il simplement revenir au point de départ, là où tout a commencé pour toi ?

— Peut-être.

Ryder fronça les sourcils. Tout ce qui comptait dans sa vie d'adulte était lié à Kara, et il voulait qu'elle soit à ses côtés à l'avenir aussi, mais comment pouvait-il lui demander quoi que ce soit alors qu'il avait tout gâché entre eux par le passé ? Et qu'il continuait à la faire souffrir ?

— Je vais réparer tout ça, marmonna-t-il, espérant la persuader. Je ne permettrai pas à Sand de t'approcher et je jure que je ne le laisserai pas te faire du mal.

Le regard de Kara, débordant d'émotion, se posa sur ses lèvres.

— Promets-le-moi, souffla-t-elle en enroulant un bras autour de son cou pour l'attirer vers elle.

— Je te le promets.

Sur quoi il couvrit ses lèvres des siennes.

9

La sonnerie du téléphone portable de Ryder interrompit le moment dont il rêvait depuis trois longues années. Il se dégagea lentement, en lançant à Kara un regard d'excuse.

— Ne bouge pas.

Kara rougit mais resta muette.

Le cœur tambourinant dans sa poitrine, il tira l'appareil de sa poche, maudissant celui qui avait gâché l'instant. Le visage de West apparut à l'écran.

— J'espère que c'est important, mon vieux, maugréa-t-il.

— Je sais que tu n'as pas arrêté de toute la journée, commença West, mais j'ai besoin de main-d'œuvre, et là, franchement, je suis à court de personnel.

Ryder l'écouta avec attention, puis remit le téléphone dans sa poche.

— Qu'y a-t-il ? demanda Kara, déjà tendue. Il est arrivé autre chose ?

— Non, mais il faut que je parte.

Il poussa un long soupir et passa une main sur son visage. C'était exactement le genre d'incident qui avait mené à leur rupture autrefois.

— La serveuse du coffee-shop qui se trouve en face du poste a téléphoné au shérif en rentrant chez elle il y a quelques minutes. D'après elle, un homme se trouvait là quand les explosions ont eu lieu ce matin et il est resté devant la fenêtre à regarder jusqu'à ce que tout soit fini. Elle n'a pas bien vu son visage mais elle a remarqué sa voiture. Et elle vient de revoir cette voiture dans une ruelle à côté de la banque.

— Tu penses que Sand est là-bas ? Pourquoi ?

— Ce n'est sans doute rien.

Ryder prit sa main dans la sienne.

— Elle n'a vu personne dedans, et nous ne sommes même pas certains que l'homme de ce matin soit Sand. Cela dit, il faut qu'on aille jeter un coup d'œil. Qu'on relève le numéro d'immatriculation pour voir à qui appartient le véhicule.

Kara hocha la tête.

— Bon. Je t'accompagne.

— Je ne crois pas, non.

— Tu viens de dire que tu vas seulement relever le numéro, et il y a encore beaucoup de choses dont nous devons discuter. Comme combien de temps Casey et moi sommes censées nous cacher.

Ryder réfléchit. Dans d'autres circonstances, il aurait opposé un refus absolu à sa requête, mais cela semblait une bonne occasion de lui montrer qu'il avait réellement changé. Qu'il pouvait aller noter le numéro d'une plaque minéralogique sans passer la nuit à sillonner les rues à la recherche de Timothy Sand. Et à dire vrai, il n'avait pas envie de se séparer d'elle si vite.

Kara l'observait, les lèvres crispées en un trait mince.

— Entendu.

Ryder se leva et lui tendit la main.

— Viens. Allons faire ça et ensuite on rentrera à la maison.

Le trajet fut bref jusqu'à la banque. Kara était restée silencieuse, mais le téléphone de Ryder n'avait cessé de sonner. Cole, qui était en route pour la banque aussi, se trouvait encore à dix bonnes minutes de là. Tous les autres adjoints étaient occupés à enquêter sur divers renseignements communiqués par le public après la diffusion du portrait-robot.

— Regarde, lança Kara. Là.

Une voiture était bel et bien garée dans la ruelle adjacente à la banque, mais Sand n'était pas un braqueur de banque, et par conséquent, cela n'inquiétait pas Ryder. Il relaya le numéro d'immatriculation au standard et pivota vers Kara.

— Tu vois ? Facile.

Elle était pâle à la lueur du clair de lune qui tombait sur le pare-brise.

— Et si c'était un piège ?

Ryder secoua la tête.

— Il ne peut pas savoir que la serveuse l'a repéré ce matin, ni qu'elle a vu sa voiture, ni qu'elle passe sur cette route pour rentrer chez elle. Attends-moi une seconde pendant que je jette un coup d'œil à l'intérieur. Et après, on s'en va.

Il porta la main de Kara à ses lèvres et y déposa un baiser, puis descendit.

Ayant pris la précaution de verrouiller les portières, il fit quelques pas afin d'examiner de plus près le véhicule suspect. Celui-ci était fermé à clé. Personne dedans. Rien de particulier sur les sièges.

— Ry ?

La voix de Kara porta dans la ruelle silencieuse. Elle pointait le doigt vers le bâtiment en brique situé en face de la banque.

Ryder suivit son regard troublé jusqu'à une entrée de service et traversa la ruelle dans cette direction.

Un juron lui échappa. La porte était entrebâillée.

Derrière lui, un déclic attira son attention. Kara se hâtait vers lui.

— Tu vas entrer là-dedans ?

— Tu es censée rester dans le pick-up.

Il parcourut l'allée des yeux avant d'expédier un message à West et un autre à Cole.

— Cole ne va pas tarder, annonça-t-il, lisant les réponses tout haut. West contacte le directeur du magasin.

Il plissa les yeux en recevant le message suivant, puis recula et fixa le local plongé dans l'obscurité.

— C'est un magasin qui vend des articles de camping ?

— Oui, murmura Kara d'une voix qui tremblait un peu. La quincaillerie a fermé l'an dernier.

Un nœud de tension se forma dans le ventre de Ryder. Il ne pouvait s'agir d'une coïncidence. À côté de lui, Kara frissonna, une main sur son coude.

— Qu'allons-nous faire ?

— Nous devrions attendre dans le pick-up que Cole arrive.

La sécurité de Kara était la priorité absolue de Ryder. Pressant une main au creux de son dos, il s'obligea à s'éloigner de l'entrée.

Ils avaient à peine fait un pas qu'un bruit sourd résonna à l'intérieur, suivi d'une série de grognements et de couinements étranglés.

Kara étouffa un cri. Ses grands yeux se tournèrent vers Ryder, interrogateurs.

— Monte dans la voiture, ordonna-t-il. Bloque les portières.

Il sortit son pistolet de son holster.

— Il faut que j'aille m'assurer que personne n'est blessé.

Kara secoua la tête.

— Pas question.

— Vas-y, insista Ryder en baissant la voix. Cole est en route. Je dois vérifier que le bâtiment est vide et qu'aucun malheureux employé n'est en danger.

— Non, répéta-t-elle. L'homme qui veut me tuer est sans doute là-dedans, et tu voudrais que j'attende dans une ruelle obscure pendant que tu entres ? Et s'il emprunte une autre sortie et qu'il m'attaque ?

Ryder serra les dents. Kara avait raison, mais si quelqu'un était blessé, il n'avait pas le droit de se détourner. Il ne pouvait pas davantage la laisser seule dans l'allée. Où diable était Cole ?

Un hurlement guttural déchira l'air et fit se dresser les poils sur les bras de Ryder. Pas de doute : un homme était en danger. Il expédia un nouveau texto, cette fois au standard, réclamant une ambulance. Puis il se tourna vers Kara.

— Reste tout près de moi.

Elle agrippa le tissu de sa chemise et le suivit.

Ryder tira sur le battant, tous les sens en alerte.

À l'intérieur, une veilleuse de sécurité illuminait faiblement les rayonnages et projetait de longues ombres sur le pourtour du magasin. D'énormes animaux empaillés se dressaient autour d'eux et les toisaient depuis la galerie du premier étage, donnant l'impression que des centaines d'yeux les observaient. Les gémissements de détresse s'élevèrent de nouveau. Les doigts de Kara se raidirent sur la chemise de Ryder.

Il s'avança rapidement entre les rayons de vêtements et de matériel de camping, en direction d'un vaste étalage de couteaux. Il regrettait amèrement de ne pas avoir laissé Kara à la maison et n'osait pas penser à la raison pour laquelle un homme tel que Sand avait pu entrer par effraction dans un lieu comme celui-ci, ni ce qu'il allait découvrir à l'origine de ces affreux bruits.

Il y avait trop de cachettes possibles. Trop d'inconnues dans l'équation, et pourtant, que faire sinon espérer que la personne qu'il entendait essayer de respirer allait survivre aux sévices que Sand lui avait fait subir ?

Ryder se figea brusquement. Il distinguait le contour

des épaules larges d'un homme. Seul un haut support à rames les séparait.

Il leva la main, indiquant à Kara de ralentir, avant de lui ordonner d'un geste de rester en retrait pendant qu'il avançait. Dès qu'elle fut à l'abri dans l'ombre du mur, Ryder braqua son arme sur la silhouette.

— Marshal fédéral. Les mains en l'air.

L'ombre obtempéra. L'étrange gargouillement s'éleva de nouveau. Plus net cette fois.

Instinctivement, Ryder se hâta vers l'homme. Quelque chose clochait. Il ne s'agissait pas de Sand. Celui-ci n'aurait jamais obéi aussi facilement. À moins que ce ne soit un piège. Soudain, il abaissa son arme, choqué par la scène qui se présentait à lui. L'homme semblait ligoté debout, un hamac étroitement enroulé autour de son torse et attaché au présentoir de rames. En s'approchant davantage, Ryder distingua son visage et sa gorge ensanglantés. À en juger par son uniforme, c'était le veilleur de nuit. La panique se lisait dans ses yeux, écarquillés par l'adrénaline et la terreur. Le sang se déversait à flots réguliers autour de la lame dentelée d'un couteau de chasse enfoncée d'un côté de son cou.

Ryder s'empressa de défaire ses liens et l'allongea avec précaution sur le sol. Puis il attrapa sur une étagère voisine une paire de chaussettes qu'il appuya contre la plaie dans l'espoir de stopper l'hémorragie, sans cependant se bercer d'illusions. Le malheureux avait besoin d'un chirurgien et non d'un marshal.

— Les secours sont en route, murmura-t-il. Ils vont arriver d'un instant à l'autre.

Sur quoi il envoya un nouveau message au standard et à Cole, sa tension nerveuse s'accroissant à chaque pression sur le clavier.

Le veilleur de nuit, qui continuait à se cramponner à sa manche, désignait d'une main tremblante un endroit près de son épaule. Ryder suivit la direction de son regard affolé jusqu'à une pile de cartons derrière lui.

Des cartouches de butane liquide.

Kara plissa les yeux pour voir ce qui se passait. Ryder avait ordonné à l'intrus de lever les mains en l'air et ce dernier avait obtempéré. Pendant un bref instant, elle aperçut les deux hommes, puis ils semblèrent avoir disparu. S'étaient-ils éloignés ? Étaient-ils étendus sur le sol ?

Elle s'avança à tâtons dans l'ombre, trop terrifiée pour rester où elle était sans savoir ce qui allait arriver. Ce qui était peut-être déjà arrivé. Elle hésitait, indécise, le cœur cognant contre ses côtes. Avait-elle tort de quitter la cachette où Ryder l'avait laissée ? Et où donc était Cole ?

Soudain, une paume rude se referma sur sa bouche, la paralysant sur place. Une fraction de seconde plus tard, elle était prisonnière de l'étau d'un bras épais qui lui écrasait les côtes. Les longs doigts de son assaillant tenaient un couteau de chasse.

— Votre marshal a la vilaine habitude de me mettre des bâtons dans les roues, marmonna-t-il alors que le hurlement d'une sirène de police s'entendait à l'extérieur. Maintenant, venez. Avant que la cavalerie arrive.

Kara n'avait nul besoin de voir son visage pour savoir de qui il s'agissait. Elle connaissait cette voix. C'était celle de l'inconnu au parc. Timothy Sand. Elle traîna des pieds sur le sol en béton, espérant le retarder assez longtemps pour que Cole ou Ryder vienne la chercher, mais Sand était trop fort et la pointe de la lame frôlait dangereusement le tissu de son chemisier.

— Si vous vous débattez, je vous tue, promit-il, crachant une haleine rance sur sa joue. Casey ne mérite pas d'être orpheline, hein ?

Ses paroles glacèrent Kara jusqu'à la moelle. Orpheline. Pour la première fois depuis qu'elle était devenue la mère de Casey, c'était sa propre vie qui lui paraissait incroyablement fragile. Elle acquiesça lentement.

— Bien.

Il la guida vers l'ascenseur. Une fois au premier étage, il la tira jusqu'à la galerie, où plusieurs mannequins en tenue de ski regardaient en direction du rez-de-chaussée.

Deux ambulanciers se ruèrent dans le bâtiment, poussant une civière dans la direction où Ryder avait disparu. Cole était sur leurs talons.

Soudain, une rangée de lampes fluorescentes s'allumèrent au-dessus d'eux. Sand tressaillit, relâcha une fraction de seconde sa prise sur la bouche de Kara et le couteau dans sa main droite trancha le tissu et entailla la chair délicate dessous.

Kara émit un cri de douleur.

— Ne bougez plus ! ordonna Ryder depuis le rez-de-chaussée, d'une voix furieuse qui résonna comme le tonnerre dans le magasin caverneux. Vous êtes coincé, Sand. Libérez-la et éloignez-vous d'elle, et vous aurez peut-être encore une chance de vous en tirer vivant.

Cole s'était rué vers Ryder et avait pris la même position, son arme braquée sur Sand.

Derrière eux, West courait vers l'ascenseur.

— Je suppose que je vais devoir vous quitter pour le moment, soupira Sand dans les cheveux de Kara. La prochaine fois, vous aurez moins de chance.

Il la lâcha sans crier gare.

Et puis il la poussa.

Kara vacilla et bascula dans le vide en battant vainement des bras. À la vue du sol qui se ruait vers elle, un hurlement jaillit de sa poitrine. La vision de sa précieuse enfant surgit dans son esprit.

Casey allait être orpheline.

Des détonations éclatèrent autour d'elle ; sa chute

semblait interminable. Elle avait l'estomac retourné, les oreilles bourdonnantes.

Ryder s'était élancé. S'imaginait-il pouvoir la rattraper ?

Leurs corps se percutèrent alors qu'il se propulsait vers elle, stoppant sa chute au moment où elle allait s'écraser sur le sol. Elle sentit ses poumons se vider d'un seul coup tandis qu'ils tombaient sur une tente exposée, avant de rouler sur des matelas et des sacs de couchage.

Aussitôt, Cole fut agenouillé à côté d'eux.

— Ça va ? Rien de cassé ?

Son regard bondit de l'un à l'autre.

— C'était dingue !

Ryder émit un grognement, puis se redressa avec une grimace.

— Kara ?

— Je vais bien, sanglota-t-elle, le visage strié de larmes. Merci.

Ryder l'enveloppa de ses bras.

— Jamais je n'aurais dû t'amener ici.

Le tintement des couverts et des assiettes se fit plus distinct à mesure que Kara s'approchait de la cuisine animée des Garrett. Elle avait passé la pire nuit de sa vie et chacun de ses pas était douloureux, mais elle tenait à faire bonne figure pour Casey. D'ailleurs, elle devait s'estimer reconnaissante de s'être tirée d'affaire avec une simple coupure et quelques hématomes.

Quant à Ryder, s'il était blessé, il n'en laissait rien paraître. Du moins, il n'avait rien de cassé.

Casey gloussa de joie à la vue de sa maman et battit gaiement des pieds sous le plateau de sa chaise haute.

— Bonjour, mon trésor, s'écria Kara avant de couvrir le bébé de baisers.

M. et Mme Garrett, assis de part et d'autre de la chaise haute, répondirent à l'unisson.

— Bonjour !

Vêtus d'uniformes kaki assortis, Cole et West étaient attablés à l'îlot devant un copieux petit déjeuner. Debout à la porte ouverte, leur frère aîné, Blake, faisait les cent pas, un téléphone pressé contre l'oreille. Son jean et son T-shirt bleu marine semblaient étonnamment décontractés pour un agent du FBI, mais Kara supposait qu'il n'était pas à proprement parler de service, et d'ailleurs, un complet aurait paru déplacé à Shadow Point. Surprenant son regard, il la salua d'un geste de la main. Apparemment, la capture de Sand était devenue une priorité pour tous les Garrett.

Kara lui adressa un signe en retour, puis se mit en devoir de sortir Casey de son siège. Elle sentit six paires d'yeux l'observer alors qu'elle essuyait le visage et les mains de sa fille en s'efforçant de ne pas faire de taches sur sa jolie petite robe.

Ryder s'approcha de la cafetière. Il avait les traits tirés.

— Sand a été vu depuis hier soir ?

West secoua la tête.

— Aucun témoignage fiable.

— Au moins, tout le monde s'en est tiré sans encombre, intervint Mme Garrett, qui avait pâli. Le veilleur de nuit a survécu, n'est-ce pas ?

— Oui, assura Cole en portant sa serviette à sa bouche. Ryder lui a sauvé la vie. S'il avait attendu pour l'allonger ou faire pression sur la plaie, le pauvre serait mort avant même d'avoir atteint l'hôpital. Le couteau a frôlé la carotide. Il a eu de la chance.

— Et nous avons empêché Sand de filer avec dix cartons de butane. C'est un résultat en soi.

La porte de derrière claqua sur Blake qui venait de rentrer.

— La photo a été imprimée au drugstore sur Maple,

environ quarante minutes avant la fermeture avant-hier soir, ce qui tend à confirmer que Sand avait mis les explosifs en place plus tôt. Ensuite, il vous a apporté la photo pour vous attirer au poste.

Kara serra Casey contre elle et s'approcha des frères.

— Par conséquent, il savait que tu m'emmènerais là-bas ?

West acquiesça.

— Ça ne m'étonne pas. Sand est en fuite depuis si longtemps qu'il sait comment nous opérons.

— Génial, marmonna Kara, atterrée.

— Ce n'est pas forcément une mauvaise chose, lui fit remarquer West. Il connaît nos protocoles et il s'attend à ce que nous les respections.

— Et vous allez tout chambouler ?

— Non, répondit Cole, les sourcils froncés. Nous allons procéder exactement comme il s'attend à ce que nous le fassions, et quand il va débarquer, nous le prendrons par surprise et nous le cueillerons.

Kara se sentit soudain mal à l'aise.

— Débarquer où ? Ici ?

— Non.

Ryder revint s'asseoir à côté d'elle, un pli sur le front.

— Pour le moment, Sand ignore où tu es, mais il va te chercher. Cela signifie que nous avons un avantage. Il y a un adjoint posté devant chez toi et des caméras de surveillance supplémentaires près du poste du shérif au cas où il irait fouiner par là.

Blake fit pivoter son téléphone vers elle. Une image en noir et blanc de la voiture garée dans la ruelle occupait l'écran.

— Les enregistrements récupérés dans le magasin confirment qu'il conduisait ce véhicule. L'étau se resserre autour de lui.

Kara ne partageait pas l'assurance de Blake quant à

leurs progrès. Peut-être aurait-il été moins optimiste si Sand l'avait jeté du haut d'un balcon.

— La voiture avait été volée ?

— Oui, mais le propriétaire est en vacances, par conséquent le vol n'a pas été signalé, expliqua West. Quand je lui ai parlé, il a été choqué d'apprendre qu'elle n'était plus dans son garage.

Ryder caressa doucement le dos de Kara.

— Tous les criminels finissent par commettre une erreur, et celle de Sand a été de venir ici.

Les Garrett levèrent leur tasse comme un seul homme. Portant un toast aux paroles de Ryder.

Kara se laissa aller contre lui, espérant puiser dans ce contact un peu de son assurance, mais une cacophonie de sonneries eut tôt fait d'interrompre le moment.

Les frères Garrett se hâtèrent de répondre à leurs téléphones respectifs.

— Allumons la télé, suggéra Ryder.

Cole se dirigea vers le petit récepteur placé dans un coin de la cuisine tandis que Mme Garrett optait pour le grand écran du salon.

— Quelle chaîne ?

— N'importe laquelle, répondit Ryder, les dents serrées.

Les deux télévisions relayaient la même image d'un champ de blé ravagé par les flammes. Au premier plan, différents reporters décrivaient la scène. Une femme dans la cuisine, un homme au crâne dégarni et portant lunettes dans le salon. Derrière eux s'étendait un cercle de feu large de sept mètres et presque aussi haut.

Un trio d'épouvantails était disposé au centre.

Soudain, Kara porta une main à sa bouche : le cameraman qui filmait la scène à bord d'un hélicoptère venait de zoomer sur les silhouettes en question. Une grosse étoile en carton avait été plantée sur la poitrine de la première, portant l'inscription US MARSHAL gravée au couteau.

Deux autres épouvantails gisaient à même le sol à côté du premier.

— C'est toi, déclara Cole à Ryder, mais qu'est-ce que c'est censé signifier ?

Il s'approcha de l'écran, imité par West.

— C'est nous, tu crois ? demanda-t-il, les mains sur les hanches.

Cole lâcha un grognement rauque.

— Tu te fais des illusions, Sand !

Blake émit un juron et adressa à Ryder un regard perçant. Son frère acquiesça d'un geste bref, rapide. Kara les observa, attendant une explication. À l'évidence, tous deux avaient remarqué quelque chose qui avait échappé aux autres.

M. Garrett posa sa tasse de café fumante de côté et traversa la pièce pour s'approcher de l'écran à son tour. Il étudia la scène d'un œil expert.

— Il a dû lui falloir un certain temps pour faire ça. C'est précis, déclara-t-il en indiquant le cercle de feu. Il a dû répandre de l'eau sur le reste du champ pour empêcher les flammes de se propager par cette canicule. Nous n'avons pas eu de pluie depuis plus d'un mois. J'espère que Mays est bien assuré. Sa récolte est fichue.

Kara fixait l'image, fascinée.

— Cela nous est destiné ? demanda-t-elle à la cantonade.

Son cœur battait fort, elle avait mal au ventre.

— C'est ça, son grand coup ?

Ryder acquiesça.

— C'est une menace.

— Il y a eu des blessés ?

— Non. Il veut nous pousser à réagir.

Kara respira plus librement, soulagée que personne n'ait eu à pâtir de cette dernière tentative en date de Sand pour se venger.

— Il veut que vous alliez sur place ? devina-t-elle.

Vous tous ou toi seulement ? ajouta-t-elle à l'intention de Ryder.

Son regard se souda au sien.

— Il veut que je m'expose. Et je suppose que si toute ton équipe de protection y allait et te laissait seule, il ne s'en plaindrait pas non plus.

Ryder se tourna vers ses parents.

— Nous ne passerons pas une autre nuit ici, et vous devriez songer à aller rendre visite à tante Linda à Lexington. Il ne va pas mettre longtemps à découvrir votre adresse.

Sa mère éclata de rire. Son père l'ignora complètement.

À l'évidence, les Garrett préféraient se battre si nécessaire. Leurs fils tenaient d'eux.

Avant qu'elle ait eu le temps de supplier M. et Mme Garrett de réfléchir, un petit objet jaune attira son attention dans le champ de blé.

— Oh ! non. Regarde !

Elle saisit le bras de Ryder, serrant Casey plus étroitement contre elle de sa main libre. La petite silhouette jaune devint plus distincte à mesure que la caméra zoomait.

— C'est Rosie, chuchota-t-elle.

Ryder eut un haut-le-corps.

— La poupée ?

Son regard se posa sur Casey, puis sur ses frères.

— Qui ? demanda Cole.

— Elle était à moi quand j'étais petite, murmura Kara. Je l'ai donnée à Casey lorsqu'elle est née. Je l'ai oubliée chez moi hier, dans la précipitation du départ.

Le souvenir se lut sur le visage de West.

Ryder lâcha un juron.

— Cette poupée appartient à Casey, poursuivit Kara, accablée. Ces silhouettes sur le sol, ce n'est pas vous. C'est ma fille et moi.

10

Ryder tourna le dos à l'écran tandis que ses frères se jetaient sur leur téléphone. Le cœur serré par la douleur et le regret, il attira Kara et Casey vers lui. Il avait soupçonné que Sand ne resterait pas inactif très longtemps, mais il avait tout de même espéré qu'ils pourraient au moins terminer leur petit déjeuner avant que l'horreur recommence.

Kara noua les bras autour de sa taille et reposa la joue sur son torse. Il sentait son cœur battre furieusement contre le sien, son corps secoué de frissons.

— Ça va aller, lui souffla-t-il à l'oreille. Personne n'a été blessé. Ce champ se trouve à l'autre bout de la ville. Nous sommes en lieu sûr ici et nous avons le temps d'aviser au mieux.

Elle remua la tête et leva vers lui de grands yeux effrayés. Ses doigts se crispèrent sur le tissu de la chemise de Ryder.

— C'est vrai, affirma-t-il. Et tu devrais manger quelque chose. La journée risque d'être chargée.

Kara lâcha un petit gémissement, puis se détacha de lui.

Casey tenta d'emporter la chemise de Ryder, ses doigts minuscules accrochés au tissu de sa manche. Son petit bras se tendit vers lui alors que Kara se dégageait, mais ne lâcha pas prise.

— Si je la tenais pendant que tu déjeunes ? proposa-t-il, joignant l'action à la parole.

Mettre le feu à un champ de blé et transformer des épouvantails en d'étranges poupées vaudous était une conduite anormale pour Sand, et Ryder n'avait pas la moindre idée de ce qu'il leur réservait pour la suite. Kara avait besoin de prendre des forces et de se reposer pendant qu'elle était en sécurité dans le sanctuaire offert par la maison familiale.

Elle lui céda Casey après lui avoir donné un baiser, puis s'entoura la taille de ses bras.

— Je ne crois pas pouvoir manger, dit-elle. Je vais aller m'habiller.

Il l'embrassa sur le front, Casey nichée contre son épaule.

— Nous pouvons emporter des petits pains et des fruits. Au cas où tu aurais faim plus tard.

Ou au cas ils seraient contraints de se terrer quelque part sans accès facile à la civilisation.

Casey lâcha la manche de Ryder et se mit à ronger son poing tandis que Kara grimpait l'escalier d'un pas raide, les yeux fixés sur le bébé jusqu'à ce qu'elle disparaisse au premier étage.

En son absence, le silence se fit dans la cuisine.

Ses frères cessèrent de pianoter sur leur téléphone et le regardèrent.

— Quoi ?

Silence.

— Rien, dit enfin West. On regarde, c'est tout.

Blake se contenta de secouer la tête et retourna à son écran.

À cet instant, le téléphone de Ryder se mit à sonner.

— Tiens, donne-la-moi, proposa sa mère, voyant qu'il avait du mal à le sortir de sa poche.

Si Ryder voulait passer du temps avec la fille de Kara, il devrait le faire quand sa mère n'était pas dans les parages, songea-t-il, légèrement amusé.

— J'ai une idée, reprit celle-ci. Si j'emmenais Casey et Kara chez tante Susie, de l'autre côté de la rivière, pendant que vous, les garçons, vous vous occupez du reste ?

— Je ne sais pas.

Déjà, le poids et la chaleur de Casey lui manquaient.

— La propriété est vaste. Nous n'avons pas assez de personnel pour la surveiller et chercher Sand en même temps.

— Non, coupa Blake. L'idée de maman est bonne. C'est intelligent d'aller chez Susie. Sand ne songerait pas à les chercher là-bas. Susie n'est pas réellement notre tante, il n'y a aucune piste logique à suivre. Papa peut les accompagner et monter la garde autour de la maison pendant que Kara et Casey restent à l'intérieur avec maman.

Sa mère déposa un chapeau de paille sur la tête de Casey.

— Voilà, elle est déguisée, dit-elle en tirant sur les bords de façon à cacher le visage de l'enfant. Personne ne la reconnaîtrait maintenant.

Elle sourit au bébé.

— Elle est trop mignonne ! Et le chapeau est assorti à ses chaussons.

West enfonça son propre chapeau sur sa tête et se dirigea vers la porte de la cuisine.

— D'après l'adjoint posté chez Kara, il n'y a eu aucun mouvement là-bas cette nuit. Sand a dû prendre la poupée avant qu'il arrive.

Cela ne laissait qu'une étroite fenêtre. Ryder se demanda vaguement si le criminel était chez Kara la veille lorsque West et lui avaient inspecté le jardin à la recherche d'empreintes.

Il se pinça l'arête du nez, s'efforçant de rester concentré. Tout le mal qui avait résulté de sa dernière confrontation avec Sand n'était rien en regard des dégâts qui pourraient être causés à présent. Il venait tout juste de retrouver Kara. Du moins, ils n'avaient pas encore parlé de recommencer à vivre ensemble. Elle avait simplement dit qu'elle l'aimait toujours, et ils avaient échangé un baiser, mais Ryder ne doutait pas une seconde que Kara soit prête à le quitter en un instant si elle jugeait qu'il n'était pas un bon parent pour Casey.

Ryder savait qu'il le serait. Il était prêt à tout faire pour elles deux.

Il observa sa mère qui fredonnait une comptine à la fille de Kara. Elle paraissait si heureuse, et Casey si fragile…

Était-il capable de protéger Kara *et* Casey ? De capturer Sand à temps ? Il se rapprocha de sa mère et du bébé qu'elle tenait dans ses bras.

— On l'aura, murmura-t-il en posant une main sur son épaule.

— Je sais.

Le pas de Kara s'entendit dans l'escalier. Ryder tourna la tête et vit qu'elle avait troqué son pyjama contre un short en jean, un T-shirt rouge délavé et une paire de baskets.

— Prête, lança-t-elle, l'air résolu.

Non sans mal, il chassa de sa pensée la vision de ses mains sur les longues jambes bronzées de Kara.

— Je veux aller chez moi, annonça-t-elle. Sand a pris Rosie sur le canapé et je veux sauver ce que je peux avant qu'il mette le feu. À supposer que cette mise en scène dans le champ de blé signifie qu'il a l'intention de le faire.

Elle tentait visiblement de faire bonne figure.

— Je vous ai entendus parler pendant que je me changeais. Je suis d'accord pour que Casey passe la journée ailleurs.

Ryder fronça les sourcils.

— Vraiment ? Cela ne t'ennuie pas d'être séparée d'elle ?

Elle eut un sourire triste.

— Franchement, je préfère qu'elle ne vienne pas avec nous à la maison. Il vaut sûrement mieux qu'elle reste cachée.

Sa voix se brisa sur le dernier mot, trahissant le fait que son assurance n'était qu'une façade.

— Si Sand nous surveille, il supposera qu'elle est avec moi. Avec nous. Elle sera plus en sécurité avec tes parents.

— Très bien.

Kara s'approcha de Mme Garrett et prit Casey dans ses bras.

— Je t'aime, mon chou, murmura-t-elle. À tout à l'heure. Sois gentille avec Mme Garrett. Ryder et sa famille vont nous protéger.

La gorge nouée, Ryder lutta pour ravaler son émotion. Quoi qu'il arrive, il devait empêcher Sand de faire du mal à Casey ou à Kara. Son cœur était à jamais lié à elles. Jamais il n'avait cessé d'aimer Kara, et le farouche instinct protecteur qu'il éprouvait à son égard s'était étendu à Casey. Cet être si adorable, si vulnérable, n'aurait jamais dû croiser le chemin de Sand.

— Aucun signe suspect pour le moment, intervint West. Tout est calme chez Kara et au poste. Deux adjoints en civil sont sur le lieu du sinistre. Jusqu'ici, personne n'a vu Sand.

Blake planta son coude sur l'îlot derrière lui.

— Les pyromanes sont connus pour assister à leurs incendies. Il est encore possible qu'on le trouve là, en train de savourer le spectacle.

Ryder acquiesça.

— Bien. En attendant, Kara et moi allons nous rendre chez elle. Dès qu'elle aura pris ce qu'elle veut, nous rejoindrons papa et maman chez tante Susie.

Kara se balançait doucement à côté de lui, le bébé

endormi dans ses bras, la petite tête de Casey reposant sur sa poitrine.

La mère de Ryder cala un grand sac sur son épaule et empocha les clés de son 4×4. La tristesse qu'il lisait dans son regard lui déchira le cœur.

— Laisse ta voiture dans la grange pour le moment. Sand va la chercher. Prends le pick-up de ton père, et nous utiliserons ma Ford pour aller chez Susie.

À regret, Kara déposa son bébé dans les bras de Mme Garrett.

— Protégez-la, souffla-t-elle.

Les yeux de la mère de Ryder s'emplirent de larmes, exprimant une émotion qu'il n'y avait jamais vue.

— Au péril de ma vie, promit-elle.

Le trajet entre la propriété des Garrett et son domicile parut interminable à Kara, déchirée entre sa peur pour Casey et celle qu'elle éprouvait pour Ryder et pour elle-même. Elle voulait que Casey grandisse auprès d'une mère aimante, et non orpheline à cause d'un monstre. Elle voulait voir Casey grandir, et peut-être aussi les enfants que sa fille aurait un jour. Et elle espérait que Ryder voudrait le faire à ses côtés.

Le pick-up se gara dans l'allée et Ryder descendit, une main sur la crosse de son arme.

— Deux minutes, lança-t-il avant de verrouiller les portières en la laissant à l'intérieur.

Après avoir longé la façade, il disparut à l'arrière. Kara vérifia l'horloge du tableau de bord, puis scruta la scène de l'autre côté du pare-brise. Deux minutes plus tard, Ryder réapparut et hocha brièvement la tête.

Elle se hâta de descendre à son tour.

— Tout va bien ?

— Dehors, oui, répondit-il avant de désigner d'un geste la petite Mustang noire garée en face. L'adjoint de West est là. Il va monter la garde devant. Quand on sera à l'intérieur, je voudrais que tu attendes dans l'entrée que j'aie jeté un coup d'œil dans les autres pièces.

Kara acquiesça.

Elle suivit ses instructions. Cette fois, lorsqu'il revint, il paraissait un peu plus détendu.

— Tout est en ordre. Où était Rosie quand tu l'as laissée hier ?

— Sur le canapé.

Kara s'empara d'un sac en plastique dans le placard de l'entrée.

— Je vais mettre quelques affaires là-dedans pour les emporter chez tes parents. Rien dont j'aie vraiment besoin, mais des choses auxquelles je tiens. Au cas où.

L'expression solennelle de Ryder lui dit qu'il comprenait parfaitement. De toute évidence, il pensait lui aussi qu'il n'était pas exclu que sa maison soit incendiée.

Elle se détourna, le laissant scruter les fenêtres pendant qu'elle ramassait une série d'objets favoris, à commencer par les photos encadrées sur le manteau de la cheminée.

— Où crois-tu qu'il soit ?

Pensait-il vraiment qu'il y ait une chance pour que Sand soit en train de les observer ? L'adjoint ne l'aurait-il pas repéré ? La bouche sèche, elle se souvint qu'il était venu jusqu'à la fenêtre de la cuisine alors que deux adjoints surveillaient la maison.

— Je ne sais pas.

Ryder lâcha le rideau qu'il avait soulevé et s'éloigna de la fenêtre latérale.

— Ce que je sais, c'est qu'il prépare son prochain coup, et que je suis en position défensive. C'est moi qui devrais le traquer, et non l'inverse.

Kara posa le sac sur le canapé. Une terrible sensation de déjà-vu lui picotait la peau. Ce n'était pas la première fois qu'elle assistait impuissante au désir de Ryder d'être ailleurs – plus précisément, à la recherche de Sand –

mais c'était toujours aussi douloureux. Elle lutta contre un sentiment de trahison. Ils avaient échangé un baiser la veille au soir. Rien de plus. Ils étaient l'un et l'autre bouleversés et avaient toujours éprouvé une forte attirance physique l'un envers l'autre. En tout cas, il ne s'était pas engagé à lui offrir un avenir.

Ryder poussa un long soupir et darda sur elle son regard bleu.

— Je croyais que la poursuite de Sand était de l'histoire ancienne pour moi.

Kara se blottit contre lui, laissant les bras de Ryder l'envelopper d'un cocon protecteur.

— Cela dit, reprit-il, je me suis trompé à propos de beaucoup d'autres choses aussi.

Taraudée par une vieille inquiétude, Kara se fit violence pour ne pas céder à l'émotion. Ryder pourrait-il vraiment faire passer Casey et elle avant tout ? Quoi qu'il arrive ?

— Tu tiens le coup ? demanda-t-il.

— Pas bien, avoua-t-elle, s'obligeant à se focaliser sur le danger immédiat. J'ai l'impression que nous jouons le jeu de Sand sans connaître aucune des règles.

— Peu importent ses règles. Il est dans notre ville à présent, et il va regretter d'être venu.

Kara pria intérieurement pour que ce soit vrai.

— Que signifiait cet incendie dans le champ, à ton avis ?

À priori, la réponse était évidente. Sand projetait de les faire brûler vives ou peut-être simplement de réduire leur univers en cendre. Cependant, Ryder étudiait Sand depuis des années, et elle soupçonnait qu'il avait discerné autre chose ce matin-là, lorsqu'il avait fixé l'écran de télévision.

Il l'observa longuement avant de répondre.

— Je crois que c'était une vengeance. Cela lui a déplu de voir son portrait-robot à la une des médias hier, par conséquent, il m'a rendu la monnaie de ma pièce sous forme d'un épouvantail. J'ai diffusé son image pour que tout le monde sache que j'étais à sa poursuite…

— Et il a fait pareil, conclut Kara, le cœur cognant plus vite. Tu penses que c'était une manière d'annoncer publiquement ses intentions.

— Oui.

La voix de Ryder devint sourde, farouche.

— Je ne le laisserai pas vous arracher à moi, Casey et toi.

Il se pencha et déposa sur le front, les joues et le menton de Kara une traînée de baisers qui la fit fondre. Chancelante, elle s'accrocha à lui.

Ryder pressa lentement ses lèvres sur les siennes et l'embrassa jusqu'à ce que le monde s'évanouisse autour d'eux. Sa bouche faisait des promesses qu'il ne pouvait pas tenir, Kara le savait. Pas tant qu'ils étaient traqués par un assassin. Mais ensuite, peut-être.

Étourdie, elle recula d'un pas, savourant la vague de désir qui déferlait en elle.

— Je devrais me dépêcher.

Il desserra son étreinte, mais ne la lâcha pas. Le regard ardent qu'il promenait sur son corps révélait la direction de ses pensées. Une chambre se trouvait tout près. Un canapé était derrière eux. Le sol tout autour. Kara se souvenait avec acuité des plaisirs enivrants qui succédaient à ce regard, et elle était tentée de les réclamer.

Mais la vision du champ en flammes surgit dans son esprit, et un frisson lui parcourut l'échine.

Elle fit un nouveau pas en arrière, attrapa son sac et se dirigea vers la pièce voisine.

— Je n'en ai pas pour longtemps.

Dans la cuisine, elle s'arrêta et ferma les yeux, luttant pour se ressaisir. Elle devait rester lucide. L'aveu d'amour de la veille n'avait pas été accompagné de promesses. Il n'y avait eu que des baisers. Ryder pourrait facilement retourner dans l'Ohio dès que toute cette affaire serait terminée et la laisser là, le cœur en lambeaux.

Dans l'immédiat, elle ne devait avoir qu'une seule préoccupation : protéger Casey.

Redevenue maîtresse d'elle-même, Kara passa méthodiquement d'une pièce à l'autre, jetant albums photo et souvenirs divers dans le sac. En arrivant dans sa chambre, elle alla droit à sa table de nuit.

Son pas ralentit alors qu'elle approchait. Le tiroir supérieur, où elle conservait ses souvenirs les plus intimes, était entrouvert.

— Ryder ?

West et lui avaient-ils fouillé la maison la veille, lorsqu'ils étaient venus ? Avaient-ils vu le tiroir plein de lettres d'amour envoyées par Ryder autrefois, et les photos qui les accompagnaient ? Il n'y avait pas fait allusion, mais peut-être avait-il craint de la gêner. Jamais elle n'avait eu le cœur de s'en débarrasser.

Elle était certaine que le tiroir était fermé la dernière fois qu'elle s'était trouvée dans cette chambre.

— Oui ?

La voix de Ryder résonna dans l'escalier, suivie du bruit de ses pas.

— Quand West et toi êtes venus hier, commença-t-elle en tirant sur la poignée, avez-vous…

Elle tressaillit à la vue du contenu du tiroir et recula si vivement qu'elle heurta le lit.

— Qu'y a-t-il ?

Kara tressaillit de nouveau.

— Qu'est-ce qui ne va pas ?

Elle continua à fixer la table de chevet. Une boîte d'allumettes à demi consumée reposait sur les lettres et les photos de fiançailles que Kara avait précieusement conservées. Quelqu'un avait pris le soin de brûler tous les coins de chaque photo, de chaque feuille, sans pour autant les détruire entièrement.

Ryder lâcha un juron, sortit son téléphone de sa poche et le pressa contre son oreille.

Atterrée, Kara se réfugia sur le lit et remonta les genoux contre sa poitrine. Quelque part dans sa tête, elle avait imaginé à tort que Sand était entré et ressorti aussitôt après s'être emparé de Rosie, la première chose qu'il avait vue. Son regard se reporta sur les lettres, et elle se recroquevilla davantage sur elle-même. Qu'avait-il touché d'autre ? Qu'avait-il souillé par son contact ? Pendant combien de temps était-il resté, à fouiller dans sa vie intime ? Son estomac se noua plus encore.

La voix de Ryder résonnait à côté d'elle. Il parla à West, puis à quelqu'un d'autre. Un marshal, sans doute.

La sonnerie du téléphone fixe retentit soudain. Instinctivement, Kara décrocha.

— Allô.

Sa voix tremblait légèrement, encore incertaine après le choc.

— Madame Garrett ? demanda une voix familière.

La voix, comprit-elle avec une bouffée de nausée, qu'elle avait entendue dans le parc et dans le magasin d'articles de camping.

— Non, non, non, reprit son interlocuteur en se corrigeant. Désolé. J'ai découvert que je m'étais trompé. Il semblerait que vous soyez la presque madame Garrett.

Incapable de respirer, Kara émit un son étranglé.

— Kara ?

Ryder plongea sur le lit à côté d'elle, abandonnant son appareil sur l'oreiller.

— C'est lui ? articula-t-il silencieusement.

Kara hocha la tête tant bien que mal, incapable de reprendre son souffle.

Ryder lui prit le combiné et le tint dans sa paume ouverte, pressant du bout du doigt l'option haut-parleur.

— Sans voix ? J'ai parfois cet effet-là sur les gens, ironisa Sand avec un rire sardonique. C'est arrivé assez souvent, je ne sais plus au juste. Mais je n'appelle pas pour parler de moi. Je voulais vous parler de vous, et de votre petite princesse. Elle est si ravissante aujourd'hui, n'est-ce pas ? Dans sa petite robe avec ses chaussons et son chapeau assorti.

Il claqua la langue.

— C'est bien que vous l'ayez habillée légèrement. Ça va être une journée… torride.

Le son d'une allumette qu'on craquait grésilla sur la ligne et le cœur de Kara cessa de battre.

— Non ! hurla-t-elle, son souffle revenu d'un seul coup. Ne faites pas de mal à mon bébé !

Ryder s'empara du téléphone.

— Sand !

— Ne la touchez pas !

Kara attrapa Ryder par l'épaule, prête à offrir son âme en échange du salut de Casey.

Trop tard. La ligne était déjà coupée.

11

Kara se jeta à bas du lit, les membres engourdis par le choc.

— Il faut qu'on parte.

Elle tendit le bras vers Ryder, mais sa main entra en collision avec le sac qu'elle avait si soigneusement préparé. Ses précieux souvenirs dégringolèrent et s'éparpillèrent bruyamment sur le sol.

— Oh !

Elle fit un pas maladroit de côté, trébuchant dans son désir de ne rien piétiner.

Le bras de Ryder la soutint au moment où ses jambes se dérobaient sous elle. En un éclair, il fut debout et l'attira contre lui.

— Arrête.

Sa voix était sourde et calme, mais il la tenait fermement.

Elle resta immobile, hébétée, l'émotion déferlant en elle. Tout son univers avait basculé.

— Viens. Dépêche-toi !

Elle tenta un nouveau pas en avant, mais Ryder refusait de bouger.

Ses bras se resserrèrent autour de la taille de Kara.

— Écoute-moi. Attends.

— Attendre quoi ? riposta-t-elle, en se dégageant d'un geste brusque. Qu'il la tue ?

La bile se déversa sur sa langue alors qu'elle prononçait

ces épouvantables paroles. Une perle de sueur se forma sur son front.

— Non.

Ryder secoua la tête lentement, délibérément.

— Mais nous ne pouvons pas nous affoler et le conduire droit à elle.

Kara considéra sa réponse.

— Il est déjà là, protesta-t-elle d'une voix étranglée. Il a vu ses chaussons et son chapeau.

— Nous ne le savons pas, et nous ne pouvons croire un menteur sur parole.

Au prix d'un effort, Kara s'obligea à détendre ses muscles.

— Que faisons-nous, alors ?

— Eh bien, pour commencer, nous ne cédons pas à la panique. Si nous réagissons immédiatement à son plan, c'est lui qui a gagné. Il a préparé une mise en scène et il attend qu'on joue le rôle qu'il nous a assigné, mais nous ne pouvons pas nous permettre de faire ça.

Kara avait cessé de s'agiter, mais son cœur continuait à cogner contre ses côtes, chaque battement plus douloureux que le précédent.

— Je crois qu'il l'a enlevée. Ryder. Il a mon bébé.

— Mes parents auraient téléphoné.

— Et s'ils ne peuvent pas ?

Une bouffée d'horreur l'envahit.

— J'ai envoyé Casey ailleurs pour qu'elle soit à l'abri, et maintenant c'est elle qui est en danger.

Ses paroles n'étaient qu'un murmure, à peine audible par-dessus le bourdonnement de ses oreilles.

— Il savait quels vêtements elle portait.

Il avait craqué une allumette.

Kara porta une main à sa bouche.

— Je vais vomir.

Elle se rua dans la salle de bains attenante et se pencha au-dessus du lavabo, secouée de haut-le-cœur.

Ryder l'entoura de son bras, écarta ses cheveux et appliqua un linge sur son front brûlant.

— Je viens de parler à West. Il était en ligne quand j'ai entendu Sand t'appeler. Il venait de prendre des nouvelles de Casey. Maman et tante Susie jouent avec elle dans le salon. Papa monte la garde. Casey va bien.

Il lui encadra le visage de ses mains, soudant son regard au sien.

— Il n'y a pas d'intrus à la ferme de Susie, et West est en route pour leur apporter des renforts au cas où.

Plus que tout au monde, Kara voulait qu'il dise vrai, mais s'il se trompait ?

— Il doit bien être tout près, puisqu'il a décrit sa tenue.

Ryan acquiesça.

— Il est probable qu'il surveillait la maison de mes parents et qu'il l'a vue là-bas au moment où ils sont partis. Leur ranch est très bien protégé par une société de sécurité, mais c'était aussi un endroit évident où nous réfugier. Sand n'a pas dû mettre longtemps à le deviner.

— Et s'il les a suivis ? insista-t-elle d'une voix tremblante. S'il est chez Susie et qu'il attend le moment propice ? Peut-être qu'il a échappé à la vigilance de ton père.

— Je ne crois pas.

Il replaça une mèche vagabonde derrière l'oreille de Kara, l'apaisant par le calme et l'assurance qu'elle lisait dans son regard.

— Quand nous nous sommes séparés, Sand n'a pu suivre qu'une seule voiture. Nous savons qu'il a choisi la nôtre puisqu'il a téléphoné ici. Sinon, il n'aurait pas pu savoir où nous étions.

Kara se laissa tomber sur le bord de la baignoire.

— Dans ce cas, il ne sait pas où se trouvent tes parents ?

— Je ne crois pas, non.

Elle pressa le linge sur ses yeux.

— Mais il est ici quelque part ?

Son estomac se noua de nouveau.

— Il nous épie ?

Ryder ne répondit pas. C'était inutile. Il avait déjà répondu à cette question, et la pâleur de son teint, sa mâchoire durcie et ses poings serrés ne laissaient aucune place au doute.

Kara exhala un long soupir et posa le linge. Sand n'était pas avec sa fille. Casey était en sécurité.

— Tu te sens mieux ?

— Oui.

Elle se redressa et se rinça la bouche. Si Casey allait bien, elle irait bien, elle aussi.

— Qu'allons-nous faire ?

Ryder regagna la chambre et se mit en devoir de ramasser les objets tombés du sac.

— Nous prenons tes affaires comme prévu et nous partons.

Kara s'approcha de la table de chevet, fixant les lettres ruinées.

— Je ne peux pas les emporter, si ?

— Non, confirma-t-il. Ce sont des pièces à conviction à présent.

Sa lèvre inférieure trembla légèrement mais elle hocha la tête. Ses trésors seraient bientôt lus par les techniciens, par des inconnus et par les frères de Ryder. Elle tourna son regard vers lui.

— Je t'écrirai d'autres lettres, promit-il en passant un bras autour de ses épaules. De toute façon, Sand a sali ces souvenirs. Dès que nous en aurons terminé avec lui, je me donnerai pour mission de détruire tout ce qu'il a touché. Qu'il ait ces lettres ! Ce sont des reliques du passé. Nous construirons de plus beaux souvenirs ensemble.

Le cœur de Kara se gonfla d'espoir et de regret. Un tumulte d'émotions continuait à faire rage en elle.

— Les gens vont lire tout cela, murmura-t-elle.

Ryder sourit tristement.

— Je sais. Ça n'a pas d'importance. Tout ce qui est écrit dans ces lettres était vrai. Est toujours vrai, rectifia-t-il. Et quiconque ne peut pas s'identifier aux sentiments qui sont exprimés là, à l'amour, au désir…

Il s'interrompit et appuya son front contre le sien.

— … Ces gens-là devraient être jaloux.

Le sac calé contre sa hanche, il déposa un baiser sur sa tête.

— Allons-y maintenant. Je vais t'emmener chez tante Susie pour que tu puisses vérifier par toi-même que Casey est saine et sauve.

Ryder lui tendit le sac et dégaina son arme avant de descendre l'escalier.

La maison était silencieuse. Aucun signe d'un intrus.

Comme à leur arrivée, Ryder fit le tour des lieux, puis guida Kara jusqu'au pick-up.

Dès qu'ils furent installés, il connecta son téléphone sur Bluetooth afin d'appeler sa mère. Si Kara pouvait lui parler, elle serait enfin rassurée.

Assise à côté de lui, Kara était blême. Ses yeux inquiets allaient d'une vitre à l'autre, à l'affût d'une menace. Son genou tremblait, et ses doigts tiraient constamment sur un fil défait de son T-shirt, au point qu'il se demandait si elle n'allait pas finir par dérouler tout le vêtement.

Ryder souda son regard à celui de l'adjoint posté dans la Mustang et se contenta d'un imperceptible signe de tête. Au cas où Sand les observait, il ne voulait pas trahir son collègue. West l'informerait de ce qu'ils avaient découvert dans la chambre. Dans l'immédiat, le plus important était d'éloigner Kara de là.

Il s'engagea sur la route, mécontent contre lui-même.

West et lui s'étaient rendus chez Kara après l'explosion du poste afin de chercher des indices, mais ils étaient repartis avant l'arrivée de l'adjoint chargé de surveiller les lieux. Leur hâte avait donné à Sand le temps de se faufiler à l'intérieur, de voler la poupée et de ruiner les lettres.

Le téléphone cessa de sonner, et la boîte vocale se déclencha.

Kara se raidit visiblement. Une rougeur se répandit sur ses joues et elle entrebâilla la vitre, aspirant de profondes goulées d'air frais.

Après avoir tenté une seconde fois le numéro de sa mère en vain, Ryder changea de tactique et appela son père. Celui-ci allait forcément répondre. Certes, en théorie, tout allait bien, mais le fait que sa mère n'avait pas pris la communication l'inquiétait. Entendre son père aiderait Kara à se détendre durant le long trajet jusqu'à la ferme de Susie.

Là encore, l'appel fut relayé vers la boîte vocale.

Kara pivota brusquement vers lui.

— Appelle Susie, pressa-t-elle, une pointe de désespoir dans la voix. Peut-être qu'il n'y a pas de réseau là-bas. Essaie sa ligne fixe.

Ryder lui adressa une grimace d'excuse.

— Je n'ai pas son numéro.

— Quoi ? se récria-t-elle, les larmes aux yeux. Dans ce cas, essaie West de nouveau.

— Je viens de l'appeler.

Malgré tout, Ryder s'exécuta, non sans avoir jeté un coup d'œil dans son rétroviseur afin de s'assurer que personne ne les suivait. Ils sortaient du quartier de Kara, empruntant la route en lacets qui passait sous d'anciennes arches de chemin de fer, dont les environs avaient été arrangés avec soin.

Ryder respira plus librement à l'instant où le pick-up

émergea du tunnel. Il avait secrètement redouté que Sand n'ait choisi cet endroit pour leur tendre une embuscade. Son inquiétude ne disparut pas pour autant : il ne pouvait se libérer de l'impression que Sand les avait attirés au-dehors dans un motif bien précis. Lequel ? Pourquoi avait-il téléphoné ? Pas seulement pour leur faire peur. Ce n'était pas un but suffisant pour un individu tel que lui.

Comme il regardait de nouveau dans le rétroviseur, un objet surgit dans les airs. Pris par surprise, Ryder freina d'un coup sec et se pencha pour voir ce qui se dirigeait vers lui.

— Qu'y a-t-il ? intervint Kara. Pourquoi t'arrêtes-tu ?

— Garrett.

La voix de West s'entendit dans le haut-parleur, au moment où le projectile atterrissait dans le plateau du pick-up dans un vacarme assourdissant, libérant une gerbe de flammes.

Kara hurla. Le souffle coupé, les yeux écarquillés, elle fixa la vitre arrière. Ryder sentit une bouffée de rage familière monter en lui.

Déjà, un nuage de fumée noire obscurcissait le monde qui les entourait, et le feu léchait la vitre entre la cabine et le plateau. Ryder mit le frein à main et sauta à terre. Les muscles tendus à craquer, l'adrénaline courant dans ses veines, il parcourut la scène des yeux. Instinctivement, ses doigts se refermèrent sur la crosse de son pistolet et il jeta un coup d'œil vers Kara, encore paralysée par la peur dans la cabine.

Les flammes dans le pick-up étaient en train de s'éteindre. Manifestement, l'incident n'avait été qu'une diversion. Mais dans quel but ? Il n'avait pas le temps de jouer aux devinettes. Il craignait le pire, et il avait besoin de renforts.

Kara sauta à terre, heurtant la portière au passage, la bouche pleine de questions auxquelles il n'avait pas de réponse. *Qu'est-ce que c'était ? D'où est-ce venu ? Qu'allons-nous faire ? C'est Sand ? Où est-il ?*

Pendant ce temps, Ryder ouvrit sa propre portière, puis détacha l'extincteur qu'il avait jeté dans l'habitacle avant de quitter la ferme familiale. Un objet de première nécessité, songea-t-il, quand on traque un pyromane.

— Ryder ? aboya West dans le haut-parleur. Où êtes-vous ?

— À la sortie du quartier de Kara.

Le doigt pressé sur la poignée, il visa les flammes dansantes. Un nuage de mousse blanche jaillit dans l'air, se mêlant à la fumée du feu étouffé. Kara s'approcha en toussant.

— Ça va ?

À peine avait-il fini de parler qu'un nouvel objet percuta le pick-up.

Ryder lâcha un juron et se tourna vers le pick-up.

— West ! Nous sommes sur Oakvale. Il nous bombarde de cocktails Molotov et je ne vois rien avec cette maudite fumée.

— J'arrive.

Une troisième bouteille explosa sur le plateau. Le brouillard de produits chimiques et de fumée lui picotait le nez et les yeux. Kara hurla de nouveau et se cramponna à lui.

— Sand ! cria Ryder, au comble de la fureur. Montre-toi, espèce de lâche !

Au-delà des flammes et de la fumée, une silhouette se découpait sur la voie de chemin de fer au-dessus du tunnel, une bouteille à la main.

Kara s'agrippa au coude de Ryder.

— Sand.

— Changement de plan, marmonna Ryder en lui tendant l'extincteur. Appuie là-dessus et ne le quitte pas des yeux. S'il disparaît, monte dans le pick-up et verrouille les portières.

Elle hocha la tête, visiblement incertaine.

— D'accord.

Soulagé, Ryder pivota et se dirigea d'un pas décidé vers la côte qui menait à la voie de chemin de fer.

Derrière lui, la voix de West continuait à tonner dans le haut-parleur.

— Qu'est-ce qui se passe ?

Ryder courut baissé, espérant profiter de l'écran de fumée pour maintenir l'élément de surprise aussi longtemps que possible.

Enfin, il atteignit la voie désaffectée. Le sol était jonché de vêtements déchirés et de bouteilles vides, mais personne n'était en vue. Pas de Timothy Sand.

Il avait attiré Ryder jusqu'ici. L'appel avait eu pour but de l'obliger à emprunter le tunnel, mais pourquoi ? Sand avait-il seulement voulu jeter des cocktails Molotov sur le pick-up pour le mettre en rage et terroriser Kara ? Jouait-il au chat et à la souris ?

Une pensée dérangeante naquit dans son esprit alors qu'il se retournait vers le nuage blanc derrière lui. Sand avait-il agressé Kara en son absence ? Était-ce la véritable raison de cette mise en scène ? Ryder avait-il fait précisément ce que Sand désirait, tout en s'évertuant à déjouer ses plans ?

Il réfléchit à toute allure. Comment deviner les intentions de ce dément ?

Le son d'une allumette qui craquait le fit tressaillir, et il pivota, cherchant l'origine du bruit. Sur la route, le claquement d'une portière lui apprit que Kara était montée dans le pick-up.

Cela signifiait qu'elle était en sécurité.

Et aussi qu'elle avait perdu Sand de vue.

Le nuage se dissipa, révélant les feux arrière du pick-up qui s'éloignait du lieu de l'embuscade.

Bien vu, songea-t-il. *Éloigne-le. Fais-lui croire que je suis avec toi.*

— Tu es rapide, observa une voix moqueuse, familière.

La silhouette de Sand se précisa alors que les derniers pans de brouillard s'effilochaient. Il tenait un cocktail Molotov à la main.

— Lâche ça, Sand.

— Avec plaisir.

Il jeta la bouteille en flammes à la tête de Ryder, qui tenta d'esquiver et n'y parvint qu'à demi. Le projectile lui brûla la main et le visage avant d'atterrir sur le chemin et de rebondir sans se casser, répandant une traînée de feu dans son sillage.

Ryder furieux dut s'arrêter pour piétiner les flammes qui couraient sur la voie et les couvrir des mottes de terre jusqu'à ce qu'il n'y ait plus d'étincelles. Compte tenu de la sécheresse qui sévissait, il ne pouvait prendre le risque de laisser la ville entière s'embraser.

Quand il releva la tête, Sand avait déjà dévalé la colline et fonçait vers une petite berline rouge. Aussitôt, il s'élança à sa poursuite, comblant aisément la distance qui les séparait. Contrairement à lui, Sand s'était empâté et laissé aller en vieillissant.

Une sirène s'entendait au loin. Les secours approchaient. West arrivait, sans doute accompagné des pompiers, et peut-être d'une ambulance.

Ryder arriva sur la route au moment où Sand atteignait la voiture.

— Pas un geste ! hurla-t-il, braquant son Glock sur le dos du criminel.

Le rugissement d'un moteur attira le regard de Ryder sur la route derrière eux. Le pick-up de son père arrivait à toute allure, apparemment hors de contrôle, et fonçait droit sur Timothy Sand. Kara était au volant, le visage résolu. Ryder fit un pas en arrière en la voyant : elle était folle de rage et, l'espace d'un instant, il se demanda si elle avait l'intention d'écraser Sand.

Celui-ci pivota et prit la fuite, dépassant la berline rouge en lançant un regard furibond en arrière. Si cette voiture n'était pas la sienne, où allait-il ? Il n'espérait tout de même pas s'échapper à pied alors que Ryder le poursuivait ?

Ce dernier se rua en avant :

— Les mains en l'air ! ordonna-t-il, déjà envahi par un sentiment de victoire.

Avec un peu de chance, Kara allait ralentir lorsqu'elle verrait qu'il avait acculé leur adversaire. Cependant, le moteur rugit de plus belle.

Le gros pick-up noir s'arrêta dans un crissement de pneus entre l'incendiaire et lui, bloquant instantanément sa vue de Sand tandis que la voix impérieuse de Kara résonnait par la vitre ouverte.

— Monte !

Il ne se le fit pas dire deux fois. À l'évidence, quelque chose n'allait pas. La terreur se lisait sur ses traits. Quoi qu'il se passe, elle avait décidé qu'intercepter Ryder était plus important que l'arrestation de Sand, et cela en soi était inimaginable.

Ryder bondit sur le siège, les yeux rivés sur le pyromane de l'autre côté du pare-brise.

— Poursuis-le ! ordonna-t-il. Ne le renverse pas, mais ne le laisse pas s'enfuir.

Avant même qu'il ait eu le temps de refermer sa portière, une violente explosion souleva la berline rouge qui retomba lourdement sur la chaussée, ravagée par les flammes. Les oreilles bourdonnantes, la vision floue, Ryder sentit le pick-up tanguer alors qu'une vague de chaleur déferlait vers eux tel un spectre en furie, balayant le pare-brise.

Au volant, le souffle coupé, Kara enclencha la marche arrière et écrasa la pédale d'accélérateur. Une fois de plus, Ryder voyait son ennemi lui échapper.

Lorsqu'elle fut à une distance raisonnable, elle ralentit et s'arrêta, puis éclata en sanglots.

— West m'a avertie, hoqueta-t-elle. Sand a acheté des explosifs sur Internet la semaine dernière. L'équipe qui trace ses achats s'en est aperçue aujourd'hui. West m'a dit qu'on devait faire attention, mais tu étais déjà tout seul avec lui et je…

Elle appuya la tête contre le volant et s'abandonna aux pleurs. Ryder assimila lentement ses paroles. Kara lui avait sauvé la vie.

— Tu n'essayais pas de le renverser ? comprit-il subitement.

Elle releva la tête et darda sur lui ses yeux rougis.

— Non, répondit-elle, mi-amusée, mi-dédaigneuse. Je venais te chercher. J'avais peur d'arriver trop tard.

Ryder se retourna vers le véhicule en feu.

— Je croyais le tenir.

Avant qu'il s'évanouisse en fumée.

12

L'effervescence régnait sur les lieux de l'explosion. Une équipe de l'Identité judiciaire s'affairait à ramasser les restes des matériaux dont Sand s'était servi pour fabriquer les cocktails Molotov. Plusieurs adjoints sillonnaient les environs en quête d'indices, notamment le sentier que Sand avait emprunté pour se diriger vers la voiture piégée. Les pompiers, eux, s'appliquaient à contenir le feu au moyen de mousse et de jets d'eau. Les marshals suivirent la piste de Sand à travers le quartier de Kara, mais il s'était envolé depuis longtemps.

Ryder fut le premier à renoncer. Il retraversa la scène de chaos, dépassa l'endroit où il avait failli être réduit en poussière, et retourna à Kara.

Il s'était lancé à la poursuite du pyromane dès que l'explosion avait perdu de sa violence, mais Sand avait disparu. Arrivés sur ces entrefaites, ses collègues avaient pris la relève et étaient restés pour interroger les riverains. Pour sa part, il avait hâte de rejoindre Kara.

Elle se trouvait entourée de Cole et de l'oncle Henry à côté d'une ambulance. Tous les trois baissaient la tête, les bras croisés. Kara avait supplié Ryder de faire soigner ses brûlures avant de se mettre à la poursuite de Sand, mais sur le moment, il n'avait pas senti la douleur. Il n'avait eu qu'une idée à l'esprit : arrêter ce salaud. La victoire avait été si proche…

Kara leva la tête et le vit aussitôt. Elle fronça les sourcils alors qu'il approchait.

— Tu n'aurais pas dû repartir seul.

Ryder s'abstint de la contredire, mais il n'était pas d'accord. Il n'y avait eu personne d'autre pour traquer Sand, et le temps pressait.

— Tu as une mine de déterré, observa son oncle en guise de salut.

Il n'avait pas vraiment pris le temps de se regarder dans la glace, mais à en juger par la peau à vif de sa main et la douleur fulgurante qu'il éprouvait au visage au moindre souffle de vent, il le croyait sur parole.

— Il est parti comme ça, se plaignit Kara avec un geste d'impuissance. À la seconde où l'explosion s'est calmée un peu.

Ryder s'était rué vers le bouquet d'arbres qui bordait son ancien quartier et avait traversé un ruisseau dans l'espoir d'apercevoir Sand, ou du moins de glaner un indice quant à la direction que celui-ci avait prise, mais ç'avait été peine perdue. Aucune trace n'était visible sur la terre desséchée. Aucun bruit de pas précipités ou de branches cassées ne lui était parvenu.

— Je m'étais dit que je pourrais au moins essayer de voir par où il s'était enfui, ou à bord de quel véhicule.

L'oncle Henry s'approcha prudemment de lui, une pile de pansements à la main et un flacon dans l'autre.

— Il faut que je nettoie ces blessures.

Ryder n'avait plus assez d'énergie pour protester.

— Nous n'avons pas pu entrer en contact avec papa et maman, dit-il. Ils ne répondent pas au téléphone.

Cette pensée l'avait hanté tout au long de sa poursuite de Sand.

Kara mit la main sur son coude.

— West leur a parlé. Tout va bien.

Submergé par le soulagement, Ryder s'adossa au pare-chocs de la camionnette et roula les épaules. Il avait beau être blessé, furieux et plutôt secoué, il n'avait qu'une envie : repartir à la recherche de Sand. Malgré tout, il refoula cette idée : le moment était venu de prendre un peu de recul et de faire le bilan de la journée.

Il avait été si certain d'avoir acculé son adversaire qu'il avait foncé droit vers une voiture piégée sans se douter de rien, sans s'interroger sur la mise en scène de Sand. Pourquoi leur aurait-il tendu ce guet-apens absurde à l'aide de cocktails Molotov pour s'enfuir et sauter dans sa voiture ? Pourquoi un criminel intelligent aurait-il délibérément révélé quel véhicule il conduisait ?

Il n'avait rien fait de tel. La voiture ne lui appartenait pas. Ç'avait été un piège, et Ryder avait foncé dedans tête baissée.

L'oncle Henry tamponna sa plaie.

— Aïe ! protesta-t-il avec un mouvement de recul. Bon sang !

— Reste tranquille, ordonna Henry en écartant sa main.

Il déchira l'emballage d'une compresse stérile qu'il lui appliqua doucement sur le menton.

— Tu as des brûlures au deuxième degré. Il va falloir que tu gardes tout ça bien propre et couvert pendant deux bonnes semaines, voire trois. Ça dépend.

Il posa sur Ryder un regard perçant.

— Que s'est-il passé ici ?

Ryder fit la grimace.

— Incendie volontaire.

Son oncle secoua lentement la tête.

— Sur ton menton ?

— Il m'a balancé un cocktail Molotov à la tête. Je l'ai bloqué de la main.

— Et du visage, apparemment, commenta Henry sur un ton aigre. Fais voir tes mains.

Cole lui adressa un signe d'adieu.

— Je m'en vais. J'étais juste venu en renfort au cas où tu aurais refusé de te faire soigner. Je vais interroger les voisins de Kara, voir si je peux dégoter quelque chose.

Ryder acquiesça, attendant avec impatience que son oncle ait terminé. Dès que ce fut chose faite, il se releva, sans toutefois pouvoir réprimer une grimace de douleur.

— Merci.

— Je t'en prie. Si tu as encore besoin de moi, je vais commencer à te faire payer.

Ryder s'éloigna en souriant.

— J'ai des appels à passer.

D'abord à ses parents, puis à son équipe. Il voulait avoir des nouvelles de Casey avant tout.

Derrière lui, l'oncle Henry donnait des instructions à Kara pour le soin de ses brûlures.

— Tout ce dont tu as besoin est dans le sac, précisa-t-il. Appelle-moi s'il te cause des problèmes.

Ryder grimpa dans le pick-up, réprimant l'envie de hurler. Kara n'était pas son infirmière. Il n'avait besoin ni de pansements ni de comprimés. Il avait besoin de voir Sand ligoté et jeté sur le plateau calciné du pick-up.

Kara boucla sa ceinture, puis fourra le sac de pansements et fournitures dans la boîte à gants. Plus d'une heure s'était écoulée depuis qu'elle avait épargné à Ryder d'être pulvérisé par la voiture piégée, mais son cœur cognait toujours autant.

— Je vais appeler ma mère, déclara Ryder en démarrant.

Son expression et le ton de sa voix étaient froids, distants. Son regard était dur.

Kara l'avait déjà vu ainsi. En fait, durant les journées qui avaient précédé leur rupture, il avait rarement paru différent.

Elle l'observa avec attention pendant que le téléphone sonnait, cherchant des signes positifs. Espérant qu'il allait redevenir normal, gentil. À peine l'avait-elle retrouvé qu'elle avait l'impression de le perdre de nouveau. Un mélange de peur et de chagrin lui serra le cœur.

Jamais tu ne lui suffiras.

Il y aura toujours un autre fugitif, une autre cause, une autre traque.

Casey mérite mieux qu'un homme qui ne peut pas s'engager totalement.

La voix inquiète de Mme Garrett s'éleva dans l'habitacle.

— Ryder ? Tout va bien ? Ton père et tes frères ne m'ont presque rien dit. Où êtes-vous ? Que puis-je faire ?

Il étrécit les yeux et déplaça ses doigts crispés sur le volant.

— Nous sommes en route pour vous retrouver. Comment va Casey ?

Kara tourna brusquement la tête vers son visage stoïque. Il s'inquiétait pour Casey ? Il ne pensait pas à Sand ? Elle fixa le haut-parleur, attendant la réponse de Mme Garrett.

Pourquoi tardait-elle tant ?

Son pouls se mit à battre à une allure insensée. La seule consolation qu'elle avait eue depuis qu'ils avaient été bombardés de cocktails Molotov était de savoir que Sand ne s'était pas approché de sa fille.

— Casey est adorable, merveilleuse, absolument parfaite, rétorqua sa mère avec un soupir. Comment vas-tu, toi ?

Kara se détendit. Casey était saine et sauve.

— Je suis hors de moi, avoua Ryder.

— Tu es blessé ?

Sa mâchoire se crispa, mais il garda le silence.

Un instant, Kara fut tentée de prendre sa main dans la sienne, comme il le faisait avec elle quand elle était peinée. Cependant, la sévérité de ses traits l'en dissuada. Il n'y avait pas que de l'inquiétude dans sa tête, et Kara ne voulait pas imaginer ce que c'était.

— On vous a appelés tout à l'heure, reprit Ryder. Vous n'avez pas répondu, ni papa ni toi. Pourquoi ?

— Je ne sais pas. Le réseau n'est pas très bon à moins d'être dans la maison, et nous avons emmené Casey voir les écuries. Elle a adoré les chevaux. Peut-être as-tu appelé à ce moment-là.

— J'ai cru qu'il vous était arrivé quelque chose, dit-il sur un ton de reproche.

— Non, rétorqua-t-elle. Nous allons bien. C'est toi qui as été blessé.

— Madame Garrett, intervint Kara, soucieuse d'apaiser la tension, vous dites que Casey va bien ?

— Oui.

La mère de Ryder avait répondu gentiment, mais sa voix était légèrement crispée, et Kara comprit. Le silence de tout à l'heure n'était pas dû à un problème de leur côté, mais au mauvais sang qu'elle s'était fait pour son fils. Le sachant blessé, elle souffrait par association.

— J'ai emprunté un maillot de bain appartenant à la petite-fille de Susie pour Casey, et elle patouille dans une bassine d'eau depuis un bon moment. Elle pleure si on essaie de la lui enlever. Je pense que ça va l'occuper jusqu'à l'heure du déjeuner au moins !

Un sourire se dessina sur les lèvres de Kara. Casey ne portait plus sa robe et ses chaussons.

Sand ne l'avait pas vue depuis qu'ils avaient quitté la ferme. Ce n'était pas un magicien. Il ne pouvait pas être à deux endroits à la fois.

Et il n'était pas avec son bébé.

Ryder traversa le pont, s'obligeant à détacher ses pensées de Sand. Sa fixation sur lui avait été la raison pour laquelle il avait tout perdu. Il ne commettrait pas deux fois la même erreur.

— Hé, dit-il en tendant la main vers celle de Kara. Ça va ?

Elle mâchonna sa lèvre inférieure, les yeux rivés sur la vitre côté passager.

— Non, répondit-elle sèchement. Je n'arrête pas d'imaginer que je le vois.

Ryder comprenait. Il était passé par là.

Il jeta un coup d'œil au rétroviseur arrière, avant d'accélérer légèrement.

Kara lui adressa un regard nerveux, puis se tourna de nouveau vers la vitre.

— Je ne comprends pas pourquoi il a mêlé Casey à tout ça. Ce n'est qu'un bébé, et il sait qu'elle n'est pas ta fille, alors que cherche-t-il à faire ?

Ryder ignora le coup que ses paroles venaient de lui porter. Casey n'était pas sa fille, mais il aurait voulu qu'elle le devienne.

— Il veut me punir.

Comment Kara pourrait-elle jamais lui permettre de faire partie de la vie de sa fille alors qu'il l'avait exposée au danger avant même de la rencontrer ? Un poing invisible se logea contre les côtes de Ryder, lui coupant le souffle et éveillant une brusque prise de conscience. Il ne voulait pas simplement faire partie de la vie de Casey en tant que voisin ou ami de la famille. Il voulait être *impliqué*. Être *dans* sa famille.

— Comment peut-on vouloir faire du mal à un bébé ? murmura Kara, accablée.

Ryder se racla la gorge et lui pressa la main.

— C'est à moi qu'il veut faire du mal. Il n'a rien contre toi. Tu n'as rien à craindre, assura-t-il.

Il désirait plus que tout que ce soit la vérité, mais ses paroles sonnèrent faux alors même qu'il les prononçait.

— Vraiment ? rétorqua-t-elle d'une voix stridente. Il a assassiné toute la famille de son ex-femme et je ne sais plus qui encore. Il a tué des enfants. Qu'est-ce qui te fait penser qu'il ne ferait pas de mal à la mienne ?

Ryder cilla. Jennifer Sayers avait répondu à ses questions et l'avait aidé à localiser Sand. Elle aurait dû être l'héroïne de cette histoire, au lieu de quoi elle avait été assassinée, et Ryder ne pourrait jamais se défaire de l'idée qu'il était en partie responsable de ce qu'il lui était arrivé.

— Sand est un psychopathe, dit-il en se frottant les yeux d'une main lasse. Mais il n'a tué que des gens qui lui avaient nui d'une manière ou d'une autre.

L'homme était calculateur et méticuleux, tout sauf imprévisible.

— Son ex-femme l'a quitté. Sa famille l'a cachée. Jennifer Sayers m'a aidé à le retrouver. Casey et toi ne lui avez rien fait.

Kara dégagea sa main et eut un geste exaspéré.

— Je ne lui ai pas nui ? J'ai téléphoné à West pour porter plainte lorsqu'il m'a abordée au parc. Ensuite, j'ai aidé à établir son portrait-robot. En a-t-il fallu davantage pour qu'il assassine Jennifer Sayers et toute sa famille ?

La vérité percuta Ryder, éclatant comme un millier d'aiguillons glacés le long de sa colonne vertébrale. Il n'était pas seul sur la liste de Sand. Kara en faisait partie, elle aussi.

Et la petite Casey avait tout à perdre.

13

Kara défit sa ceinture et abaissa la vitre à l'entrée du chemin qui menait à la petite ferme de tante Susie, nichée derrière une plantation de pommiers. Tout était incroyablement tranquille. Aucun véhicule en vue. Aucun signe de M. ou de Mme Garrett, Casey ou tante Susie. Pas même de chien venu japper sur les nouveaux arrivants.

— C'est tellement silencieux, murmura Kara, gagnée par l'angoisse. S'il était passé quelque chose ?

Ryder ouvrit la bouche pour répondre, mais un bruit de moteur le devança, et M. Garrett apparut sur un quad, sa carabine solidement arrimée à un support fixé au guidon.

Un soupir de soulagement jaillit des poumons de Kara. L'instant d'après, Ryder se garait à l'arrière du bâtiment tandis que son père rangeait son véhicule près de l'énorme grange.

Kara était descendue avant même que Ryder ait coupé le moteur.

— Elle est à l'intérieur, dit aussitôt M. Garrett, avant de fixer son regard sur son fils blessé.

Kara ne put s'empêcher de courir jusqu'à la porte. Elle toqua en hâte et entra avant même d'y avoir été invitée, trop émue pour se plier aux bonnes manières.

Une femme aux cheveux gris passa la tête par une porte entrebâillée.

— Kara Noble ?

— Oui, c'est moi. Je suis désolée. Je ne voulais pas être impolie, mais je…

Sa voix se brisa, et elle dut se faire violence pour réprimer les larmes.

— Casey est là ?

La femme se montra entièrement alors. Un fusil dans la main gauche, elle tendit la droite à Kara.

— Bien sûr. Ravie de faire votre connaissance. Je suis tante Susie. Votre petit ange est par ici.

Kara lui serra la main et lui emboîta le pas. Elles traversèrent une série de petites pièces, toutes accueillantes et chaleureuses, avant d'arriver à destination.

Mme Garrett était installée dans un fauteuil à bascule, Casey endormie contre sa poitrine. Une serviette de bain les recouvrait toutes les deux.

— Elle s'est épuisée, dit-elle fièrement. Elle adore l'eau.

— Vous permettez ?

Kara se pencha et prit sa fille dans ses bras, serrant le petit corps tiède contre son cœur. Au comble du bonheur, elle se laissa tomber sur le canapé tout proche, inspira avec délice le parfum des cheveux et de la peau de son bébé, embrassa ses doigts minuscules et ferma les yeux. Elle se sentait en paix, entière.

Soudain, c'était comme si aucun danger ne rôdait au-dehors, comme si Casey et elle étaient seules au monde. Rien d'autre n'avait d'importance.

La porte du jardin s'ouvrit et se referma de nouveau, et elle rouvrit les yeux.

— Ne tire pas, plaisanta M. Garrett en levant les mains en l'air.

Tante Susie abaissa son arme tandis que Ryder pénétrait dans la pièce, un pli sur le front.

— D'après Cole, un individu correspondant à la description de Sand a été vu près de la maison de mes parents ce matin, expliqua-t-il. Un jogger s'est rendu au poste à l'instant pour signaler ce qu'il avait vu voilà trois heures. Comme si ça pouvait nous être utile maintenant !

La colère se lut sur ses traits.

— Enfin, cela confirme ce que nous pensions : Sand a vu Casey ce matin pendant que nous étions tous ensemble. Quand nous nous sommes séparés, il a dû faire un choix. Il a opté pour Kara et moi.

— Il s'est échappé une fois de plus, murmura Kara. Sommes-nous sûrs qu'il ne nous a pas suivis jusqu'ici ?

Elle avait parlé tout bas, mais dans sa tête, elle hurlait. Sand pouvait-il être dans les alentours ? Juste à côté de la charmante demeure de tante Susie ? Si personne ne savait où il était, comment pouvait-on avoir la certitude qu'il ne les avait pas épiés ?

— Nous l'avons peut-être conduit droit ici.

Ryder s'assit à côté d'elle, sa douleur et sa fatigue aussi évidente que sa déception.

— Il n'était pas derrière nous. J'ai fait très attention.

M. Garrett prit place dans un fauteuil en face d'eux.

— Que comptes-tu faire ?

— Je ne sais pas, avoua Ryder.

Il rejeta la tête en arrière et contempla le plafond comme si la réponse y était écrite.

— Sand va de plus en plus loin. Avant, il se contentait de me narguer. Aujourd'hui, il a tenté de me tuer.

Il se redressa et se pencha en avant.

— Il avait tout prévu. Les explosifs ont été achetés voici une semaine. Il n'est pas venu dans l'intention de jouer, mais d'en finir.

Mme Garrett se leva et se dirigea vers la cuisine, visiblement secouée.

— Je vais nous servir du thé.

M. Garrett garda les yeux rivés sur Ryder.

— Tu penses qu'il veut te tuer.

— Apparemment.

— D'après West, reprit son père en les regardant tour à tour, Sand a aussi acheté assez de produits incendiaires pour mettre le feu à tout le Kentucky. Et tu sais que nous n'avons pas eu une goutte de pluie depuis plus d'un mois.

Ryder serra et relâcha son poing valide.

— J'ai peur qu'il n'ait subi une espèce de crise. Cette escalade est à la fois soudaine et radicale.

Kara saisit son regard.

— Peut-être projette-t-il tout cela depuis très longtemps. Peut-être depuis qu'il est en liberté conditionnelle. Qui sait ? Ce qui te semble soudain n'est peut-être pour lui que l'aboutissement d'un long processus.

Elle planta un baiser sur le front de son bébé, s'efforçant de rester calme. Ryder avait frôlé la mort sous ses yeux, et elle revoyait en boucle le moment où il avait couru droit vers la bombe. Que serait-il arrivé si West ne l'avait pas mise en garde ? Si elle n'avait pas réagi à temps ? Sand aurait-il quitté la ville, satisfait, ou aurait-il assouvi sa vengeance sur elle et sur Casey aussi ? Elle ne pouvait supporter d'y penser.

— Peut-être que je devrais emmener Casey loin d'ici pendant quelque temps. Sauter dans un avion. Sand serait plus facile à repérer s'il cherchait à quitter le pays. Et j'ai toujours rêvé d'aller visiter Tombouctou.

M. Garrett eut un petit rire.

— Il faudra acheter trois billets. Je ne crois pas que tu parviennes à arracher ma femme à ton bébé.

Comme sur un signal, Mme Garrett revint, un sourire sur les lèvres et, dans les bras, un plateau chargé de thé, de fromage coupé en cubes, de fruits et de petits gâteaux secs.

— Servez-vous.

Son mari se tapota le ventre et s'approcha avec enthousiasme.

— Elle fait la cuisine quand elle est nerveuse. C'est une preuve d'amour.

Ryder but d'un trait un grand verre de thé glacé et se resservit aussitôt.

— Ça va ? demanda Kara, soucieuse.

Jamais elle ne l'avait vu aussi mal en point.

— Tu devrais prendre les comprimés que Henry t'a donnés contre la douleur. Je les ai mis dans la boîte à gants.

— Je vais le faire, assura-t-il en prenant son téléphone portable. Une seconde, Cole m'appelle.

Il appuya sur la touche du haut-parleur pour que tous puissent entendre.

— Garrett.

— Salut, commença Cole. Tu es où ?

— Avec papa et maman.

Kara jeta un coup d'œil à leur hôtesse. Ryder la regardait aussi. Il avait à dessein omis son nom.

Tante Susie leur rendit leur regard depuis le coin de la pièce où elle était assise, son arme à portée de main. Ses cheveux gris étaient rassemblés dans un chignon sur sa nuque, et ses vêtements étaient repassés avec soin, mais quelque chose d'indéfinissable dans le calme de sa posture suggérait qu'elle était de taille à se défendre quoi qu'il arrive.

Ryder reporta son attention sur l'appareil.

— Du nouveau ?

— J'ai eu un appel d'une employée de station-service qui pense avoir vu Sand il y a une demi-heure. Elle m'a envoyé des clichés pris par la caméra de surveillance. La description correspond, mais l'homme porte une casquette de base-ball enfoncée sur sa tête, et il est difficile d'affirmer que c'est lui. Cela dit, je crois que ça vaut la peine de vérifier.

— Quelle voiture conduisait-il ?

— On dirait un coupé récent. Peut-être une marque étrangère. Je vais me rendre sur place pour interroger l'employée et voir l'enregistrement. J'ai pensé que tu voudrais me retrouver là-bas.

— Donne-moi une demi-heure, répondit Ryder, déjà debout. Quand on aura terminé, il faudra qu'on mette cette employée en lieu sûr pendant quelques jours. Je vais informer mon équipe.

Sa voix rauque brisa le cœur de Kara. Il pensait à Jennifer Sayers. Elle aussi l'avait aidé, et les conséquences avaient été épouvantables.

Il remit l'appareil dans sa poche et tendit la main vers Kara.

— Tu me raccompagnes à la porte ?

Elle accepta son aide pour se lever, veillant à ne pas déranger Casey. Pour autant qu'il lui déplaise de prendre le risque de la réveiller, elle ne pouvait laisser partir Ryder sans un au revoir.

Il serra la main de son père, embrassa sa mère et tante Susie sur la joue.

— Je vous appelle dès que j'ai du nouveau.

Sa mère acquiesça bravement.

— Sois prudent.

Une fois dehors, Ryder se tourna vers Kara.

— J'en sais davantage sur les intentions de Sand à présent, déclara-t-il en désignant la brûlure qu'il avait au visage. Après ce qui s'est passé aujourd'hui, il est évident qu'il cherche à me tuer. Je ne vais pas lui en donner la possibilité.

Kara avait beau se faire violence pour maîtriser son émotion, son désarroi dut se lire sur ses traits.

Ryder leva la main et lui souleva tendrement le menton.

— Je te reviendrai.

— Promets-le-moi.

Il baissa les yeux sur ses lèvres.

— Je te le promets.

Ensuite, il enroula un bras autour d'elle et l'attira plus près. Casey ronflait doucement entre eux, indifférente aux dangers du monde.

Ryder déposa un baiser sur la tête de l'enfant et lui caressa la joue du bout des doigts avant de plonger son regard dans celui de Kara.

— Je la protégerai.

Kara cilla, luttant pour refouler les larmes.

— Tu ne m'embrasses pas pour me dire au revoir ?

Avec un grognement de plaisir, il se pencha et prit possession de ses lèvres.

Les jambes flageolantes, Kara ferma les yeux. C'était le genre de baiser qu'elle voulait recevoir chaque matin au réveil et chaque soir avant de s'endormir jusqu'à la fin de ses jours.

Trop vite, il la lâcha.

— Ce n'est pas un au revoir.

Encore étourdie, elle porta les doigts à ses lèvres alors que les feux du pick-up disparaissaient dans l'allée. Elle voulait désespérément croire que, s'il fallait en arriver là, Ryder la choisirait, elle, plutôt que Timothy Sand. Pas seulement pour Casey et pour elle, mais pour lui aussi. La dernière fois, son obsession l'avait brisé. Cette fois-ci, elle risquait de le tuer.

West et Cole se trouvaient déjà à la station-service quand il arriva. La caissière était une jeune femme gaie, pleine d'entrain, qui semblait sincèrement ravie de pouvoir se rendre utile, et Ryder en eut le cœur serré. Elle n'avait pas la moindre idée de ce que sa contribution pouvait lui coûter.

— Merci, dit-il lorsqu'elle eut terminé. Deux membres de mon équipe sont en route. Ils vont vous raccompagner chez vous, et vous aurez un peu de temps pour faire vos bagages et passer quelques coups de téléphone. Ensuite, ils vous emmèneront en lieu sûr pendant quelques jours, le temps que nous arrêtions le pyromane que vous avez vu ici aujourd'hui.

Le choc succéda à la fierté sur ses traits.

— Je suis en danger ?

Il acquiesça.

— Oui. Cet homme sait exactement qui il a vu et à qui il a parlé, et il saura qui nous a aidés à le traquer, expliqua-t-il, ravalant la boule d'émotion qui lui nouait la gorge. Si vous obéissez aux instructions des marshals, nous pouvons garantir votre sécurité. Nous prenons très au sérieux la protection des témoins.

Elle écarquilla les yeux, livide.

— La protection des témoins ?

Cole décocha à Ryder un regard accusateur, puis posa le bras sur l'épaule de la jeune femme.

— Venez. Il est bien intentionné, mais un peu intense, parfois.

Abasourdie, l'employée le suivit docilement, jetant des regards effarés à Ryder par-dessus son épaule.

West lui donna une tape dans le dos.

— Eh bien, cette fille ne dormira pas de sitôt.

Ryder s'étira le cou.

— Que voulais-tu que je fasse ? Jusqu'où peut-on aller pour que les gens vous écoutent sans leur faire une peur bleue ? Sand est dangereux. C'est une question de vie ou de mort.

West haussa les épaules.

— Je ne sais pas. Je veux seulement dire qu'elle est au bord de la dépression, là. C'est tout.

Ryder secoua les poignets, s'efforçant de se débarrasser de la tension qui semblait prendre son corps en étau.

— Qu'est-ce que vous faisiez là-bas ? demanda-t-il en désignant les papiers étalés sur le comptoir.

— Ce sont les reçus de cartes de crédit.

— Il n'aurait pas payé par carte, lança Ryder avec un rire dédaigneux. Les paiements sont traçables. Il n'est pas stupide, et il n'en est pas à son premier rodéo.

West lui tendit un bout de papier.

— Ah non ?

Ryder prit le reçu. La signature n'était qu'un gribouillis suivi d'une longue ligne.

— Qu'est-ce que ça veut dire ?

— Cette carte appartient à un certain Bradly Perkins, qui a justement signalé ce matin le vol de sa voiture, garée devant le saloon. Son portefeuille se trouvait dans la boîte à gants. M. Perkins avait une sérieuse gueule de bois quand il a appelé. C'est moi qui ai pris la communication. Comme je n'avais pas de personnel disponible – vu qu'on avait un tueur en cavale sur les bras –, je lui ai dit qu'on s'en occuperait dès que possible. Et puis je me suis mis à réfléchir. Les vols de voiture sont rares par ici, et je me suis demandé qui dans Cade County pourrait avoir besoin d'une voiture et d'une nouvelle identité. Et devine qui m'est venu à l'esprit.

Un petit sourire se dessina sur les lèvres de Ryder. Il sortit son téléphone et balaya l'écran.

— Tu es un génie, grand frère.

— Ouais, mais tu peux m'appeler shérif.

Ryder porta l'appareil à son oreille.

Dix minutes plus tard, l'équipe de support technique lui communiquait la dernière activité en date sur la carte volée de Bradly Perkins. Ryder lut le message avec attention et sourit.

— On le tient.

West se pencha pour mieux voir le message.

— Tiens, tiens. M. Perkins a réglé une chambre d'hôtel vers midi. C'est peut-être la piste qu'il nous faut.

Il se hâta de ranger les papiers, puis s'arrêta pour échanger quelques mots avec Cole et l'employée en sortant.

Au même moment, un 4×4 noir se gara sur le parking. Deux marshals en descendirent, prêts à assurer la protection de la jeune femme.

Elle éteignit les lumières et retourna le panneau « Ouvert » placé derrière la vitrine avant de leur emboîter le pas. Ils allaient veiller sur elle. Ryder, lui, pouvait se focaliser entièrement sur Sand. Sur un plan qui permette de le capturer lorsqu'il regagnerait son hôtel. Il devait tendre une embuscade au tueur et l'arrêter sans que personne d'autre soit blessé. Ou tué.

West et Cole, au volant de leurs voitures de patrouille respectives, s'engagèrent sur la route. Ryder les suivit.

Prochain arrêt : l'hôtel Lucky A.

Après avoir garé leurs véhicules dans le parking du restaurant adjacent à l'hôtel, les Garrett se retrouvèrent sur le trottoir. Ryder prit la tête du petit groupe, flanqué de ses frères.

Une bouffée d'air froid déferla sur ses épaules alors qu'il pénétrait dans la réception par une porte latérale. Cole et West restèrent à l'extérieur, surveillant les lieux au cas où Sand se montrerait.

Une rousse à l'air maussade le toisa, son regard s'arrêtant sur l'étoile étincelante accrochée à son cou.

— C'est pour quoi ?

Ryder se remémora un vieil adage qu'affectionnait sa mère, à savoir qu'on n'attrapait pas les mouches avec du vinaigre, et sc força à plaquer un sourire poli sur son visage.

— Bonjour, madame. Ryder Garrett, marshal fédéral. J'aimerais vous poser quelques questions concernant un homme qui séjourne ici.

Elle laissa échapper un petit bruit méprisant, puis reporta son attention sur le talk-show que diffusait sa télévision.

Il s'avança vers le bureau.

— Je vous demande pardon ?

Elle leva les yeux au ciel.

— Je ne suis pas autorisée à vous communiquer des informations sur les résidents. C'est une atteinte à leur vie privée.

Ryder serra les dents.

— Ne vous méprenez pas, je vous prie. J'ai des raisons de croire qu'un individu très dangereux séjourne ici. Il est impératif que je l'interpelle, et cela passe avant votre désir de protéger sa vie privée.

Elle ne parut pas convaincue.

— Je crois que vous avez besoin d'un mandat.

— Je ne…

Exaspéré, Ryder contourna le bureau et la bouscula pour prendre sa place et pianoter sur le clavier. Quelques clics plus tard, il avait l'information qu'il était venu chercher.

— Merci.

Un pli farouche sur le front, la femme se jeta sur son téléphone en le regardant partir.

— Allons-y, lança-t-il à ses frères alors que la porte se refermait sur lui. Chambre 117.

Ils s'avancèrent rapidement le long de la façade jusqu'au numéro en question.

West tira son téléphone de sa poche et lâcha un petit rire.

— Le standard m'informe que quelqu'un ici se fait passer pour un marshal et harcèle le personnel.

Ryder lui décocha un regard mauvais, avant de désigner un coupé blanc droit devant eux.

Cole posa la main sur le capot.

— Encore chaud.

— La télévision est allumée, ajouta West, debout devant la chambre.

L'adrénaline se mit à courir dans les veines de Ryder, pimentée par un sentiment de victoire. D'un geste, il indiqua à ses frères de couvrir les sorties possibles, puis s'empara de son téléphone et appela son équipe.

Timothy Sand était sur le point d'aller en prison. Et cette fois, il y resterait jusqu'à la fin de ses jours.

14

La chambre 117 était encerclée. Vingt minutes à peine avaient suffi pour que tous les représentants de l'ordre disponibles dans Cade County se mettent en place, y compris quatre Garrett prêts à expédier Timothy Sand derrière les barreaux.

— Un, murmura Ryder, posté derrière le battant.

Un adjoint en civil était passé deux fois avec un chien renifleur en laisse, jouant le rôle du propriétaire qui s'ennuyait, afin de permettre à l'animal de détecter d'éventuels explosifs.

— Deux.

À la surprise de Ryder, la porte n'était pas piégée.

Il attendit une seconde de plus, puis enfonça la porte, son assaut nourri par trois ans de frustration. Pistolet au poing, il s'engouffra dans la pièce en désordre, aussitôt suivi de renforts.

Deux marshals supplémentaires étaient arrivés de Cincinnati après l'explosion de la voiture, juste à temps pour se joindre à l'équipe censée capturer Sand.

Malheureusement, il n'y avait personne à capturer.

C'était un échec de plus.

— C'est bon, cria-t-il, l'espoir fugace qu'il avait éprouvé déjà remplacé par l'amertume.

Il rengaina son arme avec un juron et réprima non sans mal l'envie de donner des coups de pied contre le mur.

Derrière lui, les chiens renifleurs aboyèrent, focalisant

l'attention des enquêteurs sur une série de sacs en toile vides et de valises empilées dans le placard.

Blake se détacha du groupe et s'approcha d'une petite table couverte de photos et d'articles de journaux tandis que West traversait la pièce en direction de Ryder.

— Ça va ?

— Oui.

— Tu en es sûr ? Tu as la tête d'un gars qui est sur le point de craquer.

— Oui.

West parut sceptique.

— Mes hommes vont faire du porte à porte dans le quartier. Histoire de savoir si quelqu'un a vu Sand aujourd'hui.

Il jeta un coup d'œil à Blake par-dessus son épaule.

— On dirait qu'il avait un paquet d'explosifs ici. Je n'ose pas imaginer ce qu'il mijote.

Ryder se massa le front, accablé.

— Garrett.

Le marshal Jim Riggs lui faisait signe. Aussitôt, tous les Garrett s'approchèrent.

Ryder était assez sûr que le marshal ne s'était adressé qu'à lui, mais à Shadow Point, un Garrett était rarement seul.

— Qu'est-ce que tu as trouvé ?

Le regard de son collègue alla de l'un à l'autre.

— Je sais que vous êtes frères, mais je ne crois pas avoir jamais vu quatre personnes qui se ressemblent autant.

— Jim ? insista Ryder, pressé de revenir au sujet qui le préoccupait. Tu voulais me montrer quelque chose ?

— Désolé. Tiens.

Il fit pivoter une pile de papiers vers les Garrett.

— Ce sont des articles et des photos de toi qui datent de ces trois dernières années. La date est tamponnée sur chaque document, comme s'il tenait un journal de ta vie et de ta carrière.

Interdit, Ryder s'empara des premiers articles et se mit à les feuilleter.

— Je les ai rangés par ordre chronologique, ajouta Jim. Tu as les plus récents.

West prit une autre pile et examina les photos. Un long sifflement jaillit de ses lèvres.

— Ces clichés remontent à l'époque où tu as quitté Shadow Point. Tu avais une mine affreuse. Il a suivi tes déboires de près. C'était sans doute un sujet de fierté pour lui.

Ryder continuait à examiner la collection.

— Mes déboires n'étaient pas dus qu'à lui, marmonna-t-il.

Il avait choisi de traquer ce monstre au détriment de tout le reste.

Il ne referait pas cette erreur.

Il cilla en voyant la dernière photo de la pile. C'était un instantané de lui au cours des vingt-quatre heures écoulées, pris devant le poste du shérif. Sand avait barbouillé une bouche triste sur la sienne et de grosses croix sur ses yeux, et dessiné des flammes sur toute la bordure de la photo.

Cole se détourna.

— Ce type est malade.

Il laissa son regard s'attarder sur la pièce un long moment, puis grogna :

— Il a laissé pas mal de choses en vue. Voyons ce qu'il a caché.

Tirant une torche de sa poche, il se dirigea vers les grilles d'aération tandis que West soulevait une nouvelle pile de papiers.

— Et ici, nous avons un récit détaillé de ton retour sous les projecteurs.

Ryder soupira. Il n'était pas célèbre, loin de là, mais il savait à quoi West faisait allusion.

— Je représentais le service, voilà tout.

Son frère brandit un article vers lui. La fierté se lisait sur ses traits.

— Tu as dirigé la brigade des stups la plus brillante de toute l'histoire de l'Ohio ?

— Il fallait quelqu'un pour s'en occuper, répondit Ryder avec un haussement d'épaules. J'étais entre deux missions, et disponible.

— Ben voyons, ironisa son frère avec une grimace. Pas de quoi fouetter un chat.

Ryder ne répondit pas. Il ne méritait pas d'être félicité pour sa compétence en tant qu'enquêteur. Il avait été observé trois ans durant sans se douter de rien. Sand avait séjourné à Cincinnati. Il avait acheté des exemplaires du journal local détaillant la carrière de Ryder. Sans doute l'avait-il suivi alors qu'il se rendait au bureau chaque jour. Il avait pris sa photo à de multiples reprises.

Non, il n'y avait pas de quoi être fier.

Cole abandonna les grilles d'aération et reporta son attention sur le lit, ses mains gantées palpant l'espace entre le sommier et le matelas.

— Et voilà.

Il se redressa, un calepin à la main.

— Qu'est-ce que c'est ? demanda Ryder en s'approchant. Il appartient à Sand ?

Cole haussa les épaules.

— Quelqu'un a dessiné un bonhomme allumette avec des croix sur les yeux et des flammes autour de la tête. Une grosse étoile sur sa poitrine. Tu vois qui c'est ?

Blake éclata de rire tandis que Ryder s'emparait du carnet. Il tourna les pages lentement, à la fois fasciné et horrifié par les mots griffonnés.

— Ça n'a aucun sens, marmonna-t-il. Il écrit : « Arrête

de me suivre. Laisse-moi vivre tranquille. Arrête de me suivre. Va-t'en. Va-t'en. Va-t'en. »

Il fronça les sourcils, tenté de jeter le calepin par la fenêtre.

— C'est une blague ? Il fait ça exprès, pour que je continue à tourner en rond ?

Un autre indice qui ne signifiait rien, qui ne menait nulle part. Exactement comme tous les précédents.

Cole tendit le cou et lut par-dessus son épaule.

— Je ne croyais pas que ce type puisse être plus effrayant, mais j'avais tort.

West tendit la main vers le carnet.

— Je peux ?

Il se mit à le feuilleter, l'air de plus en plus troublé.

— C'est comme s'il te suppliait. Ces mots sont moins agressifs que les photos, encore que le dessin sur la couverture soit un tantinet inquiétant.

Il referma le calepin.

— J'ai l'impression qu'il est en train de perdre les pédales. Mais bon, on s'en doutait. Que dirais-tu de consulter Tina à ce sujet ? Officieusement.

Sa mâchoire se crispa, et son regard se durcit.

— Elle est psychologue clinicienne et elle a de l'expérience en la matière. Elle a personnellement eu affaire à un harceleur.

— Entendu, acquiesça Ryder. Si elle est d'accord. Je serai reconnaissant de toute l'aide qu'elle peut m'apporter. C'est un territoire inconnu pour moi.

L'épouse de West, Tina, avait traversé une terrible épreuve lorsqu'un homme avait enlevé son bébé et avait essayé de la forcer à avoir une relation de couple avec lui. Elle avait bien failli ne pas en sortir vivante. Il était toujours douloureux pour West d'évoquer cette affaire.

Blake prenait des photos du calepin.

— Ça n'a pas de sens, marmonna-t-il. Ce type te file

le train pendant trois ans, et puis te supplie d'arrêter de le suivre ?

Ryder ne comprenait pas davantage, mais Sand n'avait jamais été sain d'esprit.

— Être en cavale des années durant, c'est usant, murmura-t-il. Je vois cela chez les témoins qui entrent dans le programme. Ils ont parfois passé très longtemps à se cacher avant de se décider à demander notre protection. Et ça joue sur leur santé mentale. Ils deviennent paranoïaques, ils sont constamment sur le qui-vive.

Il regarda ses frères.

— La vie que Sand a menée pendant que je le recherchais n'a pas dû être facile, surtout pour quelqu'un qui était déjà perturbé. En revanche, ç'aurait dû s'améliorer ces derniers temps, après qu'il s'en était tiré avec un bracelet électronique.

Ryder sentit ses muscles se crisper alors qu'il parlait. Sand avait assassiné des familles entières, et pourtant il avait évité la prison. Et maintenant, il était libre.

Blake fit défiler les clichés qu'il venait de prendre sur son téléphone.

— Je ne peux pas dire que j'ai de la compassion pour un meurtrier pyromane, mais ça ne me gênerait pas de l'aider à mettre fin à sa cavale. Peut-être l'expédier dans une jolie petite cellule au pénitencier pour une centaine d'années.

— C'est le but de l'opération, déclara Ryder, avant de vérifier sa montre pour la dixième fois au moins.

Des heures s'étaient écoulées depuis qu'il avait laissé Kara et Casey chez tante Susie, et Kara devait craindre le pire.

Il parcourut la pièce des yeux, songeur. Soit il restait et aidait ses collègues à passer l'hôtel au crible à la recherche d'indices, soit il regardait ces photos jusqu'à devenir fou, soit… il retournait vers Kara.

Plus jamais il ne ferait passer son travail avant sa famille.

Il avait une femme et un bébé à protéger, et la première devait se faire un sang d'encre. Kara n'était peut-être pas officiellement sienne et Casey non plus, mais son cœur les réclamait et il réfléchissait à la manière de s'y prendre pour y remédier.

— Tenez-moi au courant. Je vais demander à papa de se mettre en route avec les filles. Où que soit Sand, il doit être occupé à éviter les hordes d'enquêteurs qui sont sur ses traces. C'est le moment idéal pour emmener Kara et Casey en lieu sûr. Je les retrouverai sur place.

— Au chalet ? demanda Blake.

— Oui.

— Bien. Il est loin de tout, rarement utilisé et difficile d'accès. D'ailleurs, Sand a laissé sa voiture ici. Il va peut-être te voir partir, mais il ne pourra pas te suivre à pied.

Ryder prit congé de ses frères et sauta dans sa voiture, impatient d'arriver à destination.

Kara était assise sur la petite terrasse en bois d'un vieux chalet en rondins, au cœur des montagnes qui bordaient le parc national. La terre appartenait aux Garrett depuis bien avant la création du parc et le chalet avait été construit par leurs ancêtres. Bizarrement, elle n'avait aucun mal à imaginer les frères Garrett dans ce lieu rustique.

M. Garrett était installé sur les marches non loin d'elle. Sa carabine en équilibre sur ses cuisses, il taillait un morceau de branche avec son couteau.

— Quelqu'un approche, annonça-t-il soudain, interrompant sa tâche pour s'emparer de sa carabine. Je ferais mieux d'aller voir qui c'est.

Kara se figea, mais Casey ne s'aperçut de rien. Blottie

contre la poitrine de sa maman, elle dessinait d'adorables petits cercles avec sa bouche, rêvant sans doute d'un invisible biberon. L'espace d'un instant, Kara se demanda si elle devait attendre à l'intérieur, voire se préparer à prendre la fuite. M. Garrett lui avait assuré que personne ne les avait suivis, mais après la journée qu'elle avait eue, elle ne se sentait en sécurité nulle part.

Son arme à la main, M. Garrett s'avança sans bruit sur la piste jonchée de feuilles et de brindilles qu'il qualifiait de route. Arrivé à la crête de la colline, il leva le bras.

Kara n'avait pas la moindre idée de ce que ce geste signifiait. Était-ce un salut ? Un avertissement ? Elle espérait qu'il ne s'agissait pas d'un signal lui intimant de fuir.

Cela dit, en cas de nécessité, Kara savait quoi faire. Elle y songeait depuis le moment où elle était arrivée au chalet avec son bébé.

Pour commencer, elle passerait derrière le chalet afin de gagner l'autre flanc de la colline. Si elle descendait assez loin, elle finirait par atteindre la rivière qui coulait le long des docks à la limite de la ville. De là, elle pourrait suivre le cours d'eau jusqu'à la civilisation. Elle était trop avisée pour prendre le risque de traverser les bois. En montagne, tout se ressemblait : les troncs d'arbres, les branches, les frondaisons. Les feuilles mortes depuis bien longtemps qui se cramponnaient à la terre.

M. Garrett recommença à marcher, cette fois en direction des arbres, l'air content.

Le 4×4 de Ryder apparut, cahotant sur les restes de plaques de goudron d'une route oubliée. Elle fut étrangement soulagée qu'il ne soit pas venu dans le pick-up au plateau calciné.

Le cœur battant, elle le regarda descendre du véhicule. Elle mourait d'envie de courir vers lui, de l'étreindre et de verser des larmes de joie et de soulagement, mais elle se retint. Résolue à garder le contrôle de ses émotions, elle se contenta de sourire jusqu'aux oreilles et de savourer la sensation de légèreté qui l'avait envahie maintenant qu'elle avait la certitude qu'il était sain et sauf.

Mieux que sain et sauf. Il était là.

Après avoir serré son fils contre lui, M. Garrett lui succéda au volant de sa voiture.

— Prends bien soin de ce bébé ! lança-t-il en enclenchant la marche arrière.

Kara le salua de la main, surprise de le voir partir si vite. Déjà les feux du véhicule avaient disparu le long du chemin en piteux état qui menait à la ville.

Son attention se reporta sur le séduisant marshal fédéral qui se dirigeait vers elle d'un pas assuré.

— Désolé d'avoir mis si longtemps, dit-il, d'une voix si sourde et si émue qu'elle ne put s'empêcher de se demander si ses paroles avaient un sens plus profond qu'il n'y paraissait.

— As-tu pu terminer ce que tu voulais faire ?

— Non. Tout le monde continue sans moi et chacun a mon numéro en cas de besoin.

Il la prit par les hanches et se pencha vers elle, un sourire tranquille sur les lèvres.

— Tu es parti ? s'écria-t-elle, la poitrine comprimée par l'émotion.

Il les avait choisies, Casey et elle, alors qu'une piste nouvelle s'offrait à lui ? Elle sentit qu'elle souriait de plus belle.

— Cela ne ressemble pas au marshal que j'ai connu autrefois, murmura-t-elle.

Cet homme-là aurait été le dernier à quitter une scène de crime impliquant Timothy Sand, et il aurait rapporté des dossiers à la maison, de façon à pouvoir travailler jusqu'à l'aube.

— Cet homme-là est mort d'un cœur brisé, répondit-il

en ramenant une mèche vagabonde derrière l'oreille de Kara.

Un frisson de plaisir la parcourut.

— Si tout le monde a du travail à faire, n'a-t-on pas besoin de toi ?

— Eh bien…

D'affectueux, son sourire se fit prédateur.

— Ma priorité est de prendre soin de toi. Par conséquent, si tu n'y vois pas d'inconvénient, j'aimerais commencer.

— Non, répondit-elle en souriant. Je n'ai pas d'objections.

Ryder déposa un baiser sur sa joue, puis baissa les yeux sur le bébé endormi.

— Comment va Casey ? demanda-t-il en plantant un baiser sur le sommet de sa petite tête.

— Elle est fatiguée, admit Kara, parlant pour elles deux. Je vais la coucher. J'ai installé son parc dans la petite chambre, et j'ai fait du café.

Ryder la suivit à l'intérieur et la regarda déposer l'enfant dans le parc.

— Bien, murmura-t-elle en s'éloignant sur la pointe des pieds. Du café ?

Ryder secoua la tête. Ses yeux bleus brillaient de désir, et ses mains ne perdirent pas de temps à se poser sur les hanches de Kara pour l'attirer contre lui.

— Je ne veux plus jamais te perdre, dit-il tout bas.

Le cœur de Kara se gonfla, débordant de mille choses qu'elle voulait lui dire et qu'elle ne savait comment formuler.

— Tant mieux parce que je ne veux plus jamais te laisser partir. Je n'aurais pas dû la dernière fois.

Ryder appuya le front contre le sien et exhala un soupir de soulagement.

— Et Casey ? souffla-t-il. Je l'ai mise en danger.

Kara se hissa sur la pointe des pieds et s'arqua contre

lui avant d'effleurer ses lèvres des siennes, lui arrachant un gémissement rauque.

— Nous te pardonnons, chuchota-t-elle.

Ryder l'enlaça et la pressa davantage contre son corps musclé. Lorsque sa bouche prit possession de la sienne, une vague de chaleur submergea Kara. Le baiser de Ryder lui coupa le souffle, l'embrasant tout entière.

Elle leva la main vers lui et tressaillit en effleurant le pansement sur sa joue.

— Cela te fait mal de m'embrasser ?

— Je ne rêve que d'une chose et c'est de t'embrasser, répondit-il. Il va falloir davantage qu'une petite brûlure pour m'en empêcher.

Kara sourit. Ses doigts vagabonds trouvèrent le bout de la chemise de Ryder et la firent passer par-dessus sa tête avant de redescendre à sa ceinture.

— Comment va ta main ?

Il écarquilla les yeux, et ses paupières s'abaissèrent légèrement tandis que le désir se peignait sur ses traits. Comme ce regard lui avait manqué ! songea Kara, traversée de picotements d'excitation alors que les souvenirs l'assaillaient.

— Ma main va très bien, assura-t-il avec un sourire.

L'instant d'après, il lui avait retiré son T-shirt. Plaquée contre son torse brûlant, elle ferma les yeux, transpercée de désir.

— J'ai besoin de toi, haleta-t-elle à son oreille, avant de mordiller le lobe du bout des dents.

Ryder la souleva de terre et la porta jusque dans la chambre. Là, il la déposa sur le lit et, penché au-dessus d'elle, déposa une traînée de baisers brûlants sur son omoplate et dans la vallée entre ses seins. Sa main valide s'arrêta sur le bouton du short tandis qu'il l'interrogeait du regard.

La main de Kara recouvrit aussitôt la sienne. Elle avait

hâte de sentir leurs deux corps réunis, sans vêtements pour les séparer.

— Tu as besoin d'aide ?

Une lueur espiègle s'alluma dans les yeux de Ryder.

— Non, mais toi, tu auras peut-être besoin d'aide quand j'en aurai terminé avec toi.

— Oh !

Rieuse, elle se laissa retomber sur le lit et rejeta les bras derrière sa tête, s'abandonnant à ses caresses.

15

Les cris de Casey tirèrent Kara du lit une heure plus tard, bien plus tôt qu'elle ne l'avait espéré. Elle gagna la pièce voisine et prit sa petite princesse dans ses bras. Les plaintes du bébé se muèrent bientôt en roucoulements de bien-être.

Kara adorait ces moments de bonheur simple.

Elle se balançait doucement, instinctivement, au rythme des sons de sa fille, savourant l'allégresse qui emplissait son cœur après les événements de la journée. Elle s'était attendue à ce que Ryder monte la garde à la fenêtre toute la nuit pendant qu'elle était assise dans un coin, paralysée par la peur. Elle n'avait même pas envisagé qu'il puisse être aussi prêt qu'elle à officialiser leurs retrouvailles. Faire l'amour avec son héros avait été merveilleux.

Un sourire sur les lèvres, elle serra Casey contre sa poitrine. Elle avait tout ce qu'elle désirait entre ses quatre murs et, malgré le monstre qui rôdait au-delà, elle était heureuse.

Elle se retourna, cherchant des yeux un endroit où s'asseoir pour bercer son bébé et tressaillit à la vue de Ryder torse nu, adossé immobile à l'encadrement de la porte. Le premier bouton de son jean était encore défait, une invitation à y glisser les doigts une fois de plus.

Il la regardait avec intensité, en souriant, et Kara sentit son cœur fondre.

— Tu es géniale avec elle, murmura-t-il.

Kara rougit. Il n'aurait pu lui faire de plus beau compliment.

— Je l'aime depuis bien avant sa naissance.

Ryder s'avança et les enveloppa de ses bras.

— Je suis tellement désolée de ne pas avoir été là pour te voir enceinte, te réconforter quand tu étais seule ou effrayée.

Il pressa la joue contre la tête de Kara.

— Et je regrette de ne pas avoir été là quand tu as mis ton bébé au monde, ajouta-t-il d'une voix altérée par le regret. J'ai manqué bien trop de choses.

Kara recula et le regarda. L'amour et l'admiration qu'elle percevait dans ses paroles étaient tout aussi clairs dans ses yeux embués de larmes. Ryder ne lui en voulait pas d'avoir eu une relation avec un autre homme, d'avoir tenté d'aller de l'avant avec quelqu'un d'autre. Il regrettait seulement de ne pas avoir été là.

Elle promena la main sur son torse avant de lui caresser la joue. En temps ordinaire, elle ne croyait pas aux contes de fées, mais il lui vint à l'esprit que Ryder et elle étaient sans doute ce qu'on appelait des âmes sœurs. Parce que rien d'autre n'avait d'importance. Ni le passé ni l'avenir. Seul comptait le fait qu'ils étaient ensemble. Et qu'ils avaient une petite fille adorable pour compléter leur bonheur.

Le téléphone de Ryder vibra dans la poche de son jean, et il lâcha Kara pour jeter un coup d'œil à l'écran.

— C'est West, dit-il, aussitôt attentif.

Il déposa un baiser sur le bout du nez de Kara et s'écarta un peu pour prendre l'appel, s'adossant au mur le plus proche au lieu de quitter la pièce.

Kara lui en fut reconnaissante. Baignant dans la chaleur de son regard, elle s'affaira, changea la couche de Casey avant de gagner la cuisine pour lui préparer un biberon.

Ryder la suivit, lui donnant une caresse sur les fesses alors qu'elle passait devant lui.

Kara sursauta et éclata de rire, enchantée par cette petite parenthèse hors de la réalité. Savoir que ces instants de détente allaient bientôt se terminer, peut-être par une catastrophe, était un souci toujours présent en marge de son esprit. Mais dans l'immédiat, elle ne pouvait que jouir du présent, et prier pour que ses craintes ne soient pas fondées.

Elle versa les ingrédients du biberon dans un plat et se mit à préparer le repas de Casey.

Quand M. Garrett et elle étaient arrivés, la maison était inutilisée depuis longtemps, et tout était recouvert d'une épaisse couche de poussière. Kara s'était jetée dans le ménage pour évacuer son trop-plein de tension nerveuse. Elle avait ouvert les fenêtres, retiré les draps qui protégeaient les meubles, balayé les sols et lessivé les surfaces. Bref, elle avait transformé le chalet en un foyer chaleureux et accueillant, qui sentait bon le citron vert et le pin.

Et, douce récompense pour tous ses efforts, la cafetière était en état de marche.

— Non, répondit Ryder à la question de son frère.

Son regard chercha celui de Kara, et elle y lut une lueur espiègle.

— Je l'ai déjà amenée ici.

Kara sourit.

Ryder et elle étaient venus au chalet un mois jour après jour après leur premier rendez-vous, afin de célébrer leur anniversaire. Il lui avait dit qu'ils allaient regarder les étoiles, mais en réalité, ils avaient passé la nuit à explorer leurs corps.

Ç'avait été la première fois de Kara, et elle chérissait ce souvenir entre tous.

Comme ses frères avant et après lui, Ryder avait fait tourner les têtes de toutes les filles de la ville. Il avait juré que les rumeurs qui circulaient à son sujet étaient fausses, mais son expérience avait été difficile à nier lorsqu'il avait commencé à lui faire l'amour. Jusqu'alors, elle n'avait jamais été tentée de se donner à un garçon. Dès le moment où elle avait compris qu'elle l'aimait, elle avait eu besoin de lui comme on a besoin d'oxygène, et durant les trois années qu'ils avaient passées l'un sans l'autre, ç'avait été comme si elle manquait d'air, comme si elle n'avait jamais respiré à fond.

— Je vais devoir enfiler une chemise, soupira-t-il en rangeant son téléphone avant de s'approcher d'elle, sans rien soupçonner des délicieux souvenirs qu'elle revivait.

Elle fit la moue et lui caressa le torse.

— Tu t'en vas ? demanda-t-elle, une pointe d'angoisse dans la poitrine.

— Non, répondit-il avec un sourire sûr de lui. Nous allons avoir de la visite.

Kara attendit avec impatience pendant que Ryder s'habillait et allait attendre l'épouse de West. Apparemment, Tina, psychologue clinicienne, s'était vu confier le dossier de Sand dans l'espoir qu'elle puisse discerner dans tous ces éléments un indice quant à ses intentions. Après avoir épluché les documents, elle avait demandé à voir Ryder et Kara.

Kara sentit son estomac se nouer à la pensée des conclusions que la thérapeute avait pu tirer de cet examen. Elle n'était même pas tout à fait sûre de vouloir savoir ce que ce triste individu projetait de faire.

Ryder retrouva Tina sur la crête, à l'endroit où son père l'avait attendu. Il l'escorta jusqu'à la terrasse et s'acquitta des présentations.

— Je te présente Kara Noble. Kara, ma belle-sœur, Tina Garrett.

Il lança un sourire amusé à cette dernière.

— Ça me fait toujours drôle de dire ça.

Elle eut un rire moqueur.

— Ah bon ? Tu as déjà vu la tête des gens quand quelqu'un appelle Rita « Madame Cole Garrett » ?

Ryder et Kara s'esclaffèrent de bon cœur. Dans la mémoire de tous, Cole Garrett demeurait le petit dernier de la tribu, la star de l'équipe de base-ball du lycée. Personne ne pensait à lui comme à un ancien de l'armée ni à un secouriste, encore moins un mari dévoué et respectable. Et pourtant, il l'était.

Kara serra la main de Tina.

— Enchantée. Voici ma fille, Casey.

Le sourire de Tina s'adoucit et elle porta sur l'enfant le regard attendri d'une mère.

— Elle est adorable, s'écria-t-elle en s'approchant pour caresser les cheveux du bébé. Ma Lily va bientôt avoir deux ans, et mon petit West a cinq mois et demi cette semaine.

Son visage s'illumina.

— Il faut qu'on se retrouve un de ces jours. Les enfants devraient faire connaissance. Jouer ensemble.

Kara sourit. West avait deux enfants. C'était difficile à croire, et puis non, au fond. Il était différent de l'homme qu'elle avait connu trois ans plus tôt. Il était mieux dans sa peau. Plus heureux. Elle jeta un coup d'œil en direction de Ryder. Son plus cher désir était d'avoir une famille avec lui un jour.

— Cela me ferait très plaisir.

— Parfait.

Tina sourit à Ryder qui se dirigeait vers la porte.

— Avec un peu de chance, nous nous verrons tous

beaucoup plus souvent quand toute cette histoire sera résolue.

Il poussa le battant, s'effaçant pour les laisser entrer.

— Je suis entouré de frères depuis vingt-sept ans, et en l'espace de dix-huit mois, je me retrouve avec trois belles-sœurs. Il n'y a plus moyen d'être tranquille, plaisanta-t-il.

Le sourire de Tina s'élargit.

— Alors c'est oui ? Nous vous verrons plus souvent, vous trois, quand tout sera terminé ?

Ryder leva les yeux au ciel et s'employa à leur servir un café.

Kara rougit, feignant un brusque et profond intérêt pour les cheveux de sa fille.

— Merci d'être venue.

— As-tu eu du mal à trouver le chemin ? demanda Ryder.

Tina secoua la tête.

— Pas vraiment. Cela dit, je n'étais pas sûre d'avoir pris la bonne route. Heureusement, West m'avait fait un plan.

Ryder déposa deux mugs fumants sur la table pour Tina et Kara.

— Il y avait d'autres voitures sur la route ?

— Tu veux savoir si j'ai été suivie ?

Elle sourit.

— Je ne crois pas. J'ai essayé de faire très attention.

L'expression de Ryder se durcit. Tina parut ne rien remarquer, mais Kara en fut troublée. Si Ryder s'inquiétait, elle était déjà terrifiée.

Tina fit tourner son mug sur la table en bois.

— J'aurais pu téléphoner, mais je ne suis pas une fan du téléphone, et envoyer un texto est trop impersonnel pour une affaire aussi personnelle que celle-ci. Je voulais vous faire part de mes réflexions concernant Timothy Sand et pouvoir répondre à vos questions si vous en avez.

— Très bien.

Ryder s'accouda au dossier de la chaise vacante à côté de Kara. Apparemment, il était trop tendu pour s'asseoir.

— On t'écoute.

Le regard de Tina alla de l'un à l'autre.

— J'ai lu pas mal de choses concernant les pyromanes ce soir. Je voulais m'assurer que je vous donnais des informations aussi exactes que possible. Pardonnez-moi si vous savez déjà une partie de ce que je vais dire. Je suis sûre que vous avez déjà effectué des recherches.

Lâchant son mug, elle croisa les mains sur la table devant elle. Son cardigan marron était parfaitement assorti à son débardeur beige, son pantalon en toile kaki et ses sandales crème. Elle ne ressemblait pas à l'idée qu'on pouvait se faire de l'épouse du shérif local, un homme qui préférait la pêche nocturne aux sorties au restaurant, mais leur union était manifestement un exemple de contraires qui s'attirent. Ce qui frappait tout de suite chez Tina, c'était son sourire chaleureux, et la sincérité qu'on lisait dans ses yeux bleus. Au bout de dix minutes avec elle, Kara était déjà conquise.

— Vous le savez peut-être, mais il y a six raisons possibles à un incendie criminel.

Ryder acquiesça.

— Non, intervint Kara. Je ne les connais pas.

— Le vandalisme, commença Tina en comptant sur ses doigts. L'excitation. La vengeance. La dissimulation d'un crime. L'appât du gain. Et l'extrémisme.

Elle pinça les lèvres.

— Je pense que nous pouvons d'ores et déjà exclure le vandalisme, l'appât du gain et l'extrémisme.

Le visage fermé, Ryder se tenait bras croisés, jambes écartées, dans la posture caractéristique d'un marshal.

Kara s'efforça de maîtriser sa respiration. Une bouffée d'effroi venait de l'envahir alors qu'elle songeait à l'homme qui avait conduit Ryder vers la berline rouge. Éprouvant le besoin de son contact, elle glissa la main dans la sienne.

Tina changea légèrement de position.

— J'ai étudié tout le dossier. Bien sûr, j'ai dû faire vite car je pense que le temps est précieux, mais cet homme me paraît très complexe.

— Que veux-tu dire au juste ? coupa Ryder.

— Eh bien, pour commencer, je crois que le premier incendie qu'il a causé visait simplement à dissimuler un crime. Il avait tué son ex-épouse et sa famille et il essayait de faire disparaître les preuves.

Kara regarda Ryder, curieuse de savoir s'il était d'accord avec cette analyse.

Il garda le silence, mais ne protesta pas.

— Le deuxième feu, reprit Tina, était une vengeance. Sand a suivi Jennifer Sayers chez elle pour la punir de t'avoir aidé à le trouver. Il a incendié la maison pour se venger.

— Des mobiles différents, observa Kara, songeuse. Est-ce courant ?

— Non. En revanche, il arrive souvent qu'un pyromane ne se découvre pyromane que le jour où il a l'occasion d'allumer un feu et de voir quelque chose brûler. Je crois que le premier feu était un acte de désespoir qui lui a fait prendre conscience de sa maladie. Maintenant, il sait qu'il aime le feu, et les incendies qu'il a provoqués à Shadow Point, à l'exception des explosions, bien sûr, semblent avoir été motivés par le plaisir. Certes, ajouta-t-elle en levant les yeux vers Ryder, il cherche à attirer ton attention, mais il pourrait y parvenir autrement. Par exemple, si j'ai bien compris, il t'a attiré ici en ayant une conversation bien précise avec une personne bien précise de ton passé. Il est très habile.

— Manipulateur, précisa Ryder avec fougue. Calculateur.

— Oui, acquiesça Tina. Bref, nous savons qu'il n'a pas besoin d'allumer un feu pour éveiller ton intérêt. Il le fait parce que ça lui plaît. Ce qui le place dans la catégorie de l'excitation. Le frisson qu'il éprouve en craquant l'allumette, l'anticipation, sont de puissantes motivations en soi. Si on y ajoute le désir de se venger du marshal qu'il rend responsable de sa cavale, voire de l'avoir obligé à tuer la famille Sayers, c'est une catastrophe annoncée.

Le choc se mêla à la colère sur le visage de Ryder.

— Tu penses qu'il m'en veut pour ce qu'il a infligé à cette famille ?

— Je pense qu'il éprouve un profond sentiment de culpabilité pour les meurtres. Surtout ceux des Sayers parce qu'il ne leur en voulait pas personnellement ; contrairement à son ex-femme et à ses ex-beaux-parents.

— C'est absurde, marmonna Ryder. Il ne peut pas me rendre responsable de ses crimes.

— Parce que tu te sens déjà coupable ? demanda Tina.

Ryder rougit.

— Il y a un an que j'ai cessé de le rechercher. Ce n'est pas moi qui l'oblige à poursuivre sa cavale.

Il avait parlé sur un ton bref, irrité.

— Ce n'est même pas moi qui l'ai arrêté ou qui l'ai fait assigner à résidence. Je n'ai joué aucun rôle là-dedans ! Du moins, jusqu'au moment où il m'a forcé à revenir ici.

Ses paroles transpercèrent le cœur de Kara. On aurait dit qu'il regrettait d'être revenu. Elle savait que ce n'était pas ce qu'il avait voulu dire, mais elle en fut blessée malgré tout, surtout après les espoirs qu'elle avait nourris tout au long de la journée. Des visions idiotes d'eux trois au parc ou dans le jardin, comme une véritable famille, s'étaient immiscées dans son esprit, comme si elles étaient possibles, inévitables, garanties.

Rien n'était garanti. Même pas survivre à ce cauchemar.

Tina dévisagea Ryder longuement, attendant qu'il redevienne maître de lui-même.

— J'ai d'autres opinions, reprit-elle. C'est là que mon interprétation des éléments devient plus sujette à caution. Comme je l'ai dit, il n'est pas mon patient, et je ne peux pas être catégorique.

— Continue, maugréa Ryder.

— Je pense qu'en plus de ce plaisir nouveau qu'il ressent à allumer des feux et au désir de vengeance que tu lui inspires, il est aussi aux prises avec de sérieux problèmes psychologiques.

Ryder lâcha un grognement rauque.

— Sans blague.

— J'ai lu ses carnets, poursuivit-elle. Il n'est pas impossible qu'il souffre de schizophrénie. Je ne peux pas en avoir la certitude sans avoir d'entretien avec lui, mais les gribouillis suggèrent qu'il entend des voix ou qu'il pense obéir à des ordres. Il a commencé à prendre des notes il y a six mois seulement, peut-être à la suite d'une crise.

Ryder se figea. Ses bras retombèrent le long de son corps.

En un éclair, Kara passa mentalement en revue les informations qu'elle avait reçues au cours des derniers jours, mais en vain. Elle ne voyait pas à quoi Tina pouvait faire allusion, ni ce qui avait provoqué la réaction de Ryder.

— Que s'est-il passé il y a six mois ?

Ryder baissa les yeux.

— J'ai assisté à une veillée en mémoire de l'ex-femme de Sands et de sa famille. Elle a lieu chaque année. Elle ne ressemble pas du tout à celle qui est organisée pour les Sayers. C'est seulement un moment de recueillement.

Tina eut un sourire attristé.

— Je crois que Sand aurait voulu y aller, mais qu'il ne pouvait pas parce que tu étais là. Chaque année, sans faute.

Elle posa son grand sac sur la table et en sortit un classeur qu'elle ouvrit pour y prendre une photo.

— C'est une copie d'un des clichés qui ont été laissés à l'hôtel.

Du bout du doigt, elle désigna le visage de Ryder parmi la foule. De petites croix rouges avaient été tracées sur ses yeux.

— C'est une photo de l'événement qui a été publiée par son journal local, expliqua-t-elle. Tu avais cessé de le traquer, mais tu étais toujours présent dans sa vie. Cette veillée est importante pour lui. C'est là que tout a commencé.

Elle prit un autre papier qu'elle tourna vers eux.

— Le lendemain de la veillée, il y avait un article sur Ryder. Il avait reçu une médaille pour son rôle dans une affaire de portée nationale.

Impressionnée, Kara parcourut l'article des yeux. Elle n'avait pas soupçonné que Ryder connaissait un tel succès dans sa carrière. Une bouffée de fierté monta dans sa poitrine. Il était revenu vers elle aujourd'hui au lieu de rester à l'hôtel où Sand s'était volatilisé. Il allait vraiment mieux. Il savait où étaient ses priorités. Il voulait que Casey et elle fassent partie de sa vie. À aucun moment depuis son arrivée il n'avait agi comme l'homme obsédé qu'il était autrefois. Ryder était exactement tel qu'il affirmait être, il avait triomphé de ses démons.

— Je pense que Sand a tiré une grande satisfaction de tes difficultés, reprit Tina. Et puis il a appris tes récents succès dans la presse, et pour lui qui ne pouvait même pas assister à la veillée de son ex-femme sans risquer d'être capturé par toi, ça a peut-être été la dernière goutte d'eau.

Elle leur lança un regard d'excuse.

— À mon avis, c'est pour cette raison qu'il a visé Kara. Elle a failli être ta femme autrefois. C'est suffisant.

— Suffisant pour quoi ? demanda Ryder.

Tina le fixa.

— Pour qu'il cherche à vous séparer.

Ryder vint se placer derrière Kara et lui entoura les épaules d'un geste protecteur.

— Ça n'arrivera pas.

16

Deux longues journées s'écoulèrent sans visiteurs, bien que le téléphone de Ryder cesse rarement de sonner ou de vibrer. Les nerfs tendus à craquer, Kara avait du mal à empêcher son imagination d'envisager des scénarios de plus en plus sombres. Elle songeait aux mille manières dont Sand pouvait surgir et leur faire du mal, et dormait d'un sommeil troublé. Si les appels constants que recevait Ryder apportaient de nouveaux indices, nul n'avait revu le pyromane. Sand semblait s'être évanoui en fumée.

Pour Kara, ces moments passés seule avec Casey et Ryder étaient à la fois parfaits et terrifiants. Ryder s'en allait plusieurs fois par jour pour inspecter les environs, à l'affût de signes trahissant un intrus dans les bois environnants. Il ne s'absentait jamais longtemps, mais Kara était toujours au bord de la panique. Et si Sand était dans les parages et que Ryder ne revenait pas ? Ou s'il attendait que Ryder s'éloigne pour les attaquer, Casey et elle ?

Après le repas, chaque soir, Ryder les emmenait faire une petite promenade. Même s'ils ne s'éloignaient guère du chalet, le changement de décor était agréable. Ils avaient suivi une voie de chemin de fer désaffectée, jonchée de feuilles et oubliée par le temps. D'après Ryder, la ligne avait autrefois desservi Shadow Valley, une ville qui avait été submergée lors de la construction d'un barrage destiné à empêcher les inondations dans la région.

Ryder lui avait montré deux wagons délabrés datant des années trente où ses frères et lui, lorsqu'ils étaient enfants, s'amusaient à jouer et à se cacher.

Ces wagons avaient donné des frissons à Kara, plantés comme ils l'étaient selon un angle étrange, les voies dessous à demi enfoncées dans la terre. Les grandes vitres panoramiques avaient disparu, le verre brisé depuis longtemps. Elle pouvait presque voir les fantômes des passagers assis sur les sièges en vinyle craquelé ou debout à la queue leu leu dans le couloir, attendant un arrêt qui ne viendrait jamais.

Ryder avait souri en évoquant ces souvenirs, mais Kara avait été soulagée de rentrer au chalet.

À la nuit tombée, elle se blottit contre lui sur le canapé.

— Du nouveau ? demanda-t-elle en se laissant aller contre son bras puissant.

— Non.

Elle le sentait préoccupé, pourtant. Elle se redressa et pivota pour mieux voir son visage.

— Non ?

Le regard de Ryder allait d'une fenêtre à l'autre, comme chaque soir quand la forêt devenait silencieuse.

— Je ne sais pas ce qu'il mijote. Où il est. Je n'arrête pas de penser qu'il prépare un grand coup. Ce calme ne peut pas durer.

— Non ? Tu ne crois pas qu'il puisse avoir renoncé et quitté la ville ? suggéra Kara avec espoir. Il ne veut sans doute pas prendre le risque d'aller en prison. Et il doit savoir qu'il ne peut arriver à rien tant qu'il est recherché par tous ces agents ! Son visage est placardé dans tout le comté.

Elle arqua les sourcils.

— Peut-être qu'il a abandonné. Qu'il est rentré chez lui.

— Peut-être.

Ryder l'entoura de son bras et la ramena contre lui, la

serrant étroitement. Il était impossible de ne pas entendre le « non » qui perçait dans sa réponse.

— Quelles sont les dernières nouvelles, dans ce cas ? insista-t-elle.

Ryder avait été tendu toute la journée, et il ne lui avait pas fourni d'explication. Elle était lasse de patienter.

— Que dit West ? Et Blake ?

Il lâcha un long soupir.

— West pense qu'il n'est pas trop tard pour vous faire monter dans un avion à destination de Tombouctou pendant que je traque Sand jusqu'au moment où il sera derrière les barreaux.

— Et Blake ?

Elle était sûre que tous ceux qui recherchaient Sand avaient fait part de leur point de vue à Ryder, mais elle savait que l'avis de ses frères serait le plus important à ses yeux.

— Blake voudrait qu'on aille s'installer chez lui, sous la surveillance d'un commando, et qu'on attende que Sand perde patience et passe à l'attaque.

Ni l'une ni l'autre des options ne séduisait Kara, mais vivre à flanc de montagne allait poser un problème à l'approche de l'hiver.

— Qu'en dis-tu ?

— Je penche pour Tombouctou, dit-il avec un nouveau soupir. Nous sommes dans cette étrange situation depuis trop longtemps et ça ne me plaît pas. Il va falloir que je prenne l'initiative pour remettre les choses en branle, mais ma priorité absolue est de vous protéger, Casey et toi.

— D'accord, murmura-t-elle en lui caressant le bras.

— D'accord ? répéta-t-il, stupéfait. Pour Tombouctou ? Juste comme ça ?

— Évidemment, je préférerais aller à Paris, mais je me fie à ton jugement.

Elle traça les contours de son torse du bout du doigt, admirant ses muscles.

— Je viens de te retrouver. C'est douloureux de songer à partir. Mais c'est encore plus douloureux d'imaginer que Sand puisse s'en prendre à Casey.

Un frisson involontaire lui parcourut la colonne vertébrale.

— Je… Je ne peux pas vivre avec ça.

Ryder captura sa main vagabonde dans la sienne.

— Tu n'es pas obligée d'aller à Tombouctou. Si tu veux, je peux demander que tu sois intégrée dans le programme de protection des témoins en attendant que tout cela soit terminé.

Il laissa tomber leurs mains jointes sur sa cuisse.

— J'aurais dû y songer plus tôt.

— Ne te fais pas de reproches, ordonna-t-elle en l'obligeant à se tourner vers elle. Nous allons bien. Tu nous as protégées, et si tu veux que nous partions, nous partirons. Nous te faisons confiance. Quoi qu'il arrive.

— Demain, murmura-t-il. Nous vous emmènerons toutes les deux demain matin après le petit déjeuner pour que je puisse reprendre les recherches et en finir. J'ai fait une demande pour ton admission dans le programme cet après-midi. Je ne savais pas comment te l'annoncer.

Kara entendit dans sa voix le sacrifice qu'il s'imposait. Elle le sentait. Ryder aurait voulu être son unique protecteur, mais il devait aussi traquer ce monstre. Il ne pouvait pas faire les deux.

Il remit les bras autour d'elle et l'étendit sur le canapé, puis recouvrit lentement son corps du sien. Comme s'il lui disait au revoir.

— Tu reviendras nous chercher après ? Quand tu l'auras attrapé ?

Une larme s'échappa du coin de son œil et roula sur sa tempe. Kara ne doutait pas une seconde que les marshals puissent les protéger, Casey et elle. En revanche, elle s'inquiétait pour Ryder.

— Il faut que tu sois prudent. Tu n'es pas invincible, et Sand est un dément.

Il baisa ses paupières, se redressant après chaque pression des lèvres, comme s'il mémorisait les détails de son visage.

— Je te le promets.

— C'est à ça que tu as pensé toute la journée ? demanda-t-elle, la gorge nouée par l'émotion. À m'éloigner d'ici ?

Il avait été plus taciturne que d'ordinaire, plus distant. Elle l'avait soupçonné de garder de mauvaises nouvelles pour lui. S'était demandé si Sand avait attaqué quelqu'un d'autre faute de pouvoir faire du mal à Ryder. Pas une seconde elle n'avait envisagé qu'il ait été inquiet à la perspective de lui demander d'accepter la protection des marshals. Elle savait qu'il ne l'aurait pas fait s'il n'avait pas pensé que c'était pour le mieux.

Son regard bleu et sincère se souda à celui de Kara.

— Non. Je me demandais comment te persuader de rester avec moi quand toute cette affaire sera terminée.

— Tu n'essayais pas de trouver le moyen de me demander de partir sans me faire de la peine ? demanda-t-elle, tandis qu'un minuscule sourire se formait sur ses lèvres.

Ryder fronça les sourcils.

— Non, à moins que vouloir officialiser notre relation te fasse de la peine.

Prenant appui sur un coude, il caressa le doigt qui avait autrefois porté sa bague de fiançailles.

Kara émit une exclamation étranglée. Son pouce touchait parfois cet endroit-là, reflétant son regret que les choses ne se soient pas déroulées autrement.

— Je sais que je ne suis de retour que depuis quelques

jours, et que je t'ai entraînée dans les pires ennuis. Que je t'ai mise en danger. Que j'ai mis Casey en danger.

— Tu pensais au mariage ?

Les mots lui avaient échappé dans un murmure.

Le visage de Ryder s'assombrit.

Avait-elle mal compris ? Avait-elle abouti à tort à une conclusion qui l'embarrassait ? Après tout, il n'avait fait qu'effleurer son annulaire !

Elle se sentit rougir jusqu'aux oreilles.

— Pardon. Je ne voulais pas présumer… C'était stupide de ma part.

Au comble de l'humiliation, elle porta une main à son visage.

— Oublie ce que je viens de dire.

Ryder la fixa, les yeux brillants de larmes.

— Tu n'avais pas tort.

— Quoi ? s'écria-t-elle en se redressant.

Il sourit.

— Mais cela doit attendre.

— Pourquoi ?

Elle connaissait la réponse. À cause de Sand. Tout, soudain, dépendait de Sand.

— Hé, murmura Ryder en lui baisant la main, avant de s'agenouiller devant le canapé. Tu mérites une demande en mariage dans les règles, sans ce monstre qui rôde à l'arrière-plan.

Kara noua les poignets autour de son cou, les chevilles autour de son dos.

— Je t'épouserais n'importe quand. N'importe où. Et personne ne pourrait jamais salir ce moment-là.

Elle déposa un baiser sur le menton résolu de Ryder. Sur la petite fossette sexy qu'il avait.

— Sand est venu ici pour m'arracher à toi, mais il a fait le contraire. Il t'a ramené à moi. Et je ne te lâcherai pas.

Le regard de Ryder tomba sur ses lèvres, éveillant en Kara une bouffée de désir.

— Si je dois partir demain matin, tu veux peut-être me dire au revoir comme il faut ?

Il l'attira à lui et la fit rouler sur le sol.

— Demain, je t'emmène en lieu sûr, et ensuite, je vais retourner chaque pierre de Cade County jusqu'à ce que je mette la main sur Timothy Sand. Et quand ce sera fait, je te supplierai de m'épouser.

Kara attira son visage à elle.

— Et pour ce soir, tu as des projets ?

Ryder planta un baiser fougueux sur ses lèvres, puis entreprit de la couvrir de caresses. Le cœur battant la chamade, elle s'abandonna à ses mains expertes.

— Ça va ? demanda-t-il au bout d'un moment, l'air content de lui.

Elle hocha la tête, haletante.

— Déshabille-toi.

Les yeux de Ryder s'assombrirent de désir.

— Toi d'abord.

Une vague d'air froid balaya la poitrine de Kara. Elle tendit le bras vers Ryder, mais il n'était plus allongé sur le sol à côté d'elle. Par la fenêtre du salon, elle apercevait les premières lueurs de l'aube à l'horizon.

— Ryder ? appela-t-elle doucement, en enfilant sa chemise.

Autour d'elle, tout était silencieux. Seule la respiration régulière de Casey parvenait à ses oreilles, amplifiée par l'écoute-bébé posé à côté d'elle.

Elle passa une main sur ses yeux et acheva de s'habiller.

Il n'était pas inhabituel que Ryder s'éclipse pour inspecter les environs. En revanche, il était étrange qu'il ne l'ait pas réveillée pour assister au lever du soleil. Elle avait savouré ce précieux moment la veille, avec lui à ses côtés.

Elle rangea les oreillers et couvertures qu'ils avaient jetés à même le sol, constatant que les vêtements de Ryder avaient disparu. Il devait être sorti.

Kara s'approcha de la fenêtre. Quelle heure était-il ? Combien de temps avait-elle dormi ? Elle ne se sentait pas reposée. Cela dit, elle avait fait pas mal d'exercice avant de s'endormir…

Derrière la paroi vitrée, la lumière diffuse flottait curieusement dans l'air. D'habitude, la brume ressemblait à des nuages en suspens dans les arbres en contrebas, là où le jardin cédait la place à la falaise et rampait sur le sol de la terrasse. Ce matin-là, c'était différent.

Une odeur déplaisante l'assaillit soudain, éveillant ses soupçons. En un éclair, elle sut que cette odeur qui s'immisçait sous la porte, qui lui picotait le nez et lui irritait les narines, était de la fumée.

Submergée par l'angoisse, elle scruta les environs. Cette lumière n'était pas l'aube. Et ce n'était pas du brouillard qu'elle voyait. Un incendie faisait rage à l'horizon et la fumée pénétrait dans le chalet.

Kara attrapa son téléphone et composa le numéro de Ryder. Il répondit aussitôt, mais ne perdit pas de temps en politesses.

— Je suis devant.

Elle se rua au-dehors pour l'attendre. Un instant plus tard, sa silhouette émergea de l'ombre.

— Il nous a trouvés.

Kara se couvrit le visage de ses mains, réprimant l'envie de hurler. Il serait toujours temps de hurler plus tard. Dans l'immédiat, ils devaient s'enfuir.

— On peut descendre ? demanda-t-elle en désignant le pick-up de M. Garrett.

Ou les flammes leur barraient-elles l'unique issue ?

— On va essayer. Je suis allé aussi loin que j'ai pu pour essayer de voir d'où le feu est parti, mais je ne pourrais pas le dire. La fumée est trop épaisse. J'ai dû faire demi-tour. La bonne nouvelle, c'est que les flammes sont encore loin et que toute une armée de pompiers et de secouristes est en route vers nous.

Une minuscule bulle de soulagement monta dans la poitrine de Kara. L'incendie n'était pas à leur porte, et les secours étaient alertés.

— La ville a-t-elle assez de pompiers bénévoles ? Le feu a l'air important et, avec la sécheresse…

Ryder ne prit pas la peine de se retourner vers la lueur orangée visible à travers le rideau de fumée.

— West a déjà contacté les bénévoles des quatre comtés adjacents. Certains vont mettre un certain temps à arriver, mais ils viennent, et nous allons avoir besoin de toutes les bonnes volontés. Avec un peu de chance, le vent ne va pas tourner, sinon c'est toute la ville qui sera menacée.

Kara chassa de son esprit la vision de maisons ravagées par le brasier.

— Je vais chercher Casey.

Ryder acquiesça.

— Je vais refaire le tour du jardin. Juste au cas où.

La poitrine de Kara se comprima alors qu'elle interprétait les paroles qu'il n'avait pas prononcées : *au cas où Sand serait déjà là*.

Elle se hâta vers la chambre où dormait l'enfant et se penchait pour la prendre dans ses bras quand un grincement familier résonna derrière elle. La porte battante de l'entrée s'était ouverte. Penchée en avant, elle se figea, les bras tendus, tous les sens en alerte.

Le plancher grinça dans le salon. Quelqu'un était là, et ce n'était pas Ryder. Il l'aurait appelée, ou il serait déjà à côté d'elle.

— Toc, toc, lança une voix éraillée à la cantonade. Il y a quelqu'un ?

Kara souleva Casey dans ses bras et la serra étroitement contre sa poitrine, la berçant doucement, priant pour qu'elle ne se réveille pas.

Elle ne reconnaissait que trop bien cette voix.

C'était celle de Sand.

Pourvu que Ryder soit sain et sauf !

Elle attrapa une couverture supplémentaire, dévissa le couvercle de sa bouteille d'eau et en versa le contenu dessus afin de la saturer d'humidité.

— On dirait qu'il y a quelqu'un à la maison, finalement, reprit la voix. On prend un bain ?

Kara s'immobilisa et jeta des regards affolés autour d'elle. L'homme était-il dans la pièce ? Ses yeux s'arrêtèrent sur l'écoute-bébé qui clignotait.

Du calme, se dit-elle, le pouls cognant à toute allure. *Du calme. Réfléchis.*

La fenêtre était ouverte, le rideau gonflé par la brise. Kara s'avança sur la pointe des pieds et repoussa la moustiquaire, puis déposa un baiser sur la tête de Casey et enjamba le rebord.

Laissant le rideau retomber derrière elle, Kara sauta prestement sur le sentier qui courait derrière le chalet. Casey cilla et s'agita, signe qu'elle était sur le point de se réveiller.

— Chut.

Kara arrangea la couverture humide tel un bouclier autour de la tête et des épaules du bébé. La lueur orangée était montée dans le ciel. À présent, elle peignait la montagne en tons rougeoyants, projetant des ombres sur le petit chalet.

— Ah, ah, ah !

La voix résonna aux oreilles de Kara. Timothy Sand était juste derrière elle. Sa silhouette s'encadrait dans la fenêtre, à l'endroit où elle se tenait quelques secondes plus tôt.

— Ryder ! hurla Kara en prenant ses jambes à son cou. Ryder !

Elle courut jusqu'à être sur le point de suffoquer. Sa cheville céda soudain et, vacillant au bord du vide, elle se rattrapa de justesse à un tronc d'arbre pour ne pas tomber. En vain, elle chercha Ryder des yeux à travers le nuage de fumée. Même Sand avait disparu.

Casey se mit à geindre, presque oubliée dans les bras tremblants de sa mère.

— Chut, murmura-t-elle à la vue du pli mécontent qui se formait sur la bouche du bébé. Non, non, non. Chut.

Elle tourna sur elle-même, prise de panique. Assombrie par la fumée, la forêt n'offrait aucun repère.

— Kara !

La voix furieuse de Ryder se réverbéra dans la vallée.

Elle pivota, désorientée, cherchant d'où venait la voix.

Une brindille craqua non loin. Kara se remit à courir. Elle ne savait plus très bien où était le chalet, seulement qu'il était au sommet de la colline et qu'elle dévalait frénétiquement la pente en direction de la rivière qui la mènerait en ville. La terreur lui comprimait la poitrine tel un étau, l'incitant à s'arrêter, à se cacher, mais elle avait un plan et elle était résolue à s'y tenir, même si elle avait la gorge en feu.

Un peu plus loin, la fumée se dissipa. Elle aspira goulûment l'air redevenu pur et remplit ses poumons, s'efforçant de mettre de l'ordre dans ses pensées.

La sonnerie de son téléphone portable la fit sursauter. Elle farfouilla dans sa poche.

— Ryder ?

Son visage illuminait l'écran.

— Où es-tu ? Ça va ? s'écria-t-il, ses mots se bousculant dans sa bouche.

— J'ai descendu la colline. Il est ici.

Secouée par une quinte de toux, elle se tut, incapable de continuer à parler. Le vent venait de changer et poussait un mur de fumée vers elle. Déjà, elle apercevait les flammes qui bondissaient de branche en branche. Des étincelles atterrissaient sur les feuilles mortes à ses pieds, déclenchant de petits foyers qu'elle se hâtait de piétiner, le visage moite de sueur.

— Où est Casey ? demanda Ryder, un mélange de crainte et d'espoir dans la voix.

— Avec moi, toussa-t-elle. Je ne peux pas respirer.

Elle se détourna des flammes, chancelante. Sa cheville la lançait. La fumée lui irritait la gorge, le nez, les yeux.

— Je viens, promit Ryder. West et les autres sont sur le point d'arriver. Les pompiers sont en position. Assieds-toi. Garde la tête près du sol et attends-moi. Je te trouverai.

— OK.

— Dis-moi ce que tu vois.

Une main brutale s'abattit sur l'épaule de Kara, en même temps qu'elle sentait la morsure du métal dans la chair tendre de sa gorge.

— Bonjour, madame Garrett, susurra Timothy Sand à son oreille, le corps pressé contre son dos. J'ai eu du mal à vous rattraper.

— Kara ? Kara ? aboya Ryder.

Sa voix résonna dans le monde rougeoyant qui l'entourait. Le téléphone tomba sur le tapis de feuilles à ses pieds.

17

Kara gémit de douleur alors que Sand la traînait par les cheveux à flanc de colline. Il tirait si fort qu'il lui arrachait des touffes de cheveux, et elle avait si mal qu'elle devait se faire violence pour ne pas hurler.

Casey pleurait dans ses bras, mais Kara ne parvenait pas à se focaliser suffisamment pour la consoler. Le mieux qu'elle pouvait faire était de la serrer contre sa poitrine.

Si elle hurlait, elle se remettrait à tousser. De plus, elle soupçonnait que Sand n'hésiterait pas à lui plonger son couteau dans la gorge pour la réduire au silence. Elle se fit donc aussi silencieuse que possible pour ne pas effrayer Casey davantage, épouvantée en songeant à la fumée qui s'immisçait dans les poumons de l'enfant.

Faute de pouvoir se défendre, elle enfonça un talon dans la terre meuble, espérant creuser un sillon assez visible pour que son héros puisse le suivre.

La trace aurait été évidente dans des circonstances normales, mais l'incendie et le mur de fumée noire qui l'accompagnait se déplaçaient si vite qu'elle-même avait du mal à la distinguer. Elle ne pouvait que prier pour que Ryder ne la manque pas.

Les flammes ambrées et écarlates qui léchaient le ciel nocturne transformaient la magnifique forêt estivale en décor sinistre, digne des contes de fées des frères Grimm.

Cependant, Kara espérait que rien de tout cela n'empêcherait Ryder de les retrouver. Il avait été élevé dans ces bois, c'était là qu'il avait appris à pister et à chasser. Tant qu'elle traînait son pied dans la terre, il suivrait sa trace.

Sand s'arrêta brusquement, et la lame du couteau s'enfonça un peu plus dans sa peau.

— Par ici, ordonna-t-il en la faisant changer de direction.

Les wagons désaffectés surgirent de l'ombre.

— Non ! protesta-t-elle dans un souffle.

Pas là. Pas dans les tombes à l'abandon d'un train oublié.

En dépit de la chaleur de l'incendie, elle se sentit glacée jusqu'à la moelle quand Sand la poussa à l'intérieur.

Elle tituba sur sa cheville blessée, manquant de peu laisser échapper Casey alors qu'elle se laissait tomber sur la première banquette.

Les joues tachées de suie, les cheveux parsemés de cendres, Sand se dressa au-dessus d'elle et la foudroya du regard.

— Posez-la.

Kara serra davantage son bébé contre elle, la conscience de sa mort imminente la frappant comme une gifle en pleine figure.

— Non.

Il serra les dents et se pencha vers elle. La pointe de son couteau de chasse vint frôler la tempe de Kara. Son haleine aigre se déversa sur elle.

— Si vous refusez, je vais vous tuer tout dc suite et l'emmener.

Kara refoula un millier de ripostes injurieuses. Pas question qu'elle le laisse s'emparer de son bébé.

— OK, capitula-t-elle. Éloignez votre couteau.

Elle attendit qu'il baisse le bras, puis étendit Casey sur le siège à côté d'elle.

— C'est bien.

Sand fourra l'arme dans l'étui fixé à sa ceinture et se plaça derrière elle.

— Maintenant, donnez-moi vos mains.

Elle eut un mouvement de recul.

— Pourquoi ?

Une boule de nausée se forma dans son estomac alors qu'elle attendait sa réponse. Allait-il la ligoter ? Cette possibilité la terrifiait. Comment pourrait-elle s'échapper si elle avait les mains liées dans le dos ? Elle ne pourrait pas porter Casey, et il était hors de question qu'elle s'enfuie sans son enfant. Les larmes aux yeux, elle scruta la fumée au-delà des vitres manquantes. *Ryder, où es-tu ?*

Avec un grognement irrité, Sand lui tordit les bras en arrière et lui attacha les poignets à la barre rouillée qui courait le long de la banquette.

— Vous étiez censée être mariée, se plaignit-il. Ce n'est pas pareil si vous n'êtes pas mariée.

Elle n'avait pas besoin de lui demander ce qu'il voulait dire par là. Tina avait suggéré que, pour Sand, tout avait basculé quand la présence de Ryder l'avait empêché d'assister à la veillée organisée en mémoire de son ex-épouse. Une femme qui était morte parce qu'il l'avait tuée.

— Dans ce cas, laissez-nous partir, supplia Kara, une idée s'ébauchant dans son esprit. Je ne suis pas sa femme. Elle n'est pas son enfant.

Les mots qu'elle prononçait lui transpercèrent le cœur. Kara voulait un avenir avec Ryder, mais plus que tout, elle voulait que Casey ait un avenir.

— Laissez-nous partir et cherchez la femme qu'il aime dans l'Ohio. Il s'est installé là-bas quand il s'en est allé, il y a trois ans et il n'est revenu qu'à cause de vous. Il est ici pour vous !

Sand recula légèrement, l'air narquois.

— C'est peut-être à cause de moi qu'il est venu, mais il vous a eue d'abord. Il y a quelques heures. Sur le plancher du chalet, me semble-t-il.

La bile jaillit dans la bouche de Kara.

Sand les avait vus faire l'amour.

— Vous étiez là, à nous épier !

Une violente envie de vomir la submergea. Depuis combien de temps savait-il qu'ils étaient au chalet ? Depuis combien de temps se pensaient-ils en sécurité, sans soupçonner que Sand jouait au chat et à la souris avec eux ?

— C'était difficile de ne pas regarder, observa-t-il, l'air légèrement dégoûté. Je pourrais attendre que vous soyez mariés, mais je préfère gâcher sa vie maintenant.

— Comment avez-vous su où nous étions ? demanda Kara, s'efforçant de gagner du temps.

Fais-le parler, songea-t-elle. *Ryder nous cherche. Les secours sont en route.*

Ne. Meurs. Pas.

Sand aspira une bouffée d'air entre ses dents et fronça les sourcils.

— J'avais peur de ne pas vous retrouver quand vous avez quitté la ville après l'explosion de la voiture piégée, mais je n'étais pas pressé. Je n'avais nulle part où aller, vous voyez ?

Il plongea la main dans sa poche et en tira une recharge d'essence pour briquet.

— Une fois les choses un peu calmées, je suis retourné au poste du shérif. J'ai dû emprunter une nouvelle voiture.

Il haussa les épaules.

— J'ai vu le shérif qui parlait avec une jolie femme. Il avait des photos et un dossier qu'il lui a remis. J'ai pensé qu'elle était journaliste ou agent fédéral.

Il dévissa le bouchon pointu du flacon avec ses dents, puis le recracha par terre.

— Mais il l'a raccompagnée à sa voiture et il l'a embrassée sur la bouche.

Tina.

— Elle a mis les mains sur son torse – Sand imita le geste – et là, j'ai remarqué son alliance, ajouta-t-il en versant le contenu du flacon sur les jambes de Kara, avant d'en répandre aussi une traînée sur ses cuisses et sa poitrine.

Elle se fit violence pour ne pas hurler. Les pleurs de Casey devenaient plus soutenus, et elle ne voulait pas aggraver la situation. Elle s'éloigna du bébé, se pressant contre la cloison maculée de boue pour mettre autant d'espace que possible entre le bébé et ses vêtements imprégnés d'essence. Avec un peu de chance, les flammes ne l'atteindraient pas quand Sand craquerait l'allumette.

Kara se promit de ne pas hurler lorsque cela se produirait. Elle ne voulait pas que Casey l'entende, que les cris d'agonie de sa mère se gravent dans son inconscient.

La bouteille acheva de se vider en gargouillant. Il la jeta de côté, en prit une autre dans sa poche.

— C'est là que l'idée m'est venue, reprit-il. Puisque je ne pouvais pas trouver la femme d'un des Garrett, j'ai décidé de me servir d'une autre épouse Garrett pour arriver jusqu'à elle. Par conséquent, j'ai suivi la femme du shérif chez elle. Du moins, je pensais qu'elle rentrait chez elle.

Sand contempla la fumée grise qui entourait le wagon. Le vent avait tourné, l'incendie venait sur eux.

Kara toussa, mais Sand resta impassible, les yeux fixés sur le mur de feu au loin. Il paraissait absent. Détaché. Il n'était plus là, dans ce wagon décrépit, sur la montagne qu'il avait embrasée.

— Vous l'avez suivie jusqu'ici, devina Kara, suffoquant dans l'air âcre.

Continue à le faire parler. Tant qu'il parle, il ne te touche pas, il ne menace pas Casey.

Il reporta son attention sur elle.

— Quand je l'ai vue entrer dans les bois, j'ai cru qu'elle était devenue folle.

Il secoua la tête puis, se souvenant brusquement de la mission qu'il s'était assignée, se remit à asperger les sièges d'essence.

— Je me suis garé et je l'ai suivie. Ç'a été un jeu d'enfant. Et je me suis retrouvé chez vous.

Profitant de son inattention, Kara banda les muscles de ses bras et testa la solidité de ses liens. La ficelle était mince, mais enroulée plusieurs fois autour de ses poignets, presque impossible à rompre. En désespoir de cause, elle tira sur ses poignets pour les éloigner l'un de l'autre et frotta la ficelle sur le métal rouillé de la barre dans un effort pour se libérer. Des arêtes de métal lui entaillaient la peau, des filets de sang coulèrent sur ses paumes mouillées de sueur.

Casey se débattait et donnait des coups de pied dans ses couvertures, réclamant l'attention de sa mère tandis que Sand continuait à sortir des cartouches d'essence de ses énormes poches et à les vider une à une dans le wagon. Parvenu à la portière ouverte, il jeta négligemment les petits bidons derrière lui et disparut.

Le cœur de Kara cessa de battre. Il l'avait laissée là pour une raison. Bientôt, il allait craquer l'allumette. Elle eut une vision des flammes qui jaillissaient, encerclaient le wagon, scellant son destin. Et cela sans même qu'elle ait pu étreindre son bébé pour lui dire adieu.

Comme si Casey percevait son désespoir, ses cris se firent plus stridents encore.

— Faites-la taire ! ordonna Sand, revenu à la portière après avoir fait un tour complet du wagon.

Ses yeux étaient comme fous, ses traits empreints de sauvagerie alors qu'il vidait les dernières recharges.

Il tourna la tête vers la gauche, puis vers la droite, comme s'il cherchait frénétiquement quelque chose.

— La ferme !

Kara n'entendait plus que les hurlements de son enfant terrifiée, et le rugissement de l'incendie qui dévastait la forêt alentour. Elle se remémora les braises qui voltigeaient d'un arbre à l'autre, atterrissaient sur le sol et embrasaient les feuilles. Il suffirait qu'une seule tombe sur le wagon…

Sand se boucha les oreilles. Kara redoubla d'efforts pour cisailler ses liens sur le métal.

— Faites. La. Taire ! hurla-t-il, le visage déformé par la rage. Faites-le, ou c'est moi qui le ferai !

Il avait ressorti le couteau de chasse de son étui.

— Chut, murmura Kara, sa voix noyée par les pleurs du bébé.

Elle regarda Sand.

— Il faut que je la tienne. Elle est trop bouleversée pour se calmer toute seule à présent.

Kara n'avait vu qu'une seule fois Casey se mettre dans un tel état. C'était trois jours après l'accouchement. Kara pouvait à peine bouger après la césarienne qu'elle avait subie, et les comprimés qu'on lui avait donnés pour la douleur n'avaient guère d'effet. Elle était épuisée, déprimée, seule. Et elle avait laissé Casey pleurer, sanglotant avec elle, trop faible pour se lever et aller jusqu'à la nursery. Elle s'était endormie en dépit des pleurs de son enfant, et à son réveil, elle s'était promis que cela ne se reproduirait plus jamais. Chaque jour qui s'était écoulé depuis, elle avait prêté attention aux besoins de son enfant et les avait satisfaits, souvent avant même que Casey songe à se plaindre.

— Il faut que je la tienne, insista-t-elle en élevant la voix. Elle a besoin de savoir que je suis là.

Sand était écarlate, les mains plaquées sur ses oreilles.

Kara se pencha vers le bébé.

— Tu es mon rayon de soleil, chantonna-t-elle d'une

voix rauque et tremblante, espérant attirer l'attention de Casey.

Peine perdue.

Si ses mains étaient libres, songea Kara, elle pourrait la prendre dans ses bras. Et elles auraient une chance de s'enfuir.

Elle devait se dégager de ses liens avant que Sand mette le feu.

Les cris de Casey se firent plus laborieux. Son petit visage était cramoisi de chaleur et de frustration. Ses poings crispés s'agitaient dans l'air. Combien de temps encore pourrait-elle endurer la fumée avant de souffrir les pires conséquences ?

— S'il vous plaît, supplia Kara.

Sand gravit la marche inclinée et monta dans le wagon, les sourcils froncés et l'air menaçant. Il sortit un briquet argenté de sa poche et souleva le couvercle d'une chiquenaude.

— Arrêtez, plaida Kara. Ne faites pas ça. Vous n'êtes pas obligé de faire ça.

— Si, rétorqua-t-il, les yeux rivés au bébé qui hurlait. Si, il faut que je le fasse.

Kara se jeta sur Casey, lui faisant un bouclier de son corps en dépit de ses vêtements imbibés d'essence. Tout était préférable à laisser Sand prendre sa fille.

— Non !

Serrant les dents, elle tira ses liens sur la partie déchiquetée de la barre de métal, se penchant de tout son poids en arrière pour en finir.

— Vous ne toucherez pas à mon bébé.

Sand aboya un rire. Il alluma le briquet, puis l'éteignit, son pouce jouant avec la minuscule molette qui ferait jaillir la flamme.

— J'essaie de décider si le marshal Garrett serait

plus bouleversé de savoir que le bébé vous a regardée mourir, ou l'inverse. Alors. Qui va passer la première ?

Il ouvrit et referma le couvercle plusieurs fois, frottant la molette du pouce, sans jamais laisser la flamme apparaître.

— Il vous tuera, riposta Kara.

Elle se moquait de savoir si c'était vrai, mais elle savait que Sand paierait cher ce qu'il s'apprêtait à faire.

— Je crois que je vais commencer par le bébé, décida-t-il.

Kara serra les poings.

Sand s'approcha davantage.

— Écartez-vous.

Empoignant Kara par la hanche, il tenta de l'éloigner de Casey. Elle se débattit, lui décochant des coups de pied et de genou, ses poignets encore liés par un dernier tour de ficelle.

Il trébucha en arrière, portant la main à sa jambe.

— Espèce de garce ! éructa-t-il, les mains levées comme s'il se préparait à l'étrangler.

Mais Kara était à bout.

Mâchoire serrée, elle planta ses pieds sur le sol et tira de toutes ses forces sur le lien qui restait. La ficelle céda brusquement, propulsant Kara en avant. Elle percuta Sand de plein fouet. Les yeux écarquillés par le choc, il bascula en arrière sur le marchepied et tomba sur le sol desséché, imprégné d'essence. Emportée par son élan, Kara l'accompagna dans sa chute et atterrit sur sa cheville, lâchant un cri de douleur.

Sand la repoussa. En un éclair, il ramassa le briquet qu'il avait laissé échapper et le brandit vers le wagon où Casey continuait à hurler de terreur.

— Non !

Kara le frappa au bras, luttant vainement pour s'emparer du briquet. La main de Sand s'abattit sur sa joue avec tant de violence qu'elle vit des étoiles. Les tempes bourdonnantes, elle s'effondra lourdement, le souffle coupé, et, au bord de l'évanouissement, fit appel à toute sa volonté pour se remettre à genoux.

— S'il vous plaît ! gémit-elle. Ne faites pas de mal à mon bébé.

Le visage de Sand devint impassible. Immobile, il coula un regard fou vers le wagon devenu subitement silencieux.

Kara tendit l'oreille. Les hurlements désespérés de sa fille avaient cessé. La fumée emplissait le wagon, le dissimulant presque à sa vue. Il n'y avait plus que le feu, la fumée, et Sand.

— Non !

Submergée par la nausée, elle s'effondra et se mit à vomir. Le déclic du briquet lui fit lever les yeux. La flamme dansait, reflétée dans les yeux sombres de Sand.

— Au revoir, maman.

Derrière lui, la silhouette de Ryder surgit, se frayant un chemin dans la fumée. Kara cilla, sous le choc.

Ryder leva son arme et l'abattit sur le crâne de Sand au moment où ce dernier appuyait sur la molette du briquet. Il s'affaissa telle une poupée de chiffon aux pieds de Kara.

Au ralenti, le briquet et sa flamme mortelle tombèrent sur les feuilles mortes saturées d'essence.

18

Jailli de nulle part, un mur de feu se dressa autour du wagon.

— Casey !

Les vêtements de Kara étaient en feu. Les flammes couraient le long des traînées d'essence que Sand avait répandues sur elle, avalaient les brindilles et les feuilles qui jonchaient le sol.

L'espace d'un instant, l'intensité de la chaleur lui coupa le souffle. Puis une douleur fulgurante la transperça, lui arrachant un hurlement de souffrance.

Ryder plongea sur elle. Son corps écrasa le sien et roula avec elle dans la pente, avant de s'immobiliser un peu plus loin, dans un endroit où l'air était plus sain, où les feuilles étaient intactes. Le feu s'était éteint sur ses vêtements, mais la douleur demeurait. Sur sa peau. Et dans son cœur.

— Casey !

Elle avait survécu au brasier, survécu à sa capture par un dément pyromane. Si les miracles existaient, il fallait que Casey aussi ait réchappé de ce cauchemar.

— Casey ! hurla-t-elle de nouveau alors que Ryder se relevait.

Elle voulut l'imiter, mais un cri lui échappa.

— Ma cheville !

Malgré tout, elle tenta de boitiller vers sa fille. Ryder se hâta de la soutenir, puis la souleva dans ses bras.

— Tu saignes. Tu es couverte de brûlures, murmura-t-il, les yeux emplis d'inquiétude. L'oncle Henry est au chalet. Dis-moi depuis combien de temps tu saignes.

— Arrête !

Kara se débattit, mais il la tenait fermement.

— Retourne au wagon ! Va chercher Casey ! Elle a arrêté de pleurer. Je crois qu'elle…

De grosses larmes d'angoisse et de chagrin roulèrent sur ses joues. Elle tendit en vain les bras vers le wagon désormais ravagé par les flammes.

— Casey va bien. Pas toi. Cesse de t'agiter.

— Non, sanglota-t-elle, sans écouter ce qu'il disait. Mon bébé !

Elle plaqua une main tremblante sur sa bouche alors qu'il continuait à s'éloigner du brasier. Pourquoi refusait-il de l'écouter ? N'avait-il pas compris ?

— Elle était dans le wagon, articula-t-elle, les mots tombant de ses lèvres comme des pierres.

— Elle va bien, répéta Ryder. Contrôle ta respiration. La fumée est plus dense par ici.

Kara tenta d'obéir. De dépasser sa peur.

L'incendie semblait avoir reflué, laissant dans son sillage un paysage calciné, dévasté, où l'effervescence régnait. Pompiers, policiers, techniciens arborant combinaisons et masques à oxygène s'affairaient de toutes parts. Où était son bébé ? Comment pouvait-elle avoir survécu ? À côté de la carcasse de métal fumante, deux hommes en uniforme de marshal se tenaient devant une silhouette sans vie, recouverte de mousse blanche.

— Ils ne l'ont pas, s'affola Kara, en se débattant dans les bras de Ryder. Retourne là-bas !

Un cri perçant de bébé déchira l'air. Kara se figea, l'espoir renaissant au fond d'elle.

Le son se répéta, provenant non pas du wagon désaffecté mais d'un point plus haut sur la colline, peut-être du chalet lui-même.

— Casey ?

Elle tourna la tête en direction du bruit.

— Je ne comprends pas, balbutia-t-elle, luttant contre une nouvelle vague de nausée.

— Elle va bien, assura-t-il. Elle est dans l'ambulance, avec Cole et Henry.

— Comment… ?

— Cole l'a attrapée par la fenêtre quand tu t'es jetée sur Sand.

De nouvelles larmes jaillirent dans les yeux de Kara.

— Quoi ?

— J'avais Sand dans ma ligne de mire. J'étais sur le point d'appuyer sur la gâchette quand tu t'es ruée sur lui et que vous êtes tombés ensemble du wagon.

— Tu as vu ça ? demanda-t-elle, stupéfaite.

— Tout le monde a vu ça.

Il parcourut du regard l'espace autour d'eux.

— Je t'avais dit que West et ses adjoints étaient en route, avec les pompiers, Blake, ses hommes et les miens. Je les ai retrouvés sur la crête le temps que tu ailles chercher Casey, et quand je suis revenu, tu avais disparu.

— Il était dans le chalet, murmura-t-elle, frissonnant à l'affreux souvenir de la silhouette de Sand qui se détachait sur la fenêtre.

— Heureusement, tu n'as pas perdu ton sang-froid. Tu as laissé une piste évidente à suivre.

— J'avais peur que tu n'arrives pas à la voir dans la fumée. J'ai cru que tu ne viendrais pas.

— Mon amour, dit-il en ralentissant le pas pour plonger son regard dans le sien, je ne te laisserai jamais tomber.

Kara déposa un baiser ému sur sa joue. Elle se blottit étroitement contre lui, la douleur des brûlures qu'elle avait subies sur les cuisses et au ventre se réveillant à chaque secousse alors qu'il remontait la pente avec elle dans ses bras.

Au sommet, les gyrophares des véhicules d'urgence flottaient au-dessus des restes noircis du chalet des Garrett. Juchés sur des quads, les pompiers munis de sacs à dos remplis d'eau s'activaient à étouffer les braises qui menaçaient de ranimer le brasier.

Nombre d'entre eux portaient des uniformes différents portant le logo d'une demi-douzaine de villes de la région. West avait vraiment fait venir des secours de partout.

Soudain, le pouls de Kara s'accéléra. Debout près de l'ambulance, Cole se tenait gauchement, berçant Casey en pleurs dans ses bras. Elle avait été enroulée dans une couverture d'hôpital et l'oncle Henry pressait un stéthoscope sur son cœur.

Cole leva brusquement la tête. Ses yeux se fixèrent sur Ryder qui comblait les derniers mètres entre eux.

— Ça va, vous deux ? demanda-t-il, un mélange de joie et d'admiration dans la voix.

— Non.

Secoué par une quinte de toux, Ryder s'interrompit brièvement avant de reprendre :

— Kara s'est tordu la cheville, elle a les poignets et le cou en sang, et ce salaud a essayé de la faire brûler vive.

Henry fit volte-face, les yeux écarquillés.

— Bon sang ! Allonge-la dans l'ambulance, ordonna-t-il en observant Kara avec attention. Ton bébé va bien, assura-t-il. Elle est déshydratée et mécontente, mais elle va se remettre. On l'a débarbouillée et on lui a donné de l'oxygène.

Tout en parlant, il vérifiait le pouls de Kara, le stéthoscope déjà posé sur sa poitrine.

Comme Ryder faisait mine de redescendre, elle se raidit.

— Ne t'en va pas.

Il prit Casey des bras de Cole, puis revint, une farouche expression sur les traits.

— Pas question.

L'oncle Henry attacha une perfusion au bras de Kara. Cole ferma les portières de l'ambulance. Ils entendirent le véhicule démarrer, puis l'univers de Kara devint flou. À côté d'elle, Ryder parlait tout bas à Casey, déposait des baisers sur ses mains et sur son visage.

Alors que ses yeux se fermaient, Kara crut apercevoir une larme qui coulait le long de sa joue.

Le sol était jonché de feuilles d'automne aux tons d'or et d'écarlate. Petite fille, Kara avait toujours adoré Halloween, et si la fête avait perdu un peu de son intérêt à ses yeux au fil des années, la vue de Casey dans son costume de guimauve avait suffi à le raviver.

Ryder braqua de nouveau l'appareil photo sur elles.

— Chatouille-lui le ventre, suggéra-t-il à Kara. Ça la fait toujours mourir de rire.

Kara enfonça un doigt dans le costume ballonnant.

— Je ne peux pas atteindre son ventre. Il va falloir que tu te contentes de son air ravi.

— Entendu.

Il abaissa l'appareil et l'échangea contre Casey, qu'il serra tendrement dans ses bras.

— Qui est la plus belle princesse du monde ?

Le cœur gonflé d'émotion à leur vue, Kara prit une photo, capturant encore un moment magique.

— Qu'y a-t-il ? demanda Ryder en installant la fillette dans sa poussette.

— Rien.

Il contourna la poussette et mit les mains sur les hanches de Kara avant de les laisser lentement remonter jusqu'à sa taille.

— Je suis vraiment heureuse, voilà tout, avoua-t-elle. Heureuse que tu sois là. Heureuse d'être vivante.

Heureuse que ses brûlures ne soient plus qu'un mauvais souvenir et que la fracture à sa cheville n'ait pas nécessité d'intervention chirurgicale. Surtout, elle était heureuse que sa petite fille n'ait gardé aucune séquelle après l'épouvantable nuit passée dans la forêt en flammes.

Les Garrett avaient perdu leur chalet, un pan de leur histoire, à cause de Timothy Sand, mais ils avaient maintes fois dit à Kara qu'ils préféraient de loin penser à ce qu'ils avaient pu garder. Tous ceux qu'ils aimaient avaient échappé au sinistre, et Ryder avait demandé Kara en mariage avant même qu'elle soit sortie de l'hôpital. Ensuite, il avait renouvelé sa demande chez ses parents, devant la famille au grand complet. Apparemment, c'était une nouvelle tradition commencée par ses frères. Il fallait que tout le clan soit présent pour que la demande soit considérée comme officielle !

Ryder l'embrassa sur la joue.

— Je t'aime, murmura-t-il avec fougue.

Il captura sa main dans la sienne, qui arborait désormais la bague la plus belle que Kara ait jamais vue, et déposa un baiser sur la petite cicatrice qui courait le long de son poignet. En réalité, ses propres efforts pour se libérer de ses liens avaient causé plus de dégâts que Sand en l'aspergeant d'essence. Les marques qu'elle avait aux poignets resteraient à jamais.

— Moi aussi, je t'aime.

Sand avait essayé de tout lui prendre, mais il lui avait donné davantage qu'elle n'aurait cru possible. Avant qu'il l'accoste au jardin public, Kara pensait qu'une vie avec Casey suffirait à son bonheur. Elle n'avait pas osé rêver à l'existence qu'elle pourrait avoir si Ryder revenait dans sa vie. Pour cela, en un sens, elle était presque reconnaissante au pyromane d'être venu à Shadow Point.

Ce dernier n'avait pas vécu assez longtemps pour lire l'annonce de leurs fiançailles dans le journal : il avait succombé aux brûlures qu'il avait subies après avoir mis le feu au wagon.

— Nous allons encore être en retard, souffla-t-elle.

C'était une mauvaise habitude que Ryder et elle avaient prise depuis qu'il était rentré à la maison. Ils avaient du mal à arriver à l'heure où qu'ils aillent, parce qu'ils avaient du mal à se détacher l'un de l'autre.

Elle pressa les lèvres contre son oreille.

— Peut-être qu'après la soirée, on pourra continuer à fêter Halloween à la maison, rien que nous deux.

Il appuya le front au sien et lâcha un grognement rauque.

— Tu me donnes envie de faire demi-tour tout de suite.

Kara sourit.

— Non. Nous avons une annonce à faire, tu te souviens ?

Le sourire de Ryder s'élargit. Il se redressa et la contempla fièrement, les mains sur l'épais tissu dont elle était enveloppée.

— Quand on rentrera, je vais te retirer cet emballage très lentement…

— Pourquoi ? le taquina-t-elle en prenant la pose dans son costume de barre chocolatée. Je crois qu'on devrait le garder.

Ryder éclata de rire et Casey ravie, hilare, se joignit à lui en battant des mains.

Kara dirigea la poussette vers la maison de Blake et de Marissa, à quelques rues de là. Ryder était beau à croquer dans son costume de biscuit salé, et elle ne plaisantait pas quand elle avait parlé de continuer la fête en privé à leur retour.

Il régla son allure sur la sienne, un bras enroulé autour de sa taille, saluant d'un geste leurs voisins au passage et distribuant des bonbons aux petits pirates et chevaliers qu'ils croisaient.

— J'ai vu beaucoup de gens déguisés ce soir, mais je crois pouvoir dire que ma famille est la plus belle de toutes.

Kara se laissa aller contre lui, le cœur débordant d'émotion, savourant la perfection de son univers. Casey, Ryder et elle formaient la famille dont elle avait toujours rêvé.

D'autres couples et bandes d'enfants les croisaient dans les rues illuminées par les lampadaires, où résonnaient les éclats de rire.

— Je crois que cette journée a été ma préférée jusqu'ici, déclara-t-elle en se redressant pour guider la poussette à travers un autre groupe de gens costumés.

Ryder déposa un baiser sur sa tête.

— Tu dis ça chaque jour.

— C'est vrai, admit-elle avec un sourire radieux.

Et c'était toujours la vérité.

— Du moment que tu dis ça le week-end prochain !

— On verra, le taquina-t-elle.

Les six petites journées qui les séparaient de leurs noces lui apparaissaient comme une éternité, et si les futures mariées étaient censées être nerveuses, Kara avait dû manquer un épisode. Les Garrett avaient tout organisé pendant qu'elle se rétablissait après sa sortie de l'hôpital. On lui avait donné des béquilles pour sa cheville et de la crème pour ses brûlures, mais les Garrett les avaient entourées, Casey et elle, comme si elles étaient des invalides, demandant ce qu'elle désirait, puis s'éclipsant pour exaucer ses désirs. Au début, elle s'était sentie coupable pour toute l'aide qu'on lui apportait, consciente d'être capable de faire davantage. Après tout, si elle avait été seule avec Casey, il aurait bien fallu qu'elle se débrouille. Les Garrett avaient rejeté cet argument. Peu leur importait ce qui aurait pu se passer. Ce qui comptait, affirmaient-ils, c'était que Casey et elle n'étaient plus seules au monde désormais. Elles avaient une famille, et la famille était là pour les soutenir.

Lorsqu'elle avait rencontré Mme Garrett et les épouses des frères de Ryder autour d'un déjeuner pour discuter des préparatifs du mariage, elle avait lu cette pensée sur leurs visages. Elles voulaient être impliquées dans sa vie. Elles voulaient assister à son grand jour et à tous ceux qui suivraient. C'était alors qu'elle avait compris : elle avait trois sœurs à présent, des parents qui vivaient en ville et Casey avait des cousins avec qui grandir.

— Nous y sommes, annonça Ryder, souriant à la vue de la scène qui les attendait sur la terrasse de Blake et de Marissa.

Sur la plus haute marche, une grosse marmite débordait de bonbons. Derrière, un fantôme hilare arborait un panneau indiquant aux visiteurs de prendre deux sucreries chacun. En petits caractères, il était précisé qu'un agent fédéral veillait au grain et qu'en prendre plus de deux serait considéré comme un vol.

Kara éclata de rire.

— Blake doit être apprécié des voisins !

— Par chance pour lui, tout le monde adore Marissa.

Ryder se dirigea vers la porte du jardin, grande ouverte. Des lampions éclairaient la petite allée sinueuse qui conduisait à l'arrière de la propriété.

West les accueillit à bras ouverts. Debout près de la barrière, il regardait une fillette en robe de princesse rose qui se dandinait à côté d'un arrangement de citrouilles et d'épis de maïs.

— Enfin ! Vous savez combien de fois maman a demandé quand vous alliez arriver ?

— Désolé, mon vieux, répondit Ryder sans se démonter. Kara a mis une éternité à s'habiller.

Kara rougit et lui donna un coup de coude.

— Excuse-nous d'être en retard. Nous avons laissé

Casey terminer sa sieste avant d'essayer de lui mettre son costume de guimauve.

West recula d'un pas et les contempla, les pouces accrochés aux bretelles de ses cuissardes de pêche. Il lança un regard narquois à son frère.

— Tu es censé être quoi ? Un bout de bois ?

— Un biscuit salé, répliqua Ryder en tendant la main pour retourner le bord du chapeau de West. Et toi ? Un pêcheur ? C'est drôlement original.

Tina choisit ce moment pour s'approcher. Elle était déguisée en poisson, un bébé shérif dans les bras.

— Oh ! Vous voilà !

Elle les embrassa avec affection.

— Je suis tellement contente de vous voir. Mme Garrett a hâte de savoir. Vous êtes allés au tribunal ?

Ryder leva un doigt.

— Attends une minute. Ton mari a mis des cuissardes, il a appelé ça un déguisement, et ensuite, il t'a fait mettre un costume de poisson ?

West enroula un bras autour de la taille de Tina.

— C'est une perche arc-en-ciel, ma meilleure prise jusqu'ici.

— Jusqu'ici ? répéta Tina en arquant ses sourcils parfaitement dessinés. Tu as de la chance que je ne me sois pas échappée.

West fit taire ses protestations d'un baiser, sous le regard amusé de Kara.

Blake apparut, l'air concentré alors qu'il se frayait un chemin parmi les Garrett qui emplissaient le jardin. Marissa le talonnait.

Kara réprima un rire à sa vue. Si Ryder pensait que l'idée de West n'était guère originale, la veste et le badge du FBI que Blake arborait sur son jean remportaient le prix du non-costume.

— Salut.

Elle se pencha pour l'embrasser.

— Tout est superbe, Blake. La musique est géniale, et quelque chose sent terriblement bon.

À cet instant, l'air de *Ghostbusters* résonna dans le ciel nocturne.

— Marissa et sa sœur, expliqua-t-il, un sachet de sucettes à la main. Elles adorent ce genre de trucs. Où en est-on avec les bonbons devant ?

— Tout va bien, affirma Ryder. C'est quoi, ce déguisement ?

Blake lui lança un regard noir. Au même moment, une exclamation perçante s'entendit par-dessus le bourdonnement des voix.

— La voilà.

M. et Mme Garrett, suivis de Cole et de Rita, se hâtaient vers eux sur la pelouse.

Mme Garrett était déguisée en poupée de chiffon, les joues peintes en rouge et le visage tapissé de fausses taches de rousseur.

— Vous êtes splendides ! s'écria-t-elle en les regardant tour à tour. Tout s'est bien passé ? Vous n'avez pas eu de problèmes ?

— Non, assura Ryder en attirant Kara plus près de lui. Le père biologique de Casey a renoncé à ses droits et signé les papiers d'adoption. L'avocat les a fait enregistrer et tout sera prêt le lundi d'après notre mariage.

— La famille Garrett s'agrandit ! déclama théâtralement sa mère, agitant gaiement les mains. C'est la meilleure nouvelle de la journée.

— Je suis bien d'accord, renchérit M. Garrett, souriant jusqu'aux oreilles.

Blake leva son paquet de sucettes en l'air.

— À plus de Garrett !

— À plus de Garrett ! répéta la petite foule avec enthousiasme.

Tina secoua la tête.

— Il y a tant de choses que je pourrais dire à propos de cette famille, murmura-t-elle en souriant.

— C'est sûr, opina West alors que Cole et Rita s'élançaient. Tiens, regarde ! Ces deux-là vont encore faire une partie de pommes dans l'eau.

Il leva les yeux au ciel.

— Elle le laisse gagner, mais il n'y voit que du feu.

Kara échangea un regard avec Tina et Mme Garrett, qui éclatèrent de rire.

— Qu'y a-t-il ? demanda M. Garrett en libérant Casey de la guimauve de sa poussette pour la soulever dans ses bras.

— Rien ! répondirent les femmes à l'unisson.

Ryder captura les mains de Kara et l'attira contre lui, joignant leurs doigts et baisant ses lèvres sous les guirlandes orange et violettes.

— Embrasse-moi, murmura-t-il.

Elle se hissa sur la pointe des pieds et lui donna un long et lent baiser.

— Je parie que ma mère serait contente de garder Casey cette nuit, murmura-t-il contre ses lèvres.

Kara gloussa.

Ryder se dégagea légèrement :

— Je vais arranger ça et dérober une bouteille de vin en catimini.

Elle sourit, les yeux écarquillés.

— Et moi, qu'est-ce que je fais ?

Ryder lui lança un clin d'œil.

— En tout cas, garde ton costume.

Kara sentit le rouge lui monter aux joues et réprima un rire en regardant le biscuit salé qui prenait congé de sa mère et attrapait une bouteille de vin. En un instant, il fut de retour à ses côtés et l'entraîna vers la barrière du jardin et le sentier tranquille qui les ramènerait à la maison.

— Je pense que ça devrait être notre nouvelle tradition, dit-il, en s'arrêtant de nouveau pour l'embrasser sous un chêne centenaire.

Au comble du bonheur, Kara ferma les yeux et s'abandonna à son baiser.

Vous avez aimé ce roman ? Retrouvez en numérique
les autres titres de votre série
« Protecteurs en mission » !

1. *Un garde du corps aux abois*
2. *Le bébé menacé*

DANA NUSSIO

L'inconnue de Brighton

Traduction française de
CHRISTINE BOYER

BLACK ROSE

HARLEQUIN

Titre original :
SHIELDED BY THE LAWMAN

1

Une fois de plus, il était arrivé trop tard. Une fois de plus, il n'avait rien pu faire pour empêcher un homme de mettre fin à ses jours. Cette hécatombe ne cesserait-elle donc jamais ? Pourquoi tant de gens décidaient-ils d'en finir ?

Accablé, l'inspecteur de police Jamie Donovan ferma un instant les yeux. Le sang battait à ses oreilles, une nausée lui soulevait l'estomac et, comme pris dans un étau, son crâne menaçait d'exploser. Au bord du malaise, il aspira de grandes goulées d'air dans l'espoir de recouvrer ses esprits.

Il tombait des hallebardes, mais ni la pluie torrentielle ni la fraîcheur de cette soirée d'avril ne lui apportaient le moindre soulagement. Et s'il continuait à faire les cent pas devant le Casey's Diner sous ce déluge, quelqu'un allait finir par le prendre, lui aussi, pour un candidat au suicide et par appeler la police.

Il entra donc dans le restaurant, faisant tinter des clochettes au passage. Le vent s'engouffra à sa suite et il eut bien du mal à refermer la porte. Son manteau ruisselait de pluie et, très vite, une petite flaque se forma à ses pieds. D'un revers de manche, il s'essuya le visage.

Pourquoi avait-il accepté de rejoindre ses collègues de la police du Michigan, attablés au fond de la salle de ce petit restaurant de quartier ? À la vue de leurs regards tournés vers lui, il eut la réponse à sa question.

S'il n'était pas venu manger un morceau avec eux, ils auraient compris qu'enquêter sur les circonstances de la mort de ce désespéré l'avait ravagé. Et ils auraient eu la preuve qu'il avait menti en prétendant le contraire.

Mais comment allait-il leur faire croire que tout allait bien alors que les odeurs de bacon grillé et de tarte aux pommes, qui lui mettaient d'habitude l'eau à la bouche, lui donnaient à présent la nausée ?

— Enfin, te voilà, Hercule ! cria le sergent Vincent Leonetti.

Comme toujours, la petite plaisanterie de Vinnie provoqua l'hilarité générale, mais les rires semblaient un peu forcés. Ses collègues en faisaient trop. Sans doute estimaient-ils qu'il était un garçon trop sensible et qu'il surréagissait aux affaires comme celle dont il avait dû s'occuper ce soir. S'ils savaient ! Mais ils avaient besoin qu'il fasse semblant. Il se dirigea donc vers leur table.

Tentative de suicide. Pourquoi parlait-on toujours de « tentatives » de suicide ? Comme s'il s'agissait d'un défi qu'un sportif essayait de relever ! Le geste de ce type n'avait pas été une « tentative », mais une franche réussite. Son salon maculé de sang en témoignait. Il ne s'était pas raté…

Et Jamie était arrivé trop tard. Une fois de plus.

Un frisson glacé le parcourut. Les haut-le-cœur qu'il s'efforçait de repousser depuis des heures revenaient le tourmenter. Il devait à tout prix se ressaisir.

Il tourna la tête pour éviter le moindre contact visuel avec ses collègues qui le connaissaient à la fois trop bien et pas du tout.

Mais il tomba alors sur le regard de Sarah, un regard qui l'accrocha, le retint.

Il fut incapable de détacher ses yeux d'elle. Si, par miracle, il parvint à ne pas rester bouche bée comme un imbécile, continuer d'avancer devint presque impossible.

Sarah. Si la ravissante serveuse s'activait toujours avec rapidité et efficacité auprès des policiers du poste de Brighton, elle ne répondait jamais à leurs petites blagues ni à leurs commentaires. Voilà plus de deux ans qu'elle travaillait au Casey's Diner mais personne ne connaissait son nom de famille. Et il était probable qu'ils ignoreraient encore son prénom s'il n'avait été écrit sur son badge.

Et Sarah le dévisageait.

Plus étrange encore, ses yeux bleus le transperçaient comme deux rayons laser. Comme si elle voyait tout ce qu'il s'efforçait de cacher. Tout ce qu'il aurait voulu oublier.

Le temps parut suspendre son vol…

Puis cet instant de grâce passa. Elle détourna la tête et repoussa en arrière une mèche blonde échappée de sa queue-de-cheval. Elle faisait cela chaque fois qu'elle était mal à l'aise. Ou alors, elle jouait avec son médaillon. Elle pensait sans doute que personne ne prêtait attention à son manège.

Jamie, lui, l'avait remarqué.

Tournant les talons, elle alla chercher une éponge pour nettoyer une table.

Il battit des paupières. Avait-il imaginé ce moment de communion, de complicité ? Son esprit commençait vraiment à divaguer, se dit-il, et il ne tarderait plus à partir en vrille, s'il n'y prenait garde.

Il salua ses collègues, accrocha son manteau à la patère et se laissa choir sur la chaise qu'ils lui avaient laissée. Qu'il soit capable de sourire après tout ce qui s'était passé ce soir était aussi surprenant que son intense émotion à la vue de Sarah tournée vers lui. Elle l'avait regardé, la belle affaire ! Cette table faisait partie de celles dont elle s'occupait. En le voyant arriver, elle ne pensait sans doute qu'à lui apporter la carte et un verre d'eau.

Ce n'était pas parce que *lui* l'observait aussi discrètement que possible depuis des mois qu'elle était censée lui accorder une attention particulière. Il l'avait tellement regardée qu'il aurait pu décrire par le menu le grain de sa peau, la douceur de ses cheveux comme s'il les avait touchés ou sa façon de marcher comme si elle dansait.

Il se frotta les bras à la fois pour se calmer et pour se réchauffer. Après cette terrible journée, il avait eu tort de sortir dîner avec les autres. Il aurait été mieux seul chez lui.

À la vue de ses cheveux trempés, Vinnie demanda en riant :

— Tu es venu jusqu'ici en voiture ou à la nage ?

— Les deux. Tu as vu ce qui tombe ? Un vrai déluge !

— Quand nous sommes arrivés, il ne pleuvait pas, remarqua Kelly Robert.

Jamie refusait d'admettre que les événements de la soirée expliquaient son retard. Le reconnaître signifierait qu'il avait laissé une fois de plus son passé menacer son équilibre intérieur… au risque d'ébranler son projet de soutien auprès des jeunes en difficulté. Il n'en était pas question.

À l'autre bout de la table, Nick Sanchez lança :

— Nous avons déjà commandé, mais si tu sais ce que tu veux, fais signe à Sarah de revenir à notre table.

— Oh ! il sait très bien ce qu'il veut, il l'a toujours su, répliqua Vinnie, déclenchant de nouveau le rire de la tablée.

— Et avec un peu de chance, Sarah va accourir ventre à terre pour noter, toutes affaires cessantes, ses moindres desiderata, renchérit Dion Carson.

Jamie serra les dents. Il détestait la façon dont ses collègues parlaient des femmes lorsqu'ils n'étaient pas en service. De Sarah en particulier. Il le leur avait dit une centaine de fois mais ils continuaient leurs commentaires douteux.

— Elle ne vient « ventre à terre » que vers moi, protesta Nick.

Sa réflexion provoqua quelques froncements de sourcils chez leurs collègues policières, mais elles finirent par hausser les épaules. Maintenant que Shane Warner, le beau gosse du poste de police, s'était marié, Nick avait la cote auprès de la gent féminine. Toutes les filles d'Ève le dévoraient des yeux.

— Ça suffit, les gars, intervint Jamie. Sarah est un être humain et elle a droit au respect. Laissez-la tranquille.

Des rires fusèrent autour de la table. Ses collègues avaient-ils voulu voir s'il réagirait comme il le faisait d'habitude ? Eh bien, il avait passé le test avec succès. Oui, il était et resterait le défenseur des femmes mal considérées et des chiens perdus sans collier. Un gars sympa, un brave type, et tout le monde savait comment ils finissaient.

— Vous avez de la chance que Sarah accepte encore de vous servir, poursuivit-il. Et que je ne vous inscrive pas d'office à un cycle de formation sur le harcèlement moral et sexuel.

— Oh non, pas ça, s'il te plaît ! Nous savons aussi nous montrer gentils, protesta Dion. Et même si nos petites plaisanteries vaseuses ne la font pas rire, nous ne sommes jamais méchants avec elle.

— Et nous lui laissons de bons pourboires, ajouta Kelly.

Jamie opina. Sarah avait probablement besoin de cet argent. Travailler le soir dans un restaurant de Brighton, une petite ville du Michigan, ne devait pas lui rapporter une fortune.

Le souvenir de son regard pénétrant envahit de nouveau sa mémoire. Ses yeux bleus étaient de vrais joyaux abrités par des cils épais. Cachaient-ils de lourds secrets ? Ou uniquement des regrets, comme les siens ?

— Quoi qu'il en soit, vous ne la lâchez jamais, les

gars, lança Delia Morgan Peterson. Alors qu'elle ne s'intéresse manifestement à aucun d'entre vous. Laissez-la donc tranquille.

— Renoncer à une telle beauté sans avoir tout fait pour la séduire ? Jamais ! répliqua Vinnie d'un ton théâtral.

Le lieutenant Ben Peterson posa tendrement la main sur le ventre arrondi de Delia.

— Chérie, si le bébé que tu attends se révèle être une fille, nous devrons la protéger des types comme Vinnie.

Kelly tendit un menu à Jamie.

— Tu as intérêt à commander sans traîner. Sinon, nous recevrons l'addition avant que Sarah t'ait apporté ton dîner.

Jamie fit semblant d'étudier la carte. En réalité, il aurait pu la réciter par cœur. Il n'avait pas faim et tout ce qu'il avalerait pèserait sans doute lourd sur son estomac. Cependant, plus vite il aurait mangé, plus vite il pourrait rentrer chez lui pour s'efforcer d'oublier les événements de la soirée.

Vêtue de son uniforme rose et de son tablier blanc, Sarah s'approcha de leur table. En passant, elle jeta un bref coup d'œil à la porte d'entrée, comme elle le faisait souvent. Elle posa une tasse devant Jamie.

— Je vous sers un décaféiné, inspecteur ? proposa-t-elle, inclinant déjà la cafetière.

— Attendez ! fit Vinnie. Peut-être préfère-t-il boire un soda, ce soir. Allez savoir.

Sarah interrompit aussitôt son geste et elle s'éclaircit la voix, visiblement gênée.

— Désolée, excusez-moi.

— Ne faites pas attention à ce plaisantin. Un déca, c'est parfait.

— Avez-vous fait votre choix, inspecteur ?

Il lui commanda le plat qu'il prenait au moins une fois par semaine.

Elle le nota sur un petit bloc-notes puis disparut derrière les portes battantes de la cuisine.

Jamie regretta soudain que ni Sarah ni ses collègues n'aient deviné que, contrairement à ce qu'il prétendait, quelque chose n'allait pas, ce soir. Il lui était insupportable de penser qu'un homme avait mis fin à ses jours quelques heures plus tôt, et qu'ils allaient tous continuer à se régaler de bons petits plats, à boire des cafés, à bavarder et à échanger des blagues éculées, comme si de rien n'était. Comme si la vie de ce malheureux n'avait pas d'importance, n'en avait jamais eu.

— Que penses-tu de toute cette pluie ? demanda Trevor Cole, assis à sa gauche.

Jamie poussa un soupir.

— Si ça continue, les rues ne vont plus tarder à être transformées en rivières.

— C'est vrai, répondit Trevor. Heureusement, il ne neige plus. Mais je n'ai pas très envie de naviguer.

— Au moins as-tu la chance d'avoir un bateau à ta disposition.

— À ma disposition ? Vu le temps que je passe à bricoler dessus, c'est plutôt moi qui suis à son service.

Trevor se pencha pour lui chuchoter :

— Ça va, vieux ? Si tu as besoin de parler, je suis là…

— Tout va bien, assura Jamie.

Un pieux mensonge, mais quelle importance ? Tous deux avaient tellement besoin d'y croire.

Vinnie se tourna vers Trevor.

— Ne me dis pas que ton vieux rafiot flotte encore !

Jamie n'était pas dupe des efforts de ses collègues pour se cantonner aux sujets futiles – comme le bateau de Trevor ou les motifs du papier peint de la chambre du futur bébé de Ben et de Delia. D'un accord tacite, ils évitaient pendant leurs repas la moindre allusion à leur vie professionnelle, aux tragédies qui étaient leur lot quotidien.

— J'espère que pour toi Sarah fera vite, dit Vinnie en la regardant revenir à leur table, chargée d'assiettes.

— Ne m'en veux pas de ne pas attendre que tu sois servi pour me régaler, dit Nick en croquant une frite. J'ai trop faim.

— Pas de problème. Mangez pendant que c'est chaud.

Vinnie mordit avec appétit dans son hamburger.

— Merci.

Jamie posa les mains sur la table. Au moins, maintenant, plus personne ne faisait attention à lui. Il avait craint qu'on l'interroge sur les événements de la soirée. La plupart d'entre eux n'étaient pas au courant du suicide de Mark. Et ils ignoraient tout de la culpabilité qui le dévorait depuis le drame. En tant que frère aîné, il aurait dû remarquer que Mark n'allait pas bien. Or, il n'avait rien vu et ne se le pardonnait pas.

Non, il ne fallait pas y penser. Pas maintenant. Pas alors que d'horribles images de la scène de crime hantaient encore son esprit et lui soulevaient l'estomac. Il tenait à ce que ses collègues soient persuadés qu'il maîtrisait la situation, que cette affaire ne le rendait pas malade.

Lui-même avait besoin d'y croire.

Sarah revint, suivie par Ted, le patron de l'établissement. Tous deux portaient d'autres assiettes. Les conversations à table avaient cessé, tous étant trop occupés à manger pour songer à bavarder.

Au milieu du brouhaha ambiant, des tintements de verres et du cliquetis des couverts, Jamie laissa ses pensées revenir à sa macabre découverte de la nuit. Et vite, par association d'idées, il se remémora le suicide de Mark. Bien que plus de neuf ans se soient écoulés depuis, il ne pouvait penser à son petit frère, si drôle et si souriant, sans voir son corps sans vie se balançant au bout d'une corde dans le garage.

Une vague de regrets et de remords le submergea, accompagnée d'un terrible sentiment de vide, de désespoir et de culpabilité mêlés. Depuis des années, il s'efforçait d'effacer de sa mémoire les circonstances de la mort de son cadet mais les événements de cette nuit les avaient ravivées.

Derrière lui, une douce voix féminine le fit sursauter :

— J'ai fait au plus vite, dit Sarah en posant une assiette devant lui. Mais vos collègues ont presque fini, ajouta-t-elle, désolée, en désignant le reste de la tablée d'un mouvement de tête.

— Pas grave. Merci de votre rapidité. J'apprécie.

Il aurait aimé ajouter quelque chose, quelque chose d'intelligent ou de drôle si possible, mais comme d'habitude, en sa présence, son esprit devenait vide.

Dion le fit à sa place.

— Je ne sais pas pour vous, les gars, mais moi, je prendrais bien un dessert, annonça-t-il. Quels sont ceux que vous nous avez préparés aujourd'hui, mademoiselle Sarah ?

— Par chance, vous reste-t-il un de vos délicieux fondants au chocolat ? demanda Vinnie, plein d'espoir.

Jamie n'avait pas besoin de se retourner pour savoir que le visage de Sarah était aussi rose que son uniforme. Chaque fois que quelqu'un la complimentait sur ses pâtisseries, elle semblait mal à l'aise. Il en venait à regretter que Ted leur ait révélé qu'elle confectionnait les pâtisseries qui figuraient au menu.

Elle se racla la gorge.

— Aujourd'hui, nous vous proposons des crumbles aux myrtilles. Il ne reste qu'un tiramisu et…

— Inutile d'aller plus loin, coupa Nick. Vendu. Je prends les deux.

Elle pencha la tête pour le noter dans son calepin.

— Et nous avons également de la tarte aux pommes ou à la rhubarbe.

Plusieurs collègues de Jamie firent leur choix, d'autres préférant se passer de dessert pour garder la ligne. Quand Sarah se tourna vers lui, il secoua la tête.

— Rien d'autre, merci.

— Tu as tort, intervint Trevor. Apportez-lui de la tarte aux pommes. C'est son péché mignon. Je la lui offre.

Jamie ne prit pas la peine de discuter. S'il refusait, il risquait d'attirer l'attention sur lui. Et Trevor ne cherchait qu'à le réconforter, il le savait.

Lorsque Sarah emporta son hamburger, auquel il avait à peine touché, et posa son dessert devant lui, Jamie réprima un sourire incrédule. Visiblement, celui ou celle qui avait coupé cette tarte aux pommes n'avait pas le compas dans l'œil. Sa part était deux fois plus grande que celle des autres. Sarah avait-elle compris le stratagème de Trevor et avait-elle décidé de montrer qu'elle le soutenait elle aussi dans l'épreuve ? Par chance, tous étaient trop occupés à se régaler du contenu de leurs assiettes pour remarquer la sienne.

Dès la première bouchée, il oublia presque l'horreur de sa journée. Fermant les yeux, il savoura le petit goût d'amande et de liqueur qui contrebalançait l'acidité des fruits. La pâte feuilletée fondait littéralement dans la bouche.

— Cette tarte vaut le détour, non ? demanda Trevor.

— Largement !

Il finit sa part jusqu'à la dernière miette. Comme Sarah revenait débarrasser, Trevor lui lança :

— Un délice, comme d'habitude.

— Oui, vraiment, renchérit Jamie.

— Merci, murmura Sarah en esquissant un petit sourire.

Comme elle repartait vers le fond de la salle, il ne put s'empêcher de la suivre des yeux ; le simple fait de la regarder le ravissait. Elle était belle à couper le souffle. Pourtant, elle n'en semblait pas consciente. En tout cas, il ne l'intéressait pas, il en était sûr. Imaginer le contraire serait se leurrer.

Lorsqu'elle revint avec les additions, ses amis et collègues enfilaient déjà leurs vestes. Il parcourut des yeux son ticket de caisse. Il avait espéré qu'elle mettrait la tarte sur sa note et non sur celle de Trevor, mais elle n'avait compté que son hamburger et son café.

Plus bas sur le feuillet, sa signature, toute en courbes, ample et féminine, ne correspondait pas à sa personnalité réservée. Il remarqua soudain un Post-it, de couleur bleue, sous son addition.

Sarah avait-elle par mégarde collé une liste de courses à son ticket de caisse ? Il se redressa. Et s'il s'agissait d'autre chose, d'un appel à l'aide, par exemple ? Il secoua la tête, se trouvant pathétique. L'hypothèse était absurde. Pourquoi solliciterait-elle son aide à lui, uniquement à lui, alors que la salle était bondée de policiers ?

Il perdait vraiment le nord, ce soir.

Pourtant, après s'être assuré d'un bref coup d'œil circulaire que personne ne le regardait, il prit connaissance du petit mot qu'elle lui avait laissé.

Merci pour tout ce que vous faites. Vous êtes quelqu'un de bien.

Il relut deux fois le message. Les policiers étaient plutôt habitués aux insultes et aux doigts d'honneur. Les compliments et remerciements étaient beaucoup plus rares. Il parcourut à nouveau le billet. Rédigé en caractères d'imprimerie, il n'était pas signé. Il ne lui était même pas adressé à lui personnellement, ni à quiconque d'ailleurs.

Voilà pourquoi il se trouva pitoyable de replier avec soin le bout de papier pour le glisser dans la poche son jean comme s'il s'agissait d'un trésor secret. Il avait vingt-sept ans, bon sang ! N'était-il pas temps de se comporter en adulte ?

Mieux valait ne pas répondre à cette question, songea-t-il avec un soupir. À la caisse, Sarah rendait la monnaie à Vinnie tout en fichant son ticket sur un pique-notes. Elle était comme d'habitude, comme s'il ne s'était rien passé. Et probablement ne s'était-il rien passé, mais cette fois il avait dans sa poche un billet doux, et il en était émerveillé.

Le sang rugissait si fort à ses oreilles que tous les clients du restaurant devaient l'entendre. Ses paumes étaient moites. Alors qu'il la dévorait des yeux, Sarah surprit son regard. Au lieu de se détourner immédiatement comme elle l'aurait fait un autre jour, elle lui décocha un sourire timide.

Plus aucun doute, maintenant ; il n'avait rien imaginé. Il s'était bien passé quelque chose entre eux. En tout cas, le message dans sa poche lui était bel et bien destiné.

En revanche, le sens de son petit mot était moins clair. Avait-elle surpris une conversation entre ses collègues ? Ces derniers avaient-ils parlé de lui avant son arrivée ? Avait-elle agi par pitié ?

Il fallait qu'il sache.

Malheureusement, quand il parvint à son tour à la caisse, Sarah n'y était plus. Ted l'avait remplacée. Jamie promena les yeux autour de lui. Sarah n'était pas occupée à nettoyer les tables ou à remplir les salières. Où était-elle passée ? Sans doute avait-elle disparu derrière les portes battantes séparant la salle de la cuisine.

Il n'osa pas la suivre pour demander des explications, mais devoir s'en aller avec tant de questions sans réponses était frustrant.

— Je vous encaisse, inspecteur ? proposa Ted.

Ouvrant son portefeuille, Jamie en tira sa carte de crédit.

Deux minutes plus tard, il quittait les lieux. Les clochettes attachées à la porte tintèrent, lui faisant revivre le moment où il était entré dans le restaurant.

Avait-il imaginé cette complicité entre eux dans l'espoir d'oublier le désespéré qui s'était suicidé ce soir ? Avait-il saisi l'occasion qui lui était offerte d'effacer de sa mémoire la scène macabre qui le rendait malade ?

Ou Sarah avait-elle vraiment voulu lui faire comprendre qu'il ne la laissait pas indifférente ?

D'une manière ou d'une autre, il finirait par le savoir.

Avant de refermer la porte, il jeta un dernier coup d'œil vers la cuisine. Sarah n'était peut-être pas là pour répondre à ses interrogations ce soir, mais il obtiendrait des explications plus tard.

S'il le fallait, il prendrait désormais tous ses repas au Casey's Diner.

2

Sarah Cline se reprochait sa lâcheté. Courir se cacher dans la cuisine pour ne pas avoir à affronter l'inspecteur Donovan n'était pas très glorieux, mais elle n'avait pas le choix. Si elle l'avait encaissé comme à l'accoutumée, il lui aurait évidemment demandé des éclaircissements. Et comment aurait-elle justifié le petit mot qu'elle lui avait glissé à la fin de son repas ? Elle-même ne comprenait pas quelle mouche l'avait piquée. Pour elle, il était vital de faire profil bas, de raser les murs. Elle savait parfaitement ce qu'il pourrait lui en coûter d'attirer l'attention sur elle. Alors pourquoi avait-elle fait preuve d'une telle imprudence ?

Elle ne parvenait pas à s'expliquer son geste, sa folie. Jamie Donovan était policier, et elle avait appris à se méfier des flics. Avec un frisson, elle effleura la longue cicatrice sous son bras gauche, dissimulée sous la manche de son uniforme. Elle était bien cachée. Comme tant d'autres.

Tout en essuyant ses mains moites dans les poches de son tablier, elle se demanda, le cœur battant, si l'inspecteur oserait la poursuivre en cuisine pour exiger des explications. Il aurait été logique qu'il le fasse. Elle s'était comportée de façon tellement inhabituelle, tellement bizarre, ce soir.

Lorsqu'elle le vit quitter le restaurant pour s'élancer sous la pluie, elle poussa un soupir de soulagement. Pourtant, elle éprouvait aussi une pointe de regret à le voir s'éloigner, une réaction idiote, au demeurant. En réalité, elle regrettait surtout ses erreurs passées. Et l'angoisse qui pesait sur ses épaules comme une chape de plomb. La peur ne la quittait jamais. Depuis plus de six ans, elle se réveillait tous les matins et se couchait tous les soirs, en proie à la même peur.

Quel démon l'avait poussée à écrire ce billet ? se demanda-t-elle pour la énième fois. Pourquoi s'était-elle intéressée aux états d'âme de ce policier ? Certes, elle n'avait compris qu'aujourd'hui que « M. Jamie », l'animateur bénévole du centre aéré, dont son Aiden chéri lui rebattait les oreilles depuis des mois, était aussi « l'inspecteur de police James A. Donovan », qui prenait ses repas au Casey's Diner au moins deux fois par semaine. Et dont le regard triste ressemblait à celui qui se reflétait dans son propre miroir. Grâce à des bribes de conversation qu'elle avait surprises entre ses collègues policiers, elle avait compris que l'inspecteur avait eu une rude journée. Mais cela ne justifiait pas un billet doux ni même une grosse part de tarte. S'impliquer dans la vie des gens les poussait à s'interroger. Or, elle ne pouvait se permettre d'éveiller la curiosité.

Surtout pas celle d'un flic.

Elle s'efforça de sourire à Léon, le cuisinier, qui l'observait d'un air intrigué. Certes, ce n'était pas la première fois qu'elle se cachait dans la cuisine, mais en général, elle cherchait ainsi à éviter les avances de certains clients un peu collants.

Après un dernier regard dans la rue pour vérifier que Jamie était bien parti, elle retourna dans la salle du restaurant à présent quasiment déserte. En passant, elle attrapa le panier rempli de salières et de poivriers sur le comptoir.

Assis devant la caisse enregistreuse, Ted comptait la recette. Il lui lança :

— Je me demandais où tu étais passée.

— Je réfléchissais aux desserts pour demain.

Elle s'émerveillait de la facilité avec laquelle elle mentait. Raconter des histoires devenait de plus en plus simple. Elle n'avait que vingt-huit ans, mais elle s'était déjà beaucoup entraînée.

Ted la dévisagea d'un air soucieux.

— Tout va bien ? Dis-moi, Sarah… Certains clients se sont-ils mal comportés à ton égard ? Les policiers, par exemple ? Si c'est le cas, je leur parlerai…

— Non, non, ce sont de braves gens.

— Tant mieux. Mais s'ils dérapent…

Tout en remplissant les flacons de sel et de poivre, Sarah se détourna pour qu'il ne la voie pas lever les yeux au ciel. Ted n'avait pas les moyens de refuser des clients. D'ailleurs, ces derniers étaient inoffensifs.

Mais un jour, elle avait fait confiance à la police et avait failli le payer de sa vie. Elle préférait ne pas ressasser cet épisode. De toute façon, comparés aux flics corrompus de Chicago, les policiers de Brighton ressemblaient à des enfants de chœur.

Au souvenir du regard accablé de l'un de ces enfants de chœur, elle sentit sa gorge se serrer. Une salière lui échappa et se renversa sur le comptoir.

— Tu es bien maladroite, ce soir, remarqua Ted.

— Je suis seulement fatiguée.

D'un coup d'éponge, Sarah nettoya le sel répandu. Dommage que les autres maladresses qu'elle avait commises ce soir ne soient pas aussi simples à réparer. Elle n'avait qu'une règle dans la vie, une seule : se tenir à distance des autres. Et elle l'avait enfreinte avec une facilité sidérante.

De nouveau, les traits de Jamie s'imposèrent à son esprit. Il y avait tant de malheur dans ses yeux, songea-t-elle avant de secouer la tête. Voilà des mois qu'elle travaillait ici. Elle avait donc eu mille occasions de s'en apercevoir. Alors pourquoi en prenait-elle conscience justement aujourd'hui ? Elle l'ignorait. Mais ce soir, elle l'avait vraiment regardé et ce qu'elle avait vu lui avait déchiré le cœur.

Voilà sans doute pourquoi elle s'était comportée de façon si dangereuse et si peu habituelle pour elle. La douleur, la détresse et l'infinie tristesse qui assombrissaient l'expression de Jamie l'avaient bouleversée. Elle ne s'attendait pas à découvrir une telle vulnérabilité chez un inspecteur de police reconnu et apprécié par ses pairs. Cette faille, rare chez un homme de sa trempe, l'avait touchée, émue, mais elle ne pouvait se laisser aller à la compassion. Les amitiés étaient un luxe trop risqué pour elle.

Consciente de la nécessité de se ressaisir, elle battit des paupières. Heureusement, son service se terminait et elle n'allait pas tarder à rentrer. Chez elle, elle retrouverait ses esprits et son instinct de survie. Et elle se rappellerait qu'elle ne devait compter que sur elle-même.

Ted jeta un coup d'œil à l'horloge murale.

— Marilyn est en retard, dit-il.

— Encore ?

— Cette fois, elle a téléphoné pour prévenir. Elle a eu un problème de voiture.

Sarah, qui roulait des couverts dans les serviettes en papier, s'interrompit un instant pour se tourner vers l'entrée du restaurant. Au moins, n'y avait-il encore personne. Si un groupe de clients affamés débarquait, Ted lui demanderait sans doute de rester jusqu'à l'arrivée de sa collègue. Une fois de plus.

— Tu ferais mieux de partir, dit-il comme s'il lisait dans ses pensées.

— Merci. Il vaut mieux que j'y aille, oui.

— Aiden est déjà au lit, non ?

— Je l'espère. Sinon, il ne parviendra jamais à se lever pour aller à l'école demain.

Elle détestait que Ted mentionne le prénom de l'enfant. Cela dit, les rares fois où elle avait dû amener son fils au travail, tout s'était plutôt bien passé. Ted avait été discret et ne l'avait pas bombardé de questions.

— Il n'aura pas à se lever, répondit-il. Il n'y a pas école, demain.

— Comment ça ? demanda-t-elle, surprise.

— C'est une journée de formation pour les enseignants. Et donc de vacances pour les enfants.

Et de cauchemar pour les mères célibataires, songea Sarah. Qu'allait-elle faire d'Aiden ? Sa nourrice, Nadia, travaillait ailleurs, le matin…

— Viens avec lui, demain, proposa Ted. Nous aurons ainsi l'occasion de lui dire bonjour.

— Je ne veux pas qu'il s'ennuie.

Ou qu'il soit vu par les clients.

— Tu plaisantes ? Il adore être ici.

— Comment se fait-il que vous soyez au courant de cette journée pédagogique et pas moi ?

Ted brandit une feuille de papier.

— J'ai demandé à la municipalité un exemplaire du calendrier scolaire. Pour savoir quels jours nous sommes susceptibles de recevoir des familles avec enfants afin d'adapter les menus en conséquence.

Très bien. Mais cela n'expliquait pas pourquoi elle-même n'avait pas été informée. Avait-elle oublié de consulter le cahier de correspondance d'Aiden ? Elle essayait de suivre de près sa scolarité mais, parfois, elle était trop fatiguée. Épuisée, elle avait alors tout juste encore la force de récupérer son petit garçon endormi chez Nadia – qui habitait son immeuble, deux étages plus bas –, de le monter chez elle et de le coucher dans son lit avant de s'écrouler sur le canapé.

— Tout est prêt pour demain matin, non ? reprit Ted.

— Il n'y a plus qu'à mettre les brioches à la cannelle au four.

— En as-tu préparé une fournée supplémentaire comme je l'avais demandé ?

Elle hocha la tête, comprenant mieux maintenant cette requête.

— Et puisque Aiden n'aura pas école, acceptes-tu de venir plus tôt ? Vers 8 heures, par exemple ?

De nouveau, elle opina mais avec moins d'enthousiasme. Aiden serait mécontent de se lever tôt, un jour où il n'avait pas école.

— Bien. Alors rentre chez toi, à présent.

Avant qu'il ne change d'avis, elle retourna dans la cuisine y chercher sa veste. Elle l'enfila et en rabattit la capuche au cas où il pleuvrait toujours.

Jamie était trempé quand il avait débarqué, un peu plus tôt, alors que les autres policiers étaient secs à leur arrivée, songea-t-elle.

Lorsqu'elle sortit du restaurant, l'averse avait diminué d'intensité mais de grandes flaques d'eau s'étaient formées sur les trottoirs.

Pourquoi l'inspecteur de police revenait-il sans cesse dans ses pensées ? se demanda-t-elle. Elle avait assez de soucis pour ne pas se sentir obligée de se charger des problèmes de quelqu'un d'autre. Veiller sur son fils était sa priorité absolue. Le petit garçon méritait une existence digne de ce nom. Pour le moment, elle tirait le diable par la queue. Les factures s'accumulaient, et elle avait du mal à s'en sortir avec son maigre salaire. Et surtout, elle vivait dans la crainte permanente de voir réapparaître son ex-mari, le père d'Aiden, un homme violent et cruel.

Comme un frisson lui parcourait l'échine, elle glissa les clés de son trousseau entre ses doigts afin de pouvoir faire face à un éventuel agresseur.

Personne ne la suivait. Elle le savait. Aiden était en sécurité chez sa nourrice. Tous deux étaient en sécurité. Alors pourquoi s'inquiétait-elle au moindre bruit ? Pourquoi avait-elle toujours envie de se retourner pour s'assurer qu'il n'y avait pas quelqu'un tapi dans l'ombre ?

Elle n'avait parcouru que quelques mètres quand, cédant à l'angoisse, elle jeta un coup d'œil par-dessus son épaule. La rue était déserte. Il ne restait que les voitures de Ted et de Léon sur le parking du Casey's Diner. Comme elle passait devant, le faisceau de phares troua la nuit, balayant le bitume. Le conducteur qui arrivait à vive allure entra en trombe sur le parking et coupa le contact.

Sarah se figea avec un cri de peur. Elle devait à tout prix repartir vers le restaurant, courir s'y réfugier, mais ses pieds semblaient collés sur place. Et elle se retrouvait spectatrice de sa propre vie. Lorsque la portière s'ouvrit à la volée, elle se sentit blêmir.

À la vue des jambes nues qui apparurent, elle poussa un soupir de soulagement.

Marilyn !

Bien sûr, elle aurait dû penser que la serveuse de nuit était au volant. Mais pourquoi ne parvenait-elle pas à cesser de trembler ? Pourquoi, chaque fois qu'elle voyait un véhicule s'approcher d'elle un peu vite, imaginait-elle que le conducteur venait pour elle, pour finir le travail, pour la tuer ?

Marilyn la salua rapidement.

— Désolée pour mon retard. La baby-sitter…

— Ted croyait que tu avais eu des problèmes de moteur.

— Aussi… Ce n'est pas mon jour.

Le sourire ironique de Marilyn suggéra qu'il y avait eu encore autre chose. Sarah hocha la tête. Les mères célibataires ne pouvant compter que sur elles-mêmes, elles devaient se serrer les coudes. Avec un signe de la main, Marilyn se hâta vers le restaurant.

Sarah rentra chez elle à pied. C'était le moyen le plus sûr de se déplacer. Ainsi, aucune plaque d'immatriculation ne permettrait à la police de l'identifier. Et personne n'avait de raison de remarquer que son permis de conduire était celui d'une femme de quatre-vingts ans, morte il y a plusieurs années.

Ce soir, ce n'était pas Michael qui était arrivé ; mais un jour, tôt ou tard, il surgirait de l'ombre et se jetterait sur elle. Aiden et elle ne seraient jamais en sécurité. Même si son ex-mari ignorait où ils vivaient, et sous quelles identités, il finirait par les retrouver. Aucune prison ne parviendrait à retenir tant de haine.

Grâce à d'excellents avocats, il convaincrait la commission des libérations conditionnelles qu'il ne représentait un danger pour personne et serait relâché. Il déploierait alors son réseau comme une carte d'autoroute. Pourquoi avait-elle un jour imaginé qu'ils auraient une chance de lui échapper ?

En frissonnant, elle resserra les pans de sa veste autour d'elle.

Tandis qu'elle s'approchait de son immeuble, elle se jura de cesser de s'occuper des problèmes des autres. À partir de maintenant, son seul souci serait son petit garçon dont les cheveux sentaient le shampoing pour bébé et dont les baisers étaient de vrais cadeaux. Elle n'hésiterait pas à donner sa vie pour lui.

Le seul homme auquel elle s'interdirait de penser dorénavant serait celui qui hantait ses cauchemars.

Celui qui avait promis de la tuer et qui tenait toujours ses promesses…

Avant de s'engouffrer dans la voiture, Michael Brooks leva le poing vers le ciel de Chicago et lança une myriade de jurons. Le jour où il quittait enfin le pénitencier dans lequel il était resté enfermé plus de six ans, le soleil aurait quand même pu briller pour saluer sa sortie, non ? Or, il pleuvait des cordes et ce temps de chien le mettait hors de lui.

L'homme installé au volant se tourna vers lui :

— Monte et ferme la portière. Il fait un froid de canard.

Michael sauta si vite sur le siège passager que, surpris, le conducteur eut un mouvement de recul et se cogna la tête contre sa vitre. Pour la première fois de la journée, Michael sourit. Puis il essuya d'un geste l'eau qui ruisselait de sa veste démodée que l'administration de la prison lui avait remise pour sa libération.

— Content de te voir, moi aussi.

Il promena un œil connaisseur à l'intérieur du véhicule personnel du policier, un 4×4 d'origine étrangère rempli de gadgets.

— Belle bagnole, dit-il en caressant le fauteuil en cuir.

Larry ne méritait pas de rouler à bord d'une voiture aussi luxueuse.

Comme Larry ne répondait pas, Michael réprima difficilement la tentation de le frapper. Toute la journée, il avait eu envie de cogner quelqu'un… Une envie qu'il n'avait pu assouvir depuis trop longtemps, comme tant d'autres. Il lança sur la banquette arrière son sac contenant ses misérables affaires. Il n'avait plus rien. À cause de sa femme. De son ex-femme. Cette garce était responsable de tout ce qui allait mal dans sa vie. À cause d'elle, il avait tout perdu. Il n'avait plus de foyer ni de jolie poupée dans son lit. Il n'avait plus la possibilité de faire la connaissance de son fils. Ni surtout celle de remettre la main sur son magot.

Elle paierait cher pour ce qu'elle lui avait fait subir. Très cher. Dès qu'il aurait découvert où elle se cachait. Et il la retrouverait. Il le fallait. Elle détenait la clé de son avenir et ne s'en doutait même pas.

Sentant probablement la violence qui couvait en lui, Larry n'osait même pas lui jeter un regard de biais tandis qu'il déboîtait pour se fondre dans la circulation. Sans doute avait-il trop peur pour s'y risquer. Bien fait pour lui.

Michael laissa passer quelques feux avant de lancer :

— Tu as quelque chose d'autre à me dire ?

La pomme d'Adam de Larry monta et descendit plusieurs fois avant qu'il réponde :

— J'estime que tu pourrais me remercier d'être venu te chercher.

— Tu rigoles ? J'aurais un chauffeur au volant d'une Rolls si ton collègue et toi n'aviez pas tout foiré…

— Hé ! Si ma présence te gêne, je…

— Nan. C'est de l'histoire ancienne. N'en parlons plus.

Si Larry imaginait qu'il avait vraiment oublié ce qui s'était passé, il se fourrait le doigt dans l'œil. Il venait de croupir six ans en prison parce que ces deux minables n'avaient pas assuré. Ils lui étaient infiniment redevables et il saurait le leur rappeler en temps utile.

— Merci d'être venu me chercher, dit-il finalement.

Mieux valait ne pas irriter inutilement ses prétendus alliés. Il aurait peut-être encore besoin d'eux.

— Glad Clint t'a trouvé un endroit décent pour vivre, annonça Larry.

À la simple évocation de Clint, l'autre policier dont la nullité lui avait valu la prison, Michael se sentit bouillir.

— Attendons de voir ce que tu qualifies de « décent ».

Larry lui tendit une enveloppe remplie de billets de banque. Cet argent lui servirait à payer le loyer du premier mois et le dépôt de garantie.

— Tout sera mieux que la taule, non ? lança-t-il.

Michael hocha la tête. En effet, le pire taudis lui semblerait un paradis comparé à l'enfer du pénitencier. La lumière allumée en permanence, le ronflement des codétenus comme le claquement des portes d'acier finissaient par rendre fou. Pourtant, il craignait de ne plus jamais être capable de dormir sans ces lumières, sans ces bruits, sans cette ambiance sordide.

— Dans l'immédiat, l'endroit où tu me conduis m'ira.

Larry tapota un écran sur le tableau de bord.

— Entre l'adresse.

Comme Michael le dévisageait avec perplexité, Larry grimaça.

— J'imagine que tu ne t'es pas servi d'un GPS depuis un bail.

Michael n'avait pas besoin que cet imbécile lui rappelle tout ce qu'il avait raté en passant tant d'années derrière les barreaux. Tout était la faute de Larry et de Clint. Et, surtout, de Maria.

— Personne n'utilise donc plus de cartes ?

Il tira un bout de papier de sa poche et laissa Larry lui indiquer comment enregistrer dans l'appareil l'adresse qu'il y avait griffonnée. Les autres renseignements qui y figuraient étaient plus importants pour lui, mais Larry n'avait pas besoin de le savoir.

— Il te faudra quelques semaines pour t'habituer à tous les changements survenus pendant ton… absence.

— Quelques semaines, un mois tout au plus.

En réalité, il se demandait s'il parviendrait un jour à réintégrer un monde moins hiérarchisé que celui de la prison. Au pénitencier, chaque détenu avait une place attitrée. Les assassins étaient les seigneurs de la communauté carcérale, et les petites frappes condamnées pour des vols, leurs larbins.

Quant à lui, il avait été chargé d'organiser la distribution des drogues qui circulaient sous le manteau. Une fonction qui lui avait permis de bénéficier de nombreux avantages et d'un certain respect.

Dehors, il n'était qu'un ex-taulard, c'est-à-dire un type qui n'était rien et n'avait rien. Du moins pour le moment.

— Tu as obtenu les renseignements que je t'ai demandés ?

Larry secoua la tête, les yeux rivés sur la route.

— Il va falloir être patient.

— Ça fait des années que j'attends !

— Donne-moi un peu de temps.

— Je t'en ai parlé il y a plus d'un mois.

— Ta requête est stupide, si tu veux mon avis.

— Je ne te le demande pas.

— Ta femme a réussi à disparaître dans la nature. Pour y être parvenue avec un tel brio, elle était sans doute motivée par de bonnes raisons non ?

— Ne me dis pas que tu as cru, toi aussi, les mensonges de cette garce !

Larry esquissa un sourire mais ne répondit pas.

Michael serra les poings.

— De toute façon, ma vie conjugale ne te regarde pas.

— Non, en effet.

Au moins, Larry ne lui avait-il pas fait remarquer qu'il n'en avait plus. Une chance pour lui, parce que s'il s'était permis la moindre allusion, il l'aurait roué de coups.

— Dès que tu auras du nouveau, tu me préviendras. D'accord ?

— Bien sûr.

Larry ouvrit la boîte à gants et en sortit un téléphone portable qu'il lui tendit.

— Pour qu'on puisse rester en contact…

Il grommela un vague remerciement. De toute façon, ils seraient restés en contact, que ça plaise à Larry ou pas. Celui-ci n'avait pas besoin de savoir qu'il n'était pas le seul à chercher Maria. Il s'était fait des amis au sein de la prison, des amis qui avaient le bras long.

Après s'être garé le long du trottoir, Larry coupa le contact.

— C'est là.

À travers le pare-brise ruisselant de pluie, Michael considéra le petit bâtiment décrépit qui datait sans doute des années cinquante.

— C'est pas terrible.

Il songea avec amertume au luxueux appartement d'autrefois que Maria entretenait à la perfection.

Larry se voulut encourageant :

— C'est provisoire, en attendant que tu retrouves du travail et que tu te remettes à flot.

— Et que ma femme rentre à la maison.

— Même si on parvient à localiser Maria, il nous faudra sans doute un peu de temps pour la convaincre de…

Michael ouvrit la portière sans laisser à ce crétin le temps de finir sa phrase. De gré ou de force, Maria reprendrait la vie conjugale. Sous le coup de la colère, elle avait raconté n'importe quoi aux flics, mais elle reviendrait à la raison. Et sur ses déclarations. Il l'y aiderait.

Évitant les flaques d'eau, il s'approcha de l'immeuble délabré. Vu l'état de la sonnette, il renonça à la presser et frappa fort à la porte.

Comme personne ne répondait, Larry lança par sa vitre ouverte :

— Tu es sûr qu'il y a quelqu'un ?

— Le proprio m'a dit qu'il serait là… avec la clé.

Finalement, un grand chauve aux yeux injectés de sang vint ouvrir. Michael signa le bail sans le lire et lui tendit l'enveloppe. En voyant le type compter les billets avant de lui remettre la clé, il faillit s'étrangler.

Tout en gravissant les marches grinçantes de l'escalier, il se répéta qu'il s'agissait d'un arrangement temporaire. Ils la retrouveraient et elle reviendrait vers lui. Elle paierait cher ses accusations, son témoignage auprès du juge, sa plainte. Elle regretterait de n'être jamais venue lui rendre visite en prison. Et, surtout, de l'avoir privé de son fils et de son argent.

Quand il actionna l'interrupteur et découvrit l'appartement, le découragement le saisit à la vue des murs jaunis de nicotine, du canapé défoncé et de la chaise branlante qui lui faisait face. Il n'y avait pas de téléviseur, mais une tache sombre sur le papier peint indiquait l'emplacement où il s'était trouvé à une époque.

Il s'y ferait, décida-t-il.

Il sortit de son sac une photo de Maria, le jour de leur mariage. Elle souriait sous son voile de dentelle. Il l'imaginait toujours ainsi. Souriante. À lui.

— Nous nous retrouverons bientôt, chérie. Nous formerons à nouveau une famille.

Peut-être ne parviendrait-il pas à faire comprendre à Maria qu'il ne pouvait vivre sans elle. Mais ce n'était pas la question.

Il lui interdisait de vivre sans lui.

3

Jamie s'immobilisa sur le seuil du restaurant, surpris par la foule qui se bousculait près du comptoir, attendant que Ted leur trouve une table. Ce dernier semblait débordé et Jamie se demanda s'il avait eu le temps de rentrer chez lui, la veille au soir, et de dormir quelques heures avant de reprendre du service.

Et pourquoi y avait-il tant d'enfants dans l'établissement, un jour de semaine ?

Une fois de plus, il se reprocha d'être revenu si vite au Casey's Diner. Cela dit, les arômes de brioche à la cannelle qui flottaient dans l'air justifiaient à eux seuls sa présence. Il en avait l'eau à la bouche. Tout en saluant Ted, il prit conscience d'une chose : comme Sarah avait travaillé hier soir, elle ne serait sans doute pas là ce matin pour répondre à ses questions. De toute façon, dans le cas peu probable où il la verrait, que lui dirait-il ? Que leurs échanges de regards, la veille, l'avaient troublé ? Que le petit billet qu'elle lui avait glissé l'avait ému plus encore ? Que la taille de sa part de tarte l'avait étonné ? Et alors ?

Remontant la file d'attente des clients, Ted s'approcha de lui.

— Bonjour, inspecteur. Êtes-vous ici à cause… d'hier soir ?

Jamie le dévisagea, médusé. Était-il donc si évident qu'il était revenu pour Sarah ? Puis il comprit que le patron du restaurant craignait qu'il soit venu se plaindre du repas qui lui avait été servi la veille.

Il se hâta de le rassurer.

— Tout était parfait. C'est pourquoi je suis là. Vos petits déjeuners sont un tel délice…

— Je suis ravi de vous l'entendre dire, répondit Ted en souriant. Nous sommes un peu débordés, ce matin, parce que les enfants n'ont exceptionnellement pas école, aujourd'hui. Mais nous allons vous trouver une table au plus vite. Et ne vous inquiétez pas, Sarah a préparé une montagne de brioches à la cannelle…

À la mention du prénom de celle qui occupait ses pensées, Jamie ne put s'empêcher de la chercher des yeux.

— La commande de la table 21 est prête ! annonça une voix féminine par-dessus le brouhaha ambiant.

L'accélération de son rythme cardiaque lui confirma que la voix était bien celle de Sarah. Effectivement, lorsqu'il jeta un coup d'œil vers le passe-plat, il l'aperçut.

Elle venait de poser un plateau dans l'ouverture. Lorsqu'elle se redressa, leurs regards se croisèrent. Elle rougit, mais apparemment plus de gêne que de surprise. Puis, comme la veille au soir, elle disparut dans la cuisine.

Mais cette fois, sa manière de fuir lui fut insupportable. Ce n'était pas lui qui avait écrit ce billet doux, ce n'était pas lui qui avait servi cette énorme part de tarte. En se comportant ainsi, Sarah avait suscité une ribambelle de questions et elle lui devait donc des réponses.

D'un pas résolu, il traversa la salle de restaurant jusqu'aux portes de la cuisine. Avant de pouvoir s'en empêcher, il les frappa du poing.

Il attendit quelques instants. Par la lucarne, il vit passer plusieurs serveuses.

Quand Sarah se montra enfin, sa beauté lui coupa le souffle. Mais elle ne souriait pas comme elle le faisait d'habitude lorsqu'elle prenait sa commande.

Elle entrouvrit les portes.

— Puis-je vous aider, monsieur ? Je veux dire… inspecteur ?

— Jamie. Appelez-moi Jamie.

Il remarqua qu'elle tordait nerveusement ses mains couvertes de farine. S'il avait rêvé mille fois de l'approcher un jour de si près, il n'avait jamais imaginé provoquer chez elle une telle anxiété.

— Je ne travaille pas aujourd'hui, reprit-il.

— Ah…

Tandis qu'il se remémorait sa longue liste de questions, se demandant par laquelle il allait commencer, une serveuse apparut derrière Sarah, lui accordant sans le savoir un sursis.

— Je suis chargée, Sarah…

— Désolée, Belinda.

Elle céda le passage à sa collègue.

— Comme vous le voyez, nous sommes très occupés ce matin, et…

Alors qu'elle reculait dans la cuisine, laissant les portes se refermer sur elle, Jamie sentit s'échapper l'occasion d'avoir une vraie conversation avec elle et d'obtenir enfin des réponses.

— Attendez ! s'exclama-t-il en la prenant par le bras.

Elle posa les yeux sur sa main. Il la lâcha aussitôt, mais quand il croisa de nouveau son regard, il y vit briller… de la peur ? Avait-elle peur de lui ?

— Pardonnez-moi, Sarah. Ce n'est pas… Écoutez, j'ai tout faux. Puis-je vous parler un instant ?

Elle jeta un coup d'œil par-dessus son épaule, comme si elle cherchait un prétexte, n'importe quelle excuse pour refuser. Puis elle finit par se retourner vers lui et par hocher la tête. D'un geste, elle l'entraîna dans le couloir menant à la réserve. Au moins, il n'y avait personne dans les parages. Il se sentait déjà très nerveux. Un auditoire n'aurait rien arrangé.

Au milieu du couloir, elle s'immobilisa si brusquement qu'il faillit la heurter.

— Le billet que je vous ai glissé hier avec l'addition ne voulait rien dire de particulier, lança-t-elle. La grosse part de tarte non plus.

Accablé, il comprit qu'il avait donné beaucoup d'importance à des faits qui ne signifiaient rien pour elle.

— Ils voulaient dire quelque chose pour moi, répliqua-t-il avant de pouvoir s'en empêcher. Quelque chose d'important.

Les bras croisés sur la poitrine, elle fixa le bout de ses chaussures.

— J'avais seulement envie de vous remercier. Pour votre travail au sein de la communauté.

— Ah.

Certes, il aurait préféré qu'elle lui ait écrit parce qu'elle le trouvait irrésistible, craquant, et qu'elle était folle de lui. C'était décevant, mais au moins n'avait-elle pas cherché à se moquer de lui.

— J'avais entendu dire que vous aviez eu une journée difficile, ajouta-t-elle. Je tenais à ce que vous sachiez que vous étiez apprécié à Brighton. Voilà.

— Merci, c'est gentil.

Il comprenait tout, maintenant. Le regard étrange qu'elle lui avait lancé à son arrivée, la veille au soir. Sarah avait eu pitié de lui, voilà tout. Elle n'avait jamais tenté de lui faire savoir qu'il l'intéressait. Il eut soudain envie de partir en courant et regretta de ne pouvoir aller se cacher dans un trou de souris.

— Eh bien, merci d'avoir éclairci la situation. Il ne me reste donc plus qu'à vous laisser à vos clients.

Il remarqua alors qu'elle était en jean et en T-shirt. Et

qu'elle portait un tablier de cuisine et non son uniforme rose habituel.

— Vous êtes en train de faire des gâteaux, en fait.

— Je les fais toujours cuire le matin. Et je dois y retourner. Tout le monde semble vouloir des brioches à la cannelle plutôt que des pancakes, aujourd'hui.

Son empressement à repartir en cuisine pour s'occuper des pâtisseries était naturel et compréhensible. Mais sa façon de se tordre les mains et de regarder en permanence par-dessus son épaule vers la porte était bizarre.

— Comment leur en vouloir ? dit-il. Elles sentent délicieusement bon.

Les joues de Sarah rosirent.

— Aimeriez-vous que je vous en emballe quelques-unes ?

De nouveau, elle jeta un coup d'œil derrière elle. Pourquoi avait-elle tellement hâte qu'il parte ? Avait-elle quelque chose à cacher ?

Une porte s'ouvrit et la réponse à ses questions apparut sous la forme d'une tignasse blonde, de grands yeux bleus, et d'un sourire édenté qu'il aurait reconnus n'importe où. Aiden ?

— Maman ! M. Mike m'a chargé de te prévenir que la minuterie du four…

Le gamin s'interrompit.

— Mais… C'est M. Jamie !

Passant devant sa mère, il s'élança vers Jamie pour le serrer contre lui.

Jamie lui ébouriffa les cheveux, tentant de recouvrer ses esprits et d'intégrer un fait nouveau. Sarah était la mère d'Aiden et, curieusement, elle aurait préféré qu'il ne l'apprenne pas. Pourquoi ?

— Comment vas-tu, mon bonhomme ?

Comme l'enfant levait le visage vers lui, il se demanda comment il avait pu ne pas remarquer plus tôt leur ressemblance. Bien sûr, il ne les avait jamais vus ensemble, puisque la nourrice venait toujours chercher le garçonnet au centre aéré. Malgré tout, Aiden était le portrait craché de sa mère.

Sarah répondit à la place de son fils.

— Chéri, tu sais qu'il n'est pas poli de se jeter sur les gens.

Aiden recula sans se départir de son sourire malicieux.

— Désolé, monsieur Jamie.

— Pas de souci. J'ai appris qu'il n'y a pas école aujourd'hui.

— Non, mais maman m'a demandé de travailler avec elle au restaurant, alors je ne suis pas vraiment en vacances.

— Les mamans sont parfois méchantes, murmura Sarah.

Jamie se tourna vers elle.

— J'ignorais que vous étiez la mère de ce petit garçon.

Elle opina avant de lancer à Aiden :

— Attends, tu parlais de la minuterie du four ?

— Oui, mais ne t'inquiète pas. M. Mike a déjà sorti les tartes.

Jamie aurait voulu embrasser le gamin. Sarah n'avait pas plus envie de répondre à ses questions qu'un suspect enfermé dans une salle d'interrogatoire, mais Aiden n'avait pas encore appris l'art de botter en touche. Sans s'en douter, il empêchait sa mère de filer se cacher dans la cuisine avec une bonne excuse.

— Maman, tu veux bien qu'on prenne le petit déjeuner avec monsieur Jamie ?

Elle secoua la tête avec force.

— Désolée, chéri. J'ai beaucoup à faire.

— Tu m'avais promis qu'on partirait dès que les tartes seraient cuites.

— Et chose promise, chose due. Nous rentrerons à la maison tout de suite après, assura-t-elle avec un sourire.

Aiden grimaça, déçu.

— Mais j'ai envie de rester, maintenant, protesta-t-il.

— Et si la file d'attente a diminué depuis que je vous parle, j'aurai bientôt une table, intervint Jamie. Et vous ne voulez pas que je me restaure seul, n'est-ce pas ?

Il avait du mal à croire qu'il s'exprimait ainsi. Nick ou Shane avaient l'habitude d'insister. Mais pas lui.

— S'il te plaît, maman ! supplia Aiden. Il s'agit de monsieur Jamie.

Les mots de son fils durent l'ébranler car Sarah finit par hocher la tête.

— D'accord.

— Super ! s'exclama le petit garçon.

Jamie eut du mal à ne pas crier de joie lui aussi ou à embrasser l'enfant.

Ce dernier s'élança dans le couloir avant de se retourner vers eux.

— Je vais le dire à M. Ted !

Sarah le regarda partir, les yeux remplis de l'amour infini qu'une mère réserve à sa progéniture, à la chair de sa chair. Jamie aurait adoré qu'elle le contemple de cette façon.

Elle sourit.

— Il déborde d'énergie, dit-elle. Mais je ne vous apprends rien.

— Vous avez raison.

De nouveau, elle reporta son attention sur son petit garçon qui n'était qu'à quelques mètres. Elle faisait vraiment preuve d'une extrême vigilance.

— Merci encore d'être si gentil avec mon fils. Il a tant de mal à se faire des amis.

— Vraiment ? Je ne vois pas pourquoi. C'est un gamin formidable.

— J'aimerais que ses camarades de classe vous entendent.

— Tout ira bien. Vous vous faites sans doute trop de souci.

— Comme toutes les mamans du monde, non ?

Elle n'avait pas tort. Après la mort de Mark, ses parents avaient veillé sur lui des mois durant, au point de négliger leur propre chagrin.

— En tout cas, je suis très heureux de connaître Aiden, dit-il. Et j'en sais beaucoup sur lui… En admettant qu'il soit possible de croire la moitié de ce que raconte un enfant de six ans.

Elle battit plusieurs fois des paupières.

— La moitié ? Vous êtes bien optimiste.

Ses mots étaient légers mais son rire semblait étrange.

— D'accord, alors je ne croirai plus désormais que le quart de ce qu'il me dira.

Elle hocha la tête mais, à son expression, il comprit qu'elle n'était toujours pas satisfaite. Que craignait-elle qu'Aiden lui ait confié ?

— Alors, c'est une bonne chose que nous prenions le petit déjeuner ensemble, reprit-il.

— Pourquoi ?

— Vous m'aiderez à faire le tri entre la réalité et l'imaginaire, à démêler le vrai du faux.

Cette fois, elle sourit et l'émotion qu'il ressentait toujours en sa présence grimpa d'un cran.

— D'accord, répondit-elle.

— Et pendant que vous y êtes, peut-être pourriez-vous faire une dernière chose pour moi.

— Laquelle ?

— Me dire pourquoi vous ne vouliez pas que je sache que vous étiez la mère d'Aiden.

4

Comme les clochettes accrochées à la porte carillonnaient, Sarah tourna aussitôt la tête dans cette direction. Une dizaine de personnes entraient dans le restaurant pour se régaler d'un bon petit déjeuner composé d'œufs brouillés, de bacon et de crêpes.

Pendant un moment, elle s'était presque détendue, se reprocha-t-elle. Une erreur. Dans sa situation, elle ne pouvait se permettre de baisser la garde. Pas avec Aiden à côté d'elle dans un endroit public, au vu et au su de tout le monde. Pas alors qu'elle tournait le dos à la porte, l'inspecteur Donovan s'étant assis comme à l'accoutumée face à la sortie. Et en aucun cas en présence de ce policier dont la curiosité risquait de devenir dangereuse pour elle.

Elle reporta son attention sur Jamie. Bras croisés, il l'observait. Sous son regard pénétrant, elle se sentit mise à nu. Avait-il deviné qu'elle vivait dans le mensonge ?

— Je ne m'habituerai jamais à ce carillon, dit-elle avant de s'humecter les lèvres.

— Je déteste ces petites cloches, moi aussi. Elles émettent des sons discordants.

Lorsqu'elles s'étaient mises à tinter, elle avait presque sauté au plafond alors qu'elle les entendait en permanence. Pourtant, ce tintement aurait dû lui être aussi familier que le hurlement de la sirène de sa voiture de patrouille devait l'être pour Jamie.

Heureusement, au lieu de lui faire remarquer son

étrange réaction, il savoura un morceau de pancake. Elle lui fut reconnaissante de ce sursis tout en se doutant qu'il ne tarderait pas à remettre le sujet sur le tapis.

— Vous n'avez pas faim ? reprit-il.

Elle jeta un coup d'œil à son omelette à laquelle elle avait à peine touché.

— Pas tellement, répondit-elle en se forçant à en couper un bout.

Jamie se tourna vers Aiden.

— Si ta mère ne finit pas son assiette, elle sera privée de dessert et n'aura pas droit à une brioche à la cannelle, dit-il avec un clin d'œil.

— Mais moi, oui !

— Aiden, ne parle pas la bouche pleine…

— Pardon. Mais maman, tu avais promis que tu m'en donnerais une, si je mangeais tout mon petit déjeuner.

— Nous serons donc les seuls à nous en régaler, mon vieux, renchérit Jamie.

En dépit des sonnettes d'alarme qui se déclenchaient dans sa tête, Sarah ne put s'empêcher de sourire à l'homme qui se montrait tellement gentil avec son fils. Jamie était charmant, sans prétention et… Qu'était-elle en train de faire ? Peu importait qu'il soit si séduisant. Jamie était surtout policier. Si elle voulait faire preuve d'un minimum de bon sens, elle devait l'éviter comme la peste et s'efforcer de le tenir à distance.

— Sais-tu que je n'ai encore jamais goûté les célèbres brioches à la cannelle de ta mère ?

Aiden écarquilla les yeux.

— Non !

— Elles ne sont pas célèbres, protesta Sarah.

Le compliment lui fit plaisir et elle baissa la tête pour que Jamie ne la voie pas rougir. Depuis toujours, elle rêvait d'ouvrir une pâtisserie. Enfin, elle en avait rêvé il y avait des années, à une époque où elle croyait encore aux contes de fées. Elle avait mûri, maintenant.

— Il n'en reste jamais quand j'arrive, expliqua Jamie. Avec mes collègues, nous dînons toujours tard et…

— Eh bien, inspecteur Donovan… Je veux dire, monsieur Jamie…

Quand il lui sourit, une minuscule fossette qu'elle n'avait encore jamais remarquée apparut sur sa joue. Les petits papillons dans son ventre la prirent de court, mais elle s'interdit de s'y arrêter.

— Pourquoi pas seulement « Jamie » ?

Parce qu'il était plus facile de lui répondre lorsqu'elle ne le regardait pas, elle se tourna vers son fils.

— Jamie est un adulte. Voilà pourquoi toi, tu dois toujours l'appeler « monsieur ».

— Ta mère a raison. Et d'ailleurs, Aiden, maintenant que j'y pense, je ne connais toujours pas ton nom de famille alors que nous jouons au foot ensemble depuis des mois au centre aéré.

— Aiden Thomas Cline.

Le sang qui battait aux oreilles de Sarah faillit couvrir la réponse de l'enfant, mais elle poussa un soupir de soulagement. Bien sûr, il avait décliné la seule identité qu'il connaissait.

— Aiden Cline… J'aime bien.

S'il s'adressait à son fils, Jamie l'observait, elle, et sous son regard scrutateur, elle frissonna. Que lui arrivait-il ? Elle ne s'était pas sentie aussi troublée par un homme depuis… Non, elle ne voulait pas y penser. Pas maintenant.

Repoussant sa chaise, elle se leva.

— Pendant que tu finis ton repas, Aiden, je vais préparer quelques brioches supplémentaires puis nous partirons. D'accord ? Il y a encore des clients qui patientent là-bas et…

— L'autre serveuse s'en occupe, intervint Jamie. Et vous n'avez pas encore répondu à ma question de tout à l'heure…

Elle ne savait toujours pas comment le faire mais, en tout cas, elle refusait d'aborder le sujet devant son fils.

— Chéri, pourquoi n'irais-tu pas te laver les mains ? Ensuite, tu pourras prendre ta brioche.

— D'accord, maman, dit-il en se levant d'un bond.

Heureusement, sa logique d'enfant ne s'étonna pas qu'elle l'envoie se laver les mains pour les salir immédiatement après.

Quand la porte des lavabos se referma sur le petit garçon, Sarah se tourna vers Jamie.

— Je n'ai pas honte d'être la mère d'Aiden, si c'était ce que vous me demandiez. Mon fils est mon rayon de soleil, la joie de ma vie et ma fierté.

— Désolé. Je ne voulais pas vous offenser.

Elle aurait aimé lui demander ce qu'il espérait en lui posant une telle question, mais elle préféra ne pas l'encourager à l'interroger davantage. Il en savait déjà assez sur elle.

— Si, comme moi, vous étiez mère célibataire, auriez-vous envie que les clients du restaurant où vous travaillez connaissent votre vie dans ses moindres détails ? Y compris votre nom de famille ?

Il serra les dents comme la veille au soir quand ses collègues se moquaient d'elle. Et qu'il l'avait défendue.

— Un point pour vous.

— Alors nous sommes d'accord.

— Si vous souhaitez que je parle à mes collègues et que je leur rappelle la manière dont des gentlemen se comportent avec une femme, je serais heureux de le faire.

— Je suis capable de les remettre à leur place s'ils vont trop loin. Et ils sont moins pénibles que certains ! Bon nombre de clients se croient tout permis.

— J'ai vraiment du mal à imaginer pire que Vinnie et Nick.

Elle s'interdit de lui sourire. Elle devait se ressaisir, et vite ! N'était-il pas inquiétant qu'elle apprécie à ce point ses compliments ? Qu'elle fonde à la vue de ses fossettes ? Et qu'elle soit si touchée par son côté protecteur ? Sa proposition de recadrer ses collègues aurait dû la pousser à prendre Aiden qui venait de les rejoindre par la main, et à se précipiter vers la sortie. À force de chercher à éviter les hommes qui ne savaient communiquer qu'avec leurs poings, elle avait pris l'habitude de fuir toute la gent masculine.

Préférant ne pas ressasser de mauvais souvenirs, elle fit signe à la serveuse.

— Evelyn, aurais-tu la gentillesse de nous préparer deux brioches à la cannelle à emporter ? Dans deux sacs séparés, s'il te plaît. Merci.

Le sourire d'Aiden s'envola.

— Mais je veux que M. Jamie vienne jouer à la maison.

Sarah secoua la tête.

— Les adultes n'ont pas le temps de jouer, chéri.

Alors pourquoi l'idée de jouer avec cet homme à des jeux de grandes personnes lui donnait-elle des frissons ? Il devenait urgent de recouvrer son sang-froid.

— De plus, ce n'est pas parce qu'il n'y a pas école aujourd'hui que personne ne travaille, chéri.

— Ta mère a encore raison, bonhomme. Je dois retourner au poste dans quelques heures.

— Dans votre voiture de police ?

Les coudes sur la table, le visage entre les mains, Aiden regardait son héros, une lueur d'excitation dans les yeux.

Jamie se mit à rire.

— Bien sûr. Il est même possible que je mette la sirène pour aller plus vite, aujourd'hui.

— La chance ! Et vous allez emmener Pancake avec vous ?

— Pancake ? s'étonna Sarah.

Aiden se redressa sur son siège pour expliquer :

— C'est la chatte de M. Jamie. Elle est marron, blanc et orange.

— Et elle préfère rester dormir à la maison, ajouta Jamie.

— Qui appelle son chat Pancake ?

— Quelqu'un qui aime…, commença Jamie.

— Les pancakes ! cria Aiden.

Sarah regarda tour à tour son fils et l'inspecteur de police. Comment Aiden pouvait-il en savoir autant sur Jamie ? Et Aiden lui avait-il dit beaucoup de choses sur elle ? se demanda-t-elle avec une angoisse croissante.

Elle se leva si brusquement que sa chaise bascula et tomba sur le sol. Elle la releva en s'efforçant de se calmer.

— J'ai sans doute abusé de la caféine, ce matin. Quoi qu'il en soit, je vais voir comment Evelyn s'en sort avec vos brioches.

Comme si elle n'attendait que cela pour apparaître, Evelyn sortit de la cuisine avec deux sacs en papier. Elle tendit le premier à Jamie.

— Faites-la réchauffer cinq minutes au four quand vous voudrez la manger.

— Merci du conseil, dit-il.

En le voyant sortir de l'argent de son portefeuille, Sarah s'approcha.

— C'est pour moi, dit-elle en prenant l'addition.

Il refusa de la laisser payer.

— Certainement pas. Les règles de déontologie sont très strictes, dans notre profession. Les policiers n'ont pas le droit d'accepter de cadeaux ni de se faire offrir leurs repas. Vous ne voulez pas que j'aie des ennuis avec mes supérieurs ou pire, avec la police des polices, n'est-ce pas ?

Elle fronça les sourcils mais n'insista pas.

— D'accord, alors, et merci. Evelyn va vous encaisser et vous… je veux dire, nous pourrons y aller.

— Bien sûr. Tu m'accompagnes jusqu'à la caisse, bonhomme ?

Sans même se tourner vers elle pour solliciter son autorisation, le fils de Sarah emboîta le pas à son héros, un grand sourire aux lèvres. Curieusement, elle ne parvenait pas à lui en vouloir. Jamie Donovan était doté d'un indéniable charisme. Il mettait les gens en confiance, leur donnait envie de le suivre, de soulever des montagnes… Elle devait donc redoubler de vigilance. Il serait facile à cet homme hors du commun de lui tirer les vers du nez, et il n'était pas question de lui livrer ses secrets.

Jamais elle ne commettrait cette erreur. Il lui fallait protéger Andrew – non, Aiden. Et elle le ferait.

Malgré tout, quand Jamie sortit du restaurant et que son fils revint vers elle, elle éprouva un curieux pincement au cœur. S'agrippant au dossier de sa chaise, elle se demanda ce qui lui arrivait.

Elle avait voulu que Jamie s'en aille, et il était parti. Elle aurait dû en être soulagée. Alors pourquoi le regrettait-elle ? Pourquoi une partie d'elle-même, ridicule au demeurant, aurait-elle aimé qu'il reste ?

— Il revient !

Aiden et sa mère se trouvaient encore à l'intérieur du Casey's Diner, mais la voix surexcitée de l'enfant parvint aux oreilles de Jamie et lui fit plaisir. Sarah, qui enfilait son imper, s'interrompit.

Comme il leur adressait de loin un petit signe de la main, Aiden poussa des cris de joie comme s'ils ne s'étaient pas croisés depuis des mois. Au moins quelqu'un était-il heureux de le voir, songea-t-il. Sarah, elle, ne semblait vraiment pas ravie.

Il se tenait à l'endroit exact où, la veille au soir, il avait fait les cent pas sous la pluie. Mais à présent, il ne souhaitait pas fuir le restaurant et rentrer chez lui pour oublier d'horribles images. Au contraire, il rêvait de retourner à l'intérieur pour retrouver Sarah et son fils.

Sans hésiter, le petit garçon s'élança pour le rejoindre au moment où il ouvrait la porte.

— Rebonjour, monsieur Jamie !

Sarah les rattrapa avant qu'il ne puisse répondre.

— Je t'avais dit de m'attendre, Aiden ! dit-elle sévèrement.

— Mais M. Jamie est revenu !

— J'ai vu.

Levant la tête, elle lui lança un regard interrogateur.

— Oui ? fit-elle

— J'ai eu une idée, répondit-il en les suivant à l'intérieur.

Certes, cette idée lui avait semblé bien meilleure pendant qu'il zigzaguait entre les flaques d'eau sur le parking, loin de Sarah. Il avait soudain pris conscience qu'il ne pouvait pas la laisser s'éloigner une fois de plus sans rien faire pour la retenir, et il avait rebroussé chemin. Voilà plus d'un an qu'il cherchait tous les moyens pour se rapprocher d'elle. Et le nombre de questions qu'il avait envie de lui poser augmentait de manière exponentielle à chaque réponse qu'elle lui donnait. Et chaque moment avec elle lui donnait envie d'un autre.

— Tu es d'accord pour venir jouer avec moi avant d'aller travailler ? suggéra Aiden, plein d'espoir.

— Pas aujourd'hui. Mais je me demandais si toi…

Il s'arrêta, regarda Sarah.

— Si ta mère et toi… vous aimeriez m'accompagner samedi au zoo de Detroit.

— Au zoo ? Génial !

Le hurlement de joie d'Aiden amena plusieurs clients à se tourner vers eux. Contrairement au petit garçon qui vibrait d'excitation, Sarah se pétrifia.

— C'est gentil de votre part d'avoir pensé à nous. Malheureusement…

— S'il te plaît, maman !

Elle secoua la tête.

— Désolée, Aiden.

L'enfant croisa les bras, la mine boudeuse.

— Mais je veux y aller !

— Une autre fois.

— On ne va jamais au zoo. Jamais !

Sarah serra les dents comme si elle s'apprêtait à corriger son fils, mais elle baissa la tête, visiblement accablée.

La gorge nouée, Jamie s'insulta in petto. Il se comportait comme un pauvre type. Il fallait être un vrai minable pour utiliser un enfant dans l'espoir de se rapprocher de sa mère, non ? Leur proposer une sortie que Sarah, qui ne roulait pas sur l'or, ne pouvait offrir à son fils, n'était pas très fair-play.

À sa décharge, tellement de questions le turlupinaient qu'il allait devenir fou s'il ne les lui posait pas. Par quel miracle la mère et l'enfant s'étaient-ils retrouvés à Brighton, par exemple ? Comment le père d'Aiden avait-il pu quitter un gamin aussi merveilleux ? Et l'abandonner, elle ? Mais surtout, il voulait savoir d'où venait la tristesse qui assombrissait les beaux yeux de Sarah. Quoi qu'il en soit, rien ne justifiait son envie d'enquêter sur elle, et encore moins ses tentatives de manipulation.

Elle méritait mieux. Mieux que lui.

— Ce n'était qu'une idée comme ça, commença-t-il.

— S'il te plaît, maman…

Sarah secoua de nouveau la tête et quand elle reprit la parole, elle évita le regard de Jamie.

— C'est très gentil de votre part de nous inviter à cette sortie, mais je travaille toujours le samedi.

— C'est vrai… Sauf ce samedi, répliqua une voix derrière eux.

Avec un bel ensemble, ils se tournèrent vers le patron du restaurant qui s'approchait d'eux.

Ted tapota l'épaule de Sarah.

— Marilyn te remplacera, samedi. Elle te doit bien ça, tu ne crois pas ? Et tous les enfants ont le droit d'aller au zoo, non ?

Avec un clin d'œil appuyé, il caressa la tignasse d'Aiden. L'expression de Sarah prouvait qu'elle n'appréciait que très modérément l'intervention de son patron comme l'invitation de Jamie, mais elle se contenta de soupirer sans émettre de commentaire.

Aiden se remit à sautiller.

— Alors, on peut y aller, maman ? supplia-t-il. J'ai tellement envie de voir les orangs-outans, les tigres et les ours !

Ne se sentant manifestement pas le courage de priver son fils d'une joie de son âge, elle finit par céder.

— D'accord, nous irons.

Jamie sourit. Il avait gagné. Il passerait une journée complète avec cette femme ravissante dont il rêvait jour et nuit et avec un enfant qu'il adorait. Sarah n'en était pas encore convaincue, mais ils s'amuseraient bien, samedi. Il y veillerait.

Alors pourquoi avait-il l'impression que son nom venait de s'ajouter à une longue liste de personnes qui avaient abusé de la faiblesse de Sarah Cline ?

5

Lorsque Jamie entendit la porte du commissariat de police s'ouvrir derrière lui, il fut tenté d'éteindre brusquement son ordinateur pour cacher à ses camarades ce qu'affichait l'écran.

Il devenait vraiment ridicule ! Personne ne s'intéressait à son rapport concernant un accident de la route sans gravité. En revanche, les investigations qu'il avait menées quelques heures plus tôt pour essayer d'en apprendre davantage sur une jeune serveuse de sa connaissance auraient certainement passionné ses collègues. Dans l'hypothèse où il aurait découvert quelque chose… Ce qui n'avait pas été le cas.

Il n'avait pas été surpris de constater que sur les quarante-deux « Sarah Cline » recensées dans le Michigan, l'Indiana et l'Ohio, aucune ne vivait à Brighton. Les listes étaient toujours incomplètes puisqu'elles ne prenaient pas en compte les personnes de passage dans la région. Mais ses autres angles de recherche n'avaient rien donné non plus. La Sarah Cline qu'il connaissait n'avait pas de profil sur les réseaux sociaux. Aucune photo d'elle ne circulait sur Internet. Il n'avait pas encore trouvé son numéro de sécurité sociale et, apparemment, elle ne possédait ni compte bancaire ni permis de conduire. À croire qu'elle était tombée du ciel deux ans plus tôt, pour atterrir dans cette petite ville de la périphérie de Detroit, dans le sud du comté de Livingston… Et, pour une raison qu'il ne s'expliquait pas, il avait peur de lui demander pourquoi.

— Salut, Donovan.

Tout en franchissant le seuil du poste de police, Nick Sanchez secoua ses cheveux ruisselants de pluie.

— Salut, Sanchez.

— Déjà revenu à ton poste ? En général, tu ne retournes pas si vite au charbon, après ta pause déjeuner.

— Il me restait des rapports à finir.

Ils auraient été terminés depuis longtemps s'il avait profité de sa matinée pour s'atteler à la paperasserie comme il en avait eu initialement l'intention. Au lieu de cela, il avait préféré mener de discrètes recherches sur une jolie blonde qui lui plaisait beaucoup en se servant des fichiers informatisés mis à la disposition de la police. Il n'avait évidemment pas le droit de les utiliser à des fins personnelles, et si quelqu'un remarquait son manège, il risquait de sérieux ennuis.

— Tu as été très occupé, ce matin ? poursuivit Nick.

— J'ai été appelé sur un accident de la route sans dommages corporels, mais avec d'importants dégâts matériels.

— Quant à nous, nous avons verbalisé une dizaine d'automobilistes en excès de vitesse sur la voie express et mis une femme en cellule de dégrisement… La routine, quoi.

Jamie lui adressa un sourire sardonique avant de reporter son attention sur son rapport.

Quelques instants plus tard, une voix dans son dos le fit sursauter :

— Pas trop secoué par ce qui s'est passé hier soir ?

Nick s'était rapproché de lui sans qu'il l'entende. Il devait se montrer plus attentif à son environnement, se reprocha-t-il. Dans son métier, négliger ce genre de précautions pouvait lui coûter la vie.

— Non, ça va. C'est presque de l'histoire ancienne, d'ailleurs. Je n'y pensais même plus.

— Je suis soulagé que tu réagisses comme ça. Prendre en charge cette affaire a dû être difficile.

— Pas tant que ça. Vraiment.

Mais comme de terribles images remontaient à sa mémoire, il préféra changer de sujet.

— La conductrice que tu as mise en cellule de dégrisement était-elle au moins contente d'être emprisonnée par toi, la coqueluche de ces dames ?

Comme il l'avait espéré, Nick se mit à rire et oublia le suicide dont Jamie s'était occupé la veille.

— Elle avait l'âge de ma mère, alors je ne suis pas certain qu'elle ait eu l'impression d'avoir gagné au loto.

— Tu as dit à Jamie qu'elle a vomi dans ta voiture de patrouille ? lança une voix derrière eux.

Les deux hommes se tournèrent vers Shane Warner, en civil, qui sortait du vestiaire. Dès qu'il était revenu au poste, il s'y était précipité pour retirer son uniforme et se changer.

Shane enfila sa veste avec aisance. Plus rien ne laissait deviner que, un an plus tôt, il avait été gravement blessé au cours d'une fusillade. À sa sortie de l'hôpital, il avait dû suivre une longue rééducation. Il avait ainsi fait la connaissance d'une charmante physiothérapeute dont il était tombé amoureux et qu'il avait épousée.

— Je vous laisse, les gars, dit-il. Natalie m'attend.

Nick secoua la tête.

— Quel lâcheur ! Une fois de plus, il nous abandonne pour rentrer chez lui et retrouver sa petite femme. Ne trouves-tu pas qu'il charrie, Donovan ?

Jamie haussa les épaules.

— Je ne lui jetterai pas la pierre parce que je ne vais pas pouvoir non plus me joindre à vous, ce soir.

— Tu te défiles, toi aussi ! s'exclama Nick. Et pourquoi ? Contrairement à Shane, tu n'as pas l'excuse d'être marié.

— Désolé, vieux. J'ai prévu autre chose.

— Autre chose ? répéta Shane, espérant manifestement des éclaircissements.

Jamie ne leur en donna pas et ils n'insistèrent pas. Ils étaient sans doute dévorés de curiosité mais respectaient un code non écrit régissant les relations entre les hommes. Certains n'avaient même pas dit à leurs collègues qu'ils sortaient avec quelqu'un avant de poster les faire-part de mariage.

La porte s'ouvrit une seconde fois, lui épargnant de s'aventurer dans cette direction, ce qui valait sans doute mieux. Certes, il fantasmait depuis des mois sur Sarah, et ses amis se moqueraient de lui s'ils s'en doutaient. Et, de toute façon, il n'en était pas encore à s'imaginer lui passer la bague au doigt.

Plusieurs policiers entrèrent, les manteaux et les imperméables protégeant leurs uniformes ruisselants de pluie. Ils avaient terminé leur service sur les routes du Michigan et venaient transmettre le relais à leurs équipiers.

Vinnie Leonetti passa la main dans ses cheveux, si trempés qu'ils collaient à son crâne.

— Salut, les gars. Un bon conseil, demandez à Noé de passer vous prendre à bord de son arche, vous en aurez besoin. La voie express sera bientôt transformée en torrent.

En écoutant ses camarades se saluer avec chaleur et échanger des plaisanteries, Jamie se demanda pourquoi il n'avait aucune envie de passer la soirée avec eux. Sa réaction était étrange. Ils étaient ses meilleurs amis, ses plus fervents soutiens. Sa famille.

Pourtant, pour la seconde fois consécutive, il préférait rester à l'écart. La veille parce qu'il avait eu peur de trahir ses émotions, et ce soir parce qu'il ne voulait pas parler de ses investigations non autorisées concernant Sarah.

Il cherchait à découvrir ce qu'elle lui cachait, mais si quelqu'un l'interrogeait à ce sujet, il serait tenté de nier. Voilà pourquoi il n'osait pas dîner avec des professionnels formés à percer les secrets et à démasquer les menteurs.

Mieux valait décliner les invitations et se replonger dans le formulaire affiché sur son écran. Il consacrerait sa soirée, et les suivantes s'il le fallait, à sa petite enquête personnelle. Mais avant samedi, il saurait tout sur Sarah Cline. Et ce qu'il ne parviendrait pas à trouver en ligne, il le lui demanderait en personne.

Sarah braqua son appareil photo numérique sur l'énorme gorille assis sur un rocher dans la fosse des grands singes du zoo. L'animal ne prêtait aucune attention à l'homme et au garçonnet qui lui faisaient des grimaces de l'autre côté de la paroi de verre.

— Tu crois qu'il nous voit, maman ? demanda Aiden.

— Je ne sais pas. Tu le vois, toi ?

Les sourcils froncés, le petit garçon colla le nez à la vitre, le visage entre les mains, comme si cela l'aidait à répondre à la question. Jamie lui ayant recommandé de ne pas perturber les animaux en frappant le verre, il veilla à le faire avec douceur.

— Oui. Je le vois.

— Alors, à mon avis, il te voit aussi.

Sarah captura Jamie et Aiden dans son objectif alors qu'ils observaient le gorille avec attention. Au cours des trois dernières heures au zoo, elle n'avait cessé de les mitrailler. Les grands sourires d'Aiden prouvaient que Jamie savait rendre l'enfant heureux. D'ailleurs, tous deux s'entendaient comme larrons en foire.

Elle était contente de pouvoir passer un bon moment

avec son fils en toute insouciance. Au milieu de cette foule, ils étaient invisibles aux yeux du monde et elle avait envie d'en profiter.

Elle sourit à Aiden qui continuait à grimacer devant le gorille impassible.

— Je crois qu'il vous trouve tous les deux ridicules et qu'il préfère vous ignorer.

— Tu es vexante ! s'exclama Jamie en riant.

En route, ils avaient décidé de se tutoyer.

Attrapant Aiden, Jamie le lança en l'air. Concentré sur le petit garçon, il faillit heurter une jeune mère appuyée sur une poussette.

— Désolé, madame, dit-il avant de remettre Aiden sur ses pieds.

Comme tous deux se rapprochaient une nouvelle fois de la fosse, l'un des gorilles se leva pour déposer quelque chose devant eux.

— Regarde, maman ! Il nous a donné une banane !

Sarah éclata de rire.

— Vos grimaces l'ont convaincu ! Il vous a reconnus comme faisant partie de sa tribu !

Ravis de la méprise de l'animal, Jamie et Aiden se déchaînèrent pour grimacer de plus belle en sautant sur place comme des chimpanzés. Sarah tenta de les calmer mais, gagnée par une irrépressible hilarité, elle ne cessait de s'esclaffer. En fait, elle s'était tellement amusée toute la journée qu'elle en oubliait de rester sur ses gardes.

— Je suis sûr que les singes se demandent pourquoi nous, on a le droit de courir partout alors qu'ils doivent rester dans leur enclos, remarqua Aiden.

— À mon avis, ils se demandent surtout si nous serions bons à manger, répliqua Jamie en ébouriffant les cheveux du petit garçon. Et je suis sûr que nous serions délicieux, tu ne crois pas ?

Jamie serait délicieux, c'est certain.

Sarah battit des paupières, se reprochant cette pensée saugrenue. Perdait-elle la tête ? Elle tira sur les manches de sa veste en toile pour se donner une contenance.

— Un régal, renchérit Aiden.

Ils poursuivirent leur visite. Si elle n'avait pas été aussi focalisée sur les larges épaules et les biceps de Jamie, Sarah aurait certainement été amusée et attendrie par la façon dont son fils imitait la démarche de celui-ci. Elle ne comprenait pas pourquoi elle y était si sensible. L'éclat de ses yeux noisette lorsqu'il racontait une blague ou le sérieux avec lequel il discutait avec Aiden la touchaient au cœur. En vérité, l'inspecteur lui semblait de plus en plus séduisant, et elle savait qu'elle devait faire attention à ne pas tomber amoureuse de lui.

Par nature, elle était prudente. Du moins, l'avait-elle été jusqu'à ces derniers jours. Mais en écrivant ce petit billet doux à Jamie, l'autre soir, elle avait pris un risque, elle s'était exposée. Il devenait urgent de retrouver ses marques, ses réflexes, de veiller à sa sécurité. Elle le ferait dès demain, décida-t-elle. Mais aujourd'hui, elle avait envie d'offrir à Aiden une journée d'insouciance. Tous les enfants avaient le droit de s'amuser en toute liberté, et elle se reprochait d'avoir privé son fils des plaisirs de son âge. Il payait les erreurs de sa mère. Alors, pour une fois, elle tenait à ce qu'il passe du bon temps avec l'inspecteur. Elle refusait d'admettre qu'elle aussi appréciait la compagnie de Jamie. Et bien plus qu'il ne l'aurait fallu.

Pour ne pas y penser, elle s'assit sur un banc, saisit l'appareil photo suspendu à son poignet et pointa l'objectif sur son fils.

— Je n'arrive pas à croire que tu te sers d'un reflex, dit Jamie en s'asseyant à côté d'elle.

Surprise, elle sursauta au moment où elle pressait le déclencheur.

— Regarde ce que tu m'as fait faire !

Il pencha la tête pour voir la photo qui s'affichait sur le petit écran. Le visage d'Aiden y était flou.

— Pardon. Mais de nos jours, la plupart des gens utilisent leur smartphone pour photographier leurs enfants. De toute façon, tu n'aurais pas raté la photo si tu n'étais pas aussi nerveuse. Comme toujours.

« Comme toujours » ? Elle s'efforça de garder une expression neutre, mais ses mains se mirent à trembler. D'un mouvement du pouce, elle supprima le cliché raté et en prit d'autres. Mais maintenant, elle avait conscience que Jamie l'observait et l'angoisse la taraudait.

Qu'avait-il remarqué d'autre ? Avait-il percé certains de ses secrets ?

Pour briser le silence qui devenait gênant, elle répondit :

— Mon reflex prend de meilleures photos qu'un téléphone portable. En tout cas, que le mien. Tout le monde n'a pas les moyens d'acheter le dernier modèle de smartphone.

— C'est certain.

Au moins, il ne lui demanda pas quel téléphone elle possédait. Elle préférait ne pas imaginer la tête de Jamie en découvrant l'antiquité dont elle se servait.

— Je parie que je peux faire aussi bien que toi, reprit-il, tendant la main pour qu'elle lui donne son appareil.

Aussitôt, elle recula, renâclant à le lui confier.

— Je me débrouille très bien toute seule, merci beaucoup.

— J'en suis sûr, mais tu n'apparais sur aucune photo aux côtés d'Aiden. C'est un peu dommage, non ?

Quelle excuse pourrait-elle lui servir pour justifier son refus de se faire photographier avec l'enfant ? Elle n'allait pas lui expliquer qu'elle vivait dans la crainte que Michael la reconnaisse sur un cliché et remonte la piste jusqu'à son fils.

Jamie sourit et, sans insister, il sortit son portable de sa poche.

— Je vais vous prendre tous les deux avec le mien.

— Non !

Comme il la dévisageait avec perplexité, elle reprit d'un ton plus calme :

— Je veux dire… Oui, bien sûr. Mais prends-nous plutôt avec mon reflex. Mieux vaut conserver toutes les photos au même endroit. Il sera plus simple ensuite de les télécharger sur mon ordinateur.

— Logique, dit-il, visiblement peu convaincu.

— Je n'aime pas non plus l'idée que mon visage puisse circuler sur Internet.

— M'imagines-tu faire ce genre de chose ?

— Non, reconnut-elle.

En fait, elle était sincère alors que, à vrai dire, elle ne le connaissait pas. Comment pouvait-elle savoir ce qu'il ferait ou ne ferait pas ?

— Je ne suis pas très fan des réseaux sociaux non plus, poursuivit-il. Et je ne partagerais jamais rien sans ton accord. Ça me semble un minimum.

De nouveau, elle le crut. Cependant, comme elle avait appris à ne faire confiance à personne, elle lui tendit son reflex. Peut-être n'aurait-il jamais mis son portrait sur les réseaux sociaux mais, de cette manière, elle en était sûre. Parce que toutes les photos seraient stockées sur *sa* carte mémoire.

Elle fut soulagée qu'il accepte l'appareil. Toutefois, lorsqu'il s'en saisit, sa main effleura la sienne et aussitôt, un long frisson la parcourut. La bouche sèche, elle s'écarta et s'humecta les lèvres en se traitant d'idiote. Elle n'avait plus quinze ans, que diable, alors pourquoi se comportait-elle comme une adolescente à son premier rendez-vous ?

Sans faire attention à elle, Jamie se pencha pour

étudier le reflex. Si le toucher par mégarde lui avait fait l'effet d'un tremblement de terre, lui en revanche n'avait visiblement rien ressenti à ce contact.

— Je ne me souviens plus comment fonctionne ce matériel, dit-il enfin. Tu vas devoir m'aider.

Alors qu'elle commençait à lui indiquer la marche à suivre, il leva les yeux et lui sourit.

— Comme il s'agit d'une antiquité, dois-je porter une de ces capes noires sur la tête lorsque je prends la photo afin que la lumière n'y pénètre pas ?

Il fallut quelques instants à Sarah pour comprendre qu'il faisait allusion aux daguerréotypes, les premiers appareils photo, et qu'il se moquait d'elle. Elle lui tira la langue avant d'éclater de rire.

Avant qu'elle puisse l'en empêcher, il la photographia. Elle sentit son visage s'embraser. Il était censé prendre des portraits d'elle et de son fils. Or, Aiden n'était pas près d'elle.

— Pourquoi cette photo ?

— Désolé. Impossible de résister à la tentation.

— Eh bien, essaie.

Et, de son côté, elle s'efforcerait de calmer les battements affolés de son cœur.

Aiden la sauva en surgissant à point nommé.

— Monsieur Jamie, on peut aller voir les tigres, maintenant ?

— Bien sûr, mon bonhomme. Si ça convient à ta mère, bien sûr, ajouta-t-il en se tournant vers Sarah.

— Allons-y, dit-elle.

Jamie prit quelques clichés d'elle et d'Aiden devant des tigres. Mais lorsqu'ils entrèrent dans un secteur où la faible luminosité rendait la photographie difficile, il laissa l'appareil pendre à son poignet.

Tout en se frayant un chemin à travers la foule, Sarah s'assurait en permanence qu'Aiden ne s'éloignait pas trop d'elle. Comme l'enfant se postait devant une immense volière pour observer des oiseaux tropicaux, elle s'assit sur un banc à proximité et Jamie s'installa à côté d'elle.

— C'est un super gamin, dit-il.

Sans répondre, elle sourit en regardant son fils.

— Il doit être difficile d'élever seule un enfant, poursuivit-il.

— Pas tant que ça. Et Aiden mérite tous ces efforts.

Elle espérait que Jamie passerait à un autre sujet mais, commençant à le connaître, elle en doutait.

Il se racla la gorge.

— Le père d'Aiden n'est donc plus dans le paysage ? lança-t-il sans la regarder.

— Non.

Elle hésitait à en dire plus.

— Et c'est tant mieux, ajouta-t-elle finalement.

— Vous êtes séparés ?

— Divorcés.

— Où est-il, maintenant ?

Elle haussa les épaules.

— Loin. Très loin, j'espère.

— Je parie qu'il y a une histoire là-dessous.

— Bien sûr, mais elle n'a aucun intérêt.

Au lieu de l'interroger davantage, il se leva et se dirigea vers Aiden. Il lui montra du doigt un petit volatile bleu perché sur une branche.

— Sais-tu comment s'appelle cet oiseau ?

— C'est un guêpier à tête bleue. Il vit en Afrique, répondit le garçon.

— Bravo ! Tu ne m'avais pas dit que ton fils était un vrai puits de sciences, Sarah.

— Il adore les animaux et passe des heures à feuilleter des encyclopédies. Si tu veux que je te liste toutes les qualités d'Aiden, méfie-toi. Je n'arriverai pas à m'arrêter.

— Merci du conseil.

Aiden tira sa manche.

— Monsieur Jamie, comment se fait-il que toi, tu en connaisses autant sur les guêpiers à tête bleue ?

— Mon plus jeune frère, Mark, adorait les oiseaux. Il passait son temps à les observer, il savait tout à leur sujet.

Il souriait toujours, mais une profonde tristesse assombrissait ses yeux. L'estomac de Sarah se noua. Elle avait déjà vu ce regard sombre.

— Il les « adorait » ? répéta-t-elle, soulignant qu'il en parlait au passé.

— Il est mort… Il y a longtemps.

— Je parie qu'il y a une histoire là-dessous, murmura-t-elle en reprenant ses mots.

Il se contenta de hausser les épaules sans répondre.

Il avait une histoire, d'accord. Une histoire peut-être aussi douloureuse que la sienne. Et si elle n'avait aucune raison de s'immiscer dans la vie d'autrui – elle-même ayant tant de secrets à cacher –, elle se rendit compte qu'elle avait très envie d'en apprendre davantage sur celle de Jamie.

6

— Tu vois, j'ai pensé à tout.

Jamie posa sur le banc des sachets de chips, des tranches de fromage bien emballées, des paquets de gâteaux à côté des petites bouteilles d'eau et des canettes de soda. Un peu plus loin, Aiden jouait dans les grandes cages à écureuils installées dans un coin du zoo.

— En effet, répondit Sarah. Tu nous avais dit que ton sac à dos était rempli de surprises, mais il se révèle une vraie caverne d'Ali Baba.

Les yeux brillants, Sarah découvrait avec curiosité ce qu'il avait apporté. Toute la journée, elle n'avait cessé de rire et de sourire. Jamie se rendait compte qu'il ferait n'importe quoi pour qu'elle garde cette expression détendue, heureuse. Bien sûr, à certains moments, elle avait paru très nerveuse, comme lorsqu'il avait voulu prendre des photos. Mais, globalement, il avait l'impression qu'elle s'était bien amusée.

Comme elle avait refusé qu'il la photographie avec son téléphone à lui, il se demandait ce qu'elle craignait : qu'il utilise son portrait pour effectuer une recherche inversée sur Internet afin d'en apprendre davantage sur elle ? Ou qu'il ait l'intention de conserver la photo afin de regarder son visage quand il en avait envie ? Les deux hypothèses l'ennuyaient sans doute autant l'une que l'autre.

Il reprit son sac à dos.

— Et ce n'est pas tout ! Maintenant, le plat de résistance !

Il sortit deux boîtes Tupperware, l'une remplie de cuisses de poulet et l'autre de sandwichs aux crudités.

Sarah secoua la tête.

— De résistance, hein ? dit-elle avec un sourire. Je pense qu'Aiden et moi serons incapables d'y résister. Ce pique-nique promet d'être un délicieux festin. Merci de l'avoir préparé, Jamie.

— De rien. Crois-tu qu'Aiden va venir déjeuner ?

— Avec tout un terrain de jeu à sa disposition ? J'en doute, répondit-elle en jetant un coup d'œil à son fils.

— Alors, commençons sans lui !

Sarah déballa un des sandwichs et mordit dedans. Manifestement préoccupée, elle ne quittait pas des yeux le petit garçon qui se balançait dans la cage à poules. Sans s'en rendre compte, elle mit un moment avant de prendre une deuxième bouchée.

— Cesse de t'inquiéter, ne put s'empêcher de dire Jamie.

Elle se tourna vers lui.

— Les mamans s'inquiètent toujours pour leur progéniture.

— Peut-être. Mais aujourd'hui, profite de ma présence pour te détendre. Je suis là, je veille sur lui. Il ne lui arrivera rien, je te le promets.

— C'est gentil de ta part de le proposer, mais ne t'en fais pas pour nous. Aiden et moi allons très bien. Nous sommes très heureux tous les deux.

Les propos de Sarah étaient révélateurs et reflétaient bien la réalité, songea Jamie. La mère et le fils ne comptaient que sur eux-mêmes. Pour espérer se rapprocher d'eux, il devait prendre son temps et gagner la confiance de Sarah.

— Oh ! je le sais ! Vous êtes formidables.

Il prit une cuisse de poulet et commença à s'en régaler tout en jetant de temps en temps un coup d'œil à Sarah. Chaque fois, elle était en train de regarder son fils. Que craignait-elle donc ? Il mourait d'envie de la bombarder de questions, mais il était plus difficile d'obtenir des réponses de Sarah que de forcer un coffre-fort à l'aide d'une épingle à cheveux. Ils se ressemblaient sur ce point. Il comprenait son besoin d'enfouir ses secrets le plus profondément possible.

Il se dit que s'il lui confiait les siens, elle accepterait peut-être à son tour de se livrer un peu…

— Aiden est doté d'un vrai talent de comédien, remarqua-t-il. Parfois, quand il raconte une histoire drôle, il est à hurler de rire. Par certains côtés, il me fait penser à mon frère Mark.

Elle battit des paupières puis se déplaça de manière à lui faire face.

— Il y a combien de temps que ton frère est parti ?

« Parti. » Il déglutit avec difficulté. Pour « mourir », les gens disaient « partir ». Pour « se suicider », ils disaient « mettre fin à ses jours ». Comme si ces expressions permettaient de comprendre l'incompréhensible, de donner un sens à l'absurde. Au moins Sarah l'invitait-elle à en parler, ce que pas grand monde ne faisait.

— Cela fait neuf ans, maintenant. Mark était alors au lycée, en seconde.

Il attendit l'inévitable question suivante : « Comment est-il mort ? » Comme elle ne la lui posait pas, il y répondit quand même.

— Il s'est pendu.

— Oh mon Dieu ! C'est horrible ! Je suis vraiment désolée.

Sa voix était si pleine d'émotion qu'il ne put s'empêcher de la regarder. À travers ses yeux remplis de larmes, il devina une âme meurtrie et profondément triste. Mais au lieu de se refermer dans sa coquille comme elle en avait l'habitude, elle soutint son regard avec une force qui le surprit.

— Quel âge avais-tu ? Perdre ton petit frère a dû être une terrible épreuve pour toi.

Il soupira. Depuis le drame, beaucoup de gens lui avaient demandé ce qui s'était passé, mais très peu de personnes se souvenaient qu'il était alors très jeune, lui aussi. Un gamin qui ne serait plus jamais le même.

— J'avais dix-sept ans.

— Je suis tellement désolée, Jamie.

Il aurait pu lui raconter que c'était lui qui avait trouvé Mark. Qu'il avait eu du mal à couper cette maudite corde. Qu'il avait pratiqué un massage cardiaque alors que son frère était déjà froid. Qu'en comprenant l'inutilité de ses efforts, il avait sangloté comme un enfant. Mais il ne voulait pas lui donner de détails macabres. Il avait seulement envie de lui parler de Mark. Qu'il existe pour elle.

— J'étais fier d'être son grand frère, commença-t-il. Depuis sa plus tendre enfance, il était si charismatique. Pourtant, j'aurais dû être jaloux de lui. Il était meilleur que moi en tout.

Elle lui sourit.

— Ça m'étonnerait.

— C'est la vérité. Nous faisions tous les deux partie de l'équipe de football, par exemple. Mais je jouais en défense et lui était un redoutable attaquant.

Bizarrement, alors qu'il avait toujours renâclé à évoquer Mark avec quiconque, il ne parvenait plus à s'arrêter.

— Tout le monde l'adorait. Surtout les filles. Il les attirait comme un aimant. D'ailleurs, à peine arrivé au lycée, il avait été élu « le beau gosse » de sa promo. De mon côté, j'avais reçu le titre du « camarade le plus gentil ».

Sarah l'observa si longtemps en silence qu'il ne put s'empêcher de se tortiller sur le banc, gêné. En concluait-elle qu'il était vraiment jaloux de son frère, alors qu'il aurait donné dix ans de sa vie, rien que pour avoir encore la possibilité de le serrer dans ses bras ?

Elle finit par lui décocher un autre sourire.

— Le plus gentil, oui. Aiden te trouve très sympa.

Elle ne précisa pas si elle partageait ou non cette opinion mais dans sa bouche, en tout cas, le mot « gentil » sonnait comme une qualité.

— Peut-être, répondit-il. Mais Mark avait tout pour lui. Il était beau, charismatique, drôle, athlétique, passionné…

— Mais il était aussi très malheureux, non ?

Elle mettait facilement le doigt sur une réalité qu'il n'avait pas vue à l'époque, pas avant qu'il soit trop tard.

La gorge serrée, il hocha la tête.

— Il jouait la comédie pour dissimuler sa tristesse. Il n'a jamais soufflé mot de son mal-être. À quiconque. Mais en lisant des livres sur le suicide, j'ai reconnu de nombreux signes précurseurs que je n'avais malheureusement pas vus ou su décrypter.

— Quel genre de signes ?

— Il dormait beaucoup tout en étant continuellement fatigué, mais je ne m'en inquiétais pas. Et quand il a renoncé à participer au championnat ce printemps-là, je pensais qu'il s'économisait pour celui de l'automne.

Accablé par son aveuglement d'alors, il s'interrompit.

— Il sortait de moins en moins avec ses amis, s'isolant des journées, des soirées entières. Il le justifiait en disant qu'il devait travailler. En effet, ses résultats scolaires fléchissaient. Mais à l'époque, je ne comprenais rien. Mark coulait sous mes yeux et je suis passé à côté, je n'ai rien vu de ses souffrances.

— Tu avais dix-sept ans, tu n'étais qu'un gamin, Jamie. De nombreuses personnes, adultes, sont passées elle aussi à côté. Tes parents, ses enseignants, ses entraîneurs…

— C'était mon petit frère. J'étais responsable de lui.

Sa voix se brisa et il plongea la tête entre ses mains.

Sarah murmura :

— Cette tragédie explique beaucoup de choses.

Il se redressa. Après lui avoir raconté sa triste histoire, il ne savait pas ce qu'il attendait d'elle exactement, mais en tout cas pas cette remarque.

— Que veux-tu dire ?

— L'autre soir, tes collègues racontaient que tu étais en retard pour dîner parce que tu avais dû te charger d'une mission difficile… Il s'agissait d'un suicide, n'est-ce pas ?

— J'étais arrivé trop tard. Une fois de plus.

— Ce drame a dû réveiller des souvenirs.

— Forcément.

— Les autres connaissaient ton frère, n'est-ce pas ?

Il ferma un instant les yeux pour se remémorer qui était présent autour de la table l'autre soir, puis secoua la tête.

— Quelques-uns de mes supérieurs sont au courant pour Mark. J'avais été interrogé sur mon passé au cours du processus de recrutement. J'en ai également parlé à certains de mes collègues dont je suis très proche, comme Shane Warner ou Nick. Mais pas à tous. Je suis relativement nouveau au commissariat de Brighton.

— S'ils n'étaient pas tous au courant, ils semblaient tous inquiets pour toi.

— Je ne veux pas inspirer leur pitié.

— N'est-ce pas réconfortant de savoir qu'ils se soucient de toi ?

— C'est vrai.

— Mais ce que tu viens de me dire explique sans doute aussi ta décision de devenir policier. Et de t'investir comme bénévole auprès d'enfants. La mort de ton frère t'a conduit à ces choix, non ?

Il cilla à plusieurs reprises. Personne ne lui en avait parlé ainsi, mais la question lui avait été posée lors de son entretien d'embauche à sa sortie de l'école de police. Et également quand il avait postulé pour travailler comme bénévole au centre aéré.

— Ai-je raison ? reprit-elle. Ou est-ce que tu rêvais d'être policier depuis l'enfance ?

— Tu as raison. J'ai décidé de m'engager dans la police après la mort de mon frère. Enfin, pas tout de suite… Après la tragédie, j'ai sombré dans l'alcool pendant quelques mois.

— Tu étais en deuil. Et en colère. Et tu avais besoin de l'exprimer.

— Sans doute. C'est à cette époque que j'ai renoncé à devenir ingénieur et décidé d'étudier le droit pénal. J'ai aussi eu l'idée de créer une organisation pour aider les enfants et les adolescents en souffrance. Cette idée n'a pas encore vu le jour, mais j'espère arriver à la concrétiser.

— Tu y arriveras, c'est certain.

Il avait envie de se pincer. Bien qu'elle le connaisse à peine, elle semblait croire en lui. Davantage peut-être que lui-même.

Elle ne le regardait pas quand elle reprit la parole, mais elle souriait.

— Oui, tout a du sens, maintenant. Je pense que Mark serait fier de toi.

Le serait-il ? Un nœud se forma dans la gorge de Jamie. Des larmes lui brûlèrent les paupières. Alors que, depuis des années, personne ne pouvait se vanter de l'avoir vu pleurer, il était soudain tenté de lâcher prise et de libérer ses émotions devant elle.

Avant de céder à la tentation, il se leva pour faire signe à Aiden qui continuait de jouer et n'avait donc pas besoin de lui dans l'immédiat. Mais il ne pouvait se permettre d'être aussi vulnérable.

— Peut-être as-tu manqué ta vocation de psychologue. Je sens que je ne vais pas tarder à m'allonger sur ton canapé, lança-t-il à Sarah par-dessus son épaule.

— Tu crois vraiment que mon fils te laisserait t'allonger sur mon canapé et me raconter tes problèmes ?

Des images d'activités bien plus agréables qu'il pourrait partager avec elle sur un canapé envahirent l'esprit de Jamie, à sa grande honte. Comment, après lui avoir confié ses secrets à propos de Mark, osait-il nourrir ce genre de pensées ?

C'était d'autant plus déplacé que Sarah n'avait sans doute aucune envie de se rapprocher de lui. Alors pourquoi avait-il eu le sentiment qu'ils avaient chacun la possibilité de guérir les blessures de l'autre ?

— Maintenant que tu as entendu ma triste histoire, commença-t-il, j'espérais que tu me confierais peut-être la tienne.

— Je suppose que je le pourrais…

Sur le point d'ajouter quelque chose, de s'épancher peut-être, elle s'interrompit pour chercher Aiden des yeux. L'enfant courait vers eux depuis l'aire de jeux. Sarah se leva pour aller à sa rencontre. Bizarrement, alors qu'elle s'éloignait, elle secouait la tête, comme surprise de s'être laissée aller à faire quelque chose qu'elle ne faisait jamais.

Il essaya de ne pas montrer sa frustration. Il s'était mis à nu dans l'espoir qu'elle se confierait à lui, mais elle ne lui avait toujours rien dit. L'occasion d'apprendre quelque chose sur elle était passée, maintenant.

Lc cœur serré, il comprit qu'il avait peut-être manqué sa seule chance de connaître vraiment Sarah Cline.

7

— Aiden, arrête !

Sarah s'élança vers son fils alors qu'il s'apprêtait à se jeter sur Jamie comme il l'avait fait l'autre jour au restaurant.

En son for intérieur, elle bénit le petit garçon qui avait choisi le bon moment pour revenir et interrompre leur conversation. Il était trop risqué pour elle de se confier.

Cependant, emporté par son élan, l'enfant ne put ralentir sa course. Sans doute serait-il tombé si Jamie ne l'avait pas rattrapé au vol.

Il le prit dans ses bras.

— Où vas-tu si vite, mon bonhomme ? demanda-t-il avant de le poser à terre.

— J'ai faim ! s'exclama Aiden.

Jamie sourit.

— Ça ne m'étonne pas, mais comme tu semblais bien t'amuser dans les cages à poules, nous nous demandions si tu penserais à déjeuner.

Aiden n'écoutait plus. Il avait repéré les boîtes de gâteaux sur le banc.

— Des cookies au chocolat ! cria-t-il avec joie. Maman, je peux en manger ? S'il te plaît !

— Oui, exceptionnellement, répondit-elle en se rasseyant. Mais d'abord, prends une cuisse de poulet ou un sandwich.

— J'ai le droit d'avoir les deux ?

— Bien sûr ! Enfin, si ta mère est d'accord, dit Jamie.

Son fils se tourna vers elle pour obtenir confirmation. Quand elle hocha la tête, il l'embrassa avec effusion.

— Merci, maman !

Dès que Sarah le lâcha, il choisit un sandwich dans lequel il mordit avec appétit. Lorsqu'il l'eut dévoré, il se mit à grignoter une aile de poulet. Puis, très vite, il s'empara du paquet de cookies dont il avait visiblement très envie.

Sarah se mit rassembler les restes.

— Je commence à ranger pour qu'aucun d'entre nous ne soit tenté de se resservir… Pour la santé comme pour la ligne, mieux vaut éviter les excès.

Elle replaça avec soin les victuailles dans le sac à dos de Jamie. Alors qu'elle s'apprêtait à y remettre la boîte contenant les sandwichs en surnombre, elle s'interrompit.

— Je doute qu'ils seront encore bons demain…

— Tu as raison, répondit Jamie en hochant la tête. Donne-les-moi. Inutile de risquer une intoxication alimentaire.

Il alla les jeter dans la poubelle installée près de l'aire de jeux. Lorsqu'il revint, Sarah finissait de fermer le sac à dos, ne laissant sur le banc que des lingettes dont Aiden aurait besoin à la fin de son repas.

Elle sourit à Jamie.

— Je préfère mettre toutes ces bonnes choses hors de ma vue. Si je continue à m'en régaler, je n'arriverai plus à entrer dans mon uniforme de serveuse.

— Tu n'as pas à t'inquiéter, tu as encore de la marge. Si quelqu'un réussit ce tour de force d'être ravissante dans une robe rose avec un petit tablier, c'est bien toi…

Elle glissa un coup d'œil vers Aiden, heureusement inconscient de ce qui venait de se passer. Comme elle reportait son attention sur Jamie, elle le vit rougir. Il regrettait manifestement d'avoir lancé cette réflexion sans réfléchir, et elle se reprocha d'en être flattée.

Que lui arrivait-il ? D'abord, ce trouble étrange qui l'avait saisie lorsque leurs mains s'étaient frôlées, tout à l'heure, et maintenant, elle se sentait grisée parce qu'il lui avait fait un petit compliment…

Au cours des dernières années, elle avait fini par oublier qu'elle était femme et sensible aux mots doux de la gent masculine. Ce n'était vraiment pas le moment de s'en souvenir. Surtout pas avec un homme comme Jamie.

Parce qu'elle n'osait pas le regarder, elle se tourna vers Aiden, qui s'empiffrait de cookies au chocolat.

— Je ne sais pas pourquoi Ted tient tellement à ces uniformes, dit-elle pour combler le silence qui devenait embarrassant. Dans cet accoutrement, j'ai l'impression d'être déguisée en poupée.

— Porter tous les jours mon uniforme ne m'amuse pas non plus, dit-il. Il est bleu marine et non pas rose, mais je préférerais travailler en civil.

— Oh non ! Ce serait vraiment dommage ! s'exclama-t-elle avant de pouvoir s'en empêcher.

Elle maudit aussitôt sa spontanéité mais elle trouvait Jamie vraiment fantastique en tenue de policier. Très séduisant. Depuis quand était-elle sensible au prestige de l'uniforme ?

Cette fois, quand il lui sourit, un long frisson lui parcourut le dos. Elle sentait entre eux quelque chose de nouveau, une complicité, peut-être même une sorte d'intimité. Elle savait qu'il lui fallait prendre ses distances, s'écarter de lui, s'arranger pour mettre systématiquement Aiden entre eux. Mais elle n'avait soudain plus aucune envie d'être raisonnable.

Jamie le fut à la place. Il se racla la gorge et, se rapprochant d'Aiden, lui ébouriffa les cheveux.

— Je ne vais pas tarder à vous ramener tous les deux à la maison.

En une nanoseconde, l'expression d'Aiden passa de la joie totale à l'accablement absolu.

— Oh non ! Pas encore. S'il te plaît ! Il faut encore voir les… euh…

Il chercha frénétiquement quels animaux ils n'avaient pas encore admirés.

— … Les koalas ! s'écria-t-il, soulagé d'en avoir trouvé.

Jamie secoua la tête tout en enfilant sa veste.

— Ce sera pour une autre fois.

— Une autre fois ? Quand ? demanda-t-il en agrippant son héros par la manche.

Jamie se tourna vers elle pour obtenir son soutien. Elle écarta les mains dans un geste d'impuissance mais ne put réprimer le sourire qui lui montait aux lèvres.

— Il ne faut jamais faire de promesses en l'air à un enfant. Tu le sais, n'est-ce pas ?

— Il ne s'agissait pas du tout d'une promesse en l'air. Nous reviendrons. Si tu es d'accord. Ça me ferait vraiment plaisir.

Il était penché vers Aiden, toujours accroché à son bras. Elle s'approcha d'eux, et il reporta son attention sur elle. Comme il se mit à la dévorer des yeux, elle fut surprise de constater qu'elle n'avait pas envie de détourner la tête.

— Certaines personnes ne sont pas fiables, je le sais, dit-il. Mais pour ma part, je n'ai qu'une parole. Et je ne laisse jamais tomber personne. Mes amis peuvent en témoigner.

Il laissa passer quelques instants avant d'ajouter :

— Et voilà pourquoi, je serai là si… si l'un de vous deux avait un jour besoin de moi.

Michael frappa la table du poing avec violence.

— Putain de technologie !

La serveuse, qui s'activait derrière la machine à

expressos, sursauta. Elle était très jeune. Michael se demandait pourquoi elle avait eu l'idée saugrenue de couvrir son visage de piercings et de se teindre les cheveux en bleu.

— J'ignore pourquoi, dit-elle, mais le wi-fi a buggé toute la journée.

Il ne répondit pas. Il avait l'impression qu'elle s'exprimait dans une langue étrangère. Voilà plus d'une heure qu'il se battait avec la tablette que Larry lui avait laissée. Non seulement le clavier était défectueux mais, la moitié du temps, l'appareil ne captait pas Internet. Et malgré ses efforts, il n'avait toujours pas localisé l'endroit où se cachait Maria ni découvert le moindre indice susceptible de le mettre sur une piste. Quand il parvenait à peu près à surmonter son ignorance en matière de technologie moderne et à se connecter, il ne tombait que sur des sites payants qui lui proposaient leurs services à des prix exorbitants. De plus, il fallait les payer par carte de crédit et il n'en avait pas.

Si ses soi-disant amis policiers avaient fait correctement leur boulot et utilisé les nombreuses ressources à leur disposition pour chercher Maria, il n'aurait pas à boire café sur café pour justifier un accès gratuit au Wi-Fi. Cela dit, jusqu'ici, ses autres contacts – ceux que Larry et Clint ne connaissaient pas – n'avaient pas fait mieux.

Voilà des heures qu'il pianotait sur cette tablette et il commençait à désespérer. Il n'allait jamais retrouver Maria.

Ni son fils.

Ni son argent.

Il regrettait de ne pas lui avoir prêté plus d'attention quand Maria lui parlait de ses parents. Certes, ces derniers avaient mis leur fille à la porte lorsqu'elle l'avait épousé, mais s'il l'avait davantage écoutée, il en saurait un peu plus sur eux. Son père était mort, maintenant. Mais sa mère avait-elle ouvert ses bras et son portefeuille à sa fille unique, une fois cette dernière divorcée ? Après tout, la vieille avait peut-être eu envie de faire la connaissance de son petit-fils.

En imaginant cette femme avec son enfant, il se hérissa. Elle n'avait pas le droit de s'occuper de ce gosse. Andy était à lui.

Tout comme Maria.

— Alors, que cherchez-vous sur la Toile ?

Il sursauta. Sans qu'il s'en aperçoive, la fille aux piercings avait quitté le comptoir pour s'approcher de lui et pour regarder l'écran de sa tablette par-dessus son épaule. S'il s'était montré aussi distrait en prison, il aurait sans doute fini avec un poignard dans le dos. Au pénitencier, personne ne se faisait de cadeau et le moindre moment d'inattention pouvait se révéler fatal.

— Parce que je suis certainement capable de vous aider, poursuivit-elle. Je suis née avec Internet.

À la vue de son sourire assuré, il fut tenté de la charger de ses recherches, mais pas longtemps. Il avait appris à se méfier des gens qui proposaient de rendre service. Il ignorait ce que cette gamine espérait de lui en retour et, dans le doute, il préférait s'abstenir.

— Merci, répondit-il. Je vais me débrouiller.

— Vous êtes comme mes vieux. Trop fiers pour avouer leur ignorance.

Levant les yeux au ciel, elle s'éloigna en se dandinant. Manifestement, elle lui faisait comprendre que ce qu'il avait raté n'avait rien à voir avec la technologie, mais il se contenta de hausser les épaules. Il n'avait pas l'intention de sauter sur la première venue. Après six ans d'abstinence, patienter encore un peu ne le dérangeait pas.

De toute façon, une seule femme était capable de le combler. Maria. Et, bientôt, il la récupérerait. Il la posséderait alors comme il l'avait possédée la première fois.

À l'époque, elle avait à peu près l'âge qu'avait cette fille aux piercings. Dès qu'ils seraient réunis, il rappellerait à son épouse où était son devoir.

Mais il lui fallait d'abord la retrouver. Apparemment, il allait devoir se débrouiller seul pour y parvenir. Il posa la tablette sur son support, tapota dessus pour la réveiller, et y entra les noms de Paul et Amy Norris, les parents de Maria. Il obtint une seule réponse, un seul résultat pour sa recherche incluant les deux noms. Quand il cliqua sur le lien, il découvrit que Maria y était associée, sous son nom de jeune fille. L'adresse ne lui était pas inconnue. Autrefois, il guettait Maria dans cette rue. Il attendait qu'elle sorte de chez elle par la fenêtre pour le rejoindre.

De même que les Norris n'avaient pas réussi à retenir leur fille dans leur belle demeure, de même la mère de Maria ne parviendrait pas à l'empêcher d'y entrer. Et alors, soit Belle-Maman se montrait coopérative et lui disait tout ce qu'elle savait sur l'endroit où se cachait Maria, soit il la ferait parler.

Ce serait facile. Tandis qu'il souriait, satisfait, un message indiquant que la batterie de la tablette était presque épuisée apparut. Mais avant qu'il ait eu le temps de brancher l'appareil à la prise, l'écran devint noir. Non sans mal, il se retint de jeter cette merde contre le mur.

Les mots de la fille aux piercings tournaient en boucle dans sa tête. Trop fiers… Il y a dix ans, les parents de Maria avaient été trop fiers pour accepter que leur fille unique s'acoquine avec un garçon comme Michael Brooks. Ils avaient sans doute espéré qu'elle ferait un beau mariage. Et même si elle avait rompu avec lui, divorcé, peut-être ne lui avaient-ils pas pour autant pardonné cette mésalliance.

En outre, Amy Norris avait sans doute été la première personne que la police avait interrogée lorsque Maria s'était évanouie dans la nature. Et si la vieille avait su quelque chose, elle l'aurait tout de suite dit aux enquêteurs. Jamais elle n'aurait menti pour protéger sa fille ; ce n'était vraiment pas son genre. Cette piste ne le mènerait nulle part, comprit-il, dépité.

Il serra les poings sous la table. Quatre jours s'étaient écoulés depuis sa sortie de prison, et il en était toujours au même point. Il n'était pas près de retrouver sa femme, et il déprimait dans son taudis. Il n'avait fait qu'échanger une cellule contre une autre, sans barreaux. S'il était obligé de rester dans ce trou à rats, il allait devenir fou.

Pour commencer, il devait recouvrer son sang-froid. N'avait-il pas passé six ans à planifier ce moment ? À imaginer leurs retrouvailles ? Il n'était pas question de renoncer. Pas encore.

Si sa mère n'avait pas aidé Maria à disparaître, qui aurait pu le faire ? Maria n'aurait jamais eu le cran ni l'intelligence de s'évaporer dans la nature sans soutien.

Mais alors, qui l'avait guidée ? Elle était fille unique, tout comme ses parents. Elle n'avait donc pas de famille, à l'exception d'une grand-tante très âgée, sans doute morte à présent. Et, dans le cas contraire, une petite vieille ne lui aurait été d'aucune utilité. Par ailleurs, elle n'avait pas beaucoup d'amis. Il y avait veillé.

Le visage de l'amie d'enfance de Maria s'imposa soudain à sa mémoire. Comment s'appelait donc cette fille aux cheveux crépus et aux grosses lunettes ? Son sang se mit à bouillir. Il lui fallait absolument se remémorer le nom de cette femme ! Son prénom commençait par un T. Ça, il en était sûr. Tammy ou Tina ou quelque chose. Un jour, elle avait conduit Maria à l'hôpital après une dispute conjugale un peu rude… Terri ? Tori ? Maria était-elle restée en contact avec elle ? Certes, il lui avait souvent répété qu'elle devait couper les liens avec le passé pour lui prouver qu'elle l'aimait, mais…

Il était certain que Maria avait gardé contact avec cette

fille. Une fois de plus, elle l'avait trahi. En l'épousant, elle avait pourtant juré de l'aimer, de l'honorer et de lui obéir. Dès qu'il l'aurait retrouvée, il saurait lui rappeler ses engagements et l'aider à les tenir…

Tonya ! La copine binoclarde de Maria s'appelait Tonya, il en était certain, à présent. Il ne connaissait pas son nom de famille, mais avec un prénom aussi inhabituel il ne devrait pas être trop difficile à trouver.

Il tapota l'écran et écarta son pouce de son index pour agrandir le texte comme Larry le lui avait appris, et lança une autre recherche sur Internet. Il localiserait cette Tonya et la forcerait à lui dire ce qu'elle savait. Elle avait intérêt à savoir quelque chose.

Il sourit à la gamine aux piercings qui l'ignorait maintenant en essuyant des verres derrière son comptoir. Elle n'avait plus qu'à jeter son dévolu sur un autre, elle ne l'intéressait pas. De toute façon, il avait besoin de s'économiser. Ce n'était plus qu'une question de temps désormais. Bientôt, il serrerait sa petite femme dans ses bras.

8

« Je serai là. »

Les mots de Jamie tournaient en boucle dans la tête de Sarah tandis qu'ils roulaient vers Brighton. À peine avaient-ils rejoint l'autoroute qu'Aiden s'était endormi sur la banquette arrière. Les rayons du soleil couchant embrasaient le ciel d'innombrables nuances d'or, de rose et d'orange.

Jamie baissa le pare-soleil pour ne pas être ébloui.

— Ce coucher de soleil est vraiment extraordinaire, dit-il. Comme toute cette journée, d'ailleurs.

— C'est vrai.

Il tenta à plusieurs reprises de lancer la conversation puis, n'obtenant jamais de vraies réponses, finit par y renoncer et par allumer l'autoradio. La voix de Lisa Loeb envahit l'habitacle. Sa chanson parlait d'une femme qui n'avait pas écouté son amoureux lorsqu'il l'avait suppliée de rester et qui, à présent, s'apercevait qu'il lui manquait. Bien qu'à l'origine de leur rupture, elle souffrait comme si c'était lui qui l'avait quittée.

Sans rien connaître de son histoire, Jamie lui avait proposé d'être une constante dans leur vie. L'idée était à la fois perturbante et réconfortante.

Plongée dans ses pensées, elle ne s'aperçut qu'ils étaient arrivés sur le parking de son immeuble que lorsque Jamie s'arrêta et coupa le contact. Elle aurait préféré qu'il les dépose devant le restaurant, là où il les avait pris ce matin, mais Jamie avait insisté pour obtenir son adresse. Il trouvait dangereux qu'ils rentrent chez eux à pied et dans le noir. Il n'avait pas totalement tort.

Recroquevillé sur la banquette arrière, Aiden dormait toujours à poings fermés.

— Je vais le prendre, dit-elle en descendant de voiture.

De façon générale, elle rechignait à faire entrer quelqu'un dans son appartement, en particulier les artisans que son propriétaire lui envoyait pour déboucher l'évier ou entretenir la chaudière. Et là, elle était sur le point d'y emmener un inspecteur de police.

— Laisse-moi t'aider, Sarah. S'il te plaît, ajouta-t-il.

— D'accord, répondit-elle en prenant son sac.

— J'ai sommeil…, marmonna Aiden alors que Jamie le soulevait dans ses bras.

— Eh bien, tu pourras te mettre au lit dès que tu te seras lavé les dents, dit Sarah.

— J'ai pas envie.

— On va faire super vite, bonhomme, intervint Jamie. Je ne veux pas être responsable de tes caries.

Même si la situation la rendait nerveuse, Sarah sourit en voyant son fils soupirer mais poser finalement la tête sur l'épaule de son ami. Jamie savait se montrer persuasif.

Portant Aiden, il fit quelques pas sur le trottoir puis se tourna vers elle, attendant des indications. Si la vétusté de l'immeuble – un petit motel des années 1960 reconverti en appartements – l'horrifia, il n'en dit rien.

Elle lui désigna l'escalier métallique extérieur et ils s'y engagèrent. Comme ils parvenaient au dernier étage, elle lança :

— Troisième porte à gauche.

Arrivé devant, Jamie s'écarta pour la laisser déverrouiller et ouvrir. Quand ils furent à l'intérieur, dès qu'elle eut pressé l'interrupteur, elle referma la porte et poussa aussitôt tous les verrous, achevant son rituel par la mise en place de la chaîne de sécurité.

Jamie ne fit aucun commentaire. Sans lui demander où était la salle de bains, il traversa le séjour. Il la trouva sans difficulté.

— Si tu veux, prépare son lit pendant que je m'occupe de ses dents, lança-t-il depuis le seuil.

Hochant la tête, Sarah se dirigea vers la chambre d'Aiden, la seule de l'appartement. Elle-même dormait sur le canapé-lit du salon. Par chance, ce matin, son fils avait accepté de ranger ses jouets avant de partir et le chaos habituel ne régnait pas dans la pièce.

Elle ouvrit la couchette inférieure des lits superposés qu'elle avait achetés dans l'espoir qu'un jour son fils inviterait un ami pour la nuit. Ce n'était encore jamais arrivé. D'une commode bon marché, elle sortit un pyjama orné de cow-boys.

— Elle est chouette, ta chambre, bonhomme ! s'exclama Jamie depuis le seuil.

Il entra, Aiden dans les bras, et le posa à terre. Puis, les mains sur les hanches, il regarda les planètes placées dans l'ordre autour du Soleil qui étaient collées au plafond. Des étoiles complétaient l'ensemble.

— Trop cool, ajouta-t-il, admiratif.

— Il faut que tu la voies quand les lumières sont éteintes. Toutes les étoiles brillent dans le noir.

— Alors dépêche-toi de te mettre au lit pour me montrer.

— J'ai plus sommeil, protesta Aiden tout en bâillant.

Jamie s'accroupit à côté de lui.

— Allez, bonhomme. J'ai vraiment envie de voir tes étoiles.

Émue par leur complicité, Sarah, les larmes aux yeux, sortit et referma la porte pour leur permettre d'admirer tranquillement le « ciel étoilé ».

Quelques minutes plus tard, quand Jamie la rejoignit dans le coin cuisine, elle préparait du café. Elle avait posé deux mugs sur la table. En toute logique, elle aurait dû le raccompagner à la porte en le remerciant pour cette belle journée, mais elle n'était pas encore prête à lui dire au revoir.

— Il a sombré dans les bras de Morphée après m'avoir montré la Grande Ourse et la Petite Ourse, dit-il. Je n'en reviens pas que tu aies réussi à recréer le système solaire sur son plafond.

— Il faut croire que j'avais du temps à perdre.

— Et surtout que tu tenais à faire plaisir à un petit garçon passionné d'astronomie.

— Aussi, oui.

— J'espère que ça ne t'a pas ennuyée que je le mette au lit. Je sais que, en principe, le rituel du coucher est du ressort de maman.

Elle se contenta de sourire. Dans le cas d'Aiden, tout était « du ressort de maman ».

— Je suis sûre qu'il a été ravi que tu t'en charges aujourd'hui même si, pour une fois, il n'a pas eu droit à son conte.

Elle fit un geste vers les mugs.

— Assieds-toi. Après cette longue journée, je te dois au moins un café. Décaféiné, bien sûr.

— D'abord, tu ne me dois rien. J'ai passé une excellente journée. Tant mieux si Aiden et toi avez été contents, vous aussi.

Il sourit à son tour.

— Et il n'est pas question que je te laisse me servir alors que tu es en repos. Ce serait comme si je te verbalisais alors que je ne suis pas en uniforme.

Peut-être avait-elle eu tort de lui proposer un café. Peut-être aurait-elle dû le renvoyer chez lui comme elle en avait eu initialement l'intention. Mais elle avait eu envie de bavarder avec un adulte, pour une fois.

Il prit la cafetière et remplit leurs deux mugs.

— Tu bois du décaféiné, toi aussi ? Je ne suis donc pas le seul insomniaque de la troupe ?

Elle secoua la tête.

— Mes journées sont toujours longues et bien remplies. Ne pas fermer l'œil de la nuit serait une catastrophe. Je préfère ne pas prendre le risque.

Comme il promenait le regard autour de lui, elle ne put s'empêcher de voir l'appartement à travers ses yeux. Trouvait-il les meubles achetés d'occasion minables ? Et la décoration un peu « cheap » ? Et, surtout, se demandait-il pourquoi il n'y avait que des photos d'Aiden accrochées aux murs, jamais avec elle ?

Il prit son temps pour examiner les lieux et elle finit par en éprouver un certain malaise. Elle avait l'impression qu'il voyait tout, devinait tout, comprenait tout. Elle se sentait mise à nu.

— Cet appartement est génial, dit-il enfin. L'as-tu décoré toute seule ?

— Bien sûr que non. J'ai embauché la décoratrice la plus chère du comté et je lui ai recommandé de n'acheter que ce qu'il y avait de mieux.

Il pinça les lèvres.

— Apprends à accepter les compliments, Sarah. Chaque fois que quelqu'un fait l'éloge de tes desserts, tu cours te cacher dans la cuisine.

— Merci.

— À propos, aurais-tu par chance des brioches à la cannelle chez toi ?

— Non, j'évite de me nourrir de pâtisseries.

— Si j'avais tes talents en la matière, j'en mangerais au petit déjeuner, au déjeuner, au goûter et au dîner, répliqua-t-il avec un sourire. As-tu déjà envisagé d'ouvrir ta propre boulangerie-pâtisserie ?

Elle haussa les épaules.

— Il y a longtemps. C'était un rêve de jeunesse. Mais ensuite, la vraie vie te rattrape et tu changes ton fusil d'épaule.

Pour adoucir son commentaire, elle sourit. De terribles souvenirs remontaient à sa mémoire. Des gifles, des coups, des humiliations. Et les mensonges qu'elle devait inventer pour justifier les bleus et les marques rouges sur sa peau…

— Aiden est ma vie, maintenant, poursuivit-elle. Même si j'avais l'argent, je n'aurais pas le temps de me consacrer à ma propre entreprise.

— C'est bien d'avoir des rêves pour soi, tu sais. Même les mamans ont le droit d'en avoir.

— Tu as raison.

Et elle en avait, d'ailleurs. Mais Jamie, qui la connaissait à peine, était le premier à le lui dire. Autrefois, ses parents avaient voulu qu'elle vive pour eux, pour combler leurs attentes, et non pour elle.

— Quoi qu'il en soit, si tu as faim, je serais ravie de te préparer un petit souper. J'aurais aimé qu'Aiden dîne avant de se coucher…, ajouta-t-elle en jetant un coup d'œil vers la chambre de l'enfant.

— Il avait trop sommeil. Mais ne t'inquiète pas pour lui, il se rattrapera demain matin avec son petit déjeuner. Et tu n'as pas à me nourrir.

Il semblait craindre de retirer le pain de la bouche d'Aiden.

— Je te proposais simplement un bol de soupe et des sandwichs. J'ai besoin de manger quelque chose, moi aussi.

— D'accord. Mais alors, laisse-moi t'aider à préparer tout ça.

Elle aurait préféré refuser son aide mais il était déjà debout. Ils travaillèrent en tandem, lui versant la boîte de soupe aux légumes dans la casserole pendant qu'elle s'occupait des sandwichs. Le voir s'activer à ses côtés la ravissait. Lorsqu'elle était mariée à Michael, les plats devaient être sur la table au moment précis où il passait la porte. Sinon, elle le payait cher.

Peu après, ils s'attablèrent face à face.

— Merci pour le dîner, Sarah.

— Je t'en prie. C'est le moins que je puisse faire après cette belle journée.

— Je t'ai dit que tu ne me devais rien. Mais si tu tiens à faire quelque chose pour moi, pourquoi ne pas me raconter l'histoire que tu t'apprêtais à me confier au zoo quand Aiden t'a interrompue ? Ton histoire.

L'estomac soudain noué, elle se mit à mordiller son médaillon. Elle avait pressenti qu'il le lui demanderait si elle l'invitait à rester. Lui avait-elle proposé un café parce qu'elle voulait qu'il connaisse sa vie, du moins en partie ? Avait-elle perdu la tête ?

Jamie était policier. Il était donc la dernière personne auprès de qui s'épancher.

— Mon histoire n'est pas très intéressante. Elle n'a vraiment rien d'extraordinaire.

— J'aime les histoires ordinaires.

Elle ne put réprimer un sourire. Jamie était persuasif, et il devenait terriblement difficile de ne pas partager quelque chose avec lui. Et, quelque part, elle pensait, espérait, qu'il comprendrait.

Elle céda.

— Je te donne la version abrégée, d'accord ? J'ai grandi au sein d'une famille classique. J'étais fille unique, très entourée, protégée et gâtée. À l'adolescence, j'ai rencontré un homme plus âgé que moi dont je suis tombée folle amoureuse. Mes parents ne l'aimaient pas, mais je suis tombée enceinte. Alors je me suis enfuie de la maison et je l'ai épousé. Je venais d'avoir dix-huit ans. Et… Va comprendre… Le prince charmant s'est révélé un pauvre type et le conte de fées s'est mal terminé…

— C'était la version courte, d'accord.

Il jeta un coup d'œil par-dessus son épaule vers la porte fermée de la chambre, comme s'il calculait l'âge d'Aiden et peut-être le sien.

— Une grossesse non désirée alors que tu étais encore adolescente.

Elle inspira et expira lentement plusieurs fois, espérant que son expression ne trahirait rien de son désarroi intérieur.

— En fait, je ne suis pas allée jusqu'au terme. Une fausse couche a interrompu le processus.

— Désolé de l'apprendre.

— Ça arrive.

Elle préférait ne pas en dire davantage. Même des années plus tard, se remémorer dans quelles circonstances elle avait perdu l'enfant qu'elle portait la ravageait.

Il hocha la tête.

— Mais ensuite, Aiden est arrivé et sa naissance a été une grande joie, non ?

— Un bonheur pur.

— À mon avis, ton histoire ne se résume pas à cette version abrégée. Il y a eu autre chose.

Sarah, qui s'apprêtait à boire une gorgée de café, reposa son mug.

— Pourquoi dis-tu cela ?

— Une intuition… Et tous les verrous sur ta porte sont peut-être un indice.

— Ne va pas imaginer Dieu sait quoi. Tu ne connais peut-être pas ce quartier mais, crois-moi, il est loin d'être sûr. En tant que policier, tu devrais me féliciter d'être prudente. Je suis maman célibataire. Je ne veux pas prendre de risques inutiles.

— Oh ! je te félicite de t'entourer d'un maximum de précautions… Mais n'as-tu pas l'impression d'être un peu excessive ?

Elle croisa les bras et riva son regard au sien. Son cœur battait à tout rompre.

— Comment quelqu'un peut-il être excessif en la matière ?

— J'ai le sentiment que tu agis ainsi non par prudence, mais poussée par des peurs irrationnelles…

Craignant de se trahir, elle n'osa répondre.

Aussi poursuivit-il son raisonnement :

— Tu sursautes chaque fois que les clochettes du restaurant tintent.

— Je t'ai déjà expliqué pourquoi. Je…

Il refusa de se laisser interrompre.

— C'est vrai, mais pourquoi réagir à des bruits que tu entends à longueur de journée ? Et ce n'est pas tout. Tu surveilles toujours la porte d'entrée du Casey's Diner… comme si tu redoutais l'arrivée du prochain client.

— Que vas-tu imaginer ? C'est ridicule ! Je fais mon travail, voilà tout. Je guette l'arrivée des gens afin de les accueillir correctement.

— Tu détestes parler d'Aiden, tu n'as jamais envie de le présenter aux uns et aux autres.

Une nouvelle fois, elle ouvrit la bouche pour le couper mais il secoua la tête.

— Tu préfères que les gens ne connaissent pas ton nom de famille… Et sais-tu combien de fois tu as regardé par-dessus ton épaule pendant que nous nous baladions au zoo ?

— Pas tant que ça.

Elle avait tort de se justifier. Et d'abord, pourquoi lui faisait-il toutes ces remarques ? Le fait qu'il lui ait révélé ses secrets, ses blessures intimes, ne lui donnait pas le droit d'exiger qu'elle se confie à son tour même si, un instant, elle avait été tentée de le faire. En outre, il approchait trop de la vérité. Et s'il découvrait tout ? se demanda-t-elle, la gorge serrée. Parviendrait-elle à protéger Aiden si Jamie connaissait sa situation ?

Pourquoi n'avait-elle pas suivi son instinct et ne lui avait-elle pas dit au revoir en descendant de la voiture ?

— Je t'ai dit pourquoi je fais attention. J'essaie d'être une maman responsable. De protéger mon fils.

De nouveau, elle le regarda en face. C'était la réponse la plus honnête qu'elle lui ait faite de la journée. Elle le défiait d'en douter et de poursuivre son interrogatoire.

Il parut hésiter mais finit par lancer :

— Est-ce tout ? Ou cherches-tu à échapper à la police ? À la justice ?

9

En voyant Sarah battre des paupières, détourner les yeux et baisser la tête, Jamie, le cœur serré, reconnut les signes révélateurs de mensonges. Il avait été formé à repérer les suspects qui tentaient de le mener en bateau. Pourtant, il était prêt à croire tout ce qu'elle lui raconterait. Il en avait besoin et, manifestement, elle encore plus que lui.

Cependant, au lieu de répondre, elle botta en touche.

— M'imagines-tu assez bête pour passer du temps avec un inspecteur de police si j'étais en cavale ?

Il aurait pu lui faire remarquer qu'elle ne l'avait pas fait volontairement. Qu'il avait fallu que lui-même, Aiden et même Ted insistent lourdement pour qu'elle finisse par accepter cette sortie au zoo. Il se contenta de sourire.

— En cavale ? Tu regardes beaucoup de séries policières à la télévision, non ? En tout cas, tu as raison. Ce ne serait pas très malin de ta part.

Ou, au contraire, ça pourrait être très intelligent, lui souffla une voix intérieure. *Quelle meilleure façon de se cacher qu'en vivant normalement au vu et au su de tous ?* Suivait-elle le vieil adage qui conseillait de se tenir à proximité de ses ennemis pour éviter les ennuis ? Il devait admettre que l'idée n'était pas mauvaise même si, techniquement, elle n'était pas venue le chercher.

Quoi qu'il en soit, il la connaissait à peine et n'avait pas prévenu ses supérieurs qu'il menait des investigations sur elle. Que ferait-il s'il découvrait qu'elle était une criminelle en fuite ?

Comme elle se levait pour débarrasser la table, il se leva à son tour.

— Laisse-moi t'aider.

Il s'empara d'un torchon et essuya la vaisselle qu'elle s'était mis à laver.

S'ils avaient partagé un bon moment en préparant le repas, il régnait à présent entre eux une désagréable tension. Quand leurs bras se heurtèrent par mégarde, elle sursauta au point de laisser retomber dans l'eau savonneuse le bol qu'elle venait de rincer.

— Désolé, dit-il.

— Pas de problème, répondit-elle sans le regarder.

Depuis qu'elle lui avait assuré qu'elle ne commettrait pas l'erreur de passer du temps avec un flic si elle avait quelque chose à se reprocher, elle fuyait son regard. Pourtant, incapable de s'en empêcher, elle jeta un coup d'œil par-dessus son épaule pour s'assurer une fois de plus que la porte d'entrée était fermée, les verrous bien tirés.

Comme elle reportait son attention sur sa vaisselle, il finit par lancer :

— Dis-moi la vérité, Sarah. Si tu n'as pas peur de la police, alors de quoi ou de qui te caches-tu ? Est-ce… de lui ?

Cette fois, elle émit un gémissement et la carafe qu'elle venait de saisir lui échappa des mains et se brisa sur le carrelage. Des éclats de verre volèrent en tous sens.

Sarah s'agrippa au bord de l'évier. Fermant les paupières, elle baissa la tête, et ses épaules s'affaissèrent.

Soudain, des bribes de souvenirs revinrent à l'esprit de Jamie. Il revit ses yeux de bête traquée, cet air affolé qu'elle avait lorsqu'elle pensait que personne ne faisait attention à elle. En fait, elle arborait en permanence cette expression, même s'il avait été longtemps trop aveuglé par sa beauté pour le remarquer. Il se remémora sa réaction apeurée chaque fois que les clochettes de la porte du restaurant se mettaient en branle. En un éclair, il comprit tout.

La ravissante Sarah, qui hantait ses pensées et ses rêves, faisait partie de ces malheureuses, victimes de leurs conjoints, maltraitées par leurs maris ou leurs compagnons. Elle avait été une femme battue, il en eut soudain la certitude. Et si elle avait réussi à fuir son bourreau, quand tant d'autres subissaient les coups jusqu'à la mort, elle en avait évidemment gardé des séquelles.

En la voyant trembler de tous ses membres, il eut envie de la prendre dans ses bras mais il sentait qu'elle ne l'accepterait pas. Un tel rapprochement était prématuré. Aussi tira-t-il une chaise et l'invita-t-il à s'asseoir.

Comme elle montrait les morceaux de verre répandus sur le sol, il sourit.

— Je m'en charge.

De sa chaise, elle tenta de protester.

— Je peux m'en occuper, tu sais.

Rapidement, il balaya les débris et les jeta à la poubelle.

— Je sais. Mais laisse-moi t'aider, d'accord ?

Il ne parlait pas uniquement de la carafe brisée, et elle le comprit sans doute parce qu'elle l'observa un moment en silence, tout en paraissant réfléchir à sa proposition. Quelques battements de cœur plus tard, son menton s'abaissa soudain comme si le poids de ses secrets était devenu trop lourd.

Elle prononça si doucement son : « D'accord » qu'il ne l'aurait pas entendu s'il n'avait été à l'affût du moindre son émanant d'elle.

Alors qu'il prenait pleinement conscience de ce qu'elle avait vécu, une fureur froide l'envahit tout à coup. Il sentit son visage et son cou s'embraser. Comment un homme qu'elle avait aimé, épousé, en qui elle avait eu confiance, avait-il pu la trahir ainsi ? Oser lever la main sur elle ? Et pourquoi personne n'avait-il empêché ce salopard de la frapper ?

— Que t'a-t-il fait, Sarah ? murmura-t-il en s'installant en face d'elle.

Incapable de se l'interdire, il lui prit la main. La sentant frémir, il n'insista pas.

— Où est-il, maintenant ? demanda-t-il.

— En ce moment ? répondit-elle en jetant un coup d'œil à l'horloge murale. Probablement dans sa cellule pour la nuit.

— Il est en prison ?

— Oui.

Il se détendit un peu. Au moins, ce sale type n'avait-il plus la possibilité de lui faire du mal. En tout cas, pour l'instant. Cela dit, il ne se leurrait pas. Connaissant les lacunes du système judiciaire, il savait que de nombreux criminels n'écopaient pas des peines qu'ils auraient pourtant amplement méritées ou ne les purgeaient pas dans leur totalité.

Trop nerveux pour rester assis, il se leva et commença à arpenter le salon. Comme il se retournait, il la surprit les yeux rivés sur lui ou plutôt sur ses poings. Devinant sa peur, il s'obligea à les desserrer.

Il ne voulait pas que Sarah pense que tous les hommes ne savaient s'exprimer qu'avec leurs poings.

— Désolé. En tout cas, comme je le pensais, tu ne m'as pas raconté toute ton histoire…

— J'ai peut-être omis quelques détails.

— Acceptes-tu de remplir ces blancs, à présent ?

— La condamnation d'un mari à plusieurs années de prison, par exemple ?

— Et pourquoi ne pas me raconter toute l'histoire ?

Avant de répondre, elle examina un moment ses

longues mains, après quoi elle lui fit signe de retourner à table. Il s'assit et attendit qu'elle parle.

Elle s'éclaircit la voix.

— Mon histoire est d'une banalité affligeante. Tu m'as dit que les signes révélateurs de la dépression de ton frère t'avaient échappé. Eh bien, si j'avais consulté la liste des signes permettant de suspecter un compagnon maltraitant, de repérer un pervers narcissique, j'aurais compris que Michael en était l'illustration parfaite. Malheureusement, à l'époque, j'étais passée complètement à côté.

Son expression s'assombrit puis, s'emparant de son médaillon, elle commença à le mordiller.

— Quels signes avant-coureurs auraient-ils dû te mettre la puce à l'oreille ? demanda-t-il. Un juge lui avait-il interdit d'approcher ses dernières petites amies ?

Elle se confiait enfin, et même si chaque mot lui faisait l'effet d'un coup de poignard en plein ventre, il était décidé à la faire parler. Il voulait savoir.

— Non, mais il rendait chacune d'elles responsable de la rupture, accusation qui aurait dû m'alerter. Mais surtout, à partir du moment où nous avons commencé à sortir ensemble – j'avais seize ans et lui vingt et un —, il s'est mis à contrôler mes faits et gestes, à me surveiller. Il ne supportait pas que je passe du temps avec mes amies. Il me culpabilisait, me répétait qu'il souffrait de ne pas suffire à mon bonheur.

Jamie savait que les pervers narcissiques étaient de grands manipulateurs et qu'ils s'efforçaient d'isoler leurs proies du reste du monde pour affermir leur emprise.

Sarah poursuivit :

— Il m'envoyait en permanence des textos et m'appelait tout le temps pour vérifier où j'étais, ce que je faisais. Il lisait mes SMS et mes mails. Il faisait sans cesse pression sur moi pour que je fasse l'amour… jusqu'à ce que je lui cède.

Jamie rêvait déjà d'étrangler ce salopard.

— Je comprends que tu ne te sois pas inquiétée, dit-il, pince-sans-rire. Il se comportait comme un homme amoureux.

Plaisanter, même si la situation ne prêtait pas à rire, valait mieux que frapper le mur.

Elle sourit.

— D'autres avaient compris, eux. À commencer par mes parents. Mes amies. Mes professeurs. Mon père et ma mère m'avaient demandé de rompre avec lui.

— Ce qui t'a donné encore plus envie de défendre ton petit chéri incompris.

— As-tu déjà entendu cette histoire ?

Il hocha la tête. Il connaissait par cœur les comportements des manipulateurs.

— En tout cas, tu as raison, reprit-elle. Je prenais sa défense, je leur disais qu'ils ne le connaissaient pas. À l'époque, il ne levait jamais la main sur moi. Il lui arrivait de me serrer le bras un peu trop fort, mais je me disais que je l'avais cherché, provoqué.

Elle frissonna.

— Quand je suis tombée enceinte à l'âge de dix-sept ans, mes parents ont tenté de m'empêcher de me marier. Ils m'ont dit qu'ils me soutiendraient, qu'ils m'aideraient à élever le bébé… à condition que je quitte Michael, que je m'éloigne de lui. Je n'aurais jamais imaginé qu'ils me rayeraient un jour de leur vie mais lorsque, une semaine après avoir fêté mes dix-huit ans, j'ai épousé Michael, ils l'ont fait. Ils ont coupé brutalement les ponts…

— Combien de temps après a-t-il commencé à te frapper ?

— Dès qu'il a compris que mes parents ne nous aideraient pas financièrement, malgré le bébé à venir, il a changé. Et il est très vite devenu violent.

— Mais tu m'as dit que tu avais perdu le bébé…

Elle hocha la tête, les yeux remplis de larmes.

— Quelques semaines après notre mariage, oui.

Il fut tenté de demander si cette fausse couche correspondait au début des violences physiques mais y renonça.

— Es-tu allée porter plainte quand les coups ont commencé à pleuvoir ?

— Non, j'avais trop honte. Et au début, il regrettait sa violence, ses dérapages. Il disait qu'il était désolé. Il me promettait de ne plus jamais recommencer.

Elle leva le menton.

— Et avant que tu poses la question, je n'ai pas essayé de partir, de le quitter. De toute façon, je n'avais nulle part où aller. Mes parents m'avaient fermé leur porte, et je pensais que la police ne ferait rien pour moi non plus.

— Beaucoup de victimes croient ce genre de chose.

— Parfois, elles ont raison.

Des personnes à qui elle avait fait confiance l'avaient-elles trahie ? se demanda-t-il. La police avait-elle refusé de l'entendre ? Pourquoi avait-elle été persuadée qu'elle ne pouvait s'appuyer sur personne ?

— Tes parents ne t'auraient-ils pas aidée si tu les avais sollicités ?

— J'étais incapable de leur demander quoi que ce soit. J'étais trop gênée. Et je m'étais coupée de tous mes amis. À l'exception d'une seule. Tonya.

Elle sourit en prononçant son prénom.

— Tonya avait refusé de me laisser l'écarter et m'avait toujours dit qu'elle serait là quand je serais prête, quand j'aurais besoin d'elle. Mais, à l'époque, je n'avais pas le cran de quitter mon mari.

— T'aurait-il laissée partir, si tu avais essayé de t'enfuir ?

— Au début, il jurait qu'il se tuerait si je le quittais. Plus tard, qu'il ne me laisserait pas vivre sans lui. Mais plus il devenait violent, plus il me couvrait de bleus et de plaies, plus je prenais conscience de la situation. Et le jour où il m'a brisé deux dents et une côte, j'ai compris qu'il finirait par me tuer.

Elle se frotta machinalement le bras du bout du pouce. Une autre des habitudes qu'elle avait au travail. Maintenant, il se demandait ce que dissimulait cette manche.

— La dernière fois qu'il m'a frappée, j'ai vraiment failli mourir.

Une vision du corps de Sarah à la morgue, ouvert par un médecin légiste, lui traversa soudain l'esprit. Au cours de sa carrière, il avait assisté à plusieurs reprises à l'autopsie d'une malheureuse, morte sous les coups de son conjoint. Imaginer Sarah subissant le même sort lui était insupportable.

Elle dut sentir son malaise, car elle murmura :

— Pardon. Je ne voulais pas t'en raconter autant.

— Je t'avais demandé la version longue.

— C'est vrai, mais connaître les détails sordides ne te fera aucun bien.

Il aurait dû être capable de les entendre. Il était inspecteur de police, témoin en permanence de la violence des hommes. Il avait vu de terribles accidents de la route, des fusillades meurtrières. Chaque fois, il avait su prendre des distances, rester détaché, professionnel. Mais là, il s'agissait de Sarah. Penser à la façon dont toute son histoire aurait pu se terminer le glaçait.

— Puisqu'il est en prison, dit-il, j'imagine qu'il a été condamné pour tentative de meurtre au premier degré et pour violences conjugales, non ?

Elle poussa un soupir.

— As-tu vraiment envie d'entendre la réponse ? Elle ne te plaira pas…

Il fronça les sourcils.

— Pourquoi ? Qu'a-t-il plaidé ? A-t-il réussi à

convaincre un juge que tout ce qu'il te faisait subir n'était que peccadilles ?

— Il n'a pas eu à le faire. En fait, il n'a jamais été accusé d'aucun crime envers moi.

— Comment est-ce possible ? Es-tu tombée sur un de ces policiers d'une autre époque qui t'a accusée de lui faire perdre son temps ? Qui t'a assurée que tu retirerais ta plainte dès que tu te serais réconciliée avec ton mari ?

— Pire. Les flics l'ont protégé, lui. Michael était leur indic. Ils l'avaient surpris un jour en train de vendre de la drogue à des adolescents. Officiellement, il était dépanneur dans une entreprise de photocopieuses en contrat avec les écoles de la région. Bref, en échange de sa liberté, les Stups l'ont fait travailler pour eux. Voilà pourquoi, lorsque, après deux semaines passées à l'hôpital, j'ai été enfin prête à me battre, à porter plainte…

— … Ils ont annulé les accusations qui pesaient contre lui pour que leur informateur ne se retrouve pas derrière les barreaux. Ils ne voulaient pas compromettre leur enquête, c'est ça ?

— Comment as-tu deviné ? demanda-t-elle avec tristesse.

Il ne put que secouer la tête.

— Je suis vraiment désolé.

— Tant qu'il continuait à leur fournir des renseignements utiles sur son réseau de trafiquants, il était considéré comme une mine d'or. Mais il a dû les doubler d'une façon ou d'une autre parce qu'il s'est retrouvé en prison, pour finir.

— Pour trafic de stupéfiants ?

Elle opina.

— Un crime puni de six, voire douze ans de prison. Il a pris le minimum, il a eu de la chance. S'il avait été accusé d'avoir mené ses activités près d'une école, sa peine aurait été doublée. De mon côté, j'ai eu la chance de tomber sur un juge compatissant, qui m'a accordé le divorce alors que Michael était incarcéré. En principe, la loi l'interdit mais quand je lui ai montré les rapports de police classés sans suite et les photos…

Elle s'interrompit, haussant les épaules.

— J'ai quand même dû attendre la naissance d'Aiden pour que le divorce soit officiellement prononcé.

— Au moins, ton ex n'a-t-il pas eu l'occasion de s'en prendre à lui.

— Il n'aura jamais la possibilité de lever la main sur mon fils.

La déclaration de Sarah le perturba. Il devinait qu'elle irait très loin, jusqu'au bout, pour protéger l'enfant.

Elle semblait si déterminée qu'il ne put se résoudre à lui faire remarquer que son ex-mari n'avait pas été condamné à la prison à perpétuité et que, à sa libération, il se verrait certainement accorder un droit de visite. Il connaissait des cas où même des prédateurs reconnus coupables de pédophilie avaient été autorisés à accueillir chez eux leur progéniture en sortant de prison. Sarah n'aurait pas la possibilité de l'empêcher de voir leur fils.

— Mais puisqu'il est derrière les barreaux, pourquoi regardes-tu toujours par-dessus ton épaule ? C'est incompréhensible.

— Les vieilles habitudes ont la vie dure, je suppose. Et peut-être aussi parce que Michael m'a toujours dit que ses sbires me surveillaient en permanence. Il voulait être sûr que je n'irais jamais voir ailleurs. Nous avons divorcé, mais il ne tolérerait pas qu'un autre me touche.

— Même en prison, il continue à te contrôler, dit-il.

Elle s'humecta les lèvres.

— J'ai toujours l'impression que l'un de ses hommes est au coin de la rue à m'attendre.

— Ça doit être affreux de vivre ainsi sur le qui-vive.

En tout cas, si un jour tu te sens menacée, n'hésite pas à m'appeler. À tout moment.

Elle lui sourit.

— Merci. C'est gentil à toi de le proposer, mais…

— J'ai vraiment l'impression que tout le monde t'a trahie, laissée tomber. Ton ex-mari, bien sûr, mais aussi tes parents qui t'ont coupé les vivres quand tu avais besoin de leur aide. Et ces policiers qui ne t'ont pas protégée des violences que tu subissais… Pas étonnant que tu détestes les flics, ajouta-t-il avec une grimace. S'il te plaît, dis-moi que ces ripoux n'étaient pas du Michigan.

Elle secoua la tête.

— De l'Illinois. Et je n'ai jamais dit que je détestais les flics.

— Tu n'as pas eu à le dire.

Bien sûr, elle ne pouvait que se sentir mal à l'aise avec des policiers qui lui rappelaient forcément ceux qui avaient préféré défendre un indic plutôt qu'une victime de maltraitance, se dit-il.

— En tout cas, je ne déteste pas *tous* les flics.

Sa voix le tira de ses pensées. Il devait se reprendre et se concentrer sur les détails qu'elle lui donnait… afin d'obtenir par la suite confirmation de son histoire. Après tout, il ne devait pas y avoir tant de Michael Cline purgeant une peine de prison pour trafic de drogue dans l'Illinois. Ni de nombreux dossiers de divorce opposant un Michael Cline à une Sarah Cline. Mais il ne voyait que les mains fines de Sarah entre les siennes, leurs doigts entrelacés.

À quel moment s'était-il permis ce geste ? Il n'arrivait pas à décider ce qui le bouleversait le plus : qu'il l'ait osé ou qu'elle l'ait laissé faire.

Incapable de résister à la tentation, il se mit à caresser sa main du pouce. Sa peau était aussi douce qu'il l'avait imaginé. Ses yeux étaient plus sombres maintenant, ses cernes presque mauves.

Le temps suspendit son vol et Jamie serait resté éternellement ainsi, à la regarder tout en lui effleurant la peau. Mais, un instant plus tard, Sarah se libéra de son emprise.

En dépit de ce mouvement de retrait, il sentit que quelque chose avait changé. L'atmosphère semblait plus chaude. Plus intime. Pour la première fois, ils avaient passé une heure ensemble, en tête à tête, avec Aiden qui dormait dans la pièce voisine.

Un homme et une femme. Seuls.

Sarah en était forcément aussi consciente que lui, songea-t-il.

Elle finit par se lever.

— Il se fait tard.

— Tu as raison, je vais te laisser.

Lorsqu'elle se dirigea vers la porte, il la suivit à regret en récupérant sa veste au passage.

Elle avait déjà la main sur la poignée de la porte lorsqu'il le rejoignit dans l'entrée. Cela dit, le geste était surtout symbolique. Pour lui permettre de partir, elle devrait débloquer toutes les serrures.

— Merci encore, dit-elle en évitant son regard. Pour tout. Aiden a passé un moment merveilleux.

— J'en suis heureux.

— Et moi aussi.

— Alors, ce fut vraiment une journée parfaite.

Et elle l'avait été. D'autant que Sarah lui avait finalement confié tous ses secrets. Tous ? Son scepticisme naturel, associé à son expérience de policier, le poussait à en douter. Il voulait croire qu'elle lui avait tout raconté, mais il savait à quel point il était difficile d'accorder sa confiance à quelqu'un après une trahison.

— Merci d'avoir écouté mon histoire et d'avoir partagé

la tienne, ajouta-t-il. Merci de m'avoir fait confiance. Mais il y a encore une chose que je voudrais te dire.

Il prit son courage à deux mains pour prononcer les mots qui lui brûlaient les lèvres… au cas où elle ne lui donnerait pas, par la suite, une autre possibilité de le faire.

— Tu mérites beaucoup plus que ce que la vie t'a donné jusqu'ici, Sarah. Tu mérites d'avoir à tes côtés quelqu'un qui croit en toi, qui t'écoute, qui te chérit et te fait totalement confiance.

Il se demanda s'il pouvait être cet homme-là, alors même qu'il envisageait de vérifier son histoire.

— Je te sais forte, poursuivit-il. Courageuse. Tu devais l'être pour réussir à le quitter, à partir. À te reconstruire, à bâtir une autre existence pour ton fils et pour toi. Et alors que tu n'avais personne vers qui te tourner.

Il s'interrompit et prit une profonde inspiration avant d'ajouter :

— Mais tu n'es pas obligée d'être seule.

Il se prépara à la voir reculer, se fermer, mais elle n'esquissa pas un mouvement. Leurs regards se cherchèrent, se trouvèrent et ne se quittèrent plus. Avait-elle avancé vers lui ou en avait-il simplement l'impression ? Prenait-il ses désirs pour la réalité ?

Tout à coup, le besoin impérieux de le prendre dans ses bras le souleva. Il le désirait si fort qu'il en avait mal, mais il s'interdit de faire un geste vers elle. Sarah n'était pas n'importe qui. Il ne se permettrait pas de la toucher sans son accord.

Il s'éclaircit la voix.

— Sarah, m'autorises-tu à… Cela te dérangerait-il que je…

Sa question mourut sur ses lèvres lorsqu'elle fit un pas vers lui. Elle était si proche maintenant qu'il sentait les fragrances de son shampooing lui chatouiller les narines.

Ce parfum évoquait un champ de fleurs sauvages. Le souffle de Sarah caressa sa peau.

Il se serait contenté de ce moment de grâce, du privilège de se tenir tout près d'une femme qui avait tout d'une déesse à ses yeux.

Puis, soudain, elle se hissa sur la pointe des pieds pour poser ses lèvres sur les siennes. Bouleversé, il resta un instant pétrifié mais son cœur battait à grands coups dans sa poitrine.

Il s'attendait à ce qu'elle s'écarte de lui, qu'elle le repousse. De toute façon, il ne savait pas très bien si ce baiser avait une quelconque réalité ou s'il l'avait rêvé. Cependant, lorsque ses lèvres effleurèrent les siennes une seconde fois, il fut incapable de réprimer plus longtemps la passion qui le dévorait.

Instinctivement, il ouvrit les bras pour l'enlacer, et elle se blottit contre son cœur avec aisance, comme s'ils avaient répété cette chorégraphie pendant toute une vie. Cette fois, il prit sa bouche. De nouveau, il craignit qu'elle refuse cette intrusion et le repousse. Au lieu de cela, elle lui rendit son baiser. Il le vécut comme un cadeau. De bienvenue.

Il s'efforçait de rester maître de lui. Encore un baiser, et il s'en irait, décida-t-il. Mais elle l'étreignit alors plus fort. Quand leurs langues entamèrent une danse sensuelle, il crut devenir fou de bonheur.

Pendant un long et délicieux moment, il l'embrassa, se délectant de la chaleur de sa bouche.

Il la sentait contre lui, ses douces courbes se moulant à son corps, ses cheveux soyeux caressant ses joues. Lorsqu'elle poussa un petit gémissement de plaisir, il faillit perdre la tête. Plus étonnant encore, les beaux bras de Sarah se nouèrent autour de son cou tandis qu'elle l'embrassait avec fougue, se donnant tout entière dans ce baiser.

Jusqu'à ce qu'elle s'arrête.

Elle ne recula pas brusquement ; sa retraite fut plus subtile. L'étreinte de ses bras se desserra doucement, et leurs lèvres se séparèrent lentement.

Il lâcha aussitôt sa taille et fit un pas en arrière.

— Désolé, dit-il.

— Je pense que tu devrais y aller.

— Vraiment, Sarah, je suis désolé. Je n'aurais pas dû…

— Ça va. Mais vas-y, maintenant.

Il se reprocha immédiatement ce qui venait de se passer. Qu'avait-il fait ? Peu importait qu'elle l'ait embrassé en premier. Elle était vulnérable. Il le savait, pourtant. Il n'avait pas le droit d'abuser de sa faiblesse. Il avait espéré être pour elle un ami, un refuge, un lieu sûr, et il venait de lui prouver qu'elle n'était en sécurité nulle part.

Il ramassa sa veste qu'il avait laissée tomber, puis se tourna vers la porte, et commença à tirer les verrous.

Avant de sortir, il se tourna vers elle.

— Je parlais sérieusement, Sarah. Tu n'es pas obligée d'être seule. Je suis là, je serai toujours là pour toi.

Sans le regarder, elle attendit qu'il parte et referma alors la porte derrière lui.

Le bruit de la serrure et le claquement des verrous lui sembla plus glaçant qu'auparavant. Peut-être parce que, cette fois, il se trouvait à l'extérieur de l'appartement.

10

Sarah posa le front contre la porte. Ni son épaisseur ni la ribambelle de verrous qui la fermaient ne parvenaient à contenir son désir d'être de l'autre côté. Avec Jamie.

Qu'as-tu fait ? As-tu perdu la tête ?

En tout cas, elle perdait son instinct de survie, se reprocha-t-elle. Pourtant, au lieu de tenter de se ressaisir, elle se demandait si Jamie était toujours derrière la porte, à essayer de comprendre les événements de la soirée, ou s'il avait déjà regagné sa voiture. Il vaudrait mieux qu'il oublie tout ce qui s'était passé entre eux mais une partie d'elle n'avait aucune envie qu'il l'oublie.

Elle s'éloigna de l'entrée. Loin de Jamie, elle avait froid, soudain. Elle s'était toujours sentie à l'étroit dans son minuscule appartement mais à présent, les murs semblaient se refermer sur elle.

Elle avait le moral à zéro et ne pouvait s'en prendre qu'à elle-même. Depuis qu'elle avait bêtement glissé ce petit billet à Jamie alors qu'il dînait au restaurant, elle multipliait les erreurs avec lui. Elle savait pourtant qu'elle ne devait laisser personne s'approcher trop d'Aiden ou d'elle. Et surtout pas un homme. Encore moins un policier. Alors pourquoi avait-elle invité Jamie à entrer dans leur vie ? En lui déroulant de surcroît le tapis rouge ? Certes, elle avait envie de nouer avec lui des relations basées sur la réalité, sur la vérité, et non sur des mensonges.

Mais le jeu en valait-il la chandelle ? Elle prenait un risque énorme.

Non seulement, elle lui avait presque tout raconté, ce soir, mais comme si ça ne suffisait pas, elle l'avait embrassé. Malgré son peu d'expérience dans ce domaine – elle n'avait connu qu'un homme avant lui –, elle avait fait le premier pas.

Pourquoi ? Que lui arrivait-il ?

Les réponses étaient évidentes : parce qu'elle en mourait d'envie ! Et qu'il lui ait demandé l'autorisation de l'embrasser l'avait touchée au cœur. Sa délicatesse l'avait rendu irrésistible.

Incapable de s'en empêcher, elle caressa ses lèvres du bout des doigts. Au souvenir de ce baiser, un long frisson la parcourut. Elle n'avait jamais été embrassée de cette façon auparavant. Aussi tendrement. Aussi fougueusement. Aussi… amoureusement. Si Jamie avait laissé entendre qu'il n'était pas très expérimenté en la matière, il l'avait en tout cas étreinte comme s'il la comprenait. Avec douceur, avec respect, avec amour. Et ses baisers lui avaient donné encore plus envie de lui. Il n'était pourtant pas question de céder à cette tentation.

La femme sensuelle en elle qu'elle croyait morte n'avait donc été qu'endormie et, à présent, elle se réveillait sous la magie d'un baiser comme une Blanche-Neige des temps modernes. Elle secoua la tête. Sa vie lui avait amplement prouvé que les contes de fées n'existaient pas. Le prince charmant qu'elle avait épousé s'était révélé un monstre, et aucune fée ne l'avait protégée de sa cruauté. Néanmoins, elle ne pouvait nier qu'au contact de Jamie elle avait l'impression de sortir d'un long sommeil. Sa sensualité s'éveillait. Lorsqu'il avait posé les mains sur ses bras, elle avait eu envie qu'il les promène partout sur elle.

Prendre conscience du fait qu'elle désirait cet homme envers et contre tout la perturbait. Elle retourna au salon et fronça les sourcils, gênée par le peu de lumière que diffusait la lampe du coin cuisine. Elle actionna le commutateur pour allumer le plafonnier. Sous cet éclairage vif, toutes les imperfections de la pièce apparurent. L'endroit n'avait plus rien d'un cocon romantique. Dans l'espoir de recouvrer ses esprits, elle se mit à ranger les jouets et les livres d'Aiden à leur place, à remuer les coussins.

Toute cette activité ne parvint cependant pas à chasser de son esprit les sentiments défendus et les frissons interdits. Elle se remémorait la caresse des lèvres de Jamie sur les siennes. La douce pression de sa main sur le bas de son dos alors qu'il la plaquait contre lui pour lui faire comprendre qu'elle n'était pas la seule à avoir envie d'aller plus loin.

N'aurait-elle pas dû en être terrifiée ? Surtout, pourquoi se laissait-elle troubler par cet homme ? Et pourquoi maintenant ? Elle tenta de se persuader que sa longue solitude l'avait affamée, la poussant à présent dans les bras du premier venu. Mais elle se mentait, elle le savait bien. Non seulement, elle était heureuse, seule avec Aiden, mais son unique expérience avec un homme ayant été désastreuse, elle n'avait jamais envisagé de la réitérer. Jusqu'alors, elle n'avait jamais eu envie de se jeter dans les bras d'un quasi-inconnu pour assouvir des pulsions sexuelles – pulsions qu'elle ne ressentait pas, en réalité.

Les caresses des mains de Jamie sur sa peau avaient été tendres et respectueuses, elle ne pouvait le nier. Il avait su l'émouvoir, la mettre en confiance, lui donner faim. Pourquoi Jamie Donovan l'attirait-il à ce point alors qu'elle aurait dû le repousser énergiquement ? Avait-elle été touchée par sa vulnérabilité lorsqu'il lui avait parlé de son frère ? Ou par sa force tranquille, qui lui permettait d'être pleinement viril sans avoir besoin de le prouver avec ses poings ?

Au souvenir de Jamie, les mâchoires serrées, s'efforçant

de détendre ses mains, elle se demanda si, finalement, il était si différent de Michael. Bien sûr, il avait eu envie de s'en prendre à son ex-mari parce qu'il lui reprochait de l'avoir maltraitée mais, visiblement, lui aussi semblait avoir du mal à maîtriser sa colère…

Au fond de son cœur, une petite voix lui soufflait que, au contraire, les deux hommes étaient très différents l'un de l'autre, mais elle refusait de l'entendre. Elle ne pouvait se permettre d'idéaliser Jamie, de romancer son comportement, de se leurrer en croyant qu'il ne la traiterait jamais comme Michael l'avait traitée.

À la pensée de son ex-mari, sa bouche devint sèche. Avait-elle oublié pourquoi Aiden et elle étaient en fuite, pourquoi ils vivaient dans un tel dénuement ? Avait-elle oublié que les sbires de Michael la cherchaient sans doute dans tout le pays et parviendraient peut-être à la ramener, ainsi qu'Aiden, à son ancienne vie ? Avait-elle oublié que le risque était si grand qu'elle n'osait même pas appeler son fils par son vrai prénom ?

Elle s'était imaginé qu'elle avait grandi, mûri, qu'elle avait appris de ses erreurs. Qu'elle était à présent plus forte, plus intelligente. Pourtant, elle venait de se prouver qu'elle n'était pas très différente de l'adolescente irréfléchie de naguère qui avait payé très cher ses élans amoureux. Combien de détails avait-elle révélés à Jamie aujourd'hui sans y prendre garde ? Lui en avait-elle dit assez pour lui permettre d'identifier Michael, même si elle ne lui avait pas donné son véritable nom ? Assez pour déclencher une série d'événements qui ramèneraient l'homme de ses cauchemars dans sa vie et celle d'Aiden ? S'était-elle autant confiée parce que, quelque part, elle voulait se faire pincer ?

Elle sursauta à la vue d'Aiden qui se tenait sur le seuil de sa chambre. Pieds nus, les cheveux en bataille, le haut de son pyjama relevé sur le ventre, il semblait encore à moitié endormi.

— Que fais-tu, mon petit homme ?

— J'ai faim, dit-il en se frottant les yeux.

Elle était vraiment une mère en dessous de tout, se reprocha-t-elle. Elle l'avait laissé se nourrir de cochonneries toute la journée et se coucher sans dîner. Pire, en s'épanchant auprès de Jamie, elle l'avait exposé. Comment avait-elle osé faire une chose pareille à son fils qu'elle aimait plus que tout ?

— Viens, chéri, installe-toi à table. Je vais te préparer quelque chose.

Elle sortit du pain, de la confiture de fraises et du beurre de cacahuète et lui prépara un sandwich. Elle éplucha quelques carottes pour compléter le repas puis lui coupa une pomme en quartiers.

Quand elle posa l'assiette sur la table, Aiden commença à manger puis s'interrompit et regarda autour de lui.

— Où est M. Jamie ?

— Il est rentré chez lui.

Ses yeux se remplirent de larmes et il laissa tomber son sandwich.

— Pourquoi ? Je voulais pas qu'il parte. Pas encore.

Elle passa les doigts dans les cheveux de son petit garçon, mais il se hérissa à son contact. Il était fatigué après sa journée d'aventures et, surtout, il ignorait tout des règles de bienséance qui régissaient les relations entre les mamans célibataires et les invités masculins. Cependant, la réaction de l'enfant lui prouvait qu'elle n'aurait pas dû le laisser nouer des relations trop étroites avec Jamie. Mieux valait qu'Aiden ne voie pas en lui une figure paternelle, ni qu'elle-même le prenne pour un prince charmant.

— Il était tard, chéri, il est donc parti pour aller

dormir dans sa maison. Mais nous avons passé une bonne journée avec lui, n'est-ce pas ?

Qu'elle avait appréciée plus qu'elle ne l'aurait dû.

— Mais, maman, je veux M. Jamie !

— Je le sais bien, chéri.

Elle soupira. Malgré les risques, elle aussi avait très envie d'être avec Jamie. Elle rêvait de se blottir de nouveau entre ses bras puissants et d'aider un être humain brisé par la vie à se pardonner.

Or, rien de tout cela n'arriverait. Jamie lui avait peut-être paru différent des policiers qu'elle avait rencontrés au cours de son existence. Ou de n'importe quel homme croisé dans sa vie. Cela ne voulait pas dire qu'elle avait le droit de risquer la sécurité d'Aiden pour être avec lui. Son fils était sa priorité, son unique priorité.

Elle désigna le sandwich auquel il avait à peine touché.

— Tu n'as pas faim ?

Il repoussa son assiette.

— Plus maintenant, dit-il d'une toute petite voix.

— Bien, allons te remettre au lit, alors.

Elle lui tendit la main et il la prit. Tout en le guidant vers sa chambre, elle mesura la signification et surtout la portée de ce geste. Depuis sa naissance, Aiden comptait sur elle pour le protéger. Et elle le défendrait toujours, peu importe le prix.

Le prix était très élevé. Et un de ses côtés égoïstes aurait voulu faire passer ses désirs de femme en premier. Mais même en imaginant qu'elle soit capable de jouer avec sa propre vie, celle d'Aiden était sacrée.

Donc, pour cette raison et pour une foule d'autres, son fils ne passerait désormais plus autant de temps avec Jamie.

Et elle non plus.

11

Michael pressa la sonnette du petit pavillon en brique. Des jardinières, remplies de tulipes et de marguerites en plastique, ornaient les fenêtres. Sans doute étaient-elles destinées à faire croire qu'il n'y avait pas d'hiver dans le Midwest.

Il savait qu'elle était chez elle ; il avait attendu toute la journée dans sa voiture de location garée au bout de la rue qu'elle revienne du travail. Rester prostré dans un habitacle minuscule par ce froid polaire l'avait mis d'une humeur de chien. Conscient qu'il valait mieux ne pas attirer l'attention sur lui, il s'était interdit de l'aborder dès qu'elle s'était garée. Il l'avait regardée entrer dans la maison, il avait compté jusqu'à cent avant d'aller sonner.

Le sourire chaleureux qui éclairait son visage lorsqu'elle lui ouvrit s'effaça dès qu'elle le reconnut. Elle changea aussitôt de couleur. La meilleure amie de sa femme savait quelque chose. Il était prêt à parier sa fortune là-dessus.

— Michael ? C'est bien toi ?

Elle ajusta ses grosses lunettes, repoussa en arrière ses cheveux bruns coupés au carré. Puis, prouvant qu'elle avait déjà la réponse à sa question, elle tenta de refermer discrètement sa porte.

Il écarta les bras.

— Eh oui, c'est bien moi ! Bonjour, Tonya. Comment vas-tu ? Ça fait un bail !

Elle arborait l'expression neutre que la plupart des

gens affichent face à des vendeurs à domicile avant de leur claquer la porte au nez. Mais avec lui, elle n'aurait pas la possibilité de le faire.

— J'ignorais que tu étais…

— Sorti de prison ?

Il agita les mains pour lui montrer qu'il ne portait plus de menottes.

— Génial, non ? ajouta-t-il.

Elle s'humecta les lèvres.

— Je ne veux pas être impolie, Michael, mais que fais-tu ici ?

— Où sont passées tes bonnes manières, Tonya ? Est-ce une façon d'accueillir un visiteur ?

Il lui décocha un grand sourire.

— Invite-moi à entrer, et je vais te l'expliquer.

— Ce n'est probablement pas…

Il adora la façon dont elle se figea quand il glissa le pied dans l'ouverture. Sans ménagement, il la poussa à l'intérieur et claqua la porte derrière lui. Par chance, elle n'avait pas eu la présence d'esprit de crier, d'appeler au secours.

— Il fait trop froid pour rester sur le perron, dit-il tout en balayant le salon du regard.

Des coussins brodés ornaient le canapé, des napperons en dentelle couvraient la table et le guéridon. Il était prêt à parier qu'il y avait au moins un chat dans la maison.

— C'est coquet chez toi.

Elle s'éclaircit la voix.

— Merci.

— Écoute, j'aimerais seulement bavarder un petit moment, puis je partirai. Promis.

Il attendit qu'elle hoche la tête pour se diriger vers le piano afin d'examiner les photos encadrées qui y étaient alignées. La plupart représentaient Tonya avec ses parents et ses frères. Maria figurait sur quelques-unes, mais aucune n'avait été prise ces dernières années, il en était certain. Quelques clichés montraient deux petites filles brunes et un blondinet. Probablement ses nièces et neveu.

De toute évidence, il n'y avait pas d'homme dans la vie de Tonya. Vu la facilité avec laquelle il l'avait localisée, il s'en était douté. Il était néanmoins content d'en avoir confirmation. Il aurait été ennuyé qu'un éventuel compagnon lui complique la tâche en rentrant avant qu'elle lui ait donné les réponses dont il avait besoin.

Quand il se retourna vers elle, elle se tordait les mains.

— Aurais-tu quelque chose à boire ? demanda-t-il.

— Du thé sucré.

— Formidable.

Il la suivit dans la cuisine, au cas où elle aurait été tentée de s'enfuir par la porte de derrière. Au moment où elle ouvrit le réfrigérateur, deux gros matous surgirent de Dieu sait où. Ils le considérèrent avec méfiance avant de miauler devant la porte.

Elle les fit sortir dans le jardin et referma la porte, mais pas à clé.

— Ils ne restent jamais longtemps dehors. L'heure du dîner est proche.

Il sourit. Espérait-elle ainsi lui faire croire qu'ils n'étaient pas seuls dans la maison ?

Elle prit un pichet de thé dans le frigo et deux verres dans un placard. Ses mains tremblaient tandis qu'elle les remplissait et lui en tendait un. Visiblement, elle avait du mal à cacher sa nervosité.

Puis elle l'entraîna dans le salon et l'invita à prendre place sur le canapé.

Dès qu'ils furent assis, elle demanda :

— Alors, de quoi souhaitais-tu parler ?

— Peut-être pourrais-tu commencer par me dire où se trouve ma femme.

— Mon Dieu ! Maria a donc disparu ?

Elle était bonne comédienne ; sa surprise semblait presque sincère.

— Si on veut…

— Depuis combien de temps est-elle partie ? La police a-t-elle des pistes ?

Elle méritait une salve d'applaudissements pour sa performance d'actrice. Il aurait presque pu la croire… s'il n'avait su qu'elle mentait. Depuis qu'il avait fait la connaissance de Maria, Tonya avait tout fait pour les séparer. Très vite, il avait dû interdire à Maria de voir cette sorcière, mais elle n'avait pas obéi. Et, comme il fallait s'y attendre, Tonya n'avait cessé de lui raconter des horreurs sur son compte. Il lui ferait payer ses manigances. Mais pas tout de suite. D'abord, il avait besoin qu'elle lui dise tout ce qu'elle savait sur Maria. S'il s'y prenait bien, il parviendrait à lui tirer les vers du nez. Il l'aiderait à recouvrer la mémoire et elle finirait par lui livrer les informations qu'elle détenait.

— Maria a mal vécu notre séparation, dit-il. Désemparée, elle a demandé le divorce pendant que je croupissais en taule. Je ne lui en veux pas, mais j'aimerais la retrouver, me réconcilier avec elle. Et faire la connaissance de notre fils, Andy.

— Je suis vraiment désolée. J'ignorais tout de cette histoire.

Les mains sur les genoux, elle soutint son regard comme pour le défier de douter de sa sincérité. Si tel était le cas, cela signifiait qu'il était revenu à la case départ, et il n'en était pas question.

— As-tu une idée de l'endroit où elle s'est installée avec le petit ?

— Comment le saurais-je ? Je n'ai pas entendu parler de Maria depuis des années.

— Depuis quand exactement ?

Il voyait presque les rouages de son cerveau se mettre

en branle. Elle avait fait mine d'être surprise de sa libération mais elle était au courant de sa condamnation à une peine de prison. Et lorsqu'il avait mentionné leur fils, elle n'avait montré aucun étonnement.

Il serra plus fort son verre en songeant à d'autres confidences que Maria aurait pu faire à Tonya, autrefois. Des confidences plus privées, plus intimes.

Elle eut un geste vague.

— Maria m'envoie une carte de vœux à l'occasion.

À la vue de son malaise croissant, il sourit. Elle ressemblait à une souris qui s'épuise en tentant d'échapper au chat qui, ils le savaient tous les deux, finirait tôt ou tard par la croquer.

Elle se tortilla sur sa chaise.

— Comme je te l'ai dit, cela fait des années que je n'ai plus entendu parler d'elle. As-tu essayé de contacter sa mère ? Peut-être a-t-elle eu des nouvelles.

— Je suis sûr que non.

— Amy ne s'est jamais remise de la mort de Paul.

— Même si elle avait des nouvelles, Amy ne m'aiderait pas de toute façon. Elle ne l'a jamais fait, ajouta-t-il avec amertume.

À une époque, il avait cru qu'en épousant Maria il profiterait de la fortune de ses parents, des gens aisés, et que, via sa femme, il hériterait un jour de tous leurs biens. En coupant les ponts avec leur fille unique, ils l'avaient privé de cet argent. Cela n'avait plus d'importance, à présent. Il s'était débrouillé autrement pour se mettre à l'abri du besoin.

— Mais j'ai pensé que toi, tu pourrais m'aider, poursuivit-il.

— Moi ? fit-elle en secouant la tête.

— Tu étais la seule autrefois à mesurer à quel point nous nous aimions, Maria et moi. Voilà pourquoi tu acceptais de raconter à ses vieux qu'elle dormait chez toi… pour nous permettre de passer la nuit ensemble.

Elle haussa les épaules en rougissant. Lui rappeler qu'elle avait été témoin de leur relation naissante, complice de leur amour interdit, la pousserait peut-être à lui donner une seconde chance.

Malheureusement, son stratagème n'eut pas l'effet escompté. Lorsqu'elle se leva et prit leurs verres vides pour les emporter à la cuisine, il comprit qu'elle ne lui dirait rien. En tout cas, pas de son plein gré.

Elle se tourna vers lui.

— Michael, je suis heureuse que tu aies été libéré. Vraiment. Mais je n'ai pas la possibilité de t'aider, désolée. Je ne vois même pas auprès de qui tu pourrais te renseigner.

— Et sa grand-tante ? Celle qui lui envoyait parfois quelques billets ? Elle avait également offert un berceau avant que Maria fasse une fausse couche. Comment s'appelait-elle déjà ? Tante Sarah, non ?

À voir l'expression qu'elle afficha, il sentit qu'il avait mis le doigt sur quelque chose. Elle jeta un coup d'œil vers le bureau puis se redressa. Se préparant à mentir.

— Non, tante Sarah ne te sera d'aucune utilité. Elle est morte il y a plusieurs années.

— Je suis navré de l'apprendre.

Il ne la croyait pas. Tout ce qu'elle lui avait raconté depuis son arrivée n'était qu'un tissu de mensonges. Il avait retrouvé une lettre dans laquelle elle jurait à Maria qu'elle ferait n'importe quoi pour elle, sa meilleure amie. Manifestement, elle tenait parole.

Comme elle retournait dans la cuisine, elle lui lança par-dessus son épaule :

— Ne te mets pas martel en tête. Maria avait sans doute besoin d'un peu d'espace et de liberté. Sans doute reviendra-t-elle toute seule plus tard, lorsqu'elle aura recouvré ses esprits.

Il la suivit et la regarda rincer les verres et les ranger dans le lave-vaisselle.

— C'est possible.

Comme il était possible que le père Noël joue à la crapette avec le lièvre de Pâques.

— En tout cas, poursuivit-il, je te remercie d'avoir accepté de me parler, même si tu ne peux pas m'aider, Tonya. Tu as toujours été correcte avec moi. Contrairement aux autres.

Jusqu'à présent, ajouta-t-il in petto.

Elle hocha la tête.

Au lieu d'attendre qu'elle l'invite à sortir, il se dirigea lui-même vers la porte. Elle lui emboîta le pas.

Dans l'entrée, il la serra rapidement dans ses bras et sourit en la sentant se raidir à son contact.

— Merci encore, dit-il en la relâchant. Pour tout.

Sans répondre, elle recula pour se mettre hors de sa portée. Se rendait-elle compte qu'elle lui avait donné une foule d'indices qui le mettraient sur de nombreuses pistes ? Où était tante Sarah, par exemple ? Parce qu'il doutait que la vieille tante de Maria rôtisse déjà en enfer. Et que faisait-elle pour aider Maria ? Et pour le priver du même coup de son fils ?

Tonya referma la porte derrière lui et tourna la clé dans la serrure. En passant devant les fenêtres du salon, il la vit se précipiter vers le bureau. Elle sortit un répertoire d'un tiroir avant de saisir son téléphone. Espérait-elle vraiment prévenir Maria de sa visite ? Eh bien, elle le connaissait mal. Il n'allait certainement pas la laisser faire.

Il contourna la maison. À l'arrière, les deux chats galeux miaulaient déjà devant la porte de la cuisine, la porte qui n'était pas verrouillée. Il les chassa d'un coup de pied, actionna la poignée, et entra sans bruit.

Lui tournant le dos, Tonya se tenait dans le bureau, le téléphone collé à l'oreille. De sa main libre, elle serrait son carnet d'adresses contre elle.

— Allez, allez, décroche…, grommela-t-elle.

À pas de loup, il se glissa derrière elle. Brusquement, il la saisit par les cheveux et plaqua sa main libre sur sa bouche pour l'empêcher de crier. Elle lâcha le répertoire et le téléphone pour essayer de se dégager.

— Il te suffisait de me dire où elle était, de me donner la chance de la retrouver et de reconstituer ma famille. Je t'aurais laissée continuer à mener ta petite vie sans intérêt. Mais tu as préféré mentir pour elle !

Elle fit plusieurs bruits de gorge, essayant de répondre. Ou de le supplier de l'épargner. Peu importait. Il n'en avait cure. Elle lui en avait assez dit.

— Et comme si ça ne suffisait pas, tu t'apprêtais à l'avertir que j'étais à sa recherche… Pensais-tu vraiment t'en tirer après cette double trahison ? Sérieusement ?

Au bout du fil, une voix féminine l'interrompit. Une voix si familière que les battements de son cœur accélérèrent tout à coup. Son regard se posa sur le téléphone tombé par terre.

— Vous êtes bien sur le répondeur de Sarah Cline…

Sarah ? Il n'entendit pas la suite. En quelques mots, cette voix venait de répondre à toutes les questions qu'il se posait depuis sa sortie de prison. Ce n'était pas la voix d'une vieille dame, mais celle de Maria. Il aurait parié sa vie dessus.

Au bip, il accentua son emprise sur Tonya, la forçant à se plier en deux. Avec l'énergie du désespoir, elle tendit la main vers le téléphone, tentant de l'attraper. Mais elle ne faisait pas le poids. Au moment où elle parvint à se libérer et hurla, il saisit l'appareil et mit fin à la communication d'un geste.

Elle le mordit avec tant de hargne qu'il dut lui tirer

brutalement la tête en arrière pour la forcer à desserrer les dents.

— Espèce de garce !

Il la gifla avec violence. Puis il saisit son cou et serra, serra. Elle se débattit, ses mains s'agrippant aux siennes dans l'espoir de lui faire lâcher prise. Mais elle se fatiguait. Et sans doute aussi mesurait-elle l'inutilité d'un combat perdu d'avance.

— Si je comprends bien, la vieille tante de ma femme est dix pieds sous terre, maintenant. Mais une fois morte, elle lui a fait cadeau de son nom.

Le cri étranglé de Tonya lui fit presque mal. Presque. Toutefois, il savait mieux que personne que les erreurs commises dans la vie étaient toujours lourdes de conséquences. Depuis qu'elle lui avait ouvert sa porte, Tonya avait multiplié les erreurs. Elle en payait maintenant le prix. Il y avait quelque chose de revigorant à la sentir lutter en vain. Son cœur battait encore, mais plus pour longtemps et elle le savait. Voilà pourquoi ses gestes devenaient de plus en plus désordonnés, son combat de plus en plus désespéré.

— Ne me… tue pas, parvint-elle à balbutier.

— Je n'ai pas le choix, Tonya. Si je te laissais la vie sauve, tu l'appellerais et tu gâcherais l'effet de surprise. Ce n'est pas possible.

Elle secoua la tête, essayant de nier la vérité, mais elle luttait de moins en moins.

— Mais ne t'inquiète pas. Je te promets de lui dire que c'est grâce à toi que je l'ai retrouvée. Que tu nous as donné ta bénédiction pour repartir sur de nouvelles bases et vivre notre amour plus intensément que jamais.

Sa tête glissa de côté et elle s'affaissa contre lui. Comme si sa promesse d'apprendre à Maria qu'elle l'avait livrée avait été la goutte d'eau. En tout cas, elle avait alors d'un coup cessé de se battre et accepté la mort.

— Je suis désolé, mais tu ne m'as vraiment pas donné le choix, murmura-t-il au corps inerte dans ses bras.

Alors qu'il allongeait son cadavre sur le sol, il eut l'impression d'être observé, bien que les rideaux du bureau soient fermés.

Le parquet craqua sous ses pieds quand il recula, et ces foutus chats miaulaient si fort dehors que tous les habitants du comté devaient les entendre.

Quand il vit le visage blême de Tonya, ses yeux grands ouverts qui le fixaient, lui reprochant ce qu'il avait fait, une soudaine nausée lui retourna l'estomac. Il courut jusqu'à la salle de bains et vomit dans les toilettes.

Avec la serviette qui lui avait servi à s'essuyer la bouche, il effaça avec soin toutes ses empreintes. Il se déplaça ensuite dans la maison, dans le salon, le bureau et la cuisine, passant le linge sur toutes les surfaces qu'il avait touchées. Puis, enfilant une paire de gants de ménage trouvée dans le placard sous l'évier, il renversa les tiroirs de la commode, fit tomber les bibliothèques avant de vider les bouteilles de ketchup sur la moquette.

Personne ne remonterait jusqu'à lui, personne ne le soupçonnerait du crime, mais il préférait prendre toutes les précautions pour s'en assurer. Il avait travaillé dur pour profiter enfin d'une vie digne de ce nom. Il n'était pas question de retourner en taule à cause d'une négligence.

Tout en s'activant, il avait évité de regarder le cadavre de Tonya, en particulier ses yeux.

— Au revoir, Tonnie.

Avant de partir, il glissa son carnet d'adresses et son téléphone portable dans la poche de sa veste.

Alors qu'il ouvrait la porte de la cuisine pour s'en aller, les chats rentrèrent et voulurent se frotter contre lui. Il les chassa d'un coup de pied et ils filèrent dans le jardin sans demander leur reste.

Au moins, à l'extérieur, ils auraient une chance de trouver de quoi se nourrir. Il n'était pas un monstre.

Il ne se sentait toujours pas très bien en longeant la rue pour regagner sa voiture.

En s'installant au volant, il éprouvait une sensation d'épuisement mêlée à une sorte d'excitation. Son compagnon de cellule lui avait parlé un jour de l'ambivalence des émotions qui l'avaient saisi après qu'il avait tué un pompiste. Il avait braqué ce dernier pour s'emparer de sa caisse et l'avait buté avant de s'enfuir.

Prendre une vie n'était pas anodin. Cependant, étrangler cette poufiasse n'avait pas été aussi difficile qu'il l'avait imaginé. Il devait le faire, il l'avait fait. Et il serait capable de le refaire s'il le fallait.

12

— Hé ! Sarah, un paquet t'attend à la caisse ! lança Ted du seuil de la cuisine.

Un paquet ? Sarah, qui retirait avec précaution la feuille d'aluminium qui avait protégé sa tarte pendant le début de la cuisson, sursauta et sa main heurta la grille brûlante du four.

— Aïe ! fit-elle en portant ses doigts à la bouche.

Elle se précipita vers l'évier pour passer sa main sous l'eau froide.

Ted entra et s'approcha d'elle.

— Que t'arrive-t-il ?

— Rien de grave, mais la prochaine fois que vous aurez quelque chose à me dire, assurez-vous que je n'ai pas les mains dans le four.

— Je suivrai ce conseil si et seulement si tu me promets de toujours penser à mettre les gants destinés à te protéger des brûlures.

— J'essaierai. De toute façon, ne vous inquiétez pas, je survivrai.

Fermant les yeux, Ted huma les délicieuses odeurs qui flottaient dans la cuisine en souriant.

— Qu'as-tu fait, ce matin ? Outre les brioches à la cannelle, évidemment. Ça sent bon, en tout cas.

— Des tartes aux pommes à l'amaretto.

— N'est-ce pas la deuxième fois que tu mets ce dessert au menu, cette semaine ?

— En effet. Cela vous pose-t-il un problème ? Ces tartes remportent un franc succès, non ?

— Elles partent toujours très vite, c'est vrai. Mais en général, tu varies tes pâtisseries et tu t'arranges pour espacer la présentation d'un même plat. Quelqu'un t'a-t-il demandé cette tarte particulière ?

Pendant qu'ils parlaient, elle avait laissé l'eau couler sur ses doigts mais, à ces mots, elle ferma brusquement le robinet.

— Vous avez beaucoup d'imagination, dit-elle à son patron en s'essuyant les mains avec une serviette en papier.

Ted avait surtout une excellente intuition, mais elle n'avait pas l'intention de le lui dire. Elle s'était convaincue que faire des tartes était une bonne idée. Les pommes étant très bon marché en ce mois d'avril. Elle refusait de s'avouer que les préférences d'un inspecteur de police en matière de dessert expliquaient ce choix. Elle voulait d'autant moins l'admettre que Jamie n'était pas revenu au restaurant depuis onze jours. En revanche, il ne cessait de lui envoyer des textos. Elle s'interdisait d'y répondre mais elle avait de plus en plus de mal à se rappeler pourquoi elle refusait de le revoir.

— Maintenant, de quel paquet parlez-vous, Ted ? reprit-elle.

— Va voir toi-même.

Elle fronça les sourcils.

— Au lieu de m'annoncer que je l'ai reçu, vous auriez pu me l'apporter…

— Et te gâcher tout le plaisir ? Sûrement pas.

À l'exception bien sûr des livraisons de denrées alimentaires qui lui étaient souvent adressées puisqu'elle était responsable des achats, elle n'avait encore jamais reçu de colis au restaurant. N'ayant ni amis ni parents susceptibles de lui envoyer quoi que ce soit, elle s'interrogeait sur l'origine et la nature du paquet en question.

Devait-elle en parler à son patron ?

Bien sûr, il n'était pas exclu que Tonya ait eu envie de lui faire parvenir quelque chose, mais elle ne le lui aurait jamais adressé au restaurant.

Une semaine plus tôt, Tonya l'avait appelée sans laisser de message, et quand elle avait voulu la rappeler, elle n'avait pas réussi à la joindre. Pourtant, elle avait tenté à plusieurs reprises de le faire. Même si elle commençait à s'inquiéter de ce silence, elle espérait que Tonya avait un nouveau petit ami dans sa vie, ce qui expliquait son manque de disponibilité.

À ce sujet… Elle se demanda si un de ses « amis » aurait pu lui faire un cadeau puis écarta très vite cette hypothèse. Au cours des onze derniers jours, elle n'avait pris aucun des appels de Jamie, le laissant systématiquement tomber sur sa boîte vocale sans jamais le recontacter. À l'heure qu'il était, il avait probablement compris le message : elle ne souhaitait pas qu'ils soient amis. Ni quoi que ce soit d'autre.

Que lui aurait-elle dit, de toute façon ? Qu'elle l'avait embrassé avec passion, comme si elle avait eu très envie d'aller plus loin avec lui, mais que cela ne voulait rien dire ?

— Tu viens ou pas ?

L'encourageant d'un geste à le suivre, Ted poussa les portes de la cuisine, manquant de peu d'entrer en collision avec l'une des serveuses qui arrivait, chargée d'un plateau.

S'ordonnant de ne pas se faire d'idées, de ne pas commencer à prendre ses désirs pour des réalités, elle emboîta le pas à son patron. Les boîtes de chocolats, les bouquets de fleurs, les parfums que beaucoup de femmes recevaient pour la Saint-Valentin ou pour leur anniversaire n'étaient pas pour elle. Personne ne lui en avait jamais offert, et elle s'en moquait, d'ailleurs. Du moins, jusqu'à maintenant…

La salle du restaurant n'était pas bondée, ce qui était bizarre pour un mercredi matin. Il fallait espérer que cette absence de clients n'allait pas devenir habituelle. Elle tirait déjà le diable par la queue, et si ses heures devaient être réduites, elle aurait du mal à s'en sortir.

Ted désigna un gros paquet, emballé dans un papier cadeau aux couleurs de l'arc-en-ciel, posé sur le sol près de la caisse enregistreuse.

— Le voilà.

Visiblement, le colis n'avait pas été apporté par un livreur ou par la poste. Et s'il avait été déposé par un des sbires de Michael qui serait parvenu à la retrouver ? se demanda-t-elle soudain. Peut-être contenait-il un engin explosif. Se traitant d'idiote, elle repoussa cette hypothèse. Elle devait cesser d'imaginer systématiquement le pire. Pourquoi ne pas goûter simplement la joie procurée par un cadeau inattendu comme le ferait n'importe quelle autre femme ?

Evelyn et Belinda, ses deux collègues, qui finissaient de servir les petits déjeuners, les rejoignirent.

— J'ai entendu dire que Sarah avait reçu un paquet, dit Evelyn. C'est vrai ?

— Oui, je viens de la prévenir, annonça Ted en souriant.

Qui me l'a apporté ? se demandait Sarah.

Le cœur serré, elle scruta la salle mais elle n'y vit que des habitués qui sirotaient leur café en feuilletant les journaux comme tous les matins. Le client qu'elle espérait n'était nulle part en vue.

— Allez, ouvre-le ! l'encouragea Belinda, les yeux rivés sur le cadeau.

— Mais oui ! Qu'attends-tu, Sarah ? fit Ted.

Elle regarda le colis un long moment. Finalement, elle déchira le haut du papier cadeau et souleva un coin du couvercle de la boîte en carton qu'il enveloppait pour jeter un coup d'œil à l'intérieur. Stupéfaite, elle découvrit un gorille en peluche et un régime de vraies bananes.

Avec un éclat de rire, elle sortit le grand singe du carton.

— Un gorille ? s'exclama Evelyn.

— Tu aimes les bananes ? demanda Belinda.

— Comme tout le monde, non ? répondit-elle avec un petit sourire.

À sa place, ses compagnes auraient peut-être préféré recevoir des roses ou des chocolats, mais ce cadeau l'emplit d'une profonde joie. La grosse peluche était une réplique parfaite des gorilles qu'ils avaient vus au zoo, l'autre jour. Les bananes ne faisaient que raviver ces bons souvenirs.

— Qui t'a fait ce cadeau ? lança Belinda. Y a-t-il une carte de visite ?

Sarah n'en avait pas besoin. Une seule personne au monde avait pu lui offrir ce grand singe. Pourtant, la curiosité l'emporta et elle inspecta le paquet. Mais elle eut beau fouiller, retourner la boîte, elle n'y trouva aucun bristol.

— Attends, dit Ted. Regarde, il y a un papier accroché à la patte du gorille.

Le cœur de Sarah battait à tout rompre lorsqu'elle le déplia.

Sarah,

Merci pour cette journée extraordinaire au zoo. Je regrette de m'être comporté ensuite comme un primate dans le sens le plus péjoratif du terme.

Accepte mes excuses et les bananes de cet animal.

Tu es quelqu'un de bien.

J

La première partie du message la fit sourire mais

lorsqu'elle lut sa dernière phrase, ses yeux se remplirent de larmes. La gorge serrée, elle battit rapidement des paupières et baissa la tête afin que les autres ne voient pas son émotion. *Tu es quelqu'un de bien.* Jamie reprenait les mots du billet qu'elle lui avait glissé près de deux semaines plus tôt.

Elle s'était reproché de l'avoir écrit, d'avoir tendu une perche à un homme, en oubliant à quel point il était vital pour elle de garder ses distances afin d'assurer la sécurité d'Aiden et la sienne. Elle ne savait plus que faire maintenant parce que, pour tout dire, elle ne regrettait plus son geste.

Jamie était si gentil, tellement adorable ! Et il était doté d'une vraie capacité d'écoute. Il n'avait sans doute aucune idée de l'importance de ces qualités pour elle.

Et maintenant, avec la délicatesse qui le caractérisait, il prenait sur lui l'entière responsabilité de ce qui s'était passé. Ne savait-il pas qu'ils avaient été deux à perdre la tête ? Avait-il oublié qu'elle l'avait embrassé en premier ?

Elle fut surprise de constater qu'elle ne se reprochait plus non plus ce baiser… À tort, peut-être. Certes, il n'y aurait jamais rien de plus entre eux. Le risque était trop grand. Mais elle ne regrettait pas ce qu'ils avaient partagé. Elle avait trouvé merveilleux de se sentir aimée, de se blottir dans les bras d'un homme.

Dans les bras de Jamie.

Alors que ses doigts caressaient la fourrure du gorille, elle leva les yeux vers ses collègues qui la dévisageaient en riant et se mit à rougir.

Evelyn secoua la tête.

— Si un gorille et des bananes lui font cet effet, imaginez sa réaction si quelqu'un lui envoyait un lapin en peluche et des carottes ! lança-t-elle.

— Que dit le petit mot qui accompagne l'envoi ? demanda Belinda.

— Rien d'important, répondit Sarah en glissant le papier dans la poche de son tablier.

— Allez, mesdames, dit Ted. Il est temps de retourner à vos clients. Notre Sarah déteste parler de sa vie privée, vous le savez bien.

Alors qu'elle remettait la grosse peluche dans son carton, son patron se rapprocha.

— C'est un très beau cadeau, reprit-il.

Ted savait qui l'avait laissé pour elle, comprit-elle, très gênée.

— Il vient de le déposer, non ?

— « Il » ? répéta-t-il. Si tu parles d'un inspecteur de police très sympathique qui arbore un grand sourire chaque fois que tu lui sers un café… alors non.

— Vraiment ?

— Mais si tu fais allusion à un adolescent aux cheveux filasse qui a reçu 10 dollars pour l'apporter alors oui, absolument.

— Vous vous moquez de moi.

— Pas du tout. Je ne me permettrais pas. Mais c'est la première fois depuis que tu travailles ici que je te vois éprise d'un homme…

— C'est ridicule. Et d'où sort ce mot, « éprise » ? ajouta-t-elle. Personne ne l'emploie plus depuis des siècles !

— Et l'inspecteur Donovan est, lui aussi, très épris, poursuivit Ted comme si elle n'avait rien dit. Épris de toi. La preuve, il te fait des cadeaux, ajouta-t-il en montrant le carton qu'elle tentait de refermer.

— Vous n'y êtes pas du tout, Ted. Jamie Donovan est l'un des animateurs du centre aéré où se rend Aiden après l'école, et c'est à mon fils qu'il a offert cette peluche.

— Aiden m'a beaucoup parlé de « M. Jamie », répliqua Ted. Mais si ce dernier avait voulu lui faire un cadeau, pourquoi passer par toi ? Il aurait pu le lui donner directement, non ?

L'argument étant imparable, elle ne trouva rien à répondre. Comment aurait-elle pu expliquer à Ted qu'avec ce gorille Jamie cherchait à se faire pardonner de lui avoir déclaré sa flamme ? Son cadeau était inutile. Les nombreux textos d'excuses qu'il lui avait envoyés suffisaient largement. D'ailleurs, il n'avait aucune excuse à lui présenter. Elle était autant que lui responsable de ce qui s'était passé.

— En tout cas, l'inspecteur Donovan n'est pas venu déjeuner ici de toute la semaine, poursuivit Ted. Je me demande bien pourquoi.

De nouveau, il hocha la tête en considérant le paquet comme pour dire qu'il savait reconnaître un geste d'excuse quand il en voyait un. Dieu merci, il ignorait tout des appels et des SMS restés sans réponse ainsi que des demandes répétées d'Aiden d'inviter Jamie, demandes qu'elle avait systématiquement refusées.

— Je ne l'avais pas remarqué, dit-elle tout se demandant pourquoi elle se donnait la peine de mentir. Quoi qu'il en soit, je ferais mieux de retourner à mes fourneaux. Sinon, vous n'aurez pas de desserts à proposer aux clients.

Frustrée par la conversation qu'elle venait d'avoir avec son patron, elle retourna en hâte en cuisine. Ted était un romantique. Il croyait que tout le monde était appelé à vivre une grande histoire d'amour comme celle qu'il avait lui-même connue avec feu son épouse. Mais était-il possible qu'il ait raison ? À propos de Jamie ?

Elle avait évidemment remarqué la façon dont Jamie n'avait cessé de la dévorer des yeux au zoo. Ça l'avait déconcertée mais aussi flattée et peut-être un peu grisée. La regardait-il ainsi depuis des mois, lorsqu'il venait se restaurer au Casey's Diner ? Avait-elle été trop occupée à craindre l'arrivée des sbires de Michael pour s'en apercevoir ?

Elle se dirigea vers les vestiaires du personnel pour

ranger le paquet dans son casier afin que l'équipe de cuisine ne commence pas à l'interroger sur ce cadeau.

Mais avant de retourner à ses pâtisseries, elle ne put s'empêcher de sortir son téléphone pour voir si elle avait reçu un nouveau SMS. Elle fut déçue de ne pas en trouver.

Alors qu'elle glissait l'appareil dans son sac à main, elle s'interrompit et le rouvrit pour retourner sur sa messagerie. Elle cliqua sur l'un des textos de Jamie qu'elle avait lus mais auxquels elle n'avait pas répondu.

Prenant une profonde inspiration, elle tapota :

Excuses inutiles… Merci… mille fois. S.

Avant de se l'interdire, de s'autocensurer, elle pressa le bouton pour envoyer son message. Elle essaya de se convaincre qu'elle ne faisait que le remercier de manière moderne, dans un monde où les véritables lettres avaient pratiquement disparu. Toutefois, elle était lasse de se mentir. Lasse de nier que l'inspecteur de police qui lui faisait les yeux doux était adorable, qu'il avait des bleus à l'âme, mais qu'il avait su soulager ses blessures.

Alors qu'elle pensait regretter immédiatement son geste et commencer à paniquer, un calme presque troublant l'envahit.

Avec ce petit SMS, elle avait rouvert une porte fermée entre eux ou, du moins, elle l'avait entrebâillée. Si elle avait voulu faire preuve de bon sens, elle aurait dû la verrouiller à double tour. Mais elle en avait assez de fuir comme elle le faisait depuis des années dans l'espoir de garder la vie sauve. Elle avait envie de vivre vraiment, pleinement, et d'aimer au grand jour.

Pour la vingtième fois de la journée, Jamie relut le texto de Sarah sur son smartphone. Chaque fois, il sentait une ribambelle de papillons danser dans son ventre. Lorsqu'il avait découvert son SMS, il avait hurlé de joie mais maintenant, il n'avait plus envie de répondre d'un sobre « De rien » ou « Pas de problème ».

Il avait un tout autre message à lui adresser et, même s'il hésitait, il ne put s'empêcher de l'écrire.

N'es-tu pas fatiguée de mentir ?

Après avoir envoyé son texto, il éteignit son téléphone. Pourtant, depuis une semaine, chaque fois qu'il lui avait écrit, il n'avait cessé ensuite de guetter un texto d'elle. Mais là, il n'en avait cure. Cette fois, peu lui importait qu'elle réponde ou non.

Avec un soupir, il mit son assiette de poulet dans le four à micro-ondes en se demandant pourquoi il se préparait quelque chose pour le dîner. Après tout ce qu'il avait appris aujourd'hui, il n'avait pas faim.

— Elle t'a pris pour un imbécile, murmura-t-il entre ses dents.

Alors qu'il pensait qu'ils commençaient à nouer des liens en se confiant l'un à l'autre et en se racontant leurs souffrances passées, Sarah lui avait en réalité servi un paquet de mensonges.

Maintenant, il connaissait la vérité. Aucun Michael Cline n'avait jamais séjourné dans l'un des pénitenciers de l'Illinois. Aucun n'avait fait l'objet d'inculpations liées à la drogue, ni ne s'était marié – ou n'avait divorcé – avec une dénommée Sarah au cours des vingt dernières années.

Sarah Cline, si c'était son vrai nom, avait tout inventé. Il savait pourquoi il l'avait crue mais ne comprenait pas pourquoi elle lui avait menti. Pour qu'il ne découvre pas qu'elle était une criminelle, qu'elle fuyait la justice, comme il le pressentait depuis le début ? Pour se rendre intéressante ? Pour qu'il s'apitoie sur elle ?

Si elle l'avait espéré, elle avait manqué son but. Jamais il n'avait eu pitié d'elle. En fait, il avait été furieux d'apprendre qu'elle avait été battue par son mari. Il était toujours furieux, mais contre elle, désormais.

Le pire était que chaque fois qu'il se remémorait la douleur et la peur qu'il avait vues dans ses yeux, sans parler de la passion de ses baisers, il avait du mal à accepter l'idée que tout n'avait été que du cinéma, du mensonge.

Les gens étaient capables de raconter n'importe quoi dès lors qu'ils se sentaient acculés, il était payé pour le savoir. Mais jusqu'à présent, il n'avait pas considéré Sarah comme un suspect. Ce qui constituait une erreur, sa première erreur. Et il en avait commis tant avec elle qu'il devenait difficile de les compter. L'embrasser, la désirer, croire qu'elle partageait ses sentiments étaient sans doute les plus graves et lui prouvaient qu'il était un piètre policier.

Il avait tellement voulu la séduire qu'il en avait oublié de vérifier son récit. Ironie du sort, il avait souhaité ardemment gagner sa confiance alors qu'il aurait dû s'interdire de le faire. Il savait pourtant que nouer des relations, apprivoiser quelqu'un était dangereux. Qu'en le faisant il prenait le risque de perdre ce quelqu'un. Mais dès qu'il avait imaginé qu'elle avait besoin de lui, il avait foncé, sans remarquer les signaux d'alerte, sans entendre le hurlement de ses sirènes intérieures qui cherchaient à l'arrêter.

Il posa son assiette sur la table basse et se laissa tomber sur le canapé avant de fermer les yeux. Il avait du mal à respirer. Une enclume pesait sur sa poitrine. Depuis près de trois semaines, il cachait à ses collègues qu'il faisait des recherches sur Sarah. Le moment n'était-il pas venu de leur demander leur aide afin de découvrir de quoi elle s'était rendue coupable ? Parce qu'elle avait enfreint la loi, il n'en doutait pas.

Saisissant son téléphone portable, il parcourut la liste de ses contacts pour décider lequel de ses collègues il allait appeler quand l'appareil se mit à sonner. Le nom de

Sarah s'afficha sur l'écran et, dans un premier temps, il ne put que le regarder fixement. Finalement, il prit l'appel.

— Alors maintenant, tu me téléphones ?

Le sang battait à ses oreilles et, comme il ne l'entendait pas répondre, il écarta le téléphone pour voir si elle avait raccroché.

Mais elle balbutia alors d'une petite voix :

— Je… Je suis désolée, Jamie. Pour tout.

— De quoi parles-tu ?

Faisait-elle allusion à ses mensonges ou la situation était-elle encore pire que ce qu'il avait pensé ?

— Je n'aurais jamais dû t'impliquer.

Il l'entendait mieux, à présent, mais elle semblait au bord des larmes. Il ravala la réplique acide qu'il était sur le point de lui lancer.

— Que se passe-t-il, Sarah ?

— Aiden a disparu.

Il jeta un coup d'œil vers la fenêtre. La nuit était tombée, il faisait noir. Mû par la peur, il se leva d'un bond. La trahison de Sarah et l'indignation qu'il en éprouvait n'avaient plus d'importance, maintenant. Le petit garçon de Sarah avait disparu et si elle n'avait cessé de lui mentir auparavant, il était persuadé que, cette fois, elle disait la vérité.

— Raconte-moi ce qui s'est passé.

— En rentrant du travail, je suis passée chez Nadia pour récupérer Aiden. Il n'était pas là. Elle l'avait couché et ensuite, elle a pris une douche. La porte était sans doute fermée à clé. Elle ne sait pas combien de temps…

— La porte était verrouillée, j'en suis sûre ! intervint une femme paniquée à l'arrière-plan. Il fallait tirer le verrou pour sortir. Et Aiden dormait.

— Ils l'ont enlevé, Jamie ! continua Sarah, comme si elle n'avait pas entendu la nourrice. Il a pris une nouvelle fois mon bébé !

Il s'efforça de surmonter sa panique.

— Tu as appelé la police ? Parce que sinon, fais-le tout de suite.

Si elle refusait, il le ferait lui-même. Mais au lieu de raccrocher pour composer le numéro des secours, il colla l'appareil contre son oreille, attendant les mots qui allaient forcément suivre.

— Je… ne peux pas.

La souffrance qui teintait sa voix lui fit l'effet d'un électrochoc. Il enfila en hâte ses chaussures qui traînaient près du canapé et prit sa veste qu'il avait lancée en rentrant sur le dossier d'une chaise.

Peu importait que Sarah vienne de confirmer qu'elle lui avait menti. Elle ne pouvait pas prévenir la police parce qu'elle était une criminelle en fuite et recherchée, mais elle l'appelait à l'aide. Quoi qu'elle ait fait auparavant, il se devait de répondre présent.

— J'arrive, dit-il.

13

Dès qu'elle vit la voiture s'engager sur le parking, Sarah poussa un soupir de soulagement. Le visage du conducteur était dans l'ombre mais il s'agissait de Jamie, elle en était certaine. Il lui avait dit qu'il arrivait et il était homme de parole.

Elle s'ordonna d'arrêter de se demander pour la énième fois comment quelqu'un avait réussi à s'introduire chez Nadia pour kidnapper Aiden. De cesser de se torturer en calculant à combien de kilomètres de Brighton se trouvaient à présent son fils et le ravisseur. Plus le temps passait, plus les chances de retrouver le petit garçon s'amenuisaient, elle le savait.

— C'est votre ami policier ?

Vêtue d'une chemise de nuit en flanelle et d'un peignoir, Nadia se tenait près d'elle devant la fenêtre. Le visage de la nourrice était gonflé de larmes et pourtant, ne connaissant pas toute l'histoire, elle ne mesurait pas pleinement la gravité de la situation.

— Oui, répondit Sarah.

— Un jour, vous m'expliquerez pourquoi vous l'avez appelé, lui, au lieu de composer le 911.

Sarah hocha la tête tout en regardant Jamie descendre de voiture et se hâter vers l'escalier.

— Ça va aller, reprit Nadia d'une voix tremblante en lui tapotant le bras pour tenter de la réconforter.

Mais elle ignorait que, désormais, plus rien n'irait. Le

monstre qu'elle n'avait que trop connu avait enlevé son fils. Il allait lui faire du mal pour l'atteindre, elle. Et elle ne pouvait rien faire pour l'arrêter.

Avant que Jamie ait eu le temps de sonner, Sarah ouvrit la porte de Nadia. Contrairement à la sienne, celle-ci n'était munie que de deux verrous. Il aurait sans doute mieux valu qu'elle sécurise davantage son appartement.

— Jamie ! Enfin, tu es là ! Entre.

Il resta immobile sur le seuil.

— Tu es sûre de vouloir que je m'occupe de cette affaire, Sarah ?

— Mais qu'est-ce que tu racontes ? Bien sûr que je le veux !

— Parce que, quoi que tu caches, reprit-il en entrant enfin, c'est forcément moins grave que…

Bien qu'il se soit interrompu, elle comprit ce qu'il voulait dire. Rien ne pouvait être plus grave que de perdre son fils. Mais elle refusait d'y penser maintenant, d'envisager une telle tragédie. Ils devaient à tout prix retrouver Aiden. Ils allaient y arriver.

Il insista néanmoins.

— J'essaie de te faire comprendre que je suis seul, Sarah. Alors qu'en prévenant les autorités, tu ferais du même coup appel à tous mes collègues. Ils se mobiliseraient, se déploieraient dans la région, bloqueraient les routes et surveilleraient toutes les sorties de la ville. Ce qui multiplierait les chances d'intervenir à temps. Sois bien consciente que chaque minute qui passe…

— … Permet aux ravisseurs de l'emmener un peu plus loin, je sais, murmura-t-elle en se tordant les mains.

Mais signaler officiellement la disparition d'Aiden ne ferait qu'aggraver la situation, elle en était certaine.

— Veux-tu nous aider ou pas ? demanda-t-elle.

Il sortit de la poche de sa veste un petit carnet, un stylo et une paire de gants en latex qu'il enfila. Il la considérait sans doute comme une affreuse égoïste totalement irresponsable, mais s'ils parvenaient à localiser son fils et à le ramener à la maison sans impliquer la police, cela valait mieux.

À quoi servirait-il de retrouver Aiden si la justice devait le lui enlever ensuite ?

De son autre poche, il sortit de petits sacs en plastique.

— Pour recueillir d'éventuels indices, dit-il, bien que personne n'ait demandé d'explication. En espérant que le laboratoire acceptera une requête de ce genre.

Il se tourna vers Nadia qui tremblait de tous ses membres.

— Vous devez être la nourrice.

Nadia renifla.

— Oui, je m'appelle Nadia Antonov.

— Bon, essayons de ne pas perdre de temps. Il est compté. Peut-être parviendrons-nous à quelque chose…

Son ton trahissait son pessimisme. Regrettait-il déjà de ne pas avoir fait appel aux autorités afin de leur permettre au moins de déclencher une alerte enlèvement ? se demanda Sarah. En refusant de signaler officiellement la disparition de son fils, mettait-elle la vie de son enfant en péril ? Elle avait cru le protéger en l'éloignant de son père, mais peut-être représentait-elle, elle aussi, un danger pour Aiden.

— Si j'ai bien compris, reprit Jamie, Aiden était déjà endormi quand vous êtes allée prendre une douche. Se trouvait-il dans la chambre ?

Il désignait l'arrière de l'appartement, dont la disposition était identique à celui de Sarah. Comme Nadia hochait la tête, il se tourna vers l'entrée.

— Et vous croyez que les verrous étaient tirés au moment où vous êtes entrée dans la salle de bains ?

— Oui.

Après avoir allumé la lumière, il ouvrit la porte et examina les serrures, les verrous puis le chambranle.

— Je ne vois aucun signe d'effraction.

Sarah sentit son estomac se nouer. Cela signifiait-il que Nadia avait menti à propos de la porte verrouillée ou qu'elle avait seulement oublié de la fermer correctement ? Mis à part Ted, Nadia était la personne de Brighton dont elle était la plus proche. Mais la connaissait-elle vraiment ? Un des sbires de Michael avait-il découvert son existence et l'avait-il achetée ?

Au lieu d'accuser la nourrice de quoi que ce soit, Jamie semblait évaluer la distance séparant la porte d'entrée de la chambre.

— Serait-il possible qu'Aiden ait entendu quelqu'un frapper pendant que l'eau coulait et qu'il ait voulu aller ouvrir ?

— Sans doute.

Nadia croisa le regard de Sarah avant de baisser la tête.

La gorge serrée, Sarah déglutit avec difficulté. Les soirs où elle travaillait, elle frappait à cette porte en rentrant. Parfois, Aiden courait lui ouvrir, devançant Nadia. Les deux femmes lui avaient répété maintes fois que seuls les adultes étaient autorisés à le faire, mais... L'enfant avait-il ouvert en pensant voir sa mère et était-il tombé sur son ravisseur ?

Jamie poursuivit :

— Je peux jeter un œil dans la chambre ?

Sans attendre la réponse, il entra dans la pièce voisine. La lumière y était restée allumée depuis que Sarah l'avait trouvée vide.

Il examina la chambre, son regard passant de la couette rabattue sur le lit à la fenêtre dont les rideaux étaient tirés. Puis il s'approcha du petit bureau sur lequel se trouvaient le gros sac à main de Nadia et une collection de flacons de parfum. La porte du placard était fermée, comme les tiroirs de la commode. Il nota quelque chose dans son calepin.

Sarah s'obligea à rester sur le seuil avec la nourrice, à réprimer son envie de se précipiter dans la pièce pour la fouiller de fond en comble à la recherche de réponses. Elle avait appelé Jamie à l'aide. Il était sa seule chance de retrouver Aiden, elle devait au moins le laisser faire.

Il revint près du lit. L'oreiller portait encore les traces de la petite tête de l'enfant et Sarah réprima difficilement un gémissement.

— Quelque chose vous semble-t-il bizarre, pas à sa place, mademoiselle Antonov ?

— Mme Antonov. Je suis veuve, corrigea Nadia en regardant autour d'elle. Non, je ne pense pas.

— Il n'y a aucun signe de lutte non plus, nota Jamie.

Sarah ferma les yeux mais ne parvint pas à chasser l'image d'un sale type, un des sbires de Michael, emportant son fils endormi. Peut-être avait-il drogué Aiden pour ne pas le réveiller, pour ne pas prendre le risque qu'il se mette à crier.

Quand elle rouvrit les yeux, Jamie griffonnait quelque chose d'autre.

— Combien de temps environ a duré votre douche ?

— Peut-être dix minutes, répondit Nadia. Pourquoi ?

— C'est donc le temps qu'aurait eu un ravisseur pour emporter Aiden hors de l'appartement avant que vous vous aperceviez de quoi que ce soit…

Il jeta un coup d'œil au lit.

— Aiden dort-il toujours sur une couverture comme celle-ci quand il est chez vous ?

Nadia hocha la tête.

— Il l'appelle son sac de couchage et fait semblant de camper. Je lui donne souvent une lampe de poche avec laquelle il joue jusqu'à ce qu'il s'endorme.

Il tira sur la couverture et la secoua.

— Lui en aviez-vous laissé une, ce soir ?

— Je ne me souviens plus, je suis désolée.

Sarah serra les poings. Non seulement, Nadia n'avait pas verrouillé la porte, mais elle était incapable de se rappeler si elle avait donné ou non une lampe de poche à Aiden. Comment avait-elle pu confier son fils à une telle irresponsable ?

Jamie se tourna vers elle.

— Sarah… Je sais qu'Aiden a l'habitude de dormir avec un dauphin en peluche prénommé Willy.

— C'est exact. Il le range toujours dans son sac à dos pour l'avoir à la maison et ne pas l'oublier lorsqu'il vient chez Nadia.

— Apparemment, Willy a également disparu.

Sarah se pencha pour regarder dans et sous le lit. Rien.

— Celui qui aurait enlevé le petit aurait emporté Willy aussi ? suggéra Nadia d'une voix tremblante.

— Tout est possible, répondit Jamie. Mais le ravisseur aurait donc eu le temps de prendre la lampe de poche, la peluche, le sac à dos d'Aiden, ainsi que son manteau et ses chaussures ?

— Comment ça ?

Sans attendre la réponse, Sarah sortit de la chambre pour gagner l'entrée. Elle s'arrêta devant l'endroit où Nadia laissait d'habitude les affaires d'Aiden pour qu'elle puisse les récupérer facilement en venant chercher son fils.

Tout avait disparu.

— Je ne comprends pas…, fit-elle.

— Il est évident qu'Aiden a quitté cet appartement tout seul, dit-il. De son propre chef.

— Mon Dieu !

Elle fut parcourue par un long frisson.

— Il est quelque part en ville, en pleine nuit. Peut-être s'est-il perdu. Il a probablement froid et peur.

— Tout est ma faute, gémit Nadia. Je n'aurais jamais dû me doucher pendant qu'il était ici, sous ma responsabilité.

Jamie écarta les mains, comme pour les calmer.

— Ce n'est la faute de personne. Notre seul souci maintenant, notre unique objectif, est de ramener Aiden à la maison.

Alors qu'un regain d'angoisse lui étreignait la gorge, Sarah ouvrit vivement la porte et sortit sur le palier en enfilant son manteau. Au lieu de la suivre, Jamie prit la direction opposée et retourna vers la chambre.

— Mais qu'est-ce que tu fais ? cria-t-elle. Nous savons déjà qu'il n'est pas là ! Il est dehors. Il faut partir à sa recherche !

Se rendant compte qu'elle lui parlait sur un ton agressif et qu'elle était à deux doigts de hurler, elle prit une profonde inspiration dans l'espoir de se calmer.

Comme s'il ne l'avait pas entendue, Jamie entra dans la chambre. Elle eut beau taper du pied, les bras croisés, sans chercher à dissimuler son impatience et son agacement, il ne se retourna pas. Il examina le lit comme s'il espérait y découvrir des informations.

Au bord de la crise de nerfs, elle lança :

— Jamie, nous perdons du temps ! Traîner dans cette chambre ne nous mènera nulle part !

Il leva la main, lui intimant le silence.

— Qu'en sais-tu ?

— Tu ne comprends donc pas ? Il n'est pas là. Mon bébé… est parti.

Cette fois, il la regarda par-dessus son épaule.

— Alors, laisse-moi faire.

Il déplaça les livres sur la table de nuit, releva la couette.

— C'est la première fois qu'Aiden fugue, non ? Il n'a que six ans. Il n'est pas encore expert en la matière. Il a probablement laissé des indices derrière lui.

Il s'accroupit près du lit, en inspecta le dessous et souleva le tapis.

— Qu'a-t-il laissé, à votre avis ? murmura Nadia.

— Si je le savais, je l'aurais déjà trouvé.

Il secoua l'oreiller.

— Je suis aussi frustré que…

Il s'interrompit alors qu'une feuille de cahier s'échappait de la taie pour aller atterrir sur la moquette. Il la ramassa. D'un côté figurait un message de Sarah recommandant à son fils d'être gentil et obéissant avec Nadia. Lorsqu'il retourna la feuille, il y découvrit quelques mots écrits de la main de l'enfant avec un feutre violet.

— Il a laissé une lettre ? s'exclama Sarah. Qui dit quoi ?

Avant qu'elle puisse s'approcher pour la lire, il la fourra dans sa poche.

— Hé ! Laisse-moi voir ! protesta-t-elle.

— Aiden est parti pour aller chez moi.

Muette de surprise, elle le dévisagea sans comprendre.

— Chez toi ? Il connaît ton adresse ?

— En gros, oui. Mais il ne saura pas s'y rendre.

— Comment aurait-il appris… « en gros » où tu habites ?

Il soupira.

— Parce qu'il me l'avait demandé et que je le lui ai dit.

— Tu as dit à un garçon de six ans, qui te vénère, où tu vis ?

Cette fois, il se tourna vers elle.

— D'accord, Sarah. C'était une erreur. Mais attends que nous l'ayons retrouvé pour me casser la figure, d'accord ?

— Je suis désolée. Je suis tellement…

— Inquiète ? Terrifiée ? Ton fils ressent probablement la même chose en ce moment. Alors, tu viens ou pas ?

Elle le suivit vers la porte. Avant de quitter l'appartement, elle se tourna vers Nadia et se répandit en excuses pour l'avoir soupçonnée du pire.

Aiden n'était pas entre les mains d'un des sbires de Michael comme elle l'avait redouté, mais il était livré à lui-même dans un quartier mal famé. Sans doute regrettait-il de s'être aventuré seul dans la nuit. Ils devaient le retrouver. À tout prix. Heureusement, elle n'aurait pas à le chercher seule.

Jamie avait beaucoup d'affection pour Aiden, elle le savait. Il l'avait prouvé bien avant ce soir. Mais maintenant, il enfreignait des dizaines de règles et peut-être plusieurs lois, pour mener ces investigations. Et même s'il n'était pas d'accord avec elle, avec sa décision de ne pas impliquer les autorités, il semblait déterminé à tout faire pour ramener Aiden à la maison.

Lorsque tout serait fini, qu'ils auraient retrouvé l'enfant, qu'il serait en sécurité et au chaud, elle ferait enfin confiance à Jamie et lui révélerait toute la vérité, se promit-elle.

14

Ils n'allaient jamais le retrouver !

Comme la terrible vérité s'imposait à lui, Jamie sentit une profonde angoisse le submerger. Pour ne rien arranger, la ville était plongée dans un épais brouillard qui rendait l'obscurité plus opaque encore. Ils remontaient pour la énième fois la Grand River Avenue, l'artère à quatre voies qui traversait le centre de Brighton. À chaque instant, il espérait apercevoir l'aventurier de six ans sautillant sur un trottoir. En vain. Depuis le siège passager, Sarah scrutait elle aussi la nuit, à la recherche de son fils. Sans résultat.

Le petit garçon n'était nulle part.

— Tu crois que nous aurions pu passer près de lui sans le voir ? demanda-t-elle.

Ses mots le firent sursauter. C'était la première fois qu'elle parlait depuis plus d'une heure. Et il n'avait même pas une réponse encourageante à lui donner.

— Probablement pas.

— Manque de chance, il était habillé de vêtements sombres, aujourd'hui, et il portait un sac à dos bleu marine… Une tenue difficile à repérer dans le noir…

Il ne répondit pas mais ses mains se crispèrent un peu plus sur le volant. De nouveau, il força ses yeux fatigués à chercher une petite silhouette. L'enfant restait introuvable.

Raide sur son siège, Sarah lança sans cesser d'inspecter les rues :

— Maintenant, dis-moi ce que tu as raconté à Aiden à propos de l'endroit où tu habites. Et pourquoi ?

— Je lui ai dit que je vis dans une petite maison sur First Street, près du parc Mill Pond, et il m'a alors dit qu'il connaissait l'endroit. Et qu'il adorait quand tu l'emmenais jouer au Mill Pond.

— Et il n'aurait certainement pas oublié ces détails.

— Mais je ne pense pas qu'il saurait s'y rendre.

— Pourquoi pas ? Chaque fois que nous y sommes allés, nous étions à pied. Nous marchons beaucoup.

— Peut-être, mais il n'a que six ans.

— Mon fils n'a pas grand-chose en commun avec les enfants de son âge.

Elle n'avait pas tort, mais comme ils avaient déjà eu cette conversation, il ne répondit pas et reporta son attention sur la route. Si, au début, la fugue d'Aiden ne lui avait pas paru dramatique, la situation s'aggravait au fur et à mesure que le temps passait. Ils avaient beau sillonner la petite ville en tous sens, ils ne parvenaient pas à le localiser. S'il n'avait pas été kidnappé par son père, comme l'avait d'abord craint Sarah, le petit avait pu faire une mauvaise rencontre.

À ce stade, Jamie se moquait bien de savoir si ses collègues de la police de Brighton avaient déjà ramassé le garçonnet au cours d'une de leurs rondes. Il ne songeait même plus à l'enfer qui se déchaînerait lorsque ses supérieurs comprendraient ce qu'il avait fait.

Parce que la seule chose qui importait était que l'enfant soit en sécurité.

— Nous n'allons pas le retrouver…, dit Sarah d'une voix blanche.

— Bien sûr que si.

Elle ne faisait qu'exprimer à voix haute la terreur qui l'envahissait lui aussi, mais il refusait de la laisser imaginer le pire. Elle ne devait pas perdre espoir. Si elle le faisait, il perdrait pied. Le doute le gagnait. Il avait multiplié les erreurs et commençait à craindre de s'être bien trop impliqué dans l'affaire pour avoir une chance de la résoudre. Au cours de sa formation, il avait également appris à ne jamais faire de promesses qu'il n'était pas certain de tenir. Malgré tout, comme elle ne répondait rien, il répéta :

— Nous devons le retrouver. Nous allons le retrouver.

Comme si les mots avaient un pouvoir magique et qu'il suffisait de les prononcer pour qu'ils deviennent réalité… S'il le fallait, il les répéterait toute la nuit comme un mantra.

Avec un soupir, Sarah se rapprocha de la vitre de sa portière. De nouveau, elle scruta l'obscurité.

Lorsqu'il était arrivé chez Nadia, Sarah pleurait et tremblait de tout son corps. Visiblement, elle paniquait, imaginant le pire, un kidnapping. Par la suite, en comprenant qu'il avait, sans le vouloir, poussé le petit garçon à venir le rejoindre sans mesurer les risques, elle avait été si furieuse contre lui qu'elle en avait momentanément oublié sa peur. Maintenant, elle semblait résignée. Les épaules basses, les yeux secs, elle se préparait manifestement à l'inévitable tragédie.

— Pourquoi ai-je imaginé que je réussirais ? demanda-t-elle, accablée. J'ai construit un monde pour le protéger, un monde à nous, où rien ne devait lui arriver, et j'ai tout raté. Je l'ai laissé se perdre…

— Ce n'est pas ta faute, Sarah.

C'était la sienne, ils le savaient tous les deux. Et si Aiden était renversé par une voiture ou victime d'un prédateur, d'un pédophile, il serait le seul à blâmer. Comme avec Mark, il avait échoué sur toute la ligne avec Aiden et Sarah. Il était un boulet, un poison toxique.

— Tu as fait tout ce qui était en ton pouvoir pour qu'il se sente en sécurité et aimé, dit-il.

Elle n'arrêtait pas de secouer la tête.

— Mais ce n'était pas suffisant. La preuve ! Et ce soir, j'avais tellement peur des conséquences que j'ai refusé de contacter les secours. Sans doute ai-je ainsi empêché mon enfant d'être retrouvé.

— Nous pourrions appeler le 911.

Même s'il était probablement trop tard pour que les secours soient utiles. Et même s'il devait s'expliquer auprès de ses supérieurs pour avoir mené l'enquête en solo, pour ne pas avoir respecté le protocole. Serait-il viré pour cette raison ? C'était sans importance. Si cela donnait une chance à Aiden d'être retrouvé, il se fichait du reste.

— Veux-tu le faire, maintenant ?

Il avait déjà le doigt sur le tableau de bord, sur la commande permettant de passer un coup de fil.

Un instant, elle baissa les yeux sur ses mains jointes.

— Oui, dit-elle enfin. Contacte-les.

Tout en retournant sur Main Street, il pressa le bouton. Une voix virtuelle lui demanda ce qu'il souhaitait faire.

— Composer le…

Comme ses phares balayaient les vitrines des boutiques, quelque chose attira son attention et il cessa brusquement de parler. S'agissait-il d'un simple jeu de lumière ? Son cœur battait la chamade, soudain. D'une pression du doigt, il désactiva la connexion électronique de la voiture et tourna à l'angle de First Street, cherchant à se garer.

Sarah se tourna vers lui.

— Qu'est-ce qu'il y a ? Tu as vu quelque chose ?

— Je n'en suis pas sûr.

Il n'avait pas envie de lui donner de faux espoirs. Ce n'était pas la première fois qu'il pensait avoir remarqué quelque chose qui se révélait finalement sans intérêt. Malgré tout, dès qu'il put s'arrêter, il descendit de voiture et s'élança vers le carrefour. Derrière lui, il entendit l'autre portière claquer et des bruits de pas.

Il scruta la zone où il avait cru apercevoir quelque chose. Rien. Devenait-il victime de son imagination ? Parce que l'idée d'échouer lui était insupportable ?

— Ce n'était sans doute rien.

— Rien…, répéta Sarah d'une voix tremblante.

Puis il revit ce qui avait attiré son attention. Il ne s'agissait pas du faisceau lumineux de phares crevant la nuit, mais d'un seul rai de lumière qui se balançait dans l'obscurité… Une lampe de poche à la main d'un promeneur, comprit-il.

Quoi qu'il en soit, il ne fallait pas s'emballer trop vite. Beaucoup d'habitants de Brighton possédaient des chiens. Ils les promenaient souvent le soir, munis de lampes de poche pour ne pas les perdre dans le noir.

Mais il ne put s'empêcher de se remettre à courir.

Enfin, devant des devantures de magasins, il distingua à la fois la lueur d'une lampe de poche et une petite silhouette à capuche.

— Aiden ?

S'approchant de l'enfant, il le prit dans ses bras.

— Ta mère et moi t'avons cherché partout !

— Je me suis perdu… J'ai pas trouvé ta maison.

De nouveau, la culpabilité le poignarda. Comment avait-il pu se montrer irresponsable au point de donner des détails sur son adresse à un enfant assez intelligent pour tenter de s'y rendre mais trop jeune pour y arriver ?

— Eh bien, mon bonhomme, j'aurais préféré que tu n'essaies pas. Nous étions fous d'inquiétude.

Comment un petit garçon, qui ignorait encore que le mal prenait souvent l'apparence du bien, aurait-il pu avoir une idée des dangers de la rue, des ténèbres ?

— Je veux maman.

Aiden dans les bras, il se retourna au moment où Sarah les rejoignait.

— Aiden !

— Maman !

L'enfant dirigea le faisceau de sa lampe sur le visage inondé de larmes de sa mère. Elle était secouée de sanglots.

— Pleure pas, maman. Tout va bien.

Comme il tendait la main pour lui caresser les cheveux, répétant probablement les mots qu'elle lui disait d'habitude pour le réconforter, elle se mit à trembler de plus belle. Elle avait eu si peur !

Jamie eut beaucoup de mal à ne pas l'attirer vers lui pour la laisser sangloter contre son épaule. Il s'en abstint car il comprit qu'elle avait besoin de lui autrement, maintenant. Il devait lui montrer qu'il était là, à ses côtés, mais pas trop près. Qu'il était proche, tout en gardant ses distances. Qu'il était un ami mais qu'il la laissait être le parent. Il déposa donc Aiden près d'elle.

Déstabilisé par les larmes de sa maman qu'il avait toujours considérée comme un roc, Aiden entoura les jambes de Sarah de ses bras et se serra contre elle. Pendant un moment, aucun d'eux ne bougea. Puis, finalement, Sarah se pencha et souleva son fils dans ses bras.

— Ne refais plus jamais ça ! dit-elle avec sévérité.

Après quoi elle le couvrit de baisers.

— Tu m'as fait peur. Tu nous as fait très peur.

Elle évita de se tourner vers lui tandis qu'elle reformulait sa phrase, constata Jamie, mais elle sentait forcément son regard sur elle. Il y avait eu un « nous » durant ces heures d'angoisse et de désespoir. Et maintenant, avec le soulagement, l'apaisement, le « nous » était toujours là.

Il ignorait ce que ce « nous » signifiait pour elle, tout comme il ignorait ce que lui-même éprouvait à ce sujet, surtout lorsqu'il songeait aux questions qu'il avait à lui poser. Cependant, il fut ridiculement heureux qu'elle ait reconnu son rôle dans cette histoire.

— Pardon, maman, dit Aiden, penaud. Mais j'ai laissé un mot, une lettre. Comme tu fais pour moi quand je vais chez Nadia.

— J'ai vu, dit-elle bien que, techniquement, elle ne l'ait pas lue. Mais ça ne suffit pas. Tu aurais dû demander à Nadia ou à moi la permission de sortir.

— T'aurais pas voulu. Tu m'aurais dit non.

Elle ne pouvait le nier, et Jamie comprit qu'elle n'allait pas essayer de lui prouver le contraire. Jusqu'à aujourd'hui, elle n'aurait jamais autorisé son fils à venir lui rendre visite.

— Nous en reparlerons demain, dit-elle. Il est tard.

— J'ai froid, fit Aiden en frissonnant. Et j'ai faim.

Sarah secoua la tête.

— Rentrons vite à la maison, alors.

— Écoute, commença Jamie. J'habite tout à côté d'ici. Si ta mère est d'accord, pourquoi ne pas aller prendre un chocolat chaud chez moi ?

Avant que l'un ou l'autre ait la possibilité de répondre, il regarda Aiden avec gravité.

— Mais tu ne viens chez moi que si tu promets de ne plus jamais revenir sans ta mère.

— Je promets. On peut y aller, maintenant, maman ? Je suis en train de mourir de froid.

Jamie était prêt au refus de Sarah. Non seulement elle avait décliné toutes ses invitations depuis leur sortie au zoo, mais en acceptant, elle récompenserait en quelque sorte une bêtise d'Aiden. Pour ne pas avoir de regrets, il avait décidé de poser malgré tout la question, sans toutefois se faire beaucoup d'illusions.

Comme Aiden, il avait faim, soudain. Il n'avait rien mangé depuis des heures, l'estomac trop noué par les mensonges de Sarah. Elle n'avait pas voulu partager ses secrets avec lui et peut-être ne le ferait-elle jamais. En dépit de cela, il souhaitait toujours être avec elle.

Alors qu'elle hésitait, il fronça les sourcils dans l'obscurité, comprenant qu'elle était acculée. Encore une fois, il l'avait poussée dans un coin et elle se retrouvait le dos au mur. Et, encore une fois, elle n'avait pas vraiment la liberté de refuser. En disant non, elle priverait son fils d'une grande joie et serait alors obligée de jouer le rôle de la méchante avec l'enfant.

— D'accord, dit-elle enfin.

Il chercha son regard.

— D'accord ?

— Vraiment, maman ?

Elle hocha la tête.

— Mais nous ne resterons pas longtemps.

15

Sarah s'assit sur le canapé, Aiden endormi dans les bras. Pancake, le chat de Jamie, les observait d'un œil méfiant, roulé en boule dans un panier. Aiden se blottit étroitement contre elle comme s'il avait besoin d'être le plus près possible, de se fondre en elle. Ce soir, elle ressentait la même chose.

Elle avait failli le perdre. Cette seule pensée lui donnait envie de fondre en larmes. Elle l'étreignit plus fort, écrasant au passage le dauphin en peluche contre lui. Sentir la chaleur du corps de son fils la rassurait, lui prouvant qu'il était en vie et en sécurité.

— Il ne ressemble pas à un petit garçon qui vient de vivre des heures terrifiantes, remarqua Jamie depuis le fauteuil.

Il sourit en se penchant pour poser sa tasse sur la table basse.

Elle lui rendit son sourire.

— Il s'en remettra bien plus vite que moi. Que nous, ajouta-t-elle.

— Tu as raison. Mais je parie qu'il ne re-fuguera pas de sitôt.

— Il a intérêt.

— Heureusement que sa plus grande déception à propos de ce soir sera de s'être endormi avant d'avoir eu la possibilité de finir son chocolat chaud.

Il tendit la main et caressa la tête d'Aiden avec une

telle douceur que Sarah frissonna. Elle aurait voulu qu'il la caresse ainsi elle aussi.

— Pourquoi les enfants transpirent-ils toujours pendant leur sommeil ? demanda-t-il. C'est étrange que ce soit l'un de mes plus vieux souvenirs de Mark. Je me revois repoussant ses cheveux trempés de sueur alors qu'il dormait dans son petit lit à barreaux.

— Je ne sais pas, mais Aiden est toujours en nage, la nuit.

Elle chassa tendrement une mèche blonde du front de son fils puis elle s'éclaircit la voix.

— Mark a eu de la chance de t'avoir comme grand frère.

Ils échangèrent un long regard, puis il reprit sa tasse et but une gorgée de son cacao.

— Es-tu sûre qu'Aiden ne serait pas mieux si je l'allongeais dans la chambre d'amis ? Tu n'as pas la possibilité de bouger, avec lui dans les bras.

— Il ne me dérange pas. En plus, je n'ai pas envie qu'il soit loin de moi pour l'instant, dit-elle, traversée une nouvelle fois par d'horribles images. Je pense à tout ce qui aurait pu se passer, lui arriver.

— Il est en sécurité, maintenant. Vous êtes tous les deux en sécurité.

De nouveau, des larmes lui brûlèrent les paupières et elle secoua la tête pour les refouler. Elle en avait versé beaucoup, depuis qu'ils avaient retrouvé Aiden. Dès qu'elle avait eu la certitude qu'il allait bien, elle s'était autorisée à ouvrir les vannes. Une fois la crise passée, elle avait laissé les pires scénarios envahir son esprit.

— Il aurait pu…

— Mais ça n'a pas été le cas. Il a eu de la chance. Nous avons tous eu de la chance.

— Grâce à toi, Jamie. Sans toi, je n'aurais peut-être

jamais retrouvé mon fils. Merci… Merci infiniment… de me l'avoir rendu.

Sa voix se brisa sur ce dernier mot. Jamie lui avait rendu la personne qui comptait le plus au monde pour elle, la personne la plus importante à ses yeux.

— C'est à cause de moi qu'Aiden était dehors cette nuit, ne l'oublie pas. J'aurais dû réfléchir avant de lui dire où j'habitais.

— Apprends à accepter les remerciements, veux-tu ?

— J'essaierai.

— Tu ne m'as toujours pas dit ce qu'il a écrit dans sa lettre.

Il sortit le feuillet de sa poche et le lui tendit.

— J'ai pensé qu'il n'était pas utile pour toi d'en prendre connaissance à ce moment-là.

Elle lut à voix haute :

— « Chère maman. Je suis allé chez M. Jamie. Tu dis toujours non quand je te demande de l'inviter chez nous. Je t'aime. Aiden. »

La gorge serrée, elle déglutit avec difficulté.

— Manifestement, tout n'était pas uniquement ta faute, sa lettre le prouve. Je suis une mère horrible qui dit toujours non. Et tu as raison, il valait mieux que je ne la lise pas à ce moment-là, ajouta-t-elle en la posant sur la table.

— Il s'est sauvé parce qu'il avait envie de passer du temps avec moi. Et je ne serais pas venu s'il n'avait pas eu besoin de moi, *lui*.

— Oui, je m'en doute. J'ai reçu ton texto.

Elle regarda fixement sa main posée sur l'épaule d'Aiden, tout en cherchant les mots justes. Que pouvait-elle dire pour tenter d'arranger les choses ?

Elle décida de faire simple.

— Je suis vraiment désolée. Pour tout.

— Pourquoi m'as-tu menti ?

— Je ne t'ai pas menti. Du moins, pas vraiment.

— Tu m'as menti. Quand j'ai voulu vérifier ce que tu m'as raconté, j'ai découvert que rien n'était vrai. J'ai consulté les fichiers de détenus, les registres de divorces, les actes de naissance. Je n'ai rien trouvé à propos de Michael ou de Sarah Cline. Ou d'Aiden. Pourquoi avoir inventé toute cette histoire, tous ces mensonges ? Qu'ai-je fait pour mériter ça ?

Sarah recevait chacun de ses mots comme une gifle. Elle aurait préféré qu'il la frappe. Au moins, aurait-elle su comment réagir. Son instinct de survie lui aurait permis de lutter ou de fuir. Mais là, c'était elle qui l'avait blessé, trahi, et elle ne savait que dire.

— Rien. Tu n'as rien fait pour mériter ça, répondit-elle, d'une voix rauque qu'elle-même ne reconnut pas.

Elle se mordit la lèvre, cherchant le courage de lui révéler la vérité. Toute la vérité, cette fois.

— Tout ce que je t'ai dit est vrai. Sauf les noms.

— De quoi parles-tu ? Attends… Sarah n'est pas ton vrai prénom ?

Sans lui laisser le temps de répondre, il s'exclama :

— Je le savais ! Dès le début, j'ai pensé qu'il n'était pas normal de ne pas avoir de compte en banque. Ni de voiture ni même de permis de conduire. De ne pas avoir de profil sur les réseaux sociaux. Mais je m'étais persuadé qu'il y avait une raison simple à tout ça. Et il y en a une : tu n'es pas celle que tu prétends être.

— Laisse-moi t'expliquer. S'il te plaît.

— Pourquoi devrais-je te croire, cette fois ?

Dérangé dans son sommeil par une voix teintée de colère, Aiden remua dans les bras de sa mère.

Jamie poursuivit, un ton en dessous.

— Qu'est-ce qui me dit que tout ce que tu veux me raconter maintenant ne sera pas un autre tissu de mensonges ?

Elle ouvrit la bouche pour répondre puis la referma, les épaules basses. Il avait raison. Il ne pouvait plus la croire.

— Qui est Sarah Cline, d'ailleurs ?

— Sarah était ma grand-tante, la tante préférée de mon père. Nous étions très proches. Elle est morte peu après la naissance d'Aiden.

— Et tu as usurpé son identité.

— Avec sa bénédiction, même si ça ne règle pas le problème.

— Et ne change rien au fait que c'est un délit.

Elle hocha la tête puis attendit la question suivante. La question logique, inévitable, incontournable. L'autre jour, elle n'avait pu se résoudre à donner le nom qu'elle gardait caché depuis si longtemps.

— Si tu n'es pas Sarah Cline, qui es-tu ?

— Maria. Maria Brooks.

S'attendant à ce qu'il la qualifie encore de menteuse, elle refusa de détourner le regard. Curieusement, alors qu'elle avait menti des années durant pour protéger ses secrets, l'idée qu'il ne la croie pas, à présent, lui était insupportable.

— Brooks est ton nom de femme mariée ?

Jamie s'exprimait avec un tel détachement qu'elle n'aurait pas été surprise de le voir sortir son calepin comme il le ferait pour interroger un suspect. En était-elle un, à ses yeux ? Se sentirait-il obligé de l'arrêter, maintenant qu'elle avait avoué son forfait ?

— Oui. Mon nom de jeune fille est Norris. Maria Sarah Norris.

— Maria, murmura-t-il, fronçant les sourcils.

— S'il te plaît, continue de m'appeler Sarah. Pour ne pas perturber Aiden. Et Maria n'est plus celle que je suis.

— Sarah est-il vraiment ton deuxième prénom ?

— Papa adorait sa tante et avait insisté pour me donner

son prénom. Tante Sarah n'a jamais eu d'enfants et m'a toujours considérée comme sa fille d'adoption, de cœur.

— Et comment s'appelle ton ex-mari ?

— Michael Brooks. Il est actuellement incarcéré au pénitencier de Danville.

— Et lui ? demanda-t-il en désignant de la tête le garçonnet endormi sur ses genoux.

Bien qu'il ne lui ait pas spécifiquement demandé s'il s'appelait vraiment Aiden, elle répondit.

— Son vrai nom est Andrew. Mais il ne se souvient pas avoir été appelé autrement qu'Aiden.

Il posa encore quelques questions et elle lui donna le plus de détails possible, sachant qu'il vérifierait chacun d'eux dès qu'il l'aurait déposée chez elle. Cette fois, il trouverait confirmation qu'elle avait dit la vérité.

Pendant un moment, ensuite, il resta silencieux comme s'il prenait le temps d'absorber, de digérer tout ce qu'elle lui avait dit. Si elle avait cru qu'avouer lui permettrait d'obtenir l'absolution comme au confessionnal, elle s'était lourdement trompée. D'ailleurs, elle ne ressentait aucun soulagement, mais une profonde honte. Elle se détestait d'avoir menti à Jamie et de lui avoir donné des raisons de croire qu'elle était incapable de sincérité.

Comme le silence se prolongeait, elle essaya de combler le vide en se remettant à parler.

— Je pensais que je ne risquerais plus rien après le divorce, mais le juge a accordé un droit de visite à Michael. Il a autorisé un monstre à faire du mal à mon bébé. Je ne pouvais simplement pas laisser faire ça.

— Tu t'es donc soustraite à une injonction du tribunal et tu as vécu sous un nom d'emprunt, sous une fausse identité. As-tu une idée de la gravité des délits que tu m'as avoués ?

— Je suis vraiment désolée. Comme je te l'ai dit, je n'aurais jamais dû t'impliquer.

Elle appuya un instant sa joue sur la tête de son fils qui dormait paisiblement. Quand elle se redressa, elle planta les yeux dans les siens pour dire avec force :

— Je n'avais pas d'autre choix que de disparaître et de commencer une nouvelle vie.

— On a toujours le choix. Et comme tu t'es enfuie avec ton fils, un mandat d'arrestation pourrait être lancé contre toi pour non-représentation d'enfant, un délit passible d'un an de prison. Sans parler des conséquences que tu subirais pour usurpation d'identité, même si tu n'as fait de mal à personne.

Elle secoua la tête, refusant de céder.

— Si c'était à refaire, je le referais. Je ne pouvais pas laisser Michael faire du mal à mon fils pour m'atteindre, moi. Et il devra me tuer pour en avoir, une nouvelle fois, la possibilité…

— Une nouvelle fois ? Tout à l'heure, quand tu pensais qu'Aiden avait été enlevé, tu as dit que Michael avait « de nouveau » pris ton bébé.

Il était manifestement en train de comprendre ce qu'elle avait voulu dire, de mettre des mots sur une insupportable vérité qu'elle avait enfouie au plus profond de son cœur. Une vérité qu'elle n'avait jamais avouée à personne, pas même à Tonya, mais que son amie avait probablement soupçonnée à l'époque.

— Le bébé que tu as perdu… Ce n'était pas une fausse couche, n'est-ce pas ?

Elle avait perdu son bébé. Son *bébé*. À l'époque, personne n'avait voulu utiliser ce mot. Comme si celui de « fausse couche » suffisait à tout expliquer, comme si un terme médical avait la capacité d'effacer l'horreur. Alors qu'il avait seulement privé son enfant d'humanité.

— Je ne sais pas… J'aurais peut-être fait une fausse couche, même s'il ne s'était rien passé.

— Que s'est-il passé ?

— Nous nous disputions depuis des jours et des jours. Il m'avait déjà secouée sans ménagement, frappée à plusieurs reprises… Cette nuit-là, il m'a poussée dans l'escalier et j'ai dégringolé toutes les marches sur le ventre. Je pensais que ce n'était pas grave, que cet incident serait sans conséquence. Mais dès le lendemain matin, j'ai commencé à saigner. Quelques heures plus tard, tout était… fini.

Elle ferma les yeux, s'efforçant de refouler les souvenirs de cette terrible journée.

Jamie fronça les sourcils.

— L'as-tu raconté au médecin ?

— À ton avis ?

Il avait certainement déjà eu affaire à des victimes de violences conjugales et devait savoir que ce n'était pas si simple.

— Le stress lié aux conflits a peut-être été à l'origine du drame. Ou la chute. Ou autre chose. Je ne le saurai jamais avec certitude.

— Comment as-tu surmonté cette histoire ?

— J'ai fait ce que je devais faire, répondit-elle avec un haussement d'épaules. J'ai continué ma vie, sachant que je ne serais plus jamais la même. Je ne suis pas partie ce jour-là. J'avais encore trop peur. Mais quelque part, dans le secret de mon cœur, j'en ai voulu à Michael. Je ne le lui ai jamais pardonné. Mon enfant méritait de vivre.

Jamie soupira.

— J'essaie de comprendre, Sarah. Vraiment. Mais tu es restée avec lui des années après cette histoire. Des années. Et… tu as eu Aiden avec lui, quelque temps plus tard.

— Tu n'imagines pas ce qu'une femme peut endurer quand elle est persuadée qu'elle ne vaut rien. Ni à quel point elle est capable de s'accrocher à la relation la plus destructrice parce qu'elle estime qu'elle ne mérite rien d'autre.

Il posa la main sur la sienne.

— Comment as-tu pu penser une chose pareille ?

— Si tu l'entends suffisamment de fois, tu finis par croire n'importe quoi.

— Alors je vais te le répéter : tu mérites mieux. Beaucoup mieux. Aiden aussi. Et je le pense vraiment. Maintenant, il faut y croire.

— Je veux y croire.

Mais elle avait encore une question à poser, et la réponse déciderait de la suite.

— À ton avis, si j'étais présentée à un juge, serais-je condamnée à une peine de prison pour ce que j'ai fait ? Dans cette hypothèse, je perdrais mon fils alors que tout ce que j'ai fait était destiné à le protéger…

Elle s'attendait à ce qu'il s'écarte, qu'il retire sa main et son soutien en se souvenant qu'il était policier et tenu de faire respecter la loi. La pensée d'un emprisonnement lui noua la gorge. Qu'adviendrait-il d'Aiden si elle n'était plus là pour le protéger de son père ? Un jour, Michael serait libéré. Son fils se retrouverait-il alors dans une situation pire que celle qu'elle tentait de fuir ?

Jamie resta silencieux durant ce qui lui parut une éternité. En son for intérieur, elle regrettait de lui avoir raconté son histoire, de lui avoir dit la vérité, tout comme elle regrettait de s'être autorisée à éprouver quelque chose pour lui. Mais il était trop tard pour revenir en arrière. Trop tard pour ravaler les mots et pour étouffer les sentiments. Il était trop tard et son petit garçon risquait de le payer cher, de devenir un dommage collatéral.

— Non. Je ne…, commença-t-il enfin.

Elle regarda sa main, toujours posée sur la sienne.

— Que vas-tu faire maintenant, Jamie ? À part vérifier mon histoire ?

— C'est tout le problème, répondit-il après un long soupir. Dans cette histoire, rien n'est noir ou blanc. Tout est gris. Mon devoir et mon cœur sont en conflit. Il va me falloir choisir entre mon métier et… toi.

De nouveau, elle attendit qu'il retire sa main pour lui signifier le verdict, lui faire comprendre qu'il avait mis un terme à son conflit intérieur et choisi son métier. Au lieu de quoi, il entremêla doucement leurs doigts.

Dans le contexte, le geste lui parut beaucoup plus intime, plus révélateur de son amour que leurs baisers passionnés de l'autre soir. Elle souffrait du sacrifice qu'elle l'avait forcé à faire mais ne regrettait plus de lui avoir fait confiance en lui racontant toute l'histoire. Et si elle voulait être honnête avec elle-même, elle devait admettre qu'elle savait depuis le début qu'il méritait cette confiance.

Jamie Donovan était vraiment quelqu'un de bien. Elle l'avait senti dès qu'elle avait fait sa connaissance. Était-ce sa force tranquille qui n'avait pas besoin de démonstrations musclées qui l'avait touchée ? Ou sa loyauté envers la mémoire de son frère ? Ou la gentillesse dont il avait fait preuve, d'abord avec son fils puis avec elle ?

Il brisa la magie du moment en la lâchant, se leva, et consulta sa montre.

— Il est tard. Je ferais mieux de vous ramener tous les deux à la maison.

— Tu as raison.

— Laisse-moi le porter.

Il souleva Aiden. Dérangé dans son sommeil, le garçonnet grogna mais lui noua les bras autour du cou.

— Il va être fatigué, demain matin. Vas-tu l'autoriser à sécher l'école ?

— Je préfère ne pas perturber sa routine plus que nécessaire. Je le laisserai dormir une heure de plus et demanderai à Nadia de l'emmener à l'école un peu en retard.

Elle fit une pause le temps d'enfiler son manteau et lui tendit sa veste, mais il jeta un coup d'œil à Aiden et secoua la tête.

— Je vais l'installer dans la voiture.

Il se dirigea vers la porte et elle le suivit.

— Je ne veux pas non plus qu'il croie que fuguer lui permet de bénéficier d'un jour de congé scolaire supplémentaire, dit-elle.

Alors qu'elle aurait dû être pressée de rentrer chez elle, elle se rendit compte qu'au fond de son cœur, elle aurait aimé rester ici.

Avec Jamie.

16

Jamie coucha Aiden et le borda avec soin. Comme il reculait, veillant à baisser la tête pour ne pas se cogner contre le lit du haut, deux petits bras sortirent de sous la couette pour s'enrouler autour de son cou.

— Bonne nuit, monsieur Jamie.

— Bonne nuit, mon bonhomme, dit-il en l'étreignant plus fort.

— Merci d'être venu me chercher et de m'avoir retrouvé.

— De rien, répondit-il, ému par la gratitude de l'enfant.

Aiden se rendormait déjà.

Jamie éteignit la lumière mais au lieu de regagner immédiatement la pièce principale, il prit une profonde inspiration, une main plaquée contre le chambranle. Sarah devait encore être chez Nadia ; elle était passée chez la nourrice pour l'informer de l'issue heureuse de la fugue d'Aiden.

Il espérait profiter de l'obscurité pour se ressaisir mais n'y parvenait pas. Il transpirait à grosses gouttes et son cœur battait à tout rompre. Il devait sortir de cet appartement au plus vite, comprit-il. Pour échapper à l'intensité des sentiments qu'il éprouvait pour les deux personnes qui y vivaient.

En découvrant que Sarah lui avait menti, il avait décidé de prendre ses distances vis-à-vis de d'elle et de son fils. Sa panique en apprenant la disparition d'Aiden lui avait prouvé qu'il n'y était pas parvenu. Loin de là.

Il avait alors mesuré son impuissance. Certes, Aiden se trouvait en sécurité dans son lit maintenant et Sarah à deux pas, mais il était conscient qu'ils avaient frôlé le drame, ce soir. Il avait essayé de se montrer rassurant pour ne pas angoisser davantage Sarah mais en réalité, ils avaient eu beaucoup de chance d'avoir retrouvé le petit garçon sain et sauf.

Il n'aurait pas forcément la même chance une autre fois, si Sarah décidait de s'enfuir. Et après tout ce qu'elle lui avait confié ce soir, elle y pensait, il n'en doutait pas. Probablement craignait-elle que, poussé par son sens aigu du devoir, il la dénonce.

Le pire était qu'elle avait raison de s'en inquiéter.

La pauvre n'avait pas besoin qu'un autre homme vienne lui compliquer la vie. Elle vivait déjà dans la terreur que son ex-mari retrouve sa trace, bien qu'il soit en prison et qu'elle se soit entourée d'un maximum de précautions pour empêcher cette catastrophe.

Finalement, il sortit de la chambre. Comme il entrait dans la cuisine, la voix de Sarah le fit sursauter.

— Il s'est rendormi ?

Tournant la tête, il la découvrit, adossée au mur, un verre d'eau à la main. L'avait-elle vu alors qu'il s'appuyait au chambranle pour tenir debout ?

— Je ne t'attendais pas si tôt.

Le regard hanté de Sarah masquait une force qui avait toujours été là, comprit-il en la dévisageant. En tout cas, imaginer ne plus jamais la revoir lui était insupportable. Ce serait un enfer.

— Nadia était fatiguée, répondit-elle. Ce qui n'a rien d'étonnant, après cette soirée particulièrement éprouvante.

Elle considéra un instant ses mains avant d'ajouter :

— Je m'en veux de l'avoir soupçonnée de négligence. Elle m'a pardonné, mais ça n'a pas été simple pour elle.

— Tes mots ont dépassé ta pensée. Quand nous

sommes sous l'emprise d'émotions intenses, nous avons tous tendance à dire des choses que nous n'aurions jamais dites autrement.

À son air angoissé, à sa façon de croiser les bras sur sa poitrine, il devina qu'elle interprétait mal ses paroles et qu'elle croyait qu'il la dénoncerait, après tout.

— C'est certain, répondit-elle, tendue.

Il mourait d'envie de l'étreindre pour lui assurer que tout irait bien, mais il ne le pouvait pas et surtout pas maintenant. Chez lui, il en avait eu envie aussi, lorsqu'elle lui avait enfin confié toute son histoire. Mais Aiden était dans les bras de sa mère pour lui interdire d'aller plus loin. Ici, tout était différent. Et s'il la touchait, il risquait de perdre la tête.

— La nuit a été longue. On s'appelle demain.

Il se dirigea vers la porte, s'obligeant à ne pas courir, à ne pas se précipiter loin d'elle. Loin des désirs qui le submergeaient. Loin des sentiments dont il était la proie.

Il l'entendit le suivre.

— Jamie, attends, dit-elle en lui prenant la main.

Le sang affluant à ses oreilles, il se retourna et posa les yeux sur son ravissant visage.

Elle s'humecta les lèvres.

— Merci encore pour tout ce que tu as fait pour moi. Tu… m'as ramené mon fils.

Avant qu'il ait la possibilité de répondre, elle se hissa sur la pointe des pieds et, pour la deuxième fois, prit l'initiative de l'embrasser. Cette fois, cependant, son baiser était teinté d'un désespoir qui l'ébranla.

Un désir fou s'empara de lui.

Il devait tout arrêter. Tout de suite. Réfléchir. Mais comment une pensée cohérente pourrait-elle s'imposer dans son esprit embrumé alors que les lèvres pleines de Sarah le tentaient jusqu'au vertige ? Alors qu'il sentait ses seins pressés contre son torse, ses hanches plaquées aux siennes ?

Comme leurs langues entamaient une danse sensuelle, il savoura la bouche de cette femme qui l'attirait depuis des mois, glissant sans effort de ses fantasmes à la réalité. Aucun baiser ne l'avait transporté à ce point. Aucun autre corps féminin ne s'était aussi parfaitement adapté au sien.

Mues par leur propre volonté, ses mains se posèrent sur ses seins. Au lieu de s'écarter, de le repousser, Sarah s'accrocha à lui.

Une petite voix, la voix de la raison, l'exhortait à la prudence mais il ne l'entendait plus. Il ne pouvait plus penser qu'à Sarah – ou Maria, peu importe – et à son désir de la faire sienne.

Cela faisait des mois qu'il rêvait de ce moment. Et, maintenant, Sarah partageait cette envie avec la même intensité. Elle avait faim de lui. Elle s'offrait, et ce cadeau le transportait de joie.

Soudain, il comprit que ce n'était ni le lieu ni le moment de céder à la tentation. Sarah se donnait à lui pour de mauvaises raisons. Tôt ou tard, elle le regretterait et lui reprocherait d'avoir profité de sa vulnérabilité.

À contrecœur, il dénoua doucement ses bras de son cou et s'écarta d'elle.

— Sarah, chérie, nous ne devons pas faire ça. Pas maintenant. Pas comme ça.

— Pourquoi ?

— Parce qu'un petit garçon que nous aimons tous les deux pourrait à tout moment arriver et nous surprendre.

Elle baissa la tête et recula.

— Tu as raison. Je suis désolée… Je ne sais pas ce qui m'a pris.

S'avançant de nouveau vers elle, il lui leva le menton pour qu'elle le regarde.

— Je te désire plus que tout, Sarah. N'en doute pas.

Depuis des mois, je ne pense qu'à toi. Tu m'obsèdes. Et depuis peu, je nous imagine ensemble. Tous les jours. Toutes les nuits… Mais je n'ai pas envie que tu viennes à moi pour de mauvaises raisons. Par gratitude, pour me remercier de t'avoir aidée à retrouver Aiden.

— Mais ce n'est pas… Jamie, tu ne comprends pas…

— Écoute, Sarah. J'ai besoin que tu réfléchisses bien avant d'aller plus loin. La soirée a été éprouvante, épuisante. Il serait très facile de nous abandonner dans les bras l'un de l'autre et d'oublier le reste. Mais le réveil risquerait alors d'être difficile, et je ne supporterais pas de sentir que tu éprouves le moindre regret…

Il s'éloigna d'elle.

— Maintenant, je te laisse. Tu vas verrouiller la porte derrière moi et aller te reposer.

— D'accord.

— Et ne regarde pas par la fenêtre.

— Pourquoi donc ?

— Je vais rester un moment dans ma voiture devant l'immeuble, répondit-il en souriant, et je ne voudrais pas que tu me voies me taper la tête contre le volant en m'insultant.

Elle sourit.

— Merci, Jamie.

Tandis qu'il se dirigeait vers sa voiture, il ne put s'empêcher de regretter d'avoir refusé de prendre ce qu'elle lui offrait.

Le plus frustrant était sa certitude que dès qu'elle aurait recouvré ses esprits, son bon sens, Sarah ne le laisserait plus l'approcher, la toucher.

Parfois, être quelqu'un de bien n'offrait aucun avantage…

17

De violents coups sur sa porte tirèrent Jamie du sommeil. Il battit des paupières, se demandant s'il les avait rêvés ou si quelqu'un se trouvait devant chez lui.

Sa nuit avait été agitée. Après les révélations de Sarah, il craignait d'avoir des ennuis avec ses supérieurs pour n'avoir pas dénoncé des agissements délictueux. Avait-il déjà attiré l'attention sur lui en consultant trop souvent les fichiers de la police ? Ses collègues venaient-ils le chercher ? Comment allait-il leur expliquer les raisons pour lesquelles il s'était détourné du droit chemin ? Son silence le rendait complice des fautes de Sarah…

Le vacarme avait cessé. Peut-être s'agissait-il d'un vendeur à domicile qui, se rendant compte qu'il avait atteint son quota, avait décidé de le laisser tranquille. Mais dès qu'il enfouit la tête sous son oreiller, son téléphone portable lui signala qu'il venait de recevoir un texto.

Il chercha à tâtons l'appareil sur sa table de chevet puis il lut le SMS de Sarah qui s'affichait sur l'écran.

Ouvre-moi.

Rejetant ses couvertures, il s'habilla en hâte et descendit au rez-de-chaussée.

Même s'il s'attendait à découvrir Sarah sur le seuil, il eut le souffle coupé en la voyant.

Elle lui sourit.

— Bonjour, Jamie. Je dérange ?

— Je viens de me réveiller.

— Heureuse d'apprendre que l'un de nous deux a dormi.

Il attendit une explication, mais elle ne dit rien de plus.

— Que fais-tu ici, Sarah ? Est-il arrivé quelque chose à Aiden ?

— Il va bien. Nadia l'a emmené à l'école il y a une heure. Elle m'a appelée pour me dire qu'ils n'avaient pas eu de problèmes en chemin.

— Alors, je répète ma question : Pourquoi es-tu ici ?

Puis il le comprit. Lorsqu'il l'avait quittée, la veille au soir, il l'avait encouragée à réfléchir à la situation, à ne pas faire l'amour avec lui sur un coup de tête. Elle savait aussi qu'il serait chez lui. Alors elle était venue. Et seule.

— J'ai réfléchi, répondit-elle simplement.

Ces trois mots auraient dû lui donner l'impression d'avoir gagné le gros lot. Cependant, au lieu de crier de joie en lançant des confettis en l'air, il s'interrogea soudain sur l'authenticité du ticket gagnant. Pourquoi était-il incapable de profiter du cadeau qu'elle lui faisait sans se poser de questions, comme n'importe quel autre homme le ferait ?

— Je n'éprouve pas que de la gratitude pour toi, Jamie. Il y a toujours eu bien plus entre nous, tu le sais.

— Je n'en sais rien.

— Je vais te dire ce qui m'attire chez toi. Tu es d'une profonde gentillesse. Ta tendresse, comme tes multiples attentions à mon égard, me touchent au cœur. Tu ne mesures sans doute pas à quel point cette qualité est séduisante, en particulier pour quelqu'un comme moi.

Pourtant, il avait du mal à croire que sa gentillesse suffise à donner envie à une femme de faire l'amour avec lui…

— Et tu es fort sans avoir besoin de te servir de tes poings pour le prouver, continua-t-elle.

— Bon, ça va. Inutile de me faire l'article.

— Mais si, j'en ai envie ! Quand tu m'as parlé de ton frère, j'ai compris que tu pourrais me comprendre. Parce que tes blessures sont aussi profondes que les miennes.

Il hocha la tête. Ils avaient connu l'un et l'autre de grandes souffrances, et aspiraient tous deux à la résilience.

Il avait encore une question à lui poser.

— As-tu déjà été avec quelqu'un depuis…

Elle secoua la tête.

— Je n'en avais aucune envie. Quand je t'ai rencontré, j'avais peur de tout, y compris de mon ombre. Or, en venant ici, je n'ai pas regardé une seule fois par-dessus mon épaule pour vérifier que personne ne me suivait. Mais le plus important, ce qui a tout changé, tu ne le croiras peut-être pas parce que je t'ai caché beaucoup de choses, c'est que je te fais confiance, Jamie.

Confiance. Il essayait de gagner sa confiance depuis le début. Après avoir été battue, trahie et meurtrie, Sarah avait perdu foi en la vie comme en elle-même. Depuis des années, se sentant menacée, elle fuyait et se cachait. Et malgré tout cela, maintenant, elle avait confiance… en lui.

Baissant les yeux, elle se mit à mordiller son médaillon, comme si elle s'attendait à un rejet. Ignorait-elle donc qu'il serait incapable de la repousser ?

Il prit son beau visage entre ses mains.

Comme elle penchait la tête en arrière pour planter son regard dans le sien, elle sembla soudain hésiter. Où était passée la femme déterminée qui avait traversé toute la ville pour lui annoncer qu'elle était prête à faire l'amour avec lui ?

— Moi aussi, je te fais confiance, dit-il.

Si elle avait alors détourné les yeux, il aurait compris qu'elle n'était pas prête en réalité à aller plus loin et il aurait insisté pour qu'elle rentre chez elle. Elle soutint son regard et lui sourit.

Il prit ses lèvres. Il avait envie de l'embrasser avec passion, de lui faire mesurer le désir puissant qu'il éprouvait. Mais il devait procéder avec prudence, avec douceur, se montrer à la hauteur du cadeau qu'elle lui faisait et de sa confiance. Sarah était belle et fragile comme du cristal. Pour ne pas la briser, il fallait la traiter avec grand soin. Il allait devoir se maîtriser, alors que tout ce qui émanait d'elle l'enivrait.

À deux reprises déjà, il avait eu le privilège d'avoir Sarah dans ses bras mais, cette fois, elle l'avait décidé. Ils ne cédaient pas à une attirance impérieuse. Ils faisaient le choix d'aller plus loin, de partager quelque chose de beau et de vrai.

Il n'arrivait pas à se rassasier de la saveur de sa bouche, des fragrances de son parfum. Et quand elle se plaqua contre lui avec une fougue qui lui coupa le souffle, il faillit oublier ses résolutions de prendre son temps pour la séduire.

La femme sensuelle et confiante avait-elle toujours été là, tapie derrière les serrures, les cadenas et un mur de secrets ? Avait-elle attendu que quelqu'un la libère ?

Lorsqu'il s'écarta pour reprendre son souffle, il colla son front au sien.

— Je rêvais de ce baiser… au moment où tu m'as réveillé en frappant à ma porte.

Il l'attira à nouveau et il la serra contre lui pour lui montrer à quel point il la désirait.

— Tu es si belle, murmura-t-il contre ses lèvres.

Au lieu de s'éloigner, elle se haussa sur la pointe des pieds pour s'ajuster plus intimement à lui.

— Tu me fais visiter ta maison ?

Il comprit le message, l'invite derrière ses mots. Quelques heures plus tôt, ils avaient passé un moment chez lui. Elle avait déjà vu le salon, la cuisine et la salle de bains. Le reste de la maison désignait les chambres, les deux chambres d'amis… et la sienne.

— J'allais justement te proposer d'entrer. Je vais te faire faire le tour du propriétaire. Le grand tour.

Il la souleva dans ses bras, rentra, puis après avoir refermé la porte du pied, se dirigea vers l'escalier.

Le rire de Sarah résonna contre sa poitrine.

Une fois dans la chambre, il l'assit sur le bord du lit. Elle garda les bras noués autour de son cou pour le faire basculer avec elle en arrière.

Les yeux rivés aux siens, elle passa alors les doigts sur sa mâchoire jusqu'à ce que son pouce effleure ses lèvres.

— Je te fais confiance, dit-elle.

La gorge serrée, il hocha la tête. Elle ne pouvait deviner à quel point ses mots étaient importants pour lui.

« Confiance ». Ni l'un ni l'autre n'avait prononcé le mot « amour ». Cela semblait prématuré et il ignorait si elle oserait un jour franchir le pas, se risquer à aimer.

Mais pour lui, ces deux mots signifiaient la même chose.

18

En proie à une soudaine appréhension, Sarah balaya du regard la chambre de Jamie plongée dans la pénombre. Ce n'était pas le moment de laisser ses doutes, ses peurs, s'enraciner. Elle voulait croire qu'elle était prête à sauter le pas, à franchir cette étape décisive avec lui, comme elle le lui avait dit.

L'était-elle réellement ?

Elle lui avait assuré que la situation entre eux avait changé, que tous deux avaient évolué. Mais était-ce vrai ? Après avoir passé la majeure partie de sa vie d'adulte à fuir et à ériger des murs en béton pour protéger son cœur et son corps, pouvait-elle redevenir la jeune femme naïve et vulnérable qu'elle avait été ?

— Ça va ? chuchota Jamie.

Remarquait-il que, par l'esprit, elle avait quitté sa chambre pour retourner errer dans les marécages d'un passé qu'elle tenait tellement à oublier ? Pourtant, elle avait envie d'être là, entre les bras aimants de Jamie. Et curieusement, alors qu'elle était tombée deux fois enceinte et qu'elle avait mis un enfant au monde, il lui semblait qu'avec cet homme hors du commun, si tendre, si amoureux, elle découvrait l'amour pour la toute première fois.

— Oui, tout va bien, mentit-elle.

L'attrapant par le cou, elle l'attira pour l'embrasser avec fougue dans l'espoir de les en convaincre tous les deux.

Mais au lieu de lui rendre ses baisers, il roula sur le

côté pour étudier son visage avec attention. De toute évidence, il ne la croyait pas.

Il lui caressa tendrement les cheveux et insista :

— Tu en es sûre ?

Cette fois, au lieu de répondre, elle se mit sur son séant et souleva son T-shirt, dévoilant son soutien-gorge.

— Et si je faisais ça, que dirais-tu ? Ça t'ennuierait ?

Un sourire coquin aux lèvres, il lui retira son T-shirt qu'il jeta à terre, puis il l'allongea tendrement sur le lit. Il alluma la lampe de chevet qui répandit une douce lumière dans la chambre.

Au lieu de se focaliser sur ses seins qui se devinaient sous les deux triangles de dentelle, il sonda ses yeux comme s'il cherchait à y voir son âme. Quand enfin il promena un regard appréciateur sur son corps, elle eut l'impression d'une caresse. Les mains derrière le dos, elle dégrafa son soutien-gorge mais ce fut Jamie qui en fit doucement glisser les bretelles le long de ses bras.

— Que tu es belle..., dit-il, les yeux brillants.

À ces mots, elle sentit une douce chaleur envahir son ventre. Il ne l'avait pas encore touchée que déjà elle s'envolait.

Sans la faire attendre plus longtemps, il se mit à l'effleurer du bout des doigts. Il commença par ses seins, glissa lentement sur son ventre. Et quand il suivit ce même chemin avec sa bouche gourmande, elle se cambra, happée par un plaisir pur.

Levant le visage vers elle, il lui sourit.

— Je n'arrive toujours pas à croire que tu es là, murmura-t-il en lui retirant son jean.

Elle brûlait tellement d'impatience qu'elle eut du mal à ne pas arracher elle-même ses vêtements. Elle avait si faim de lui que cette attente devenait une douce torture.

Contrairement à elle, Jamie semblait vouloir prendre tout son temps, se familiariser avec chaque parcelle de sa peau. Il la goûtait avec tendresse, respect et dévotion. Manifestement, il n'avait pas envie de précipiter les choses.

Bientôt, elle se retrouva nue sur le lit alors que lui, entièrement habillé, la caressait.

— Patience, mon cœur.

Il se leva, retira rapidement son T-shirt et son jean. Les yeux rivés aux siens, il envoya valser son caleçon.

Elle n'aurait jamais imaginé qu'il était doté d'un corps si parfait. Avec ses larges épaules, son torse musclé, sa taille et ses hanches étroites, il incarnait la virilité dans sa perfection absolue. Il avait tout pour combler une femme.

Sarah lui sourit et lui tendit la main pour qu'il revienne s'allonger près d'elle. À son tour, elle suivit du bout des doigts les contours de ce corps masculin que son regard avait parcourus quelques instants plus tôt.

Les yeux clos, Jamie savoura cette douce caresse, se mordant la lèvre pour ne pas gémir. Finalement, il prit ses mains dans les siennes.

— C'est trop bon… Je… Je ne peux plus…

Incapable de finir sa phrase, il roula sur le côté, ouvrit le tiroir de sa table de chevet et y farfouilla. Il en sortit une petite boîte de préservatifs. Il en prit un et revint à elle, l'air embarrassé.

— Un achat récent. Je ne pensais pas avoir la chance de les utiliser, mais je l'espérais.

La gorge serrée, elle déglutit avec difficulté. Le moment de vérité était arrivé, et une panique de dernière minute la saisit. Mais il était sans doute trop tard pour faire marche arrière.

Il dut deviner ses appréhensions ou peut-être hésitait-il lui-même à aller plus loin. Toujours est-il qu'il s'interrompit pour la regarder en face.

— Il est encore temps de tout arrêter, Sarah. Nous pouvons faire l'amour maintenant ou plus tard. Ou jamais. C'est ta décision. Ce sera toujours à toi d'en décider.

Elle s'efforça de refouler les larmes qui brûlaient ses paupières. Jamie était un homme extraordinaire, unique, et il le prouvait une fois de plus. Il pensait d'abord aux autres, d'abord à elle. Y compris à présent. Si elle lui demandait de ne pas aller plus loin maintenant, elle lui causerait une grande frustration, elle le savait. Et beaucoup d'autres hommes auraient estimé qu'à ce stade, ils avaient dépassé le point de non-retour.

Pourquoi était-ce avec Jamie qu'elle avait accepté de donner une seconde chance à l'amour ? Elle s'était posé la question quelques heures plus tôt. À présent, elle comprenait que personne d'autre n'aurait réussi à la désarmer comme lui avec sa gentillesse, que personne d'autre n'aurait pu abattre ses défenses comme lui avec sa vulnérabilité. Sa sincérité, sa tendresse comme ses failles avaient su trouver le chemin de son cœur. Et maintenant, il attendait qu'elle lui donne la permission de l'aimer, songea-t-elle, émue.

Si elle ne l'aimait pas déjà de tout son être, elle aurait craqué en cet instant, comprit-elle. Depuis combien de temps nourrissait-elle tant d'amour pour lui sans en avoir été pleinement consciente ? Elle n'aurait su le dire.

— S'il te plaît, ne t'arrête pas.

Aussitôt, il l'embrassa avec une passion qui la surprit, la ravit. Il ne cherchait plus à jouer les chevaliers servants. Il semblait incapable de se rassasier d'elle.

— Viens ! implora-t-elle.

Jamie prit le préservatif sur la table de nuit et se protégea rapidement.

Alors qu'il s'allongeait de nouveau sur elle, elle retint son souffle.

— Euh… Sarah… Tu l'as dit, mais j'ai besoin que tu le répètes.

— Que je répète quoi ?

— Que tu veux… aller jusqu'au bout… maintenant.

Elle retrouvait le Jamie qu'elle connaissait, le Jamie délicat qui voulait être certain de son consentement. Elle fondit.

— Oui, s'il te plaît, viens.

Ils firent l'amour comme si, de toute éternité, ils étaient faits l'un pour l'autre. Comme si toutes les péripéties de leurs vies respectives, les souffrances, les plus sombres moments qu'ils avaient connus n'avaient eu d'autre sens que de les conduire l'un vers l'autre. Chacun devenait pour l'autre la lumière, la résilience, la rédemption.

Ils s'envolèrent vers le ciel et le touchèrent ensemble avec des cris de plaisir. Quand, comblée et alanguie, elle se pelotonna dans ses bras, elle comprit qu'après avoir été aimée par Jamie Donovan, elle ne serait plus jamais la même.

— La garce !

Michael frappa du poing le volant avant de promener les yeux autour de lui pour voir si quelqu'un aurait pu l'entendre, mais la rue semblait déserte.

Il se trouvait dans un quartier tranquille comme il y en avait beaucoup dans ces banlieues pavillonnaires. Les couples propriétaires travaillaient comme des forçats en se croyant privilégiés parce qu'ils avaient une maison et un jardin pour y élever leurs gosses, des gosses comme ceux à qui il vendait de la coke, autrefois.

Il inspira et expira plusieurs fois, cherchant un calme qui refusait de venir. Il ne pouvait se permettre d'attirer l'attention. Pas maintenant.

Pas alors qu'il était sur le point d'aboutir… de faire revenir Maria à lui.

Qu'elle se fasse appeler Sarah Cline ne changeait rien à l'affaire. Elle était sa femme à lui, et elle avait eu tort de l'oublier.

Comment osait-elle le tromper, coucher avec ce type comme une traînée ? Il l'avait vue pendue au cou de cet inconnu et l'embrasser à pleine bouche sur le pas de sa porte.

Et comme elle était là-dedans depuis plus de deux heures maintenant, il était en droit d'imaginer le pire. Elle se livrait à la débauche pendant que son fils était à l'école ! Quelle mère indigne ! Heureusement, l'heure des comptes approchait. Il avait eu largement le temps de réfléchir à la façon dont il lui ferait payer son infidélité.

Peu importait qu'elle ait obtenu le divorce. Il ne s'agissait que d'un bout de papier. Elle était à lui ! En l'épousant, elle lui avait promis de l'aimer jusqu'à ce que la mort les sépare. Elle avait trahi cet engagement.

Il les tuerait tous les deux, se promit-il.

Fermant les yeux, il s'imagina mettre les mains autour du cou de Marie et l'étrangler. Elle le supplierait, l'implorerait des yeux, mais il se montrerait sans pitié.

Un sourire se dessina sur ses lèvres. Il tapota le carnet d'adresses posé à côté de son arme. Si Tonya était encore en vie, il la remercierait d'avoir facilité ses recherches. Sans elle, il aurait sans doute mis des années à retrouver Maria.

En tout cas, il savait à présent qu'elle travaillait comme serveuse dans un restaurant de seconde zone, qu'elle habitait un taudis, à peine plus présentable que le trou à rats dans lequel il se terrait depuis sa libération. Et qu'elle gagnait si mal sa vie qu'elle n'avait même pas les moyens de s'offrir une voiture, pas même un tas de ferraille comme celui qu'il conduisait.

Il n'arrivait toujours pas à comprendre comment elle avait pu traverser la ville sans s'assurer que personne ne la suivait. Une chance, parce qu'elle aurait certainement remarqué qu'il lui filait le train. Elle ne s'était retournée qu'une fois. Il avait pris soin de ne pas croiser son regard et elle ne l'avait pas vu. Sans doute pensait-elle à son amant, voilà pourquoi elle était distraite. La garce !

Dès qu'ils seraient à nouveau réunis, il lui faudrait reprendre son éducation comme il l'avait fait depuis le jour de leur mariage. Elle ne mettrait pas longtemps à se souvenir que le dîner devait être servi à 20 heures et qu'elle devait veiller à ce que tout soit impeccable.

Ils travailleraient surtout sur d'autres aspects de la vie conjugale. Son infidélité, par exemple. Ses mains serrèrent le volant tandis qu'il reportait son attention sur la maison dans laquelle elle commettait le péché d'adultère, le plus grave à ses yeux.

Il devait être patient et se maîtriser. Ce n'était pas le moment de l'approcher, de toute façon. Son amant risquait de vouloir jouer les héros et de se mettre en travers de son chemin. En outre, elle n'avait probablement pas emporté l'album avec elle.

Le mieux était d'attendre qu'elle soit seule. De retour chez elle. En revanche, il ne faudrait pas que l'autre bonne femme soit là lorsqu'il se présenterait à sa porte. Celle qui avait déposé son petit Andy à l'école, ce matin. À la place de sa mère. Il avait reconnu le blondinet dont la photo figurait en bonne place sur le piano de Tonya.

Il ne devait pas faire traîner les choses trop longtemps. Son agent de probation pourrait finir par s'impatienter. De plus, les flics de Keystone le cherchaient eux aussi, espérant toujours toucher leur part du butin.

Il irait chez elle ce soir. À moins qu'elle n'abandonne une nouvelle fois son fils pour retourner chez son Roméo.

Un hurlement de sirène le fit soudain sursauter et il se sentit blêmir. Comment les flics l'avaient-ils retrouvé ? Un rapide coup d'œil dans le rétroviseur lui apprit qu'il ne s'agissait pas d'une voiture de patrouille mais d'une ambulance. Avec un soupir de soulagement, il s'enfonça un peu plus dans son siège. Il ne tenait pas à ce que Maria repère sa présence si elle regardait par la fenêtre.

Comme l'ambulance passait en trombe à côté de lui, il pensa à sa visite chez Maria. Il imagina sa surprise quand elle lui ouvrirait la porte. Les choses avançaient dans le bon sens, maintenant. Comme il l'avait prévu.

19

Jamie se réveilla lorsque le bruit assourdissant d'une sirène résonna dans la chambre. Tiré d'un rêve merveilleux, il s'étira et sourit en sentant sous ses doigts des cheveux soyeux. Aussitôt, les souvenirs de la soirée lui revinrent en mémoire. En proie à un regain de désir, il se redressa et s'assit.

Près de lui, Sarah se redressa elle aussi, serrant pudiquement le drap contre elle comme si Jamie n'avait pas déjà admiré et savouré ce qu'elle s'efforçait de cacher. À la vue de son regard paniqué, il se reprocha d'avoir caressé sa somptueuse chevelure au lieu de remarquer son malaise.

— C'est la police qui vient m'arrêter ? demanda-t-elle d'une voix blanche.

Le hurlement de cette sirène aurait dû rappeler à Jamie qu'il venait de commettre une grave erreur. Pourtant, il n'avait qu'une envie : se glisser de nouveau entre les draps avec elle et lui refaire l'amour.

— Non, je crois qu'il s'agit plutôt d'une ambulance, répondit-il.

Pour en avoir la certitude, il rejeta les couvertures, enfila en vitesse son jean et son T-shirt, et se précipita au rez-de-chaussée. Comme il ne voyait rien par la fenêtre, il se rua dehors. Au moment où il sortait pieds nus sur le perron, il aperçut une ambulance qui disparaissait au coin de la rue. Le froid était vif et il se frotta les bras pour se réchauffer. Alors qu'il s'apprêtait à retourner à l'intérieur, une voiture blanche, sale et rouillée, garée en face de chez lui, attira un instant son attention.

Sans doute appartenait-elle à l'un des adolescents du quartier, se dit-il. Qui d'autre roulerait au volant d'un tel tas de ferraille ?

Lorsqu'il revint dans la chambre, Sarah, en jean et en soutien-gorge, enfilait son T-shirt.

— Tout va bien ? demanda-t-elle.

— Oui, oui.

Pour cette fois, songea-t-il en sentant son cœur se serrer.

La prochaine fois, ils n'auraient peut-être pas la même chance. Sarah avait enfreint la loi, et il venait de lui faire l'amour…

Elle semblait nerveuse.

— Pendant un instant, j'ai cru que…

— Que je t'avais balancée ? Livrée à la police ? Non. Et d'ailleurs, si je l'avais fait, j'aurais risqué moi aussi des ennuis. Comment aurais-je justifié auprès de mes collègues ce qui s'est passé entre nous ?

— C'est vrai.

La regarder se démêler les cheveux du bout des doigts ravivant la faim qu'il avait d'elle, il s'obligea à se retourner. Mais ses yeux tombèrent alors sur les draps défaits. Il ne pourrait plus jamais revoir ce lit sans se remémorer leurs ébats.

Derrière lui, Sarah s'exclama :

— Oh ! Il est près de midi ! Je n'en reviens pas d'avoir dormi si longtemps !

— Tu étais épuisée. La nuit a été courte…

Leurs regards se croisèrent mais tous deux détournèrent aussitôt la tête. Visiblement, ni l'un ni l'autre n'avait envie de revenir sur ce qu'ils avaient partagé dans ce lit.

— Je suis affamée, dit-elle pour changer de sujet.

Je reprends mon service à 15 heures… Si tu as un peu de temps, que dirais-tu d'aller déjeuner quelque part ?

— Désolé, je dois être à mon poste à 14 heures.

— D'accord, fit-elle, déçue.

Jamie enfonça les mains dans ses poches. Il avait été si sûr qu'elle se reprocherait d'avoir couché avec lui qu'il n'avait pas imaginé l'hypothèse inverse. Que lui-même puisse éprouver des regrets. Même après ce qu'il avait appris sur elle, il avait cru qu'il serait heureux de lui faire l'amour et qu'il le vivrait bien.

Il s'était trompé.

Incapable de rester dans cette chambre plus longtemps, il ramassa ses chaussures et descendit au salon. Il s'assit sur le canapé sur lequel Sarah avait bercé Aiden quelques heures auparavant. Il avait l'impression que la scène remontait à une éternité.

Elle le rejoignit peu après, mais au lieu de s'asseoir à côté de lui, elle s'installa dans le fauteuil pour mettre ses tennis.

— Aurais-tu l'amabilité de m'expliquer ce qui se passe ? demanda-t-elle après un moment.

— De quoi parles-tu ? dit-il sans lever les yeux de ses lacets.

— Qu'est-ce qui a changé depuis ce matin ? Faire l'amour ne voulait-il donc rien dire pour toi, c'est ça ?

La douleur qui teintait sa voix lui fit mal. Peu importe ce qu'il ressentait, il n'avait pas le droit de la blesser. Ce qu'ils venaient de vivre comptait plus que tout pour lui… même si, en même temps, il le regrettait.

Il se leva et se dirigea vers la fenêtre.

— Je suis désolé. C'était une faute, mais tu n'y es pour rien, Sarah. J'ai commis une erreur en couchant avec toi, une erreur que je ne dois plus jamais réitérer.

— C'est faux. Nous partageons la responsabilité de

ce qui s'est passé. Nous étions deux, dans ce lit. Et je suis une femme adulte et libre de mes choix.

— Mais tu n'es pas inspecteur de police. Moi, oui.

— Et alors ?

— Tu m'as tout avoué : l'usurpation d'identité, la violation de l'ordonnance du tribunal, la soustraction d'un enfant à un droit de visite parentale… Il s'agit de graves délits. Et j'ai eu tort de l'oublier. Dans ce contexte, faire l'amour avec toi était une faute. Il est interdit aux forces de l'ordre d'entretenir des relations personnelles avec des suspects.

— Tu me classes donc parmi les suspects ?

— J'aurais dû.

Elle le regarda un long moment avant de lancer :

— Aurais-tu préféré que je te cache mon histoire ?

— Non. Je suis heureux que tu te sois confiée à moi. Mais la sirène de l'ambulance m'a rappelé que, un jour, quelqu'un viendra peut-être t'arrêter. Or, je ne t'ai pas dénoncée, comme mon travail de policier m'y oblige, alors que je sais que tu as enfreint la loi. Voilà pourquoi j'aurai sans doute des comptes à rendre à mes supérieurs.

Elle se leva et se campa devant lui, les poings sur les hanches.

— Je ne t'ai jamais demandé de t'impliquer. J'ai essayé d'esquiver tes questions, mais tu m'as fait subir un véritable interrogatoire, permets-moi de te le rappeler. Chacune de mes réponses t'incitait à m'interroger davantage.

— En tout cas, tu sembles craindre plus que tout que ton ex-mari te retrouve alors qu'il est derrière les barreaux. Tu devrais plutôt redouter que la police se présente un jour à ta porte.

— Les histoires de garde d'enfants ne sont sans doute pas prioritaires pour les forces de l'ordre.

— Tu m'as rendu méfiant. Trop de choses ne collaient pas. Et si je n'étais pas le seul à m'interroger ?

— Arrête ! Tu essayais seulement de me fourrer dans ton lit.

C'était un coup bas, porté parce qu'il l'avait blessée, et il ne l'avait pas volé. Peut-être n'avait-elle pas tort, d'ailleurs.

— Que vas-tu faire, maintenant ? poursuivit-elle. Me balancer ?

— Non, te dénoncer ne ferait que me créer des ennuis. Mais j'aimerais que tu te livres toi-même à la police.

— Me rendre ? Après tout ce que j'ai fait pour que Michael ne puisse jamais atteindre Aiden ? Il n'en est pas question ! Jamais il n'aura la possibilité de s'en prendre à mon fils !

— Mais je t'aiderai. Nous trouverons une solution. Je veillerai à la sécurité d'Aiden.

— Tu n'y parviendras pas.

Le pire était qu'elle avait raison, et il se refusait à lui promettre une sécurité qu'il ne pouvait lui garantir.

— Laisse-moi au moins essayer. Je vais mener des investigations. Nous demanderons à discuter avec un juge. Peut-être acceptera-t-il de modifier ta situation juridique.

Elle secoua la tête.

— Me promets-tu de ne pas me balancer tout de suite ?

Il ferma les yeux. Il avait voulu croire que tout était noir ou blanc, mais le monde devenait gris et il ne savait que faire. En tout cas, Sarah avait besoin de lui, qu'elle en soit consciente ou non. Il n'avait pas été là pour Mark lorsque son petit frère avait sombré en silence. Il ne commettrait pas la même erreur avec la femme qu'il aimait. Peu importe ce que cela lui coûterait.

Il rouvrit les yeux.

— Je te le jure. Et si tu as besoin de moi, dis-le-moi. Je ferai tout ce qui est en mon pouvoir pour t'aider.

— Tu as déjà fait beaucoup. Tu m'as ramené mon fils hier soir. Je ne l'oublierai jamais.

La gorge serrée, il comprit qu'elle lui disait adieu. Qu'avait-il imaginé ? Maintenant qu'il l'avait forcée à lui confier ses secrets, la fuite était la seule issue pour elle. Elle n'avait pas d'autre choix. Pourquoi ne s'était-il pas rendu compte que ses révélations la contraindraient à quitter la ville ?

— Je te demande simplement de ne pas me donner tout de suite et de garder le silence quelques jours, le temps de me retourner, de trouver un point de chute, continua-t-elle. Aiden et moi devons filer avant d'être inquiétés. Comme nous l'avons toujours fait.

Incapable de se retenir, il la prit dans ses bras.

— Reste, je t'en prie.

Comment osait-il la supplier de rester à Brighton alors qu'il n'avait rien à lui offrir ? Pas même le moyen de s'extraire des difficultés dans lesquelles elle se débattait.

— Nous trouverons une solution, ajouta-t-il.

— Il n'y en a pas. Et je dois protéger mon fils. Seule.

Il tressaillit. Il n'y a pas si longtemps, il lui avait dit qu'elle n'était pas obligée d'être seule, qu'il serait là si elle avait besoin de lui. C'était avant, avant de savoir toute l'histoire. À présent qu'il connaissait la vérité et qu'il mesurait les conséquences auxquelles il s'exposait s'il l'aidait, il s'en sentait incapable.

« Seule. » Le mot devait réveiller de terribles souvenirs pour Sarah. Quand elle releva la tête et qu'il croisa son regard, une profonde résignation l'assombrissait. Elle n'avait plus rien, elle ne pouvait s'accrocher à personne, elle n'avait plus d'espoir. Personne ne l'aiderait à cicatriser ses vieilles blessures.

— Si c'est ce que tu veux…, parvint-il à dire, la gorge serrée. Puis-je au moins te ramener chez toi ?

— Non, merci. Je me suis habituée à marcher et ça me fera du bien.

Elle alla vers la porte et l'ouvrit d'un coup sec.

Une fois encore, il eut envie de la supplier de rester, mais se l'interdit. Il devait d'abord trouver une solution.

Incapable de la regarder partir, il fixa ses chaussures et attendit le claquement de la porte. Qui ne vint pas.

— Jamie…, murmura-t-elle. J'ai besoin de savoir… Regrettes-tu ce qui s'est passé entre nous ?

— Quelle importance ? répondit-il.

— C'est important pour moi. Parce que je veux que tu saches que moi pas. Jamais je ne le regretterai.

— Moi non plus, parvint-il à dire.

Rien ne pouvait l'empêcher d'aller vers elle et de la prendre à nouveau dans ses bras. Rien sauf la porte qu'elle referma derrière elle.

Se postant à la fenêtre, il la suivit des yeux tandis qu'elle s'éloignait à grands pas dans la rue déserte. Même le tas de ferraille garé en face de chez lui n'était plus là.

Lorsqu'elle fut hors de vue, il retourna s'asseoir sur le canapé et alluma son ordinateur portable.

S'il y avait un moyen de sortir Sarah de ses difficultés, il allait le trouver. Et s'il y avait une solution pour que tout se passe bien pour elle et qu'elle puisse rester à Brighton avec lui, il était déterminé à la découvrir.

Avant toute chose, il devait en apprendre davantage sur le bourreau qui l'avait poussée à fuir.

Ouvrant le fichier de localisation des détenus sur le site des services judiciaires de l'Illinois, il tapa « Brooks » dans le champ du nom de famille.

Alors qu'il commençait à cliquer sur l'icône de recherche, il hésita. Le nom était-il le bon, cette fois ? Sarah lui avait beaucoup menti, mais c'était avant qu'elle le connaisse vraiment. Avant de lui faire le cadeau le plus précieux qu'elle pouvait lui faire : sa confiance.

Malgré tout, il laissa échapper un soupir de soulagement quand une liste de noms apparut, comprenant

« Brooks, Michael E. ». S'apercevoir qu'il avait eu raison de la croire le réconforta.

Maintenant, il fallait en savoir plus sur le détenu # LK2341, le fauve qui avait maltraité la femme qu'il aimait. Lorsqu'une page apparut, avec les photos d'un homme aux cheveux noirs, il fut étrangement soulagé de constater qu'Aiden ressemblait peu à son père.

À l'aide de la souris, il balaya la page, sautant les informations générales sur ses crimes passés et sur le lieu de l'incarcération. Mais lorsqu'il atteignit la section « Statut », son regard s'immobilisa sur les mots : « Libération conditionnelle ». Un frisson lui parcourut l'échine en découvrant la date de sortie de Michael Brooks. Alors que Sarah était persuadée que son ex-mari se trouvait toujours derrière les barreaux, Brooks se baladait dans les rues en homme libre depuis plus de deux semaines.

Il devait à tout prix prévenir Sarah, même s'il imaginait déjà sa panique. Elle devait savoir que sa peur était fondée, désormais. Le danger était devenu bien réel.

Heureusement, Aiden et elle vivaient sous des noms d'emprunt. Certes, elle avait enfreint certaines lois, mais elle avait ainsi couvert ses traces. Brooks n'avait aucun moyen de connaître leur identité ou de les localiser.

Mais que se passerait-il si elle avait laissé par mégarde des indices susceptibles de le mener jusqu'à elle ?

Si, comme elle en était certaine, Brooks pouvait la chercher sans relâche tant qu'il ne l'aurait pas retrouvée, elle n'était plus en sécurité nulle part.

20

Pétrifiée, Sarah regarda le numéro de l'Illinois qui s'affichait sur son téléphone portable. Ce même numéro l'avait appelée, dix minutes plus tôt. Et encore dix minutes auparavant.

Est-ce lui ? se demanda-t-elle, la gorge serrée.

Elle secoua la tête. Pourquoi tout de suite imaginer le pire ? Si les sbires de Michael avaient retrouvé sa trace, il ne la contacterait certainement pas pour l'avertir de leur venue.

Mais alors, qui tentait de la joindre ? Tonya cherchait-elle à l'appeler avec un autre téléphone que son fixe ou son portable ?

À moins que la police ait réussi à la rattraper comme l'avait prédit Jamie…

Lorsque son correspondant fut invité à laisser ses coordonnées sur la messagerie vocale, elle fourra l'appareil dans la poche de son tablier. Elle repartit en cuisine, en s'ordonnant de cesser de se mettre martel en tête. L'indicatif de l'Illinois n'était peut-être qu'une coïncidence. Sans doute paniquait-elle pour rien. Peut-être s'agissait-il d'un démarcheur par téléphone. Elle était sur les nerfs et voyait tout en noir. Comment s'en étonner ? Les dernières vingt-quatre heures avaient été particulièrement éprouvantes, déstabilisantes.

Elle n'arrivait toujours pas à croire que, cinq heures plus tôt, elle avait été dans les bras de Jamie, dans le lit de Jamie, à faire l'amour avec Jamie. Depuis la naissance d'Aiden, elle n'avait jamais vécu de moments aussi riches en émotions intenses. Et la tendresse avec laquelle Jamie lui avait fait l'amour lui avait procuré une joie, un bonheur qu'elle n'avait jamais connus. Un cadeau qu'elle chérirait jusqu'à sa mort.

Elle l'aimait. Maintenant, elle n'en doutait plus.

Et puis cette ambulance était passée dans la rue, sirènes hurlantes, rappelant à Jamie son devoir. Le cocon dans lequel ils s'étaient enveloppés pour tenir leurs vies à distance avait alors volé en éclats. Le sens de l'honneur de Jamie et son besoin de survie à elle les avaient conduits dans une impasse. Aucun d'eux ne pouvait en sortir sans se renier.

Voilà pourquoi, et même si cette décision lui déchirait le cœur, elle devait fuir et laisser Jamie derrière elle.

Alors qu'elle poussait les portes battantes de la cuisine, son téléphone se remit à sonner. Cette fois, elle s'interdit même de regarder l'écran. Lorsque son correspondant tomberait de nouveau sur sa messagerie vocale, il renoncerait sans doute à la harceler. Du moins l'espérait-elle.

Ted, qui passait par là, secoua la tête.

— Tu ferais mieux de répondre, si tu n'as pas envie que la personne qui cherche à te joindre continue à te rappeler. Va t'installer dans le bureau, si tu veux être tranquille.

Elle finit par sortir son smartphone pour prendre l'appel.

— Allô ! lança-t-elle tout en s'éloignant de son patron.

— Bonjour, madame. Ici, l'inspecteur Evelyn Ryan, du commissariat de Lisbon, Illinois. Je souhaiterais m'entretenir avec Sarah.

Elle se sentit blêmir. Le cœur battant, elle se dépêcha d'entrer dans le bureau et de refermer la porte derrière elle.

— C'est moi, dit-elle.

— Auriez-vous l'amabilité de décliner votre identité complète, s'il vous plaît ? poursuivit son interlocutrice.

— Vous devez avoir composé un mauvais numéro.

— Connaissez-vous une dénommée Tonya Franklin ?

Sarah se figea.

— Oui, comment va-t-elle ? A-t-elle des ennuis ?

— Je vous contacte parce que vous avez tenté de joindre Mlle Franklin à plusieurs reprises la semaine dernière, soit à son domicile soit sur son portable. Pouvez-vous me dire à quand remonte la dernière fois que vous lui avez parlé ?

— Lui est-il arrivé quelque chose ? A-t-elle été victime d'un accident ?

Sarah s'inquiétait de ne pas avoir reçu de nouvelles de Tonya, mais la situation de son amie était-elle pire qu'elle l'avait pensé ?

— J'ai besoin de votre identité pour vous donner ce renseignement.

— Sarah Cline.

— Merci, mademoiselle Cline. Quels sont vos liens avec Mlle Franklin ?

— Nous nous connaissons depuis toujours. Tonya est ma meilleure amie.

Sarah eut besoin de toute sa volonté pour ne pas la supplier de lui dire que Tonya allait bien.

— Je suis au regret de vous informer que Mlle Franklin a été retrouvée morte à son domicile, il y a deux jours. D'après les premiers éléments de l'enquête, il s'agit d'un homicide. Le médecin légiste a confirmé la cause du décès après l'autopsie d'hier.

— Comment est-elle morte ?

— Mlle Franklin a été étranglée.

— Mon Dieu ! Elle a donc été assassinée ?

Elle se mit à trembler de tout son corps et eut soudain du mal à respirer. Elle manquait d'air comme le jour où Michael avait collé les mains autour de son cou et les avait serrées jusqu'à ce qu'elle perde connaissance.

Comme ses jambes se dérobaient sous elle, elle se laissa tomber sur une chaise et prit de profondes inspirations pour se ressaisir.

Son interlocutrice continuait :

— Je suis désolée, et je vous présente mes condoléances. Mais je suis sûre qu'en tant qu'amie, vous accepterez de nous aider à retrouver son assassin.

— Je ne sais pas quelle aide je pourrais vous apporter. Nous ne nous étions pas revues depuis… des années.

Elle retint son souffle en se rendant compte soudain que des photos et des documents dans la maison de Tonya avaient donné la possibilité à la police de retrouver sa trace. En prenant conscience de la tournure de ses pensées, elle s'insulta in petto. Tonya était morte, et elle n'était capable de penser qu'à elle-même. Elle ne méritait pas une amie comme Tonya.

— Pourquoi ne pas m'en laisser juge ? répliqua l'inspectrice. Même une information qui vous semble sans intérêt pourrait nous mettre sur une piste.

Ou envoyer la police à ma porte.

— D'accord, répondit-elle quand même.

— Connaissez-vous quelqu'un qui aurait eu des problèmes avec Mlle Franklin ou qui lui voudrait du mal ?

— Non. Personne. Tout le monde l'aimait.

— C'est ce que ses collègues m'ont dit. Par ailleurs, l'opérateur téléphonique de Mlle Franklin nous a indiqué qu'elle avait composé votre numéro le 13 avril dernier. La brièveté de l'appel suggère qu'elle aurait été envoyée sur la messagerie vocale. Avez-vous une idée de la raison pour laquelle elle a cherché à vous contacter ?

La panique s'empara d'elle. Si Tonya avait perdu la vie en essayant de l'avertir d'un danger, elle savait déjà qui l'avait tuée et pourquoi. Elle connaissait le meurtrier de son amie. Un seul homme n'hésiterait pas à supprimer quelqu'un qui tenterait de se mettre en travers de son chemin.

Son ex-mari.

— J'ai vu qu'elle avait tenté de me joindre, oui, répondit Sarah. Mais quand j'ai voulu la rappeler, elle n'a jamais répondu. Je commençais à m'inquiéter.

— Si vous étiez inquiète, pourquoi n'avez-vous pas prévenu la police ?

— J'aurais dû, mais j'essayais de ne pas tirer de conclusions hâtives. Je pensais qu'elle aurait pu avoir un nouveau petit ami.

— Faire confiance à son instinct est souvent une bonne idée. En tout cas, d'après les relevés téléphoniques de Mlle Franklin, ce coup de fil du 13 avril semble être le dernier appel qu'elle ait passé.

— Vous voulez dire qu'elle aurait pu mourir pendant…

— Nous l'ignorons. Nos deux seules certitudes sont d'une part qu'il y a eu une lutte chez elle et, d'autre part, qu'elle n'a plus composé de numéro depuis sa ligne fixe comme de son portable après vous avoir appelée.

La policière continuait de parler, mais les mots « dernier appel » tournaient en boucle dans la tête de Sarah. Elle était une amie en dessous de tout, songea-t-elle, en proie à une culpabilité croissante. Tonya avait toujours été là et elle n'avait même pas pris le dernier appel de cette amie hors du commun.

— Apparemment, Mlle Franklin était morte depuis plus de deux jours lorsque le cabinet comptable où elle était employée a contacté le commissariat parce qu'elle ne s'était pas présentée au travail et qu'elle ne pouvait être jointe.

— Je suis tellement désolée de ne pas avoir prévenu tout de suite la police…

Le long silence qu'elle obtint en retour de son mea

culpa lui prouva que son interlocutrice lui reprochait cette négligence.

— Y avait-il une raison pour laquelle vous auriez pu hésiter à alerter les autorités ?

— Je ne comprends pas votre question, répondit-elle.

— Nous pensons que Tonya connaissait son agresseur parce que nous n'avons trouvé aucun signe d'entrée par effraction. Et si la maison a été vandalisée, peu de chose a été dérobé. Ni l'argent dans son sac à main ni les colliers en or dans sa boîte à bijoux. Il ne manque que son téléphone portable et un agenda en cuir que, d'après ses collègues, elle emportait partout.

Sarah connaissait cet agenda. Elle y figurait avec son adresse et son numéro de téléphone sous le nom de « Sarah Cline ». La police aurait peut-être besoin de plus d'éléments pour constituer un dossier, mais le froid qui la gagnait lui confirma qu'elle connaissait l'assassin de Tonya.

Michael avait assassiné sa meilleure amie et, maintenant, il ne tarderait plus à débarquer pour récupérer celle qu'il considérait toujours comme sa femme.

— Nous n'avons aucune piste sérieuse pour le moment, poursuivit la policière. Avez-vous quelque chose à dire qui nous aiderait à obtenir justice pour votre amie ?

— Non, je suis désolée, répondit Sarah.

L'inspectrice lui laissa ses coordonnées au cas où elle se souviendrait de quoi que ce soit qui pourrait faire avancer l'enquête.

— Une dernière question, dit-elle alors qu'elles étaient sur le point de mettre fin à l'appel. Connaissez-vous un certain Andrew T. Brooks ?

Le cœur de Sarah manqua un battement.

— Non, je ne crois pas. Pourquoi ?

— L'avocat de feu Tonya Franklin tente de localiser

l'un des bénéficiaires de son testament. Jusqu'à présent, il n'y a pas réussi.

Qu'avait-elle fait pour mériter une amie comme Tonya ? songea Sarah, accablée. Non seulement elle était morte en voulant la protéger, mais elle avait cherché à mettre son fils à l'abri du besoin.

— Désolée, je ne peux pas vous aider, répondit-elle. J'espère que vous identifierez et arrêterez rapidement son assassin.

Ce n'est qu'après avoir raccroché qu'elle s'autorisa à plonger la tête entre ses mains et à éclater en sanglots.

21

Jamie claqua la portière de sa voiture et traversa à pas vifs le parking du Casey's Diner. Il avait beaucoup à dire à Sarah et très peu de temps pour le faire avant l'arrivée de ses collègues. Jusque-là, il n'avait pas eu très envie de les mettre au courant de leur relation. Mais maintenant, il était vital qu'ils ne soupçonnent rien à ce sujet, du moins tant qu'il n'aurait pas réussi à convaincre Sarah de se livrer à la police.

Au moment où il franchissait le seuil du restaurant, elle sortait de la cuisine, chargée d'un plateau d'assiettes fumantes. En le voyant, elle marqua un temps d'arrêt. Puis elle lui adressa un bref signe de tête avant de se hâter vers une table où une petite famille attendait son repas.

Ted s'approcha de lui.

— Tout va bien, inspecteur ? demanda-t-il.

— Oui, merci. Mais j'aurais besoin de dire un mot à Sarah. C'est important. Vraiment.

— J'en suis sûr, répondit Ted en entraînant Jamie à l'écart d'un air ennuyé. Écoutez, je ne veux pas de problèmes.

— Des problèmes ?

Suivant le regard de Ted, Jamie se tourna vers la salle, vers les clients attablés. Quelques-uns jetaient un œil furtif dans leur direction, d'autres n'essayaient même pas de dissimuler leur curiosité.

— Il n'y en aura pas, assura-t-il. Y en a-t-il déjà eu ?

Ted désigna Sarah d'un geste.

— Je ne sais pas ce qui se passe avec cette jeune femme. Elle vous rend tous fous, ma parole.

— Je dois absolument lui parler avant l'arrivée des autres, de mes collègues, et ils seront là dans un instant.

— Je comprends. Vos histoires ne regardent personne, hein ? D'accord. Allez vous installer dans le bureau et je vous l'envoie.

— Merci.

Alors qu'il s'éloignait, Ted le rappela.

— Ce n'était pas vous au téléphone, tout à l'heure, n'est-ce pas ? Parce que ça m'ennuierait que vous la bouleversiez encore.

La bouleverser ?

— Ce n'était pas moi.

Il ignorait ce qui avait mis Sarah dans tous ses états, mais il se doutait que lui apprendre que son pire cauchemar était devenu réalité n'allait pas arranger les choses.

Il arpentait le bureau lorsqu'elle poussa la porte et la referma derrière elle.

— Que se passe-t-il, Jamie ?

— Ton ex-mari est sorti de prison, Sarah. J'ai consulté les fichiers des détenus. Il a été libéré sur parole le 3 avril dernier.

— Je sais. La police de Lisbon me l'a appris.

À la vue de ses yeux rouges et de ses joues marbrées, il comprit qu'elle avait pleuré. Il eut envie de la prendre dans ses bras, mais sans doute n'était-ce pas le moment.

— Pourquoi la police de Lisbon t'a-t-elle appelée ? Pour te parler de Brooks ? Pourquoi ont-ils fait ça ? Je ne comprends pas.

— Ils ne m'ont pas parlé de Brooks. Mais de Tonya.

— Quel rapport avec…

— Elle est… morte. Elle a été étranglée.

— Oh ! Chérie, je suis tellement désolé !

Incapable de supporter seule une si grande douleur, elle s'effondra contre lui. Elle s'agrippa à sa chemise en sanglotant, le visage noyé de larmes.

— Tonya était ma meilleure amie, et elle est morte… À cause de moi.

Sa détresse faisait écho à l'indicible douleur qu'il avait éprouvée après le suicide de Mark. Un désespoir absolu teinté de culpabilité et de honte. Une faute qui n'obtiendrait jamais l'absolution. Mais il ne pouvait la laisser se torturer avec la conviction qu'elle était responsable du meurtre de son amie. Il referma ses bras sur elle.

— Nous ne savons même pas si Brooks est suspecté du crime.

Elle le repoussa.

— Il l'a tuée, c'est évident. Elle est morte le jour où elle essayait de me joindre. Peut-être même au moment où elle m'appelait. J'ai compris alors qu'il avait été libéré et tu viens de me le confirmer. Que te faut-il de plus ?

Il serra les dents. D'accord, Brooks figurait en bonne place sur sa liste de suspects, mais sa culpabilité n'était pas encore établie avec certitude. Peut-être s'agissait-il d'une simple coïncidence.

— Et comment la police a-t-elle trouvé ton numéro ?

— En consultant les relevés téléphoniques de Tonya.

— Savent-ils qui tu es ?

— Pour eux, je suis Sarah Cline.

— Tant qu'ils n'ont procédé à aucune arrestation, tant qu'ils n'ont pas résolu l'affaire, rien n'est sûr.

Elle secoua la tête.

— Crois ce que tu veux, mais moi je connais la vérité. Si Tonya ne m'avait pas aidée à quitter Michael, à fuir, elle serait… encore en vie.

— Admettons que Tonya essayait de t'avertir du danger quand elle t'a téléphoné ce jour-là et que son agresseur était bien Brooks. Penses-tu qu'il aurait alors compris où tu es ? Et sous quelle identité ?

— Il est intelligent. S'il ne l'a pas encore fait, il ne tardera pas à parvenir à cette conclusion. Et s'il était là quand Tonya a essayé de me contacter et est tombée sur ma messagerie vocale, il a entendu mon annonce d'accueil et il sait déjà…

— Que tu es Sarah, finit-il pour elle.

Elle plongea le visage entre ses mains. Lorsqu'elle releva enfin la tête, il vit la peur briller dans ses yeux.

— Il a pris le répertoire de Tonya sur lequel figure mon adresse. Il est en route pour me retrouver et mettre la main sur Aiden. Depuis six jours. Penses-tu qu'il est déjà arrivé à Brighton ?

Il préférait ne pas se prononcer à ce sujet, mais Sarah poursuivit en se tordant les mains.

— Je ne vais pas rester ici, les bras ballants, à attendre qu'il vienne nous chercher. Il n'en est pas question. Aiden est en danger.

Comme elle allait sortir du bureau, il la retint en posant la main sur son épaule.

— Attends, Sarah. Ne te précipite pas. Nous devons réfléchir et…

— « Nous » ?

— Bien sûr, nous. Je suis avec toi dans cette histoire. Brooks est intelligent, m'as-tu dit. Crois-tu qu'il se présenterait ici sans avoir avant mis un plan au point ? Ça m'étonnerait. De plus, il est en liberté conditionnelle. En principe, il n'a pas le droit de quitter l'Illinois sans autorisation.

— Tu imagines vraiment que ce genre de détail l'arrêterait ? Je dois disparaître de nouveau avec Aiden. Je vais faire mes valises et filer au plus vite.

— Quand cesseras-tu de fuir ?

— Que veux-tu que je fasse ? Attendre qu'il me tue

et enlève Aiden ? Parce que c'est ce qu'il fera quand je refuserai de retourner vivre avec lui. Et je ne retournerai pas avec lui.

— Si tu prends la fuite, je n'aurai pas la possibilité de t'aider.

— Tu pourrais venir avec nous…

Il secoua la tête.

— Il y a quelques jours, j'aurais sauté sur l'occasion, trop heureux d'être avec Aiden et toi. Même s'il m'avait fallu alors renoncer à mon métier, à mes collègues, à tout ce qui compte pour moi. Même avec la perspective de devoir mener une vie de cavale, moi aussi. Mais tout est différent, maintenant.

— Pourquoi ?

— Tonya est morte, assassinée. Nous avons désormais la preuve que Brooks n'hésite pas à tuer pour obtenir ce qu'il veut. Il n'a plus rien à perdre. Je refuse de prendre le risque que toi ou Aiden soyez ses prochaines victimes.

— Que me conseilles-tu de faire, alors ?

— Reste.

— Tu sais bien que je ne peux pas. Après m'être tant battue, je refuse de baisser les bras maintenant. Je vais continuer à lutter. Je le dois à Aiden.

— Il ne s'agit pas de baisser les bras, mais de se battre de la bonne manière. Je te demande quelque chose de très difficile mais d'indispensable. Fais-moi confiance, Sarah. Confiance. Tu dois te rendre à la police, avouer toute la vérité et demander la clémence de la justice. Vu le contexte, tu bénéficieras certainement de circonstances atténuantes. Je t'accompagnerai. De plus, en te livrant, tu aideras la police à résoudre un meurtre, à arrêter un assassin. Tout ça devrait jouer favorablement dans la décision du juge.

Comme elle secouait la tête, il lui prit la main.

— Sarah, si tu t'enfuis maintenant, tu ne cesseras jamais de fuir. Il ne te lâchera pas, il n'abandonnera jamais. Il attendra, tapi dans l'ombre, un moment d'inattention pour te coincer.

— Mais je ne peux pas risquer de perdre mon fils ! Et si un juge décidait que le père d'Aiden a le droit de voir son enfant ? Et si ce même juge me reprochait d'avoir privé mon petit garçon de son papa ? Et si j'étais condamnée à une peine de prison, qu'adviendrait-il d'Aiden ?

— C'est la seule solution. Brooks ne devrait-il pas payer pour ses crimes ? Et Tonya ? Ne mérite-t-elle pas d'obtenir justice ?

— Tonya comprendrait. Elle s'est donné beaucoup de mal pour nous protéger.

— Mais elle n'a pas pu empêcher Brooks de te retrouver. Et moi non plus, je n'arriverai pas à te protéger. Pas tout seul.

— Pourquoi t'y sens-tu obligé ?

— Tu ne comprends toujours pas, n'est-ce pas ? Je suis amoureux de toi. Je t'aime, Sarah. Tout ce qui t'arrive est extrêmement important pour moi.

Elle le dévisageait comme si elle ne pouvait pas le croire. Pourquoi semblait-elle si surprise ? Ne savait-elle pas à quel point elle était formidable ?

Il aurait préféré lui déclarer sa flamme autrement, à un autre moment, mais il ne regrettait pas de lui avoir avoué son amour.

Elle finit par hocher la tête.

— D'accord. J'irai me livrer à la police demain, pendant qu'Aiden sera à l'école.

— L'as-tu décidé à cause de ce que j'ai dit ?

— Oui. Mais tu viendras avec moi, n'est-ce pas ?

— Je ferai tout ce que tu voudras.

— Alors embrasse-moi.

Parce qu'il ne pouvait rien lui refuser et surtout qu'il en mourait d'envie, il prit ses lèvres.

Sarah lui rendit son baiser avec force. Elle ne lui avait pas dit qu'elle l'aimait ; peut-être ne partageait-elle pas ses sentiments. Quoi qu'il en soit, pour l'instant, il se contenterait de ce qu'elle lui offrait et qui n'était pas rien : sa confiance.

Il était tellement fou d'elle qu'il l'embrassa avec passion, oubliant le reste du monde.

Soudain, quelqu'un se racla la gorge derrière lui.

Ted se tenait à la porte, souriant face à la scène qu'il interrompait.

Jamie s'écarta précipitamment et bondit en arrière. Le visage écarlate, Sarah fit mine de renouer sa queue-de-cheval pour se donner une contenance.

— Et dire que j'étais inquiet ! s'exclama Ted en riant. Sarah, je venais te prévenir que Marilyn se charge de tes tables, en plus des siennes. Elle te doit bien ça. Mais vos collègues policiers sont arrivés, inspecteur, et ils vous réclament.

— D'accord. Merci. J'y vais.

Sarah regagna la salle.

Dès qu'ils furent seuls, Jamie sourit d'un air ennuyé au patron du Casey's Diner.

— Je suis désolé. Ça ne se reproduira plus.

— Ne la faites plus pleurer au téléphone non plus.

Ted avait cru qu'ils s'étaient disputés. Jamie ne pouvait pas lui dire qu'il se trompait sans entrer dans de longues explications.

— Sarah est un joyau, continua Ted, croisant les bras. Je l'aime comme ma fille. Elle et son fils méritent d'être heureux. J'espère que vos intentions sont sérieuses, mon garçon…

Jamie se sentit rougir sous le regard du vieil homme.

Ted l'évaluait, l'avertissait. Comme un père le ferait pour sa fille chérie.

— Très sérieuses. Je vous le promets.

Satisfait, Ted opina.

22

— Tu es sûr de n'avoir besoin de rien d'autre, Jamie ?

Sarah lui avait déjà posé plusieurs fois la question mais elle ne put s'empêcher de la répéter. Depuis la cuisine. Pour ne pas être tentée de le toucher, ce qui valait mieux. Si elle retombait dans ses bras, elle aurait du mal à garder les idées claires. Or, il lui fallait réfléchir. À la mort de Tonya. Aux monstres qui rôdaient dans la nuit. Et aux aveux qu'elle ferait à la police dans quelques heures.

— J'ai tout ce qu'il me faut, merci, répondit-il. Tu es une hôtesse parfaite.

Ce matin, ils avaient fait l'amour. Mais ce soir, bien entendu, il n'en était pas question. Jamie lui avait proposé de passer la nuit chez elle, au cas où Michael se présenterait à sa porte. Il avait été décidé qu'il s'installerait sur le canapé du salon tandis qu'elle dormirait dans la chambre avec Aiden.

— Tu devrais aller te reposer, Sarah. Tu es fatiguée. Et ne t'inquiète pas. Pour ma part, je resterai bien éveillé pour monter la garde.

Elle hocha la tête tout en se doutant qu'elle non plus ne fermerait pas l'œil de la nuit. Comment espérer pouvoir dormir après tant de bouleversements et d'émotions ? Sa journée avait commencé sous la couette de Jamie. Avec lui, elle s'était sentie aimée et libre comme jamais. Et maintenant, elle s'apprêtait à se mettre au lit en sachant qu'elle serait peut-être emprisonnée dès le lendemain et séparée de son fils.

Faire l'amour avec Jamie avait fait naître dans son cœur l'espoir fou d'une vie meilleure puis, en quelques heures, cette espérance s'était muée en désespoir absolu. Peut-être, sans doute… passerait-elle la nuit prochaine en prison. Une fois sa mère incarcérée, Aiden n'aurait plus personne pour le défendre et pour empêcher son père de lui faire du mal afin de se venger d'elle…

Jamie l'aimait. Pourquoi s'en souvenait-elle maintenant, alors que tant de sujets essentiels la préoccupaient ? L'amour aurait dû être le cadet de ses soucis. Certes, elle aussi était tombée amoureuse de lui. Et, dans le secret de son cœur, elle avait commencé à imaginer un avenir à trois. Mais à quoi bon se demander s'ils vivraient un jour ensemble, Jamie, Aiden et elle, alors qu'elle se retrouverait peut-être derrière les barreaux dès le lendemain ?

Jamie s'éclaircit la voix, la tirant de ses pensées.

— Qu'a dit Aiden quand tu lui as annoncé que tu allais dormir dans le lit au-dessus du sien et moi sur le canapé du salon ?

— Je ne lui ai rien dit, tu penses bien. Si je l'avais fait, il aurait refusé d'aller se coucher.

Elle jeta un coup d'œil vers la porte de la chambre et ajouta :

— Et j'aurais dû lui expliquer pourquoi.

— Tu devras pourtant trouver quelque chose pour justifier ta présence dans sa chambre, demain.

— Je vais y réfléchir. Mais n'oublie pas qu'il faut que tu aies plié bagage avant son réveil. S'il te voit, jamais il n'acceptera d'aller à l'école et si c'est la croix et la bannière pour l'y emmener, je risque d'arriver en retard au Casey's Diner. Tu es toujours d'accord pour passer me prendre au restaurant en milieu de matinée ?

— Bien sûr, mais je ne vois toujours pas pourquoi tu

tiens à aller travailler demain. Ils peuvent quand même survivre un matin sans toi.

— Les clients comptent sur leurs brioches à la cannelle.

Et elle n'aurait peut-être plus d'occasion d'en confectionner par la suite, songea-t-elle.

— Je voulais encore m'excuser de t'avoir envoyé ce texto alors que tu étais en plein service, tout à l'heure, reprit-il. J'avais peur qu'Aiden et toi restiez seuls cette nuit alors que Brooks a été libéré. Mais le moment n'était pas idéal. J'aurais dû attendre pour te proposer de venir monter la garde. Et je regrette que, de surprise, tu aies lâché ton plateau.

— Ce n'est pas grave. Je n'ai cassé que deux assiettes. Ted ne m'en a pas tenu rigueur. Pourtant, je lui ai donné de nombreuses raisons de me virer, aujourd'hui.

— Te virer ? Tu plaisantes ! Il aimerait t'adopter, j'en suis sûr. Il m'a sondé pour connaître mes intentions à ton égard comme l'aurait fait un père inquiet à l'idée que sa fille pourrait être tombée amoureuse d'un garçon pas très sérieux. Je l'ai rassuré.

Leurs regards se croisèrent, ne se quittèrent plus.

Mais très vite, il détourna la tête.

— Sarah, va te coucher, ferme la porte. Et essaie de dormir. Tout ira bien. Je veillerai sur Aiden et toi, cette nuit. Avec moi, vous êtes en sécurité, je te le promets.

Une fois sous sa couette, Sarah repensa à cette promesse. Jamie veillait sur eux. Avec lui, ils étaient en sécurité. Le plus curieux était qu'elle le croyait. Elle avait confiance en lui. Elle pouvait se détendre. Il avait la situation en main et ferait tout pour les défendre. Y compris se mettre en danger. Y compris se faire tuer.

Comment osait-elle le laisser faire ? se demanda-t-elle soudain, en proie à une sourde culpabilité. N'avait-elle pas déjà une mort sur la conscience ? Sa meilleure amie avait tenté de la protéger et l'avait payé de sa vie. S'il arrivait maintenant quelque chose à Jamie à cause d'elle, elle ne se le pardonnerait jamais.

Non, elle n'avait pas le droit de le laisser se sacrifier pour elle et pour Aiden. Mais comment l'en empêcher ?

La solution lui apparut soudain, évidente, comme si toutes les pièces d'un puzzle se mettaient en place.

Parce qu'elle l'aimait, elle ne devait pas se livrer à la police avec lui. S'il l'accompagnait, elle ferait de lui une cible. Michael le considérerait comme un gêneur, comme un rival. Et il le tuerait.

Elle était donc obligée de fuir, comprit-elle. Et sans Jamie. Bien sûr, il ne comprendrait pas. Bien sûr, il penserait qu'elle avait voulu échapper à la prison. Tant pis. Elle refusait de laisser une nouvelle fois quelqu'un qu'elle aimait donner sa vie pour elle et pour Aiden.

Une vision de Michael étranglant Tonya s'imposa alors à son esprit, glaçante, terrifiante. Tout en regardant les étoiles et les planètes sur le plafond briller dans le noir, elle frissonna. Il lui fallait échapper à Michael, mais elle avait besoin d'un plan B, d'un plan qui n'impliquerait pas Jamie.

Ce dernier avait eu raison sur un point : Michael ne les lâcherait jamais.

Elle était fatiguée. De fuir. D'avoir peur. De se reprocher ses erreurs passées. Elle n'en pouvait plus. Si Michael parvenait à les rattraper, elle l'empêcherait de s'en prendre à Aiden. Pour s'assurer qu'il ne toucherait pas à l'enfant, elle se sentait prête à tuer son ex-mari de ses propres mains.

Sarah sortit du four les brioches à la cannelle. En général, l'odeur des pâtisseries encore chaudes lui mettait l'eau à la bouche ; ce matin, elle lui donnait la nausée. Peut-être avait-elle eu tort d'insister pour venir travailler comme d'habitude. Cela dit, Jamie avait eu ainsi la possibilité de rentrer chez lui prendre une douche. Elle en avait profité pour empaqueter rapidement quelques affaires. Jamie l'avait crue lorsqu'elle lui avait assuré que Michael était trop malin pour s'attaquer à elle en plein jour.

Elle se précipita dans les lavabos pour s'asperger le visage d'eau froide. Fermant les yeux, elle attendit que les haut-le-cœur se calment.

Dès qu'elle se sentit un peu mieux, elle retourna dans la cuisine. Mais comme elle passait devant son bureau, Ted l'appela.

— Hé ! Ça va, Sarah ?

Une heure plus tôt, elle lui avait confié son désir de quitter la ville et il avait accepté de les conduire, Aiden et elle, à la gare routière, située à une cinquantaine de kilomètres de Brighton. Ils avaient consulté ensemble les horaires des cars interurbains sur Internet.

— Es-tu toujours sûre de ta décision ? demanda-t-il.

— Et vous, Ted ? Parce que si vous préférez, nous irons en taxi.

— Non, je vous déposerai là-bas… Si tu es vraiment déterminée à partir.

— J'en suis sûre et certaine.

— Alors, résumons-nous : en fin de matinée, je récupère Aiden à l'école, je passe ensuite chez toi pour te prendre avec les bagages puis nous filons, c'est bien ça ?

Elle hocha la tête. Dommage qu'il soit si compliqué pour une personne non motorisée de quitter Brighton, la gare routière étant très éloignée. Elle aurait dû y penser avant de jeter son dévolu sur cette banlieue de Detroit.

— Je suis content d'avoir la possibilité d'embrasser mon petit Aiden avant votre départ, poursuivit-il. J'espère que vous reviendrez nous voir un de ces jours, tous les deux.

La gorge serrée, elle s'efforça de lui sourire. Quitter Ted lui était presque aussi difficile que de quitter Jamie. Au bord des larmes, elle se remémora le rapide baiser qu'il lui avait donné avant de partir, ce matin. Il lui avait promis de venir la chercher au restaurant en fin de matinée. Elle avait hoché la tête… en sachant qu'elle serait loin lorsqu'il pousserait la porte du Casey's Diner.

— Ne vaudrait-il pas mieux que tu viennes avec moi à l'école ? reprit Ted.

— Non, j'ai à faire chez moi.

Et il était préférable que personne ne la voie quitter l'établissement scolaire avec Aiden, mais elle ne le dit pas.

— Que fuis-tu, Sarah ?

— Ne me le demandez pas, Ted. Moins vous en saurez, mieux cela vaudra.

— Alors pourquoi ne pas laisser l'inspecteur Donovan t'aider ? J'ai vu la façon dont il te regarde. Et j'ai l'impression qu'il ne te déplaît pas…

— C'est compliqué.

— Je ne veux que ton bonheur, Sarah. Jamie Donovan est amoureux de toi et il ne te laisse pas indifférente. Ne serait-il pas plus simple de…

— Je préfère ne pas en parler. Je lui souhaite le meilleur. Et voilà pourquoi il ne doit pas savoir où je m'en vais.

— Me le diras-tu, à moi ?

— Je vous aime trop pour vous impliquer dans cette histoire, Ted. Maintenant, laissez-moi finir de m'occuper de ces brioches pour que nous puissions partir.

Elle se dépêcha de filer avant qu'il puisse poser d'autres questions. Avant de risquer de lui confier quelque chose qui l'exposerait au danger.

Plus tard, quand tout serait terminé, quand Aiden et elle-même auraient disparu dans la nature – ou plutôt dans une grande ville cette fois, Atlanta –, elle s'autoriserait à pleurer tout ce qu'elle avait perdu.

23

Que fabriquait Ted ? se demanda Sarah pour la énième fois depuis une demi-heure. Il aurait dû passer la prendre avec Aiden depuis longtemps. Comme prévu, elle les attendait à l'appartement.

Leur retard l'inquiétait, mais elle hésitait sur la conduite à tenir. Changer son fusil d'épaule au dernier moment était rarement une bonne idée. Pourtant, instinctivement, elle avait envie de courir à l'école.

Les sacs étaient prêts dans l'entrée, leurs billets de car pour Atlanta rangés dans la poche extérieure du sien. Mais quelque chose n'allait pas. Elle le sentait depuis qu'elle avait cherché en vain dans sa bibliothèque son album de photos de famille. Elle tenait à l'emporter, mais il avait disparu. Qui aurait pu le lui prendre ? Jamie ? Quelqu'un d'autre était-il entré chez elle ?

Aucune de ces hypothèses n'avait de sens, pas plus que la tentation qui la taraudait d'appeler Jamie pour lui parler de ses inquiétudes… alors qu'elle avait décidé de le quitter sans un adieu.

La panique la gagnait

Pourtant, de nombreuses raisons pouvaient expliquer le retard de Ted. Peut-être avait-il été retenu au restaurant par une livraison ou un problème de dernière minute en cuisine. Peut-être les responsables de l'école avaient-ils voulu s'assurer qu'il était autorisé à venir chercher Aiden.

Incapable de supporter plus longtemps cette angoisse,

elle sortit de son appartement et se hâta vers l'école. Elle reconnut la voiture de Ted, garée en face de l'entrée et en éprouva un intense soulagement. Rien n'était perdu. En faisant vite, ils arriveraient à Detroit à l'heure et peut-être auraient-ils même le temps d'y déjeuner avant leur départ.

La cloche ayant sonné depuis un moment, plus personne n'entrait ou ne sortait du bâtiment. La cour de récréation était également déserte. Mais où étaient passés Ted et Aiden ? Ils n'étaient nulle part en vue. Intriguée et surtout désireuse de résoudre le mystère, Sarah se hâta vers les portes de l'école.

Un mouvement, au fond du parking près de l'école, attira son attention. Deux hommes poussaient avec violence un homme et un enfant vers une fourgonnette blanche.

Elle les reconnut et cria :

— Aiden ! Ted ! Laissez-les tranquilles !

L'un des ravisseurs se retourna. Ted en profita pour essayer de se dégager de l'emprise de l'autre, ce qui lui valut un coup de poing en plein visage. Il s'écroula sur sol.

Affolée, elle se précipita vers eux. Ses jambes tremblaient, elle butait à chaque pas et avait du mal à respirer, mais elle voulait à tout prix les rejoindre. Son fils. Son patron et ami. Il lui fallait arrêter ces bandits avant que…

Elle se figea soudain et le sang se retira de son visage lorsque l'homme qui hantait ses cauchemars descendit d'une voiture et se dirigea vers elle.

Il lui sourit en la prenant dans ses bras.

— Chérie, enfin, je te retrouve !

Elle s'efforça de le repousser.

— Lâche-moi. Et Ted ? Et mon fils…

Resserrant son emprise, il l'empêcha de s'écarter. Il était plus fort qu'elle. De nouveau, elle se retrouvait sous sa coupe, incapable de lui échapper.

— *Ton* fils, Maria ? Ou peut-être devrais-je t'appeler…

Sarah ? Quant à *mon* fils, tout ira bien pour lui, ne t'inquiète pas.

Il se montrait rassurant sur le sort de son fils, mais pas sur celui de Ted. Accablée, elle comprit qu'en empêchant Jamie de s'impliquer, elle avait exposé Ted. Elle semait le malheur et la destruction partout où elle passait…

Elle s'ordonna de se ressaisir.

— Que fais-tu ici, Michael ? Et que veux-tu ?

— Toi, bien sûr, ma chérie. Toujours toi. Et notre petit Andy.

— S'il te plaît, laisse-les partir. Le pauvre enfant doit être terrifié.

— Tout ira bien pour lui. J'aurais aimé pouvoir en dire autant à propos de sa mère, mais tu imagines bien que ton comportement, ces dernières années, aura des conséquences.

Il la menaçait et elle regarda son visage haineux qu'elle avait jadis trouvé beau. Ses cheveux étaient sales, trop longs, et il était mal rasé. Quand elle essaya encore de le repousser, il lui tordit le bras jusqu'à ce qu'elle grimace de douleur.

Puis il se tourna vers la camionnette.

— On réglera tout ça plus tard, chérie. Dans l'immédiat, je dois dire un mot à mes associés.

L'un de ses sbires – un brun dont le visage lui disait quelque chose – s'avançait vers eux, un rouleau de ruban adhésif à la main. Son compagnon referma la fourgonnette, laissant Ted et Aiden à l'intérieur, et le suivit, d'un pas moins alerte.

— Mission accomplie, Brooks, dit le premier. On a ligoté et bâillonné le gosse et le vieux. Ils ne risquent plus de nous faire repérer avec leurs cris.

Soudain, Sarah le reconnut. Il s'agissait de l'un des policiers qui avaient préféré, six ans plus tôt, protéger

Michael, son indic, au détriment d'une victime de violences conjugales.

Michael serra les dents.

— Qui t'a demandé d'enlever le patron d'un petit resto de merde ?

— Il était avec le gamin.

— Alors tu sais ce qu'il te reste à faire.

Sarah frissonna. S'agissait-il de menaces en l'air ou ces policiers corrompus allaient-ils vraiment faire disparaître Ted ? Une angoisse croissante la rongeait. De toute évidence, Michael savait où elle travaillait. Comment l'avait-il découvert ? Depuis combien de temps était-il en ville ? L'avait-il suivie, ces derniers jours ? Était-il également au courant de ses relations avec Jamie ?

Il se tourna vers elle.

— Tu te souviens, bien sûr, de mes amis policiers : Larry et Clint.

— Bonjour, madame Brooks.

— Désolé d'interrompre ces mondanités, les gars, mais le temps presse, coupa Michael. Nous avons intérêt à déguerpir en vitesse et à aller nous planquer dans un endroit plus discret. D'autant que quelqu'un a certainement prévenu les flics, à l'heure qu'il est.

Il sourit à Larry et Clint avant d'ajouter en ricanant :

— Je parle des vrais flics, bien sûr, ceux qui servent la justice… Pas des ripoux comme vous qui ne cherchent qu'à s'enrichir. Quant à toi, lança-t-il à l'adresse de Sarah, viens avec moi. Et ne tente rien de stupide, sinon le gosse et le vieux dans cette fourgonnette le paieront cher.

Elle hocha la tête. Elle avait commis beaucoup d'erreurs au cours de son existence mais, maintenant, elle ne ferait rien qui risquerait de coûter la vie à son fils et à un ami dont le seul crime avait été de vouloir l'aider.

Lorsqu'il la poussa dans le tas de ferraille qui lui servait de voiture, elle n'opposa aucune résistance. Il n'était pas question pour elle de s'enfuir et d'abandonner Ted et Aiden à leur triste sort. En revanche, elle avait peut-être le moyen de les tirer de là. Discrètement, elle sortit son smartphone de son sac, parcourut la liste des appels et cliqua sur le dernier. Elle remit l'appareil allumé dans son sac juste avant que Michael ouvre sa portière et s'installe au volant.

Elle avait trahi Jamie et il l'avait certainement compris, à présent. Pourtant, il ferait tout pour leur venir en aide, elle n'en doutait pas.

Sachant qu'il les entendait, elle lança :

— Laisse-moi t'expliquer, Michael.

Comme elle l'espérait, il mordit à l'hameçon et répliqua, tout en quittant le parking.

— Oh non ! C'est toi qui vas m'écouter. Tu as profité que j'étais en taule pour me quitter et pour te livrer à la débauche, espèce de traînée !

— J'ai eu tort. Je suis désolée.

Lorsqu'ils étaient mariés, elle passait son temps à s'excuser, à le supplier de lui pardonner. Elle tentait ainsi d'échapper aux coups, de sauver sa peau. Cette fois, en feignant de regretter ses actes, elle protégeait deux personnes qu'elle aimait et donnait à une troisième la possibilité d'intervenir.

Michael poursuivit :

— Tu t'imagines que tu vas t'en tirer avec des excuses, petite garce ? Tu m'as enlevé mon fils et tout ce qui a de l'importance à mes yeux. J'ai dû te chercher, j'ai eu du mal à te localiser. Mais j'y suis arrivé, malgré ta fausse identité.

— Je suis vraiment désolée, répéta-t-elle.

Visiblement, il savait où il allait. Il semblait bien connaître la région.

— Chérie, tu devais bien te douter que je finirais par te retrouver. Tu es ma femme. En nous mariant, nous

nous sommes engagés à rester ensemble. Seule la mort peut nous séparer. De plus, nous avons une belle petite famille.

— C'est vrai. Nous nous sommes engagés à vivre ensemble pour toujours.

Autrefois, elle répétait docilement ce qu'il voulait. Pour éviter sa colère, sa violence, la souffrance. Parfois, elle parvenait à le calmer en se montrant si soumise.

Pas cette fois.

Se tournant vers elle, il la gifla avec violence. Elle ne s'y attendait pas et n'eut pas le temps de parer le coup. Il lui éclata la lèvre et le goût du sang lui emplit la bouche.

— Cesse de me prendre pour un imbécile, ma chérie. Tu ne penses pas un mot de ce que tu dis. Sinon, tu n'aurais pas couché avec ce flic. Tu t'es donnée à lui, salope ! Alors que tu m'avais juré fidélité ! Je suis au courant de tout ! Tu me le paieras.

— Je suis désolée.

Elle n'était pas désolée. Elle ne regrettait pas d'avoir fait l'amour avec Jamie. Elle ne regretterait jamais de l'aimer.

Il la frappa de nouveau.

— Menteuse. Tu avais tellement envie de lui que tu l'as laissé te peloter devant la porte. Je t'ai vue. Traînée !

— Quoi ? Où ?

— Ne t'inquiète pas. Tu l'oublieras. Et tout redeviendra comme avant entre nous. Mieux, même.

— Comment… comment ça ?

— Tu verras. Nous allons nous retrouver. Mais pour y parvenir, il va falloir nous débarrasser de quelques personnes. De ton amant, par exemple. C'est toi qui m'as conduit à lui, chérie. Tout comme ta copine m'a conduit à toi.

— Tu as tué Tonya. Je savais que c'était toi !

Comme elle levait le bras dans l'attente d'un coup, son

sac lui échappa et son contenu se répandit à ses pieds. Elle s'aperçut avec effroi que Michael avait aussitôt remarqué son smartphone allumé. En comprenant qu'elle l'avait dupé, que quelqu'un les écoutait à distance, il poussa un cri de rage et la gifla une fois de plus.

— Salope !

Il se pencha pour s'emparer de son smartphone. Avec un sourire mauvais, il le colla à son oreille et lança, sans quitter la route des yeux.

— Bonjour, inspecteur.

Elle retint son souffle. Jamie était-il bien en ligne ?

Il l'était.

— Brooks, fit Michael après un instant de silence. J'ai appris que vous avez baisé ma femme, poursuivit-il. Elle vous a plu, au moins ? C'est une salope infidèle, mais elle a un beau petit cul, non ?

Rouge de honte, Sarah se couvrit le visage des mains. Elle ne savait pas comment ni même si Jamie répondrait. Par nature, il avait en horreur les hommes violents envers les femmes. Mais en tentant de s'enfuir sans le lui dire, elle l'avait trahi, blessé. Voilà pourquoi, même si elle était certaine qu'il accomplirait son devoir et ferait son travail, elle n'espérait rien de plus de sa part. En tout cas, elle ne comptait pas sur lui pour défendre son honneur.

— Elle n'est plus votre femme, Brooks.

Elle sursauta. Michael avait mis le haut-parleur.

— Elle est à moi. Elle l'a toujours été. C'est une pute, mais elle m'appartient. Compris ?

La voix de Jamie se fit de nouveau entendre, implacable.

— Si vous touchez à un cheveu de Sarah, de son fils ou de Ted, je vous jure que je n'aurai de cesse de vous traquer pour vous le faire payer le maximum.

Ted ? Comment Jamie avait-il appris qu'il était avec eux ? Était-il déjà passé au restaurant et avait-il découvert que le patron du Casey's Diner avait également disparu ? Pour la centième fois, elle regretta de ne pas s'être livrée à la police avec Jamie comme prévu. Au moins aurait-elle pu lui dire au revoir. Maintenant, elle n'aurait plus cette possibilité.

— Elle s'appelle Maria, rétorqua Michael avant de jeter le téléphone par la vitre ouverte.

Sarah gémit. La probabilité qu'ils s'en sortent vivants diminuait de minute en minute. À présent, Jamie n'avait plus aucun moyen de les localiser.

Pendant un moment, ni l'un ni l'autre ne parlèrent. Michael roulait, la fourgonnette blanche les suivait. Sarah n'avait rien à dire. Elle se préparait à mourir. Tonya était morte pour rien, puisque Michael l'avait rattrapée, la tuerait à son tour et s'enfuirait avec l'enfant. Elle n'avait aucune raison de croire que Ted serait épargné. Quant à Aiden, il serait condamné à vivre auprès de son père, ce qui était presque pire que la mort. À la pensée du triste sort qui attendait son petit garçon, elle sentit des larmes monter à ses yeux et rouler sur ses joues. Un désespoir sans fond l'accablait.

Enfin, Michael ralentit, quitta la route goudronnée pour s'engager sur un chemin de terre le long d'un champ de soja. Lorsqu'il atteignit une zone dégagée bordée d'arbres, il se gara et coupa le contact. La fourgonnette s'arrêta non loin.

— Avant de mourir, ta copine m'a supplié de lui laisser la vie sauve, dit-il en riant.

Pour la première fois de son existence, elle se mit à le frapper, lui pilonnant le torse de ses poings.

Il continua cependant avec un sourire sadique.

— J'aurais aimé qu'elle soit encore là pour pouvoir la remercier.

— La remercier de quoi ? ne put-elle s'empêcher de demander.

— De m'avoir aidé à retrouver ma petite femme.

24

Dès que le sbire de Michael nommé Larry arracha le ruban adhésif de sa bouche, Aiden appela sa mère à l'aide. Visiblement terrifié, il sanglotait sans parvenir à se calmer. Comme elle n'était pas attachée, rien n'aurait pu empêcher Sarah de se précipiter vers lui. Pour l'arrêter, il aurait fallu lui tirer dessus.

Elle prit son fils dans ses bras et le serra avec force.

— Tout va bien, chéri. Maman est là.

De son côté, Clint, l'autre policier, retira le bâillon de la bouche de Ted, lui laissant une marque rouge autour des lèvres. Mais il ne coupa pas les liens qui lui enserraient les mains et les pieds, pensant sans doute qu'il serait plus facile de l'abattre s'il était entravé.

En revanche, personne n'avait pris la peine de l'attacher, elle. Ils savaient tous qu'elle ne chercherait pas à s'enfuir sans son fils.

Michael entraîna Clint et Larry à l'écart, peut-être pour décider du sort des otages.

Discrètement, elle entreprit de détacher Aiden qui s'était un peu calmé, tout en se penchant vers Ted.

— Je suis désolée de vous avoir impliqué dans cette histoire. Il s'agissait juste de nous déposer à la gare routière pour nous permettre de disparaître dans la nature. Je n'ai jamais voulu vous mettre en danger.

— Voilà pourquoi tu tenais tant à poser un lapin à l'inspecteur Donovan. Tu voulais le protéger, en réalité.

— Il ne le comprendra jamais, mais c'était en effet la raison pour laquelle je préférais filer à l'anglaise.

— Je suis sûr qu'il finira par le reconnaître. En tout cas, Maria n'est pas un prénom qui te va.

— Qui est Maria ? demanda Aiden en levant les yeux vers elle.

— Personne, répondit-elle honnêtement en défaisant le dernier nœud qui l'entravait. Plus maintenant.

Son fils la dévisagea d'un air sombre, comme s'il ne la croyait pas. Désormais, il ne croirait sans doute plus un mot de ce qu'elle lui dirait.

Après un moment, il chuchota :

— Cet homme méchant, c'est mon père ?

Elle fut tentée de lui mentir comme elle l'avait fait toute sa vie, mais elle comprit qu'elle lui devait la vérité.

— Oui, chéri. Il s'agit de ton père.

— C'est bien ce que je pensais, marmonna-t-il en grimaçant.

Sarah s'adressa de nouveau à Ted, en commençant à lui détacher les mains tout en surveillant les trois hommes du coin de l'œil.

— Où avez-vous entendu parler de Maria ?

— Dans la fourgonnette. Les deux types avaient pour mission de récupérer le petit. Mais ils comptent aussi mettre la main sur un paquet d'argent… détenu, si j'ai bien compris, par cette fameuse Maria.

— Moi ? C'est absurde. Je n'ai pas d'argent. J'y suis presque…, ajouta-t-elle en sentant les liens glisser de ses poignets.

— Je ne sais pas ce qu'ils voulaient dire exactement.

Michael, qui discutait toujours avec ses acolytes, jeta un coup d'œil dans leur direction.

— Fermez-la !

Sarah se figea. Elle se demandait avec une inquiétude croissante ce qu'il allait advenir d'eux. Michael ayant détruit son smartphone, Jamie n'avait plus aucun moyen de retrouver leur trace.

Comme s'il lisait dans ses pensées, Ted murmura à son intention :

— Ne t'inquiète pas, il ne devrait plus tarder.

— Je l'espère.

Elle n'osait pas lui faire part de ses angoisses, mais elle doutait que Jamie puisse les sauver. Comment parviendrait-il à les localiser ?

— Maria, viens voir ici, ordonna tout à coup Michael.

— Puis-je amener… Andrew ?

— Non. Laisse-le où il est.

Son petit garçon fronça les sourcils. Il ne comprenait pas pourquoi sa mère l'appelait maintenant « Andrew ». Il ne savait plus quel était son vrai nom, comprit-elle en proie à une sourde culpabilité.

— Surtout, reste là, avec Ted, lui dit-elle. Ne bouge pas, chéri.

Elle quitta la fourgonnette et se dirigea vers les trois hommes qui l'observaient d'un air étrange.

— Qu'y a-t-il, Michael ? Et eux, pourquoi sont-ils encore là ? ajouta-t-elle en désignant les deux policiers. Maintenant que tu nous as retrouvés, Andrew et moi, à quoi servent-ils ?

Larry regarda Michael avec stupéfaction.

— Elle n'est vraiment au courant de rien à propos de l'argent ?

— Quel argent ? Je n'ai pas d'argent. Dis-le-leur, Michael. Si j'en avais, crois-tu vraiment que j'aurais habité ce minuscule appartement situé dans un quartier si mal famé ?

— Vous n'aurez plus à vivre dans ce trou à rats, répondit Larry en riant. Vous deux allez toucher votre part du butin. Un joli petit pécule de plus de 750 000 dollars.

Le regard de Michael se durcit et Sarah frissonna. Au

cours de sa vie conjugale, elle avait appris à reconnaître – et à craindre – cette expression. Chaque fois qu'il l'arborait autrefois, les coups ne tardaient pas à pleuvoir. Son sbire l'ignorait, mais Michael aurait préféré lui annoncer lui-même cette nouvelle. Il en voulait à Larry de lui avoir volé la vedette.

— Vous avez récupéré l'album photos ? demanda-t-il.

— Bien sûr, répondit Larry avant de se diriger vers la camionnette.

— Non, pas toi. Clint, va le chercher, ordonna Michael.

Clint parut déstabilisé mais obéit. Il revint quelques instants plus tard, chargé de l'album photos de Sarah.

— Hé ! C'est à moi ! protesta-t-elle. Où l'avez-vous trouvé ?

Qu'avaient-ils pris d'autre ?

— Chez toi, bien sûr, fit Michael. Ton petit appartement leur a beaucoup plu.

Larry se frotta les mains.

— Et si on en venait à l'essentiel, maintenant ? Vous allez être épatée, Maria. Votre mari a eu l'idée ingénieuse de faire de vous... la clé...

— La clé de quoi ? demanda-t-elle.

— La clé permettant d'accéder à l'argent.

— Je t'ai dit de la fermer ! cria Michael en sortant de la poche de sa veste un pistolet qu'il pointa sur lui.

Larry changea de couleur.

— Qu'est-ce qui te prend ? On ne braque pas les gens comme ça ! Et encore moins un associé.

— Tu as toujours parlé à tort et à travers, répliqua Michael. Maintenant, tu n'auras plus l'occasion d'ouvrir ta grande gueule.

Larry leva les mains dans un geste de défense, mais trop tard. Un coup de feu claqua et il s'effondra.

Horrifiée par la violence de la scène, Sarah ne parvenait même pas à regarder le cadavre. Elle glissa un œil furtif vers Aiden, blotti contre Ted. Heureusement, ce dernier, anticipant sans doute le meurtre, s'était déplacé pour l'empêcher de voir Larry gisant à présent dans une mare de sang.

— Bon, où en étions-nous ? reprit Michael en glissant avec calme son arme dans sa ceinture.

Bien consciente qu'à tout moment, il pourrait abattre n'importe lequel d'entre eux, Sarah déglutit péniblement. Il était heureux que Jamie ne puisse pas retrouver leur trace. Son ex-mari n'ayant plus rien à perdre, il n'aurait pas hésité non plus à loger une balle dans la tête de son rival.

Clint, qui avait blêmi, répondit :

— Nous discutions du butin, de la part qui reviendra à chacun.

— Et si, finalement, je préférais encaisser la totalité de la somme ?

Le policier ferma les yeux, se préparant à subir le même sort que son collègue, mais Michael se contenta de rire.

Sarah s'éclaircit la voix.

— Cet argent… J'ignorais son existence et il ne m'intéresse pas. Alors voilà ce que je vous propose : allez récupérer ce trésor et laissez-nous partir. Je promets de ne jamais souffler mot à quiconque de…

Michael secoua la tête.

— Non, chérie. L'argent est pour nous deux, pour nous permettre de prendre un nouveau départ.

— Et comme Larry l'a dit, vous êtes la clé, renchérit Clint.

Cette fois, au lieu de s'emparer de son pistolet, Michael s'approcha d'elle. Lorsqu'il la saisit à la gorge, elle songea à Tonya qu'il avait étranglée et se figea, espérant que la mort viendrait vite.

À sa grande surprise, il se contenta de lui arracher son médaillon. Il l'ouvrit, en retira le portrait en noir et blanc de la grand-mère de Sarah et le retourna. Au verso, se trouvaient les nombres 3, 46 et 17.

Elle se pencha pour voir et fronça les sourcils.

— De quoi s'agit-il ? demanda-t-elle.

— De la combinaison d'un coffre, répondit-il. Tu tenais beaucoup à ce bijou. Je savais que tu le porterais jusqu'à la fin de tes jours… Et qu'il me suffirait de te retrouver pour remettre la main dessus.

— Tu as donc demandé à tes amis policiers de me chercher pour récupérer ce médaillon, c'est bien ça ?

Il secoua la tête en souriant.

— Bien sûr que non, chérie. Je tenais surtout à reconstituer ma famille.

— Et à quoi sert l'album photos ? intervint Clint.

Michael arracha la dernière page, collée à la reliure, et s'empara de la petite clé qui s'y trouvait dissimulée.

— Tu as toujours eu les clés du butin et celles de mon cœur, ma chérie.

— Et où est ce coffre-fort ?

— C'est là où j'ai fait preuve de génie. Il est caché dans le sous-sol de tes parents. Tu m'as toujours dit que l'endroit était encombré d'un incroyable bric-à-brac et que tes vieux n'y mettaient jamais les pieds. L'argent nous attend là-bas.

— Tout ça est follement romantique, dit soudain Clint, attirant leur attention sur lui. Mais la seule chose qui m'intéresse, dans cette histoire, c'est le pognon. Et, après réflexion, je préfère empocher la totalité du magot que la moitié.

En voyant son « associé » les menacer à son tour d'une arme, Michael changea de couleur.

— Ne fais pas l'imbécile, Clint. Tu as vraiment envie de buter quatre personnes dont un gosse pour protéger ta fuite ? Tu crois vraiment pouvoir profiter de ton argent avec tant de meurtres sur la conscience ?

Comme Clint baissait son colt pour y réfléchir, Michael tira son pistolet de sa ceinture et fit feu. Il l'abattit d'une balle en pleine tête.

Sarah poussa un gémissement. Elle regarda tour à tour Aiden et Ted, essayant de déterminer qui serait le prochain. Il était hors de question de laisser Michael tuer des innocents. Maintenant, soit elle réussissait à l'arrêter, soit elle mourrait en essayant.

Jamie se déplaçait sans bruit d'arbre en arbre pour se mettre en position. Un tireur d'élite et deux collègues policiers le talonnaient. Quand un coup de feu brisa le silence pour la seconde fois, il se mit à courir. Brooks venait d'abattre ses deux complices. Les prochains sur la liste étaient les trois personnes que Jamie tenait à tout prix à protéger.

— S'il te plaît, Sarah, ne fais rien de stupide, murmura-t-il en s'approchant.

Elle avait déjà commis beaucoup d'erreurs, aujourd'hui.

De son côté, il avait recouvré son bon sens. Cessant d'agir en solo et dans l'illégalité, il avait demandé l'aide de ses collègues. Grâce à ces renforts, il avait bien avancé.

Un policier avait obtenu du directeur de l'école la description des deux ravisseurs d'Aiden et déclenché une alerte enlèvement. Un autre avait récupéré une photo de Brooks et l'avait communiquée à toutes les unités du comté. Enfin, le standardiste du commissariat leur avait transmis l'appel d'un retraité signalant l'intrusion d'une fourgonnette et d'une voiture sur sa propriété. Grâce à son témoignage, ils avaient réussi à les localiser rapidement.

Jamie s'interdit de se précipiter comme il en mourait d'envie pour ne pas risquer de provoquer la panique de Brooks et la mort des otages.

Quand il atteignit la limite des arbres, il sortit son

arme, espérant que ses collègues étaient en place. Puis il s'approcha furtivement de la fourgonnette, Aiden fut le premier à remarquer sa présence. Jamie posa un doigt sur ses lèvres pour lui intimer le silence.

Sarah l'avait vu aussi. Il le devina à la manière dont elle se redressa imperceptiblement. Heureusement, au lieu de se tourner vers lui, elle poursuivit sa conversation avec Brooks comme si de rien n'était.

— Dès que nous aurons ouvert le coffre chez ma mère et récupéré l'argent, nous serons libres d'aller où bon nous semble, tous les deux. Et de disparaître. Pour de bon, cette fois.

Lorsque Jamie se rendit compte qu'elle avait les lèvres enflées et que du sang séché maculait son visage, il comprit que son ex-mari l'avait frappée et eut besoin de toute sa volonté pour ne pas se ruer sur ce fumier et le tuer lui-même.

— Partons, maintenant, poursuivit Sarah. Tous les deux. Laissons Ted et le petit. Pour repartir de zéro, mieux vaut ne pas s'encombrer d'un enfant.

— Quel genre de mère es-tu pour songer à l'abandonner ? demanda Brooks.

— Une mère qui en a beaucoup fait pour lui et qui a envie de prendre un peu de bon temps, à présent.

Une mère prête à donner sa vie pour sauver son fils.

Bien que le geste de Sarah soit beau, Jamie refusait de la voir se sacrifier pour Aiden. Certes, elle l'avait trahi aujourd'hui mais ce n'était pas le moment de penser à cela.

Comme il se rapprochait encore, Brooks parut entendre quelque chose car il se figea et scruta les alentours.

Mais soudain, Aiden sauta de la fourgonnette et alla vers Brooks.

— Tu es mon papa ?

— Oui. Et tu le saurais si ta garce de mère n'avait pas tout fait pour t'empêcher de me connaître !

Rendu furieux par ce souvenir, il poussa brutalement Aiden qui se trouvait devant lui, le projetant à terre.

Incapable d'en supporter davantage, Jamie sortit de derrière la fourgonnette et s'avança, l'arme au poing. Il pointa son colt sur l'homme qui avait maltraité Sarah et qui n'hésitait pas à s'en prendre à présent à un adorable petit garçon.

En le voyant, Brooks se jeta aussitôt sur Aiden qui s'était relevé et le plaqua contre lui, se servant de lui comme d'un bouclier humain.

— L'amant de ma femme est venu jouer le héros. Vous allez faire quoi, maintenant, inspecteur ? Tirer sur moi, au risque d'atteindre le gosse ?

Sarah se précipita vers Brooks.

— Non, Michael ! Je t'ai dit que je t'accompagnerai. Je ferai tout ce que tu veux. Laisse-les partir.

Penchant la tête en arrière, Aiden leva les yeux vers son père.

— Laisse M. Jamie tranquille !

— Ferme-la, Andy ! rétorqua Brooks. Voilà ce que je vous propose, inspecteur, continua-t-il. Lâchez votre arme et je laisse partir le gamin.

Jamie savait qu'il ne tiendrait pas parole, mais il n'avait pas le choix. Aussi obéit-il.

Comme il posait son colt à terre et levait les mains, Brooks sourit et le mit en joue.

— Comment avez-vous pu imaginer que je vous laisserais filer avec ma femme et mon fils ?

Conscient que ses collègues se tenaient en embuscade et qu'ils avaient Brooks dans leur viseur, Jamie se tourna vers le garçonnet et lui ordonna d'un ton sans réplique :

— Aiden, couche-toi !

Sarah le surprit en s'élançant soudain vers lui, se mettant dans la ligne de tir pour le protéger.

Deux coups de feu claquèrent, et elle s'effondra.

— Maman ! hurla Aiden

Sarah venait de risquer sa vie pour lui ! se dit Jamie en la voyant tomber.

Il se précipita vers elle. Un peu plus loin, il vit le corps de Brooks, la poitrine en sang. Le tireur d'élite ne l'avait pas raté.

Mais il ne se souciait que de Sarah.

Il s'accroupit près d'elle. Au moment où il cherchait son pouls, Aiden se rua sur sa mère :

— Maman, ça va ?

Elle se tourna vers lui. Elle était blanche comme un linge, mais elle sourit faiblement.

— Oui, mon chéri.

Une tache rouge s'élargissait sur son épaule. Jamie retira sa chemise, la roula en boule et la pressa contre sa blessure.

— Désolé, dit-il quand elle gémit de douleur. Mais il faut absolument juguler l'hémorragie. Pourquoi as-tu fait ça ? poursuivit-il avec véhémence. Tu aurais pu être tuée ! Tiens bon, les secours arrivent.

Il se releva pour aller examiner Brooks. Il chercha son pouls. En vain. La menace avait été éliminée.

— Brooks est mort, annonça-t-il en revenant vers Sarah.

— Jamie, je regrette vraiment de t'avoir menti, dit-elle d'une voix rauque.

— N'essaie pas de parler. Nous nous expliquerons plus tard. Nous devons d'abord te conduire à l'hôpital.

Aiden désigna Brooks et dit à Jamie :

— C'était mon père. Lui et les deux autres étaient méchants.

— Parfois, les gens font de mauvais choix.

— Comme maman quand elle a sauté devant le pistolet ?

— Non, bonhomme. Là, il s'agissait d'un choix risqué, pas d'un mauvais choix.

Aiden se tourna vers Brooks.

— Il a fait du mal à ma maman, dit-il après un moment.

— Désormais, il ne pourra plus jamais lui en faire.

25

Un bouquet à la main, Jamie se tenait devant la chambre d'hôpital de Sarah sans oser entrer. Il n'avait toujours aucune idée de ce qu'il lui dirait, surtout si elle lui demandait une nouvelle fois de lui pardonner.

Il lui avait pardonné de lui avoir menti. Il avait compris que la peur et son amour pour son fils l'avaient poussée à s'enfuir. Mais « pardonner » ne signifiait pas « oublier ». Et il ne parvenait pas à oublier.

Conscient qu'il ne pouvait rester éternellement dans le couloir, il poussa la porte. Sarah dormait. Un gros pansement couvrait son épaule et une perfusion était reliée à son autre bras.

Il la regarda longtemps. Elle paraissait si fragile, avec sa peau claire, plus pâle encore que d'habitude, et ses cheveux blonds encadrant son petit visage. Pourtant, elle lui avait prouvé qu'elle n'avait rien d'une femme vulnérable. Cependant, elle n'accordait sa confiance à personne. Elle ne comptait que sur elle-même.

Comme il s'apprêtait à poser son bouquet et à repartir, elle battit des paupières.

— Jamie ?

Il s'approcha.

— Comment te sens-tu ? demanda-t-il.

— Pas trop mal. Merci d'être venu. Ces fleurs sont pour moi ? Elles sont très belles.

— Aiden est passé te voir ?

— Hier soir avec Nadia. Et Ted est venu ce matin. Ce qu'ils ont subi à cause de moi me fait culpabiliser.

Par accord tacite, ni Sarah ni lui ne firent allusion à sa blessure à l'épaule, au fait qu'elle avait bondi pour prendre une balle à sa place.

— D'après mon avocat, je vais sans doute faire l'objet d'un contrôle judiciaire avec mise à l'épreuve, poursuivit-elle. Il va plaider les circonstances atténuantes et il pense que je ne serai pas condamnée à de la prison ferme. Ma mère a promis de m'aider aussi.

— Ta mère ?

— Quand la police est allée chez elle pour fouiller le sous-sol et récupérer le butin de Brooks, elle leur a demandé de mes nouvelles. Elle m'a téléphoné et nous avons décidé de nous revoir.

— Formidable.

— Par ailleurs, je vais témoigner à propos du meurtre de Tonya. Enfin, j'ai repris ma véritable identité. Mais je préfère me faire désormais appeler par mon deuxième prénom, Sarah.

Il hocha la tête. Ils pouvaient continuer à tourner autour du pot, à discuter de tous ces sujets annexes en évitant soigneusement le seul qui comptait. Peut-être allait-il repartir sans que rien d'important ait été dit, mais il ne put s'empêcher de demander :

— Que vas-tu faire, maintenant ? Aiden et toi allez-vous retourner dans l'Illinois ? Chez ta mère ?

— Je n'en sais rien encore. Je vis au jour le jour. Maman m'a proposé de m'installer près d'elle, au moins provisoirement. Nous avons envie de rattraper le temps perdu.

— Si je comprends bien, partir en Illinois te permettrait de prendre un nouveau départ.

— Et cela faciliterait les choses pour toi.

— Comment ça ?

— Écoute, Jamie, je regrette beaucoup mes erreurs et surtout la pire de toutes : ne pas m'être rendue à la police avec toi, comme je m'y étais engagée. Et avoir préféré m'enfuir avec Aiden ou du moins avoir essayé de le faire.

— C'était un mensonge de plus, et tu es experte en la matière

Elle encaissa le coup.

— J'étais sincère en te disant que je me livrerais à la police. Mais ensuite, j'ai eu peur…

— Parce que tu ne me faisais pas confiance, parce que tu n'as jamais compté que sur toi. Je t'avais dit que je t'aimais mais, manifestement, ça ne te suffisait pas. Ne m'en veux pas, Sarah, mais je ne peux pas être avec quelqu'un qui ne me fait pas confiance.

— Tu n'as rien compris. Je ne suis pas partie parce que je n'avais pas confiance, mais parce que je… t'aime. Tonya est morte à cause de moi, et je ne voulais pas que toi aussi tu paies de ta vie tes sentiments pour moi.

— C'est facile à dire maintenant que le danger est écarté et que…

— Facile ? Rien de ce que j'ai fait avec toi ou pour toi n'a été facile. Y compris m'abandonner en confiance entre tes bras.

— Mais ensuite, dès les premières difficultés, tu as pris la poudre d'escampette. Sans même m'en parler, sans me le dire. Je l'ai appris par Ted lorsqu'il m'a appelé pour me demander de suivre son téléphone et parvenir à vous localiser.

— Je me demandais comment tu nous avais retrouvés si vite. En tout cas, je suis désolée d'avoir joué la fille de l'air, mais ce n'était pas par manque de confiance. Si tu veux mettre un terme à notre histoire, fais-le. C'est ton droit. Mais ta décision n'a rien à voir avec ma fuite ni même avec moi. En réalité, le suicide de Mark t'a dévasté, je le comprends. Et depuis le drame, tu te protèges. Tu tiens les gens à distance, tu évites de nouer des relations trop intimes. Tu as peur de l'amour parce que tu as peur d'être de nouveau confronté à la mort d'une personne aimée et de ne pas y survivre. Voilà la vérité.

— J'ignorais que tu étais psychanalyste, Sarah. Il n'y a qu'une petite faille dans ta théorie, Dr Freud. J'ai noué une relation intime avec toi. Et je t'ai dit que je t'aimais. Le premier. Pourtant, tu as préféré disparaître dans la nature.

— Ce n'était pas toi que je fuyais. Mais un homme qui a failli me tuer il y a six ans, et qui, depuis sa sortie de prison, a tué trois personnes en moins d'une semaine. Mes peurs étaient fondées, non ?

— Tu ne m'as pas laissé te protéger.

Il avait besoin qu'elle s'appuie sur lui, mais la vie avait appris à Sarah à ne compter que sur elle.

À ces mots, Sarah, qui avait plutôt bien encaissé les événements comme ses accusations, fondit en larmes.

Il se reprocha aussitôt son comportement de butor.

— Écoute, Sarah, je suis désolé. J'aurais dû attendre que tu sois rétablie pour…

— Ce n'est pas la question. Mais tu n'es pas juste, Jamie. J'ai passé ma vie à fuir, c'est vrai, mais j'ai cessé de le faire en tombant amoureuse de toi. Si tu regardais la situation avec un peu d'honnêteté intellectuelle, tu reconnaîtrais que c'est toi qui cherches à prendre la tangente, à présent.

À bout d'arguments, il lui lança :

— Qu'attends-tu de moi, Sarah ?

— Rien. Tout.

*
* *

Lorsque Jamie poussa la porte du Casey's Diner, les cloches tintèrent plus fort que d'habitude. La salle était déserte au point qu'il se demanda si l'endroit était fermé.

Ted sortit de la cuisine et tous deux se serrèrent la main.

— Cela faisait un bail, inspecteur.

Plus de deux semaines s'étaient écoulées depuis le meurtre des deux policiers et la mort de Brooks. Il n'avait pas revu Sarah depuis sa visite à l'hôpital. Cela valait sans doute mieux, même s'il ne cessait de penser à elle.

Ils s'installèrent à une table, Jamie s'arrangeant comme toujours pour faire face à la porte. Le grincement des battants de la cuisine lui fit tourner la tête vers la serveuse qui apparut, chargée d'un plateau.

Ted sourit.

— Je vous avais dit que Sarah ne travaillait pas, aujourd'hui.

Jamie n'avait accepté de venir qu'à cette seule condition.

— D'ailleurs, elle ne reviendra plus travailler, poursuivit Ted. Elle va partir vivre près de sa mère.

— C'est mieux pour elle, pour eux.

— Pourquoi refusez-vous de reconnaître que vous êtes malheureux ?

— M'avez-vous proposé de passer pour me faire des reproches ? Et gâcher mon samedi ?

Comme il commençait à se lever pour s'en aller, Ted le retint d'un geste.

— Non, ce n'est pas pour vous accabler de reproches que je vous ai invité, inspecteur. Mais pour ça…

Il glissa deux doigts dans sa bouche pour émettre un long sifflement.

La porte du bureau s'ouvrit et Aiden apparut.

— Surprise !

L'enfant courut vers eux et s'installa à côté de Jamie.

— Sa mère devait faire ses valises, alors j'ai proposé de le garder pendant quelques heures.

Aiden enroula les bras autour du cou de Jamie.

— Tu m'as manqué, monsieur Jamie. Pourquoi tu ne viens plus au centre aéré ?

— J'ai été occupé, désolé.

Occupé à ruminer chez lui. Occupé à gémir sur son destin.

— Tu sais qu'on part vivre chez ma grand-mère ? Elle sera gentille. Elle me donnera des bonbons. Tu veux voir sa photo ?

Il bondit de son siège, courut chercher son sac à dos dans le bureau. Il en sortit un cliché en noir et blanc.

— Regarde. Maman me l'a donné.

À la vue de Sarah adolescente qui, assise près de sa mère, souriait à l'objectif, Jamie sentit son cœur se serrer.

Aiden replaça la photo dans son sac et partit aider Marilyn à remplir les salières.

Ted hocha la tête.

— Maintenant, il ne me reste qu'une chose à vous dire, inspecteur… Depuis la mort de ma femme, je souffre terriblement de solitude. Et si j'avais la possibilité de me réconcilier avec mon frère et de repartir du bon pied avec lui, je le ferais.

Il s'éclaircit la voix et reprit :

— Sarah vous a blessé en vous posant un lapin, mais vous devez lui donner une chance de se racheter. Et, du même coup, me donner une chance de vivre près de la fille et du petit-fils que je n'ai jamais eus.

— Je sais que vous les aimez beaucoup, mais…

Aiden revenait à leur table.

— Monsieur Jamie, je peux te demander quelque chose ?

— Bien sûr.

— C'est risqué ou courageux d'aimer quelqu'un ?

Jamie jeta un coup d'œil à Ted qui leva les mains en signe d'innocence.

— Pourquoi me le demandes-tu, bonhomme ?

— Parce que je dois trouver quelqu'un pour aimer ma maman.

— L'amour est à la fois risqué et courageux.

Jamie s'apprêtait à développer sa réponse mais la porte d'entrée s'ouvrit à ce moment-là et la femme qui faisait l'objet de leurs discussions apparut. Son bras était en écharpe, ses cheveux noués en queue-de-cheval et elle n'était pas maquillée, mais jamais elle ne lui avait paru plus belle. Bien que manifestement surprise de le voir, elle sourit en s'approchant de lui.

Ted fit une grimace ennuyée :

— J'ai seulement dit qu'elle ne travaillait pas aujourd'hui. Pas qu'elle ne viendrait pas…

— Et je vous en remercie, dit Jamie sans quitter Sarah des yeux.

Elle se glissa sur la banquette à côté de Ted et tous les quatre passèrent un très bon moment.

Jamie comprit soudain que si quelqu'un avait besoin de se faire pardonner ses erreurs, c'était lui. Et qu'Aiden n'avait pas à chercher un amoureux pour sa mère.

Elle en avait déjà un.

Le lendemain, Jamie passa chez Sarah. Il lui avait promis de l'aider à emballer ses affaires, à faire des cartons.

Elle ne parvenait pas à croire qu'elle partait, qu'elle quittait la région. Et Jamie.

— Par où veux-tu que je commence ? demanda-t-il en arrivant.

Elle se détourna, pour cacher les larmes qui lui brûlaient les yeux. Pas question qu'elle se mette à pleurer. Il lui avait dit qu'il ne pouvait lui pardonner son manque de confiance, ses mensonges. Tout était fini entre eux.

— Par la cuisine ?

— Je suis ton homme.

Était-il intentionnellement cruel ? se demanda-t-elle, le cœur serré. Elle avait tellement envie qu'il soit son homme et un père pour Aiden. Mais la vie lui présentait la facture. Elle payait maintenant ses fautes passées.

Il posa sa grande boîte à outils sur le comptoir de la kitchenette.

— Quand as-tu dit qu'Aiden reviendrait ?

— Il passe l'après-midi avec Nadia. Elle est tellement triste de nous voir partir.

Elle attendit, espérant qu'il lui dirait que lui aussi l'était. Comme il ne le fit pas, elle se résigna à accepter la vérité. Il n'était venu que pour l'aider à faire des cartons.

Le cœur gros, elle se dirigea vers la chambre et commença à vider la commode. Elle finissait d'empaqueter le contenu du deuxième tiroir quand Jamie apparut dans l'embrasure de la porte.

— Sarah, pourrais-tu venir m'aider un instant ?

Hochant la tête, elle le suivit. Mais dans la pièce voisine, elle découvrit avec stupéfaction la table ornée d'une nappe blanche, de belles assiettes, de verres en cristal et d'une ribambelle de petits plats. Une bouteille de vin refroidissait dans un seau rempli de glace pilée.

Elle n'était toutefois pas au bout de ses surprises.

S'agenouillant devant elle, il lui tendit un écrin ouvert dans lequel se trouvait un diamant brillant de mille feux.

— Oh ! Jamie !

Il se releva et prit ses mains dans les siennes.

— Sarah, depuis que j'ai posé les yeux sur toi, je suis fou amoureux. J'aime tout de toi, ce que je connais et ce que je vais découvrir dans les soixante prochaines années. Sois ma femme, mon amante, ma confidente, mon amie, et fais de moi l'homme le plus heureux de la terre. Veux-tu m'épouser, Sarah ?

Elle fondit en larmes mais, tout en sanglotant, elle parvint à lui dire ce qu'elle ressentait.

— Jamie, je t'aime. Quand je t'ai rencontré, j'avais peur de tout et surtout d'être rejetée. Tu m'as appris non seulement à aimer, mais que j'étais digne d'amour. Et je te fais confiance.

Il lui sourit en l'attirant dans ses bras.

— Alors, acceptes-tu d'être ma femme ?

— Oui. Oui. Mille fois oui !

Il l'attira à lui et ils échangèrent un baiser passionné. Lorsqu'il s'écarta d'elle pour reprendre son souffle, il lui sourit puis l'étreignit tendrement.

— Je sais que tu as décidé de partir retrouver ta mère. Il n'est pas question de te demander de renoncer à vos retrouvailles. Je vais donc solliciter ma mutation.

— Ou maman pourrait emménager à Brighton. Justement, Ted cherche quelqu'un pour l'aider à diriger le Casey's Diner…

— Formidable ! dit-il en riant.

Puis, très vite, il redevint sérieux.

— Tu sais que j'aime ton fils comme s'il était le mien et, s'il est d'accord, je serais heureux de l'adopter.

— Il va être aux anges, répondit-elle avec un sourire. Mais écoute, nous avons le temps de réfléchir à tout ça et de décider de la suite. Dans l'immédiat, pourquoi ne pas profiter du fait que nous avons cet appartement pour nous… tout l'après-midi ?

Il la prit dans ses bras pour l'entraîner vers le canapé.

— Viens, ma Sarah d'amour. Je promets de t'aimer ma vie durant et de consacrer chaque jour de mon existence à te rendre heureuse.

Retrouvez en janvier 2020,
dans votre collection

BLACK ROSE

is dans l'adversité, d' Amanda Stevens - N°569

ɪE LES MYSTÈRES DE CHARLESTON 1/3

ɪue fais-tu là, Ethan ? » Abasourdie, Addie fixe l'agent du FBI qui vient d'entrer ɪs la maison où elle enquête sur une série de meurtres. Comment Ethan Barrow ɪ-il se présenter ainsi devant elle ? Cherche-t-il toujours à innocenter son père, ɪrisonné pour avoir tué la mère d'Addie, vingt-cinq ans plus tôt ? A-t-il oublié ls ont déjà tenté ensemble de rouvrir ce dossier et que cette quête stérile a brisé amour naissant ?

otéger Chelsea, d'Alice Sharpe

découvrant Chelsea vivante après l'accident d'hélicoptère dont elle vient ɪre victime, Adam est envahi par un intense soulagement. Une joie de ɪrte de durée car il se rend compte bientôt que Chelsea – *sa* Chelsea, ɪue se recueillir dans les montagnes où il était censé avoir disparu – a du la mémoire et ne le reconnaît pas. Comment lui révéler désormais qu'il ɪint d'être mort pour échapper à une bande de trafiquants ? Et comment protéger, elle et l'enfant qu'elle attend de lui ?

---

rde du corps d'une héritière, de Carol Ericson - N°570

ɪ riche, trop belle, trop bien élevée… Pour Joe McVie, spécialiste des missions ɪut risque, l'engagement humanitaire de Hailey Duvall, héritière d'une grande ɪille de San Francisco, a quelque chose de suspect. Et les menaces dont elle ɪend faire l'objet semblent injustifiées. Un sentiment sur lequel il est bien obligé ɪevenir le jour où une bombe détruit une partie de la somptueuse demeure de ɪey…

and l'orage gronde, de Lena Diaz

ɪhé derrière un arbre, Adam observe la scène : la femme est d'une ɪur inquiétante, l'homme qui se tient en face d'elle la menace de son ɪe… De toute évidence, il ne s'agit pas d'une dispute conjugale. Mais font ces deux inconnus dans cette partie du parc des Smoky Mountains ɪrdite au public ? Et comment Adam, malgré son expérience de ranger, il pouvoir secourir cette femme, alors qu'il est loin de tout et que l'orage ɪde ?

Retrouvez en janvier 2020,
dans votre collection

BLACK ROSE

Cachée au bout du monde, de Michele Hauf - N°571

Qui est réellement Yvette, la jeune Française de passage dans la région ? par quel étrange hasard une Canadienne portant le même prénom vient d'être assassinée ? C'est la double question que se pose Jason Cash, chef la police de Frost Falls… Persuadé que le tueur s'est trompé de cible, intrig par cette touriste discrète et séduisante, il mène l'enquête et découvre qu' s'appelle en réalité Amélie Desauliniers. Informaticienne pour Interpol, elle détentrice d'un terrible secret qui l'a poussée à se réfugier au bout du monde

La marque du soupçon, de Nico Rosso

Pour Stephanie, justicière courageuse et déterminée, la mission sem simple : infiltrer une bande de trafiquants d'êtres humains et déjouer le sinistres agissements avant de les dénoncer à la police… Seule ombre tableau : Arash, le coéquipier avec lequel ses « employeurs » l'ont assoc dès son arrivée. Secret, troublant, il semble se méfier de Stephanie et ressemble en rien aux criminels qu'elle est venue traquer…

Un dangereux secret, de B.J. Daniels - N°572

Son sourire magnifique, ses yeux clairs, sa silhouette de rêve… Sans que Shane C bett puisse l'expliquer, le charme de Maddie Cavannaugh le désarme. Comm peut-il être attiré à ce point par une femme qu'il connaît depuis quelques semaine peine ? Mais à ce trouble s'ajoute une extrême inquiétude quand la jeune femme confie qu'elle détient un dangereux secret…

Sous le charme de mon ennemi, de Rita Herron

Lora Leigh Whittaker savoure sa victoire : elle vient d'être engagée ranch de Flint McKade. Elle va enfin pouvoir se venger de cet hom responsable du suicide de son père… Pourtant, dès leur premi rencontre, elle est déstabilisée. Car Flint n'est pas le monstre cynic qu'elle s'attendait à trouver et se montre même très attentionné. Es bien lui qui a causé la perte de son père ? Lora Leigh décide d'enqu – jusqu'au jour où Flint la surprend en train de fouiller dans son burea

Retrouvez en janvier 2020,
dans votre collection

BLACK ROSE

ıe nuit de mystère, de Cassie Miles - N°573

ıyne n'est pas morte, Emma le sait. Et même si la voiture de sa cousine a été ouvée au bord d'une route avec pour seul passager Jack, son bébé de deux is, Emma est intuitivement certaine que Shayne attend quelque part qu'on vienne ecourir. Alors qu'importe que Miguel Acevedo, l'enquêteur chargé de l'affaire, ıse de croire à son don de double vue. Elle est prête à tout pour le convaincre de der à rechercher Shayne. Même à le séduire...

llaboration sous tension, de Delores Fossen

i a assassiné Marcie James ? Olivia Hutton, dépêchée à Comanche Creek ır mener l'enquête, s'est juré de le découvrir. Car, bien qu'un suspect ait à été arrêté, son instinct lui souffle qu'il ne s'agit pas du coupable... Voilà ırquoi elle a décidé de reprendre l'affaire à zéro, n'en déplaise à Reed rding, le shérif de la ville. Un homme aussi austère que séduisant qui a vu arrivée d'un très mauvais œil et s'échine depuis à la faire passer pour citadine superficielle...

Composé et édité par HarperCollins France.

Achevé d'imprimer en novembre 2019.

BLACK PRINT

Barcelone

Dépôt légal : décembre 2019.

MIXTE
Papier issu de sources responsables
FSC® C108412

Pour limiter l'empreinte environnementale de ses livres, HarperCollins France s'engage à n'utiliser que du papier fabriqué à partir de bois provenant de forêts gérées durablement et de manière responsable.

Imprimé en Espagne.